La Sage-femme des Cœurs Solitaires

JO BARTLETT

Traduit de l'anglais
par Hélène Tordo

City
Poche

Retrouvez tous les titres City Editions :

www.city-editions.com

Publié pour la première fois sous le titre *The Cornish Midwife*,
par Boldwood Books Limited.
Couverture : Debbie Clement
Photographie : Shutterstock
ISBN : 978-2-8246-2707-6
Code Hachette : 32 8351 1

Collection dirigée par Christian English & Frédéric Thibaud.
Catalogue et manuscrits : city-editions.com

Dépôt légal : Janvier 2026

À Lloyd, qui m'a appris que les secondes chances sont les meilleures.

1

Les tentatives d'Ella pour inspirer et expirer lentement étaient sérieusement entravées par la gaine qu'elle portait sous ses vêtements. Elle n'avait pas la moindre idée de la manière dont elle pourrait boire une seule coupe de champagne à la réception, sans parler de manger quoi que ce soit. Tout ce qu'elle avait réussi à avaler la veille, c'était une assiette de soupe, ce qui rendait sans doute encore pire la perspective d'un verre de champagne. Certes, cela finirait par en valoir la peine, et Weller obtiendrait le mariage dont il avait toujours rêvé. Alors, qu'importe que la tradition veuille que ce soit la mariée qui se charge de la planification du moindre détail et qu'elle n'ait pas le mariage de ses rêves à elle ? Leur relation avait été atypique dès le départ, et elle avait été contente de ne pas s'occuper de toute l'organisation. D'accord, peut-être que la robe de mariée *sixties* qu'il avait achetée dans une boutique vintage de Camden – qu'Ella n'avait pas vue et encore moins essayée – risquait d'être un peu trop serrée, mais c'était un faible prix à payer.

—Es-tu visible, Ysella ? lança son père de l'autre côté de la porte.

—Je l'espère, sinon, j'ignore quand je le serai.

Elle pivota et ouvrit la porte en souriant.

— Qu'en penses-tu ?

— Ma chérie ! Tu es étourdissante. J'espère que Weller est conscient de sa chance ! s'exclama son père en lui ouvrant les bras. Je n'arrive pas à croire que je vais perdre ma petite fille.

— Tu ne vas pas me perdre, papa.

Ella posa la tête sur sa poitrine sans se soucier de froisser le voile qui lui descendait sur les épaules. Paradoxalement, toute l'opération était destinée à son père – à ses deux parents. Ils lui avaient clairement fait comprendre qu'ils étaient impatients d'avoir des petits-enfants, un vœu que seule Ella était en mesure de leur accorder, et le mariage n'était que la première étape du processus. À leurs yeux en tout cas. En revanche, cela ne changeait rien au fait que Weller n'était sans doute pas le gendre qu'ils auraient choisi.

— Tu seras à des centaines de kilomètres de nous !

— Je vis à des centaines de kilomètres depuis l'université, papa, mais tant que toi et maman habiterez ici, Port-Agnes restera mon foyer.

Ella renifla. Elle était déterminée à ne pas pleurer au risque de gâcher les traits d'eye-liner qu'elle avait mis des semaines à réussir. Dans son travail, elle était peut-être capable de garder la main sûre quand il était question de vie ou de mort, mais pour ce qui était de tracer la courbe parfaite d'un œil de biche, elle aurait tout aussi bien pu avoir deux mains gauches.

— Je sais que tu as fait le bon choix en privilégiant ta carrière, même si elle te tient éloignée de Port-Agnes, mais je ne peux m'empêcher de continuer à espérer que tu reviendras un jour parmi nous, lorsque tu auras obtenu toutes les promotions possibles.

— Un jour, peut-être…

Ils savaient tous deux qu'il s'agissait d'un mensonge. Ella ravala un soupir. Si elle n'avait pas été enfant unique, cela n'aurait pas été si difficile. Elle aurait pu laisser au moins un frère ou une sœur derrière elle qui n'aurait jamais quitté Port-Agnes, aurait repris la boulangerie familiale et fait la fierté de ses parents. Ils avaient consacré tant d'années et d'efforts à subir les examens et les traitements des FIV avant la naissance d'Ella ! Toutefois, les liens, aussi serrés soient-ils, exigeaient toujours des compromis, et la vie de Weller était à Londres. Si elle l'épousait, Port-Agnes ne serait plus jamais vraiment son foyer. Londres leur offrait d'ailleurs à tous deux une meilleure chance du point de vue professionnel, ce qui expliquait qu'Ella n'avait pas hésité à s'y installer de manière définitive. En outre, c'était la seule manière de gagner suffisamment d'argent pour aider ses parents, en cas de besoin, notamment lorsqu'ils prendraient leur retraite.

Elle était sage-femme coordinatrice dans une maternité renommée du centre de la capitale et Weller était producteur d'un label de musique indie qui commençait à percer. Ils étaient sur le point d'accomplir des prouesses qui leur auraient été impossibles s'ils s'étaient installés en Cornouailles et, quoi qu'en pense ou dise son père, elle savait qu'au fond de lui, il était fier de son parcours. La dernière fois qu'elle était venue passer un week-end à la maison, il avait annoncé à chaque client de la boulangerie la récente promotion d'Ella, et son certificat de diplôme était toujours accroché bien en vue derrière le comptoir.

— Tant qu'il promet de prendre soin de toi.

Son père recula d'un pas en hochant lentement la tête.

—Il n'est peut-être pas mon genre mais, tout ce qui compte, c'est qu'il te rende heureuse.

—Ce sera le cas. Pour l'heure, mon plus gros souci est que l'officier de l'état civil prononce correctement mon nom. Il m'arrive de me demander si je n'aurais pas dû prendre Ella comme prénom d'usage officiel.

Elle sourit devant l'expression qui traversa le visage de son père. Jago Mehenick était un Cornouaillais pure laine (comme on disait là-bas) qui, à un moment, avait envisagé de faire campagne pour les élections locales avec un programme qui réclamerait l'indépendance de la Cornouailles. C'est dire si la décision de sa fille unique de choisir une université à Londres avait dû le perturber !

—Ysella est un nom magnifique et tout officier d'état civil digne de ce poste devrait faire l'effort d'apprendre à le prononcer correctement. En comparaison, Ella ne vaut pas un clou et, si tu tiens à le raccourcir, Yssy serait un choix beaucoup plus logique.

Son père croisa les bras, comme s'il la défiait de lui donner tort, et elle ne put s'empêcher de lui sourire de nouveau.

—Ella, ça me va. Au moins jusqu'à ce que je me fiance… Un prénom qui rime avec celui de mon mari est plutôt… J'en sais rien. Ella et Weller, ça fait un peu Ella et voilà !

—Ouais. D'ailleurs, c'est quoi ce prénom ? Weller ? demanda Jago en secouant la tête.

—Nous avons eu cette conversation cent fois. Tu sais que Jim et Karen l'ont choisi d'après Paul Weller, et tu sais aussi pourquoi. Ils se sont rencontrés à l'un des concerts de Jam, insista-t-elle en relevant un sourcil.

Son père haussa simplement les épaules.

—Je ne comprends pas cet engouement, je veux dire pour le mouvement des Mods. Comment peut-on se pointer à son mariage en scooter, même si c'est un Lambretta ?

—Tu n'as pas besoin de comprendre, papa. C'est un truc de famille chez eux, sans parler du fait que c'est pour cette raison que Weller s'est intéressé professionnellement à la musique. Si ça lui fait plaisir de choisir ce thème pour le mariage, je crois que je peux le supporter ! Même si j'ai parfois l'impression qu'il en fait une obsession. Dans tous les cas, poursuivit Ella d'un air désinvolte, le Lambretta n'est pas un si mauvais choix quand on sait où se tient la réception. Au moins, nous pourrons nous faufiler dans la circulation.

—D'ailleurs, c'est aussi le problème, non ?

Lorsqu'il tenait son sujet de prédilection, à savoir les vertus supérieures de la Cornouailles sur tous les autres coins de la planète, Jago était comme un chien sur un os.

—Tu aurais pu te marier à Saint-Jude. Je t'ai dit que le magazine *Cornwall Life* l'avait classée parmi les dix églises les plus jolies du comté, non ? Dans une région aussi belle que la nôtre, cela n'est pas rien, non ?

—Papa…

—Allez, dis-moi que tu n'as pas rêvé depuis toute petite de te marier là-bas ? Tout comme ta mère et moi, ainsi que ta grand-mère et ton grand-père avant nous ?

—C'est bon ! J'y ai peut-être pensé une ou deux fois, lorsque j'étais encore si petite que je rêvais de porter une robe de princesse le grand jour, mais Weller a toujours voulu se marier dans l'ancien hôtel de ville de Marylebone, comme ses grands-parents qui ont voulu imiter Paul McCartney à tout prix, et sa mère et son père ont agi de même à la fin des années 1990. Weller était déjà adolescent à l'époque, et il s'en souvient vraiment très bien. C'est la première chose que nous avons évoquée après qu'il a fait sa demande. Ce n'est peut-être pas ta vision de la tradition, mais cela signifie autant que Saint-Jude pour nous.

—Je suppose que tu as raison, grommela-t-il, mais je ne me pardonnerais jamais de ne pas t'avoir posé la question, et je sais que ton grand-père a demandé la même chose à ta mère quand elle m'a épousé.

—De quoi s'agit-il vraiment, papa ?

—Je veux juste être sûr que c'est ce que tu veux et que tu ne te maries pas uniquement parce que tu penses que c'est trop tard. Je veux savoir si c'est vraiment l'homme avec lequel tu veux passer le reste de ta vie. Que tu n'as pas le moindre doute. Parce que ce n'est pas rose tous les jours, tu sais.

—Avec maman, vous avez pourtant toujours donné l'impression que c'était facile !

—C'est parce que ta mère est une sainte ! s'exclama Jago en riant. Mais ton grand-père voulait s'assurer qu'elle ne se résignait pas parce qu'ils ne l'ont pas laissée accepter ce poste de chanteuse sur les navires de croisière quand elle a arrêté l'école. Je pense parfois qu'ils l'ont regretté autant qu'elle, je veux dire de l'enchaîner à Port-Agnes sans autre solution que d'épouser un type du coin, parce que le choix était plutôt restreint, je te le dis !

—Tu ne crois pas réellement que c'est la seule raison pour laquelle elle t'a choisi, n'est-ce pas ?

Ella avait déjà entendu l'histoire des rêves de sa mère qui voulait devenir chanteuse quand elle était jeune, et elle savait que Ruth n'avait jamais eu la possibilité de les réaliser. En revanche, elle n'avait jamais imaginé une seule seconde que son père était un prix de consolation.

— J'aime à croire que non, ricana Jago, mais nous ne parlons pas de ta mère et de moi. Je pense que nous sommes mariés depuis assez longtemps pour faire taire les sceptiques. Dis-moi simplement si tu es sûre que c'est le bon, parce que les gens ne changent pas.

— J'en suis sûre, papa, j'aime…

Elle ravala ses paroles à la seconde où elle faillit prononcer le nom qui n'était absolument pas celui de son fiancé et secoua vivement la tête.

— *Weller.* J'aime Weller, vraiment.

— On dirait que tu essaies de t'en convaincre, déclara son père avec un regard insistant.

S'il avait compris qu'elle avait failli nommer quelqu'un d'autre à la place de Weller, c'était sa faute après tout. Le nom avait surgi uniquement parce que son père avait évoqué son rêve d'un mariage à Saint-Jude, comme lorsqu'elle était petite et croyait qu'un mariage à l'église en robe de princesse comptait plus que tout. À l'époque, lorsqu'elle s'imaginait remonter la nef, la seule personne qu'elle voyait l'attendre devant l'autel était le garçon qu'elle avait fréquenté jusqu'à la fin du lycée. Dan Ferguson. C'était le problème avec les premières amours. Il ne s'agissait que de châteaux en Espagne, de rêves qui ne se réaliseraient jamais et de gros cœurs dessinés sur des cahiers de cours, avec leurs initiales et une flèche. Cela avait valu à Ella une convocation dans le bureau du proviseur, et elle se rappelait parfaitement le regard de celui-ci pendant qu'elle se faisait sermonner.

— Vous allez devoir cesser ce genre de sottises, mademoiselle Mehenick, en tout cas si vous voulez continuer à servir de modèle et mériter la place de déléguée de classe.

Alors, Ella avait effectivement cessé ces *sottises* : plus de gribouillis sur la couverture de ses cahiers. Sauf que personne n'avait le pouvoir de lui dicter ses pensées et qu'elle avait continué à rêver d'épouser Dan sans rien dire à personne. Au cours des deux années de leur amourette, les pensées n'avaient pas disparu, et elle s'y était même accrochée lorsqu'elle était partie à Londres pour ses études. Toutefois, cela faisait des années qu'elle n'y avait plus songé, pas avant que son père ne commence à expliquer à quel point il aurait été mieux qu'elle se marie à Saint-Jude. Cela ne voulait pas dire grand-chose. C'était peut-être parce qu'elle n'avait pratiquement pas mangé depuis quarante-huit heures. Cela ne signifiait rien.

— Écoute, ma chérie, c'est tout ce que je veux savoir, y compris si tu changes d'avis le jour même, je veux que tu saches qu'il n'est jamais trop tard avant que ce soit terminé.

Quelque chose dans le ton de son père lui donnait la chair de poule. N'était-ce vraiment pas trop tard ? Si elle changeait d'avis, pouvait-elle encore prendre la fuite ? Malgré la robe trop serrée, elle fit une nouvelle tentative pour inspirer profondément et chasser ces idées. C'était juste le trac avant d'entrer en scène, rien d'autre. La meilleure solution était de continuer sans se poser de questions, comme elle avait pris l'habitude de le faire.

—Nous ferions mieux d'y aller dans ce cas. Je pense que la traditionnelle prérogative de la mariée en retard n'est plus une option. Il y a une autre cérémonie qui a été réservée juste après la nôtre.

—Du genre mariage à la chaîne, c'est ça ?

Son père ne pouvait s'empêcher d'en rajouter discrètement sur la manière dont les choses se seraient passées à Saint-Jude. Elle sourit simplement.

—Cela n'a aucune importance, papa. Tant que tu me conduis à l'autel et que c'est Weller qui m'attend au bout de l'allée, on pourrait se marier n'importe où.

—C'est bon, ma petite Ysella. Montrons donc à Londres de quoi nous sommes capables.

Jago lui passa la main sous le bras qu'elle prit avec soulagement. Il n'y avait que quelques mètres entre l'hôtel du Dorset et l'ancien hôtel de ville de Marylebone. L'hôtel était peut-être un peu *cheap* mais c'était l'endroit idéal pour le brunch du mariage. De plus, avec une liste d'invités aussi courte, le choix de la Soho Room pour la cérémonie, qui pouvait accueillir tout au plus vingt invités, était d'autant plus évident. Weller souhaitait une cérémonie discrète, et il était plus raisonnable de ne pas dépenser sans compter afin que le jeune couple ait les moyens de s'installer dans l'appartement de trois chambres qu'il avait choisi dans la perspective de fonder une famille. Cela permettrait aussi à Weller de disposer de son propre studio chez lui. L'achat d'un logement dans le centre de Londres avait fait partie de leurs rêves et Ella espérait que cela fournirait à ses parents une raison de plus d'être fiers d'elle. Sans parler de donner à Weller l'occasion de marquer des points.

—Au moins, il n'y a pas de vent.

Ella pencha la tête pendant qu'ils franchissaient les cent derniers mètres jusqu'au parvis de l'hôtel de ville. Elle avait horreur de se trouver au centre de l'attention et elle avait remarqué que les passants regardaient dans sa direction. Elle continua donc à fixer avec détermination le trottoir pour les éviter.

—Ta mère est déjà en haut des marches.

Jago avait pris un ton interrogatif qui fit lever les yeux d'Ella.

—Il devrait déjà être à l'intérieur.

—Je sais.

Son père accéléra le pas au point qu'Ella dut presque se mettre à courir pour le suivre.

—Elle a cet air qu'elle ne prend que lorsqu'elle est furieuse.

Lorsqu'ils atteignirent le haut des marches, Ella s'écria avant que son père ait eu le temps d'ouvrir la bouche.

—Qu'est-ce qui ne va pas ?

—Weller m'a appelée. Apparemment, le Lambretta est en panne.

Ruth Mehenick regarda son mari puis sa fille en fronçant les sourcils avant d'ajouter :

—Tout va bien. Ils ont pris un taxi et ils ne devraient pas tarder.

—*Devraient* ? s'exclama Jago en faisant fuir un pigeon qui n'avait sans doute pas pour habitude d'entendre les gens hurler dans la rue. S'il gâche ce mariage avec ses stupides idées de thème, je jure que…

—Tout va bien, papa. Je suis sûre qu'ils arriveront à temps.

En dépit de ses paroles rassurantes, Ella sentit son estomac se nouer. L'officier d'état civil (qui était en réalité une femme) avait bien insisté sur le respect des horaires. Si Weller n'apparaissait pas dans quelques minutes tout au plus, ils perdraient sans aucun doute leur créneau et ses parents devraient rentrer à Port-Agnes pour annoncer à tout un chacun que le mariage n'avait finalement pas eu lieu. Ce serait trop embarrassant.

—Allons bavarder avec les invités. Cela nous fera passer le temps et nous évitera de nous énerver à patienter.

Ruth avait déjà pris le bras de son mari, mais Ella secoua la tête.

—Toi et papa, allez-y. Je préfère attendre ici pour voir arriver Weller.

—Cela porte malheur de voir le marié avant la cérémonie, déclara sa mère en lui adressant un regard implorant, mais Ella tint bon.

—Je serai encore plus stressée si j'attends à l'intérieur.

—Nous restons ici avec toi, dans ce cas.

Son père avait l'air de vouloir asséner une droite sur le nez de Weller dès qu'il arriverait, et elle ne voulait pas que son grand jour démarre par une bagarre. Cela ferait assurément d'elle le centre d'une attention dont elle ne voulait pas.

—Je préfère attendre seule. De plus, j'ai besoin de vous deux pour faire du charme à l'officier d'état civil afin qu'il nous accorde plus de temps.

—Nous lui parlerons mais nous reviendrons tout de suite, insista son père. Je ne laisse pas ma fille traîner comme le dernier chausson aux pommes dont personne ne veut à la boulangerie.

—Merci, papa !

Malgré elle, Ella éclata de rire. Son père était prêt à dégainer une analogie boulangère dès que l'occasion se présentait. Après tout, c'était lui qui dirigeait la boulangerie familiale depuis qu'il avait quitté l'école. La comparaison n'était peut-être pas des plus flatteuses, mais elle la trouva étrangement réconfortante. Et si quelqu'un pouvait persuader le fonctionnaire de leur accorder un peu plus de temps, c'était bien Jago Mehenick.

En regardant ses parents monter les marches main dans la main, Ella poussa un soupir de soulagement. Les négociations devraient les occuper pendant un moment et ils cesseraient de s'en faire pour elle. Elle détestait cela. Si elle avait été ennuyée d'avoir l'air boudinée dans sa robe de mariée, être debout seule sur le parvis de l'hôtel de ville de Marylebone était une manière encore pire d'attirer l'attention dont elle aurait pu se passer.

— S'il te plaît, Weller, marmonna-t-elle dans sa barbe.

Elle fit de son mieux pour se fondre derrière une colonne sans cesser de surveiller la chaussée et de prier de toutes ses forces qu'un taxi apparaisse avec Weller et Ste, son témoin, à l'intérieur. La première fois qu'il avait entendu ce nom, son père avait été encore plus critique que pour Weller. « *Ce garçon n'est même pas capable de prononcer Steve en entier ?* » Ella appréciait cependant Ste, ce qui était aussi bien puisqu'il semblait faire partie du package. Weller et lui étaient amis depuis le lycée, et ledit Ste partageait la passion de Weller pour tout ce qui concernait les Mods. Ste était le technicien du son dans la start-up d'enregistrement de Weller et ils s'entendaient comme deux larrons en foire. D'ailleurs, ils passaient pratiquement tout leur temps ensemble. Ce qui permettait à Ella de ne pas devoir prétendre adorer camper dans les festivals de musique de Stone Valley, ou de gâcher ses congés annuels pour tenir compagnie à Weller dans ce genre d'occasion. C'étaient aussi des moments où elle pouvait rentrer à Port-Agnes pour se consacrer à ses parents. Après tout, ne lui avaient-ils pas consacré toute leur attention depuis sa naissance ?

Lorsqu'elle jeta un nouveau coup d'œil vers le bout de la rue, elle vit qu'un groupe composé d'adolescentes s'était massé au pied des marches. Elles avaient l'air encore plus nerveuses qu'Ella. Chaque fois qu'un taxi noir ralentissait, elles s'élançaient en brandissant leurs téléphones pour saisir le meilleur cliché qui soit de celui ou de celle qu'elles attendaient avec autant d'impatience. Pour finir, Ella céda à la curiosité et, en se disant que cela la distrairait un moment du temps qui passait, elle s'approcha des jeunes filles.

—Excuse-moi, lança-t-elle à la plus proche d'elle. Puis-je te demander qui vous attendez comme ça ?

Elle s'était éclairci la voix pour couvrir la clameur du groupe.

—Jed Harris et Petra Alexia.

La fille la dévisagea, mais elle n'avait visiblement aucune envie de savoir pourquoi Ella se baladait en robe de mariée sur le parvis du vieil hôtel.

—Merci, répondit simplement Ella.

Elle atteindrait ses trente ans à son prochain anniversaire, mais elle n'en savait pas moins qui étaient Jed Harris et Petra Alexia. Lui, c'était une star de YouTube qui avait fait fortune grâce à des apparitions incessantes dans des *reality shows* ; et Petra était une ancienne concurrente de *Love Island* et ce que les médias appelaient une « influenceuse », c'est-à-dire qu'elle était payée pour faire de la pub sur Instagram. Au moins, personne n'allait plus s'intéresser à Ella.

—Ysella !

Elle leva la tête pour découvrir sa mère sur le pas de la porte et essaya de deviner son expression.

—Des nouvelles de Weller ? demanda-t-elle en remontant les marches.

—Non. Il ne répond même plus au téléphone. Il doit être dans un coin où il n'y a pas de réseau.

Même Ruth ne réussissait pas à avoir l'air convaincue.

—L'officier a dit que s'il ne se présentait pas dans les minutes à venir, vous devrez reprendre rendez-vous pour une prochaine fois. Il y aurait un mariage aussitôt après le vôtre et la rumeur affirme qu'il s'agit d'un couple célèbre.

—C'est ce couple qu'elles attendent, dit Ella en faisant un geste vers la foule toujours plus nombreuse qui patientait au pied des marches, mais je ne crois pas que tu aies entendu parler d'eux.

—Je me fiche de savoir si c'est le prince Charles et Camilla qui viennent renouveler leurs vœux. Je veux juste que Weller se démène pour arriver à temps. Ton père va nous faire une attaque sinon. Je lui ai interdit de sortir pour éviter une scène. Tu sais comment il est quand il se met en rogne contre quelqu'un.

—Au moins, il n'y a pas cent cinquante invités qui ont envahi les bancs de Saint-Jude en attendant un mariage qui n'aura peut-être pas lieu.

Ella se mordit la lèvre. Si le pire devait advenir et qu'ils étaient obligés de reporter le mariage, cela serait embarrassant mais cela ne gênerait qu'une poignée de gens. Elle n'avait même pas pu inviter ses meilleurs amis de l'hôpital, pas plus que ses amis d'enfance de Port-Agnes, mais à cet instant, cela lui paraissait idéal. Obliger des amis de longue date à voyager pour un non-mariage aurait été désastreux.

—Tu ne crois pas qu'il regrette, non, maman ?

—Bien sûr que non !

La ride qui se creusa entre les sourcils de Ruth aurait pu pincer une pièce de cinquante pence.

—Pourquoi dis-tu ça, Ella ? Tu le crois ?

—Non, c'est juste le trac avant le grand moment.

Ella haussa les épaules, mais elle se sentait tout sauf détendue.

—Et toute cette attente n'arrange rien à l'affaire.

—Regarde, voici un taxi ! s'exclama Ruth en dégringolant les marches avant qu'Ella puisse l'arrêter.

Les hurlements de la foule s'en chargèrent et elles durent reculer toutes les deux. Ce n'était sûrement pas Weller.

—Ce sont les célébrités qui ont réservé le mariage après nous. S'ils sont déjà arrivés…

Ella ne put terminer sa phrase qu'on lui tapotait l'épaule.

—Mademoiselle Mehenick, je suis vraiment désolé mais si votre fiancé n'est pas là dans les cinq minutes, nous devrons laisser la place au mariage suivant. En réalité, nous avons déjà bien trop attendu et nous ne pouvons pas décaler le jeune couple qui vient d'arriver.

L'officier de l'état civil, en costume foncé sur mesure, une expression évidente d'impatience sur le visage, consulta sa montre.

—Nous nous sommes déjà montrés suffisamment accommodants.

— Et si le couple suivant était prêt à attendre un peu ? demanda Ruth en se tournant vers la femme.

— Cela ne fonctionne pas comme ça ! Nous ne pouvons pas décemment demander à quelqu'un de repousser son mariage uniquement parce que vous avez un contretemps.

— Vous ne pouvez peut-être pas le faire, mais moi oui !

Ruth avait déjà descendu les marches et se frayait un passage dans le groupe de fans avant que l'officier puisse réagir.

— Elle ne va pas vraiment avoir le toupet de leur demander ça ? dit l'officier en direction d'Ella.

— Cela ne m'étonnerait pas d'elle.

Si Ella tentait d'arrêter sa mère, les choses ne feraient qu'empirer. Jed et Petra lui répondraient que rien ne viendrait repousser leur mariage et ce serait réglé mais, au moins, Ruth aurait l'impression d'avoir fait son devoir. Sauf que cela ne se passa pas du tout comme ça. Quelques secondes plus tard, Ruth remontait les marches, suivie de près par Jed et Petra tandis que la foule continuait à se déployer comme un éventail autour d'eux.

— Ysella, c'est ça ? s'enquit Jed en prononçant parfaitement son prénom et en tendant la main.

Il avait des dents étincelantes et un sourire qui évoquait un dentiste talentueux.

— Votre mère nous dit que vous devez faire face à une petite catastrophe ? Genre disparition de marié ?

— Salut, oui, mais il n'a pas disparu. Il est seulement tombé en panne en chemin.

Ella était bien trop consciente que la foule était pendue à ses lèvres.

—Quel cauchemar ! s'écria Petra qui avait les jambes fines et l'expression d'une biche effrayée.

—Dans tous les cas, cela retarde le mariage, exact ?

Jed patienta jusqu'à ce qu'elle hoche la tête avant de continuer :

—Votre mère nous a demandé si nous pouvions attendre un peu avant que je fasse enfin de cette merveilleuse créature une honnête femme. Je suis sûr que nous pouvons rester encore un peu avec nos amis, n'est-ce pas *baby* ? Un peu de streaming en live sur Insta ne nous fera pas de mal !

Il regarda Petra qui opina et la foule laissa échapper un rugissement d'approbation.

—Je t'adore, Jed ! s'écria une des filles du premier rang.

Elle avait un appareil dentaire digne d'un rail de chemin de fer et des boutons sur tout le visage, mais elle avait surtout l'air d'être sur le point de tomber dans les pommes. Dans les années 1960, l'ancien hôtel de ville de Marylebone avait peut-être dû affronter la Beatlemania mais, désormais, un youtuber pouvait avoir le même impact sur les jeunes fans. Weller aurait été horrifié. S'il avait été là, bien sûr.

—Je suppose que cela ne vous dérange pas… commença Jed en plissant les yeux vers le badge de l'officier… Fiona ?

—Pas du tout, du moment que vous êtes tous les deux d'accord.

Elle lui adressa un grand sourire, soudain prête à

se montrer conciliante. Jed tendit son téléphone à un homme qui se tenait à sa droite.

—Filme bien toute la scène, OK Jimmy ? Comme je l'ai dit, cela fera une super *story* sur Instagram pendant que nous attendrons le grand moment. Commence par deux ou trois clichés avant de lancer le direct.

Jed passa un bras sur les épaules de Petra et l'autre autour de ladite Fiona. Bon gré mal gré, Ella et Ruth furent poussées en avant pour apparaître elles aussi sur la photo. Il semblait que c'était un faible prix à payer pour le couple qui retardait son propre mariage.

Pendant les dix minutes suivantes, Jed et Petra posèrent pour un shooting en bonne et due forme, seuls ou avec leurs fans, tandis que l'officier d'état civil continuait à tambouriner sur son calepin. Ella détourna les yeux vers la rue en faisant un pacte avec elle-même : si Weller ne sortait pas d'une des dix prochaines voitures, elle annulerait le mariage ; même si Jed et Petra semblaient tout disposés à attendre encore. Elle savait que pour autant que la situation la gênait, ce serait encore pire pour ses parents, d'autant que son père avait tendance à faire de l'hypertension.

Une, deux, trois, quatre, cinq… aucun véhicule ne s'arrêta jusqu'à ce qu'un taxi se matérialise sur la chaussée. Le cœur d'Ella avait fait des bonds à chaque taxi et elle ne pensait pas que celui-ci les concernait. Lorsqu'il se gara, elle était incapable d'imaginer que Weller en sortirait, mais il apparut alors, juste à temps semblait-il.

—Nous étions sur le point de laisser tomber ! s'écria Ella.

Elle ne savait plus si elle devait l'enlacer ou le gifler. Il grimpa les marches deux par deux, son cher Ste sur les talons.

— Je sais, je suis désolé, crois-moi. Nous sommes tombés en panne et ensuite…

De toute évidence, il évitait de croiser son regard ; il se tourna plutôt vers Ste qui hochait lentement la tête.

— Et ensuite, *quoi* ?

Ella ne sentait que trop les regards de la foule, au point qu'elle pouvait presque percevoir l'haleine de Jed sur sa nuque. Quand on parle de ne pas avoir envie d'être au centre de l'attention !

— Tu dois le lui dire, mec, intervint Ste.

Weller gardait les yeux rivés au sol.

— Allez, mec, on en a assez parlé, ajouta Ste.

— Je suis désolé, Ella. Quand le Lambretta est tombé en panne, j'ai d'abord pensé à héler un taxi pour arriver le plus vite possible. Je voulais vraiment t'épouser, tu sais. Pour que nous nous installions dans l'appartement et fonder une famille, comme nous l'avions décidé. Je t'assure ! En tout cas, c'était ce que je croyais.

— Ce que tu croyais ? répéta Ella en se demandant si elle n'allait pas se réveiller d'une minute à l'autre dans son lit, à l'hôtel de Dorset Square, et la manière dont la robe la serrait alors qu'elle tentait, toujours sous les yeux de la foule, de retrouver son souffle, n'avait rien à voir avec son imagination.

De son côté, si Weller avait remarqué le public, il n'avait pas l'air de s'en soucier, et il insista avec indifférence :

— Nous avons trouvé un taxi tout de suite mais, plus il se rapprochait, plus j'avais envie de demander au chauffeur de ne pas s'arrêter. C'est ce qu'il a fait. Nous sommes passés devant vous au moins six fois.

— Tu as bien vu que j'étais là ? Que je t'attendais ?

Elle avait parlé d'un ton trop calme, même à ses propres oreilles, et elle n'arrivait pas à croire qu'elle lui avait posé la question.

—Oui, et je suis désolé, mais ça a été comme un signe : la panne du Lambretta. La chance de tout arrêter avant que nous fassions tous les deux une chose que nous finirions par regretter.

Il tendit la main vers elle mais elle recula comme s'il l'avait brûlée.

—Nous sommes trop différents, c'est tout. Nous n'avons pas les mêmes envies. Je pense que nous n'avons jamais eu les mêmes aspirations, mais je ne l'ai compris que dans ce taxi. La chanson des Jam tournait en boucle dans ma tête.

—Qu'est-ce que tu racontes ? Quelle chanson ?

Cela ne pouvait pas être réel. Le vacarme des rues animées de Londres sembla s'effacer dans le lointain et la foule retenait son souffle, curieuse d'entendre ce que Weller allait répondre.

—Tu sais, cette chanson que j'écoute sans cesse. *I've Changed My Address*, celle où Paul Weller chante qu'il ne voit pas l'intérêt de se marier et d'être prisonnier d'un crédit et de gosses ? C'était comme s'il parlait de moi et j'ai compris que je faisais tout ça, me marier, me caser, parce que j'ai trente-cinq ans et que c'est ce que le monde attend de moi et non parce que je le veux.

—Il a fallu que tu me voies debout en haut des marches à la minute où nous devions nous marier pour t'en rendre compte ?

Ella repoussa brusquement le bouquet qu'elle tenait contre sa poitrine et Weller tenta à nouveau de lui prendre la main, mais elle fut plus rapide. Elle refusait sa condescendance et ses paroles de réconfort, il en avait déjà fait assez en les humiliant, elle et ses parents, devant un auditoire plein d'inconnus.

—Pour ta gouverne, j'ai éprouvé des doutes moi aussi, mais je ne t'aurais jamais, *jamais*, traité comme tu l'as fait. On ne fait pas ça à quelqu'un qu'on aime.

—Tu as raison, dit Weller en secouant la tête. Je ne t'aime pas, Ella. Vraiment, je suis désolé. Je crois que si j'avais pu aimer une femme suffisamment pour en faire mon épouse, cela aurait été toi, mais je ne peux pas continuer à nous mentir à tous les deux.

—Espèce de…

Ruth se jeta sur lui et il fallut que Jed et Jimmy, son vidéaste, interviennent pour la retenir tant elle se débattait.

—Ces deux-là peuvent peut-être m'empêcher de te mettre une raclée, mais quand Jago va découvrir le pot aux roses, tu regretteras d'être venu au monde.

—Il n'en vaut pas la peine, maman.

Ella arracha sa bague de fiançailles et la jeta vers la foule qui s'éparpilla pour tenter de la récupérer. Tout lui était égal à présent, y compris de savoir sur quel réseau social sa photo ou celle de sa bague apparaîtraient.

—Ella, je t'en prie, je suis vraiment vraiment désolé…

Elle lui tourna le dos. S'il se sentait coupable, c'était son problème à lui. Indifférente à l'agitation qui se prolongeait dans son dos, elle remonta les marches pour aller prévenir son père. Ce fut alors qu'elle sentit un bras autour de ses épaules. De toutes les personnes présentes, c'était Petra qui lui offrait un peu de réconfort, et son regard était plein d'une sympathie sincère.

— Un jour, tu seras contente de ce qu'il a fait, je te le promets.

— Tu crois vraiment ça ?

Les larmes l'étouffaient mais elle n'arrivait pas à pleurer.

— J'en suis absolument certaine.

— Elle a raison, tu peux faire mieux.

Sa mère était revenue à ses côtés, sa colère contenue et sa voix plus douce.

— Cela va être difficile de l'annoncer aux autres mais, comme tu l'as dit, nous n'avons pas tant d'invités que ça. Demain, personne n'en parlera plus.

— Sauf que ce qui sort sur Internet reste sur Internet, pour toujours, déclara Jed d'un ton détaché. Pas mal de gens ont pris des photos et certains ont même filmé toute la scène.

— Cette journée n'aurait pas pu mieux se dérouler !

Les premières larmes jaillirent enfin des yeux d'Ella qui ne voyait plus comment enrayer leur flot croissant. Elle avait toujours imaginé le jour de son mariage comme un tournant qui bouleverserait sa vie, mais elle était sûre que personne n'aurait pu prédire que cela se passerait de cette manière.

2

Ella inspira pendant trois secondes, retint sa respiration quatre secondes et expira en comptant cinq secondes. En tant que sage-femme, elle n'avait rien à apprendre sur le pouvoir de la respiration. La respiration, c'était la vie, c'était évident, mais les gourous de développement personnel se comportaient comme s'ils avaient créé un truc nouveau. La technique du 3-4-5 était censée vous donner un coup de fouet équivalent à un double gin tonic, et comme elle était bien obligée, malgré sa petite forme, de se présenter au service des sages-femmes de Port-Agnes pour son premier jour, elle devait se borner à croire qu'ils disaient vrai. Il ne s'agissait peut-être que d'un contrat de six mois pour remplacer une autre sage-femme, mais c'était exactement ce dont elle avait besoin. Six mois devraient largement suffire pour retomber sur ses pieds et effacer Weller de sa mémoire.

Elle gara sa Fiat 500 sur la dernière place disponible du parking du personnel tout en répétant l'exercice de respiration plusieurs fois. Elle allait faire front, du moins tant que personne ne mentionnait son quart d'heure de célébrité. Ses cheveux avaient retrouvé leur nuance brune naturelle, et ils étaient beaucoup moins bouclés que sur la vidéo du parvis du vieil hôtel de ville de Marylebone. OK, c'était un grand classique d'« un petit tour chez le coiffeur et tout s'arrange ! ». En l'occurrence, la coiffeuse s'était montrée un peu trop enthousiaste et avait taillé et coupé dans l'épaisseur pour lui rendre ses boucles naturelles. Le mois qui venait de s'écouler ressemblait à ce que l'on ressent en sortant d'un rendez-vous raté chez le coiffeur. Il lui avait fallu pas mal de gel et une demi-bombe de laque pour obtenir un lissage correct avant l'entretien d'embauche. Six semaines plus tard, premier jour donc du job, Ella avait enfin obtenu les ondulations plus douces qu'elle recherchait au lieu d'avoir l'air de Brian May, le guitariste de Queen, dans les années 1970.

Elle sortit enfin de la voiture et traversa le parking jusqu'à l'entrée du service maternité. Le soleil brillait, mais l'intérieur du bâtiment aurait été tout aussi éblouissant par temps gris. Les murs étaient peints en bleu ciel, sauf celui qui délimitait la partie salle d'attente à la réception et qui s'ornait d'une fresque de couleurs vives représentant des familles en train de jouer sur la plage à Port-Agnes. Lors de l'entretien, Anna Jones, la cadre responsable du service, lui avait dit que la fresque était l'œuvre d'un artiste local qui l'avait réalisée gratuitement afin de remercier l'équipe d'avoir si bien accompagné un membre de sa famille au cours d'un accouchement difficile. Quelle qu'en soit la raison, il était impossible de regarder la scène sans éprouver de la joie.

— Bonjour, dit Ella en souriant à la jeune femme qui se tenait derrière le comptoir de la réception. Je suis Ella Mehenick, la nouvelle sage-femme qui va remplacer Sadie Turner.

—Ah oui, Anna m'a prévenue que vous commenciez aujourd'hui.

La réceptionniste se leva et sortit un paquet d'un tiroir avant de continuer.

—J'ai rassemblé tout ce dont vous aurez besoin pour commencer. Voilà le badge d'identification qui vous servira aussi pour franchir les différentes portes, et un permis pour le parking, à placer sous le pare-brise chaque fois que vous venez pour plus de deux heures. Pour aujourd'hui, je crois qu'Anna a prévu que vous la suivrez dans ses visites. Vous pourrez mettre la carte de parking en partant. Anna vous donnera tout le kit nécessaire pour vos propres visites. Au fait, je m'appelle Penny et on peut se tutoyer.

—Enchantée, Penny.

—Moi aussi. Je viens d'emménager à Port-Agnes et je ne connais pas encore beaucoup de monde. Anna m'a dit que tu avais grandi ici ?

—Exact, mais cela fait dix ans que je suis partie et j'avoue que je ne connais plus grand monde non plus. Tous mes amis sont allés faire leurs études ailleurs et ne sont jamais revenus. Je pense que c'est parce qu'il n'y a pas beaucoup de boulots intéressants… sauf si on veut travailler dans un hôpital ou s'acheter un bateau de pêche ! Toutefois, je crois que ça a changé quand ils ont ajouté le service maternité au pôle de santé, et c'est ce qui m'a décidée à revenir pendant quelques mois.

Elle n'allait certainement pas s'expliquer davantage si elle pouvait l'éviter. C'était tout aussi bien de faire un retour discret à Port-Agnes, sans être marquée au fer comme la « mariée éconduite » qui était devenue, à contrecœur, une célébrité virale sur les réseaux.

Deux mois plus tard, elle recevait encore des e-mails de demande à participer à des émissions de téléréalité ou d'interview pour raconter ce qu'on éprouvait quand on se faisait jeter. Elle aurait sans doute pu répondre en un mot, mais ce n'était pas le genre de chose à dire à la télé. Ou à ses nouveaux collègues, même temporaires.

D'après ses parents, la presse locale avait publié des articles à son sujet pendant près d'un mois après la vidéo que Jed Harris et Petra Alexia avaient postée, celle où Weller, de manière claire et nette, lui avait annoncé qu'il refusait de l'épouser. La vidéo avait d'ailleurs circulé dans le monde entier et quelqu'un en avait fait un mème où l'on voyait Ella en robe de mariée avec la légende : « *VDM Médaille d'or* ». Est-ce qu'on harcelait autant Weller ? Elle en doutait. Il semblait avoir disparu de la surface de la terre et même Ste affirmait ignorer où il était. Ce n'était pas qu'elle ait eu envie de lui parler, mais elle aurait voulu savoir où balancer ses affaires. Pour finir, après lui avoir laissé quarante-huit longues heures pour répondre à ses messages, c'était la boutique caritative d'Oxfam qui avait bénéficié de tout ce qu'il avait laissé derrière lui dans leur location. Un compromis pas trop injuste dans la mesure où le père d'Ella voulait tout brûler et lui envoyer les crottes de tous les chiens de sa rue à sa nouvelle adresse. Par chance pour Weller, Jago Mehenick ignorait ladite adresse.

Par chance aussi, Ella et Weller n'avaient jamais signé la promesse d'achat de l'appartement qu'ils avaient eu en tête, ce qui n'aurait fait qu'aggraver la situation. Certains pourraient se réjouir que Weller ait eu la délicatesse de mettre fin à toute l'histoire à temps, mais ce n'était pas eux qui s'étaient retrouvés en robe de mariée délaissés sur les marches de l'autel pour ainsi dire.

— J'appelle Anna pour voir si elle est disponible pour venir te chercher, dit Penny en souriant.

Ses paroles ramenèrent Ella au présent.

— Merci beaucoup.

Elle patienta en regardant à nouveau la fresque. D'un côté, il y avait une colline et des champs qui s'étendaient jusqu'à une petite rangée de cottages ; de l'autre, l'artiste avait représenté un port de pêche. C'était une scène pleine de vie, avec des enfants qui couraient derrière leur cerf-volant ou des chiens qui se poursuivaient à travers l'herbe jusqu'à la plage. Les maisons qui flanquaient un côté du port étaient peintes des mêmes couleurs vives que leurs modèles réels. Il y avait Mercer's Row, la rangée de vieilles maisons de pêcheurs qui appartenait à une agence de locations de vacances depuis aussi loin qu'Ella s'en souvienne, et où elle avait décroché son premier job, un mi-temps de femme de ménage, alors qu'elle était encore au lycée. Elle sentit ses joues s'enflammer lorsqu'un autre souvenir de Mercer's Row surgit. Elle s'efforça de le chasser, mais, en dépit de sa détermination, il y avait des choses qu'elle ne pourrait jamais oublier.

La maison à la porte peinte en rouge vif, avec sa grande baie vitrée, située au cœur de la scène du port, était la boulangerie Mehenick, là où ses parents vivaient et travaillaient depuis leur mariage et la maison qu'elle appelait son « foyer » avant de partir pour l'université. Elle plissa les yeux en direction de la fresque, comme si elle s'attendait presque à voir une image d'elle en train de regarder du côté du port par la fenêtre de l'étage, comme elle le faisait si souvent autrefois, à l'époque où elle rêvait de Londres et d'aventure au-delà des frontières du ravissant mais petit village de pêcheurs de la Cornouailles. Elle ne tenait pas à passer sa vie à raconter à tous ceux qui voudraient bien l'écouter qu'elle était née à Port-Agnes, de même que ses parents et grands-parents ; elle avait été si soucieuse de les rendre fiers en faisant quelque chose de différent ! Sa mère n'en avait pas eu l'occasion et elle avait abandonné ses rêves de chanteuse pour diriger la boulangerie. Ella avait eu plus de chance, et elle n'avait aucunement l'intention de la gâcher. Pourtant, voilà qu'elle était là, de retour dans son ancienne chambre au-dessus de la boulangerie familiale sans être sûre d'avoir pris la bonne décision. En s'engageant à revenir à la maison pour quelques mois, ne s'était-elle pas lancée dans une direction dont elle ne pourrait plus se sortir ?

—Ella, c'est merveilleux, vous êtes là !

Anna émergea de la porte qui conduisait aux salles de travail et, au lieu de lui tendre la main, elle l'enveloppa aussitôt dans une chaleureuse étreinte.

—Désolée si je suis un peu trop expansive, mais je n'arrivais pas à croire que vous aviez réellement accepté de venir nous rejoindre avant que je vous voie ici en chair et en os. Je n'arrête pas de me pincer pour accepter l'idée que nous allons bénéficier de quelqu'un avec votre expérience pour un poste de ce niveau alors qu'il ne s'agit que d'un CDD.

—J'espère juste ne pas vous décevoir !

—Bien sûr que non. Venez, je vais vous présenter au reste de l'équipe. J'ai pensé que vous pourriez suivre la tournée de Jess ce matin et m'accompagner cet après-midi. Dès demain, vous serez en solo ! En ce moment, c'est un peu le bazar, et ce n'est pas parce que je suis la responsable du service que je ne mets pas la main à la pâte. Dans un service d'obstétrique rural comme le nôtre, avec des patientes dans une zone géographique aussi étendue, on peut dire que nous n'avons pas le temps de nous ennuyer.

— J'en suis ravie.

Ella souriait mais son estomac se noua. Au cours des dernières années, dans l'hôpital où elle avait travaillé si longtemps, elle s'était spécialisée dans les grossesses à risques. Ce serait très différent ici, dans un service où il n'y avait que des sages-femmes et où toutes les patientes qui constituaient des cas délicats étaient transférées à la maternité la plus proche, à Truro.

— En tout cas, vous avez choisi le bon moment pour rencontrer notre équipe, déclara Anna en lui tenant la porte qui donnait sur un couloir. Ce matin, nous n'avons qu'une seule patiente en travail et nos consultations ne démarrent que dans une demi-heure. Nos collègues de garde sont encore dans la salle du personnel.

— Parfait, je suis impatiente de faire leur connaissance.

Elle espérait seulement que l'assemblée ne comptait aucun fan de YouTube ou d'Instagram. Cela ne faisait que deux mois que le mariage-sans-mariage avait eu lieu, mais elle avait fini par avoir horreur d'entendre l'affreux : « *Je suis sûre de vous avoir déjà vue quelque part...* »

— Hello tout le monde, je vous présente Ella Mehenick, notre nouvelle recrue.

Anna, une femme mince et grande, dont les longs cheveux roux persistaient à échapper de sa tresse, s'écarta devant elle.

—Contente de te rencontrer, Ella, moi, c'est Frankie, l'une des auxiliaires de la maternité. Nous sommes quatre en tout mais nous travaillons par tranches de douze heures, généralement deux par deux. En ce moment, Bobby est occupé avec l'accouchement en cours. C'est le seul mec de l'équipe alors tu ne risques pas de le louper !

La femme accompagna ses dernières paroles d'un clin d'œil à Ella. Elle avait une bonne quarantaine d'années et elle était ravissante. Il semblait qu'elle avait dû prendre une ou deux tailles depuis qu'on lui avait remis son uniforme, mais, de toute évidence, elle était tenace et les coutures céderaient probablement avant elle.

—Ravie aussi, Frankie. Dans mon dernier poste, je me suis toujours appuyée sur les auxiliaires, et je risque fort de vous rendre dingue avec mes questions.

—Demande-moi tout ce que tu veux. La seule chose que je ne révélerai pas, c'est mon poids ! Ça restera entre ma balance et moi, et ma coach de fitness, même si elle m'a menacée de m'éjecter si je ne maigris pas… ou si je n'arrête pas de grossir !

Frankie avait un rire des plus contagieux et Ella se sentait déjà mieux d'avoir accepté le poste. Voilà ce dont elle avait besoin par-dessus tout : être entourée de gens capables de la faire rire.

—Je ne suis pas sûre de faire aussi bien que Frankie, mais moi c'est Jess.

La femme blonde assise en face d'Anna se leva et serra la main d'Ella.

—Merci de nous rejoindre. Désormais, ce ne sera plus moi « la petite nouvelle ». Même si c'est plus vraiment mon cas puisque je suis là depuis quasiment une année.

Mais comme c'est un endroit que personne ne veut jamais quitter, tout le monde est là depuis des siècles. Fais attention ! Si tu crois que tu ne vas rester que six mois, ce n'est pas sûr à cent pour cent !

—C'est parce que la patronne est vraiment très compréhensive, n'est-ce pas ? grimaça Anna.

—Bien sûr, si ce n'est que le fait que Gwen, l'une des autres sages-femmes, apporte tout le temps des biscuits et des gâteaux qu'elle fait elle-même doit peser un peu dans la balance.

Jess eut à peine le temps de terminer sa phrase que Frankie intervenait.

—J'ai fait la gaffe d'en parler au club de fitness et la coach a menacé de venir jusqu'ici pour interdire à Gwen de me laisser manger ses pâtisseries. À ce rythme, elle va finir par coller des affiches partout, continua-t-elle en fronçant le nez, à la friterie ou à la boulangerie Mehenick avec ma photo et la légende : « *Avis à la population : ne SERVEZ PAS cette femme !* »

—La boulangerie Mehenick, c'est mes parents.

—Oooh, Ella ! Quelle chance tu as. On se demande comment tu peux rester aussi mince, répliqua Frankie avec une nouvelle grimace. Si j'avais un accès illimité aux gâteaux de ton père et à ces petits pains à la crème, je serais grosse comme une montgolfière. Maintenant que tu le dis, je vois qu'il y a une ressemblance entre toi et ta mère. Vous avez les mêmes yeux bleus. Elle a fréquenté le club un moment, pas parce qu'elle avait besoin de maigrir, mais elle devait aller à un grand mariage de famille et elle a dit qu'elle voulait avoir l'air bien sur les photos.

— Bon, en parlant de la prêtresse de la pâtisserie, Ella, je te présente Gwen.

Anna avait habilement changé de sujet au moment où une femme aux cheveux gris ramassés en petit chignon net entrait dans la pièce. Elle était probablement aussi soulagée qu'Ella de l'interruption. Elle savait parfaitement pour quelle raison cette dernière était prête à accepter une rétrogression pour revenir temporairement à Port-Agnes mais, visiblement, elle n'avait pas éprouvé le besoin d'en parler. Ella l'en apprécia aussitôt encore plus. Il ne faudrait sans aucun doute pas longtemps avant que Frankie additionne deux plus deux et comprenne que c'était pour le mariage d'Ella que sa mère voulait maigrir. Avec un peu d'espoir, Ella pourrait arriver au bout de sa première matinée sans devoir évoquer le sujet.

— Contente de te rencontrer Ella. Bienvenue dans l'équipe.

Après Gwen, la sage-femme la plus ancienne du service, Ella fut présentée à Toni, une autre sage-femme de la maison médicale. Il y avait des autres auxiliaires qui ne prenaient leur service qu'après Frankie et Bobby, et n'étaient donc pas là, trois autres sages-femmes, actuellement de nuit, et encore une qui était en congé. C'était une équipe plutôt nombreuse, mais elle couvrait toute la Cornouailles, de Port-Agnes à Port-Kara, à trente kilomètres au nord sur la côte, ainsi qu'une bande d'une dizaine de kilomètres vers l'arrière-pays. Les patientes qui ne pouvaient pas accoucher au pôle de santé pouvaient quand même être suivies par les sages-femmes de Port-Agnes, mais elles devaient prévoir d'aller jusqu'à Truro pour l'accouchement.

— OK, je vais me débarrasser du briefing du matin, dit Anna en souriant à Ella, et Jess pourra ensuite vous emmener. Vous connaissez sans doute mieux Port-Agnes que la plupart d'entre nous, mais il y a peut-être des coins de notre zone d'intervention où vous n'êtes jamais allée. De plus, Jess a aussi un rendez-vous à Port-Kara. Vous serez la référente de deux des patientes que vous allez rencontrer aujourd'hui.

— J'ai hâte de travailler à domicile aussi.

Ella sentit ses épaules se détendre. Au moins, loin de Port-Agnes, elle n'aurait pas à se soucier que le mariage-sans-mariage soit évoqué à l'improviste. Pour ceux qui ne vivaient pas dans sa ville natale, ses quinze minutes de gloire appartenaient déjà au passé ; au pire, il s'agissait de deux lignes dans le papier du journal qui tapissait le fond d'une cage à oiseaux. En revanche, là où elle avait grandi, il y avait des gens qui n'oublieraient jamais ce qu'ils avaient lu à son sujet et, pire encore, ceux qui ne la laisseraient pas oublier si facilement. Quoi qu'en pense Jess, six mois à Port-Agnes seraient plus que suffisants pour Ella.

***

Jess était de ces gens qui n'éprouvaient aucune gêne à accompagner à tue-tête la chanson qui passait à la radio locale. Qu'importe si elle inventait la moitié des paroles ? Elle n'en avait pas plus honte que du fait qu'elle était incapable de chanter juste. Ella aurait adoré avoir ce genre de confiance en elle, mais elle était plutôt du genre à vouloir raser les murs. À en croire sa playlist, la radio des Trois-Ports, celle qui émettait de Port-Agnes à Port-Kara, semblait coincée dans les années 1970 et 1980. Toutefois, d'après Jess, il y avait une autre raison de taille pour ne pas changer de station.

—Je sais que le présentateur a un petit côté Alan Partridge, tu sais, le comique qui imite les types de la télé, avec leur absence de tact et leur orgueil démesuré, expliqua-t-elle en tournant rapidement la tête et en souriant à Ella avant de se concentrer à nouveau sur la chaussée, mais c'est la seule station de radio où tu es sûre de savoir que les moutons de Johnny Tingal se sont échappés sur la route de Holly Bay avant de te retrouver au beau milieu du troupeau dans un embouteillage dont tu ne pourras t'extirper que si tu as l'énergie de pousser trente brebis affublées d'une bêtise pathologique à l'abri dans leur pré. Fais-moi confiance, ça m'est arrivé et c'est encore plus dur que ça n'en a l'air !

—C'était Donny Osmond dans *Puppy Love* !, ou « amourette de jeunesse », hurla le DJ trois fois plus fort que la chanson qu'il venait de passer. Appeler ça « l'amour d'un chiot », c'est une trouvaille. À ce propos, quelqu'un aurait lu l'article de cette semaine du *Three Ports News* au sujet de cette femme, Kayleigh Mackenzie de Port-Kara, qui est tombée amoureuse de son poisson rouge ? Je ne sais rien de l'amour d'un chiot mais, pour moi, c'est moins pire que le poisson d'amour ! Par quelle chanson continuer si ce n'est *Kayleigh* de Marillion, dont le chanteur s'appelle… comme vous l'aurez deviné : Fish !

—Je pense que je préfère repousser des moutons plutôt que d'écouter ça, commenta Ella sans pouvoir s'empêcher de sourire.

Au moins, elle n'était pas tombée amoureuse d'un poisson rouge ; juste d'un type qui en avait la mémoire quand il s'agissait de se souvenir de la raison qui l'avait poussé à vouloir l'épouser. La pauvre vieille Kayleigh Mackenzie bénéficiait à son tour de son quart d'heure de célébrité sur la radio des Trois-Ports, et faisait les gros titres du journal local. Après tout, Kayleigh faisait peut-être partie de ces gens qui cherchaient la célébrité à tout prix, même si cela exigeait de se fiancer avec un poisson.

— Tu t'y habitueras. Je suppose que ça doit être un genre de choc culturel, je veux dire revenir ici après avoir passé tout ce temps à Londres ? Tu n'avais jamais envisagé de revenir au pays avant ?

Jess négocia un virage serré tandis qu'elles montaient vers l'arrière-pays pour leur première visite à domicile – une deuxième grossesse pour une certaine Lissy Holmes dont Ella serait la référente. Les accotements raides et les murets de pierres sèches fermaient la vue sur Port-Agnes et la mer.

Ella se décala dans son siège pour regarder Frankie.

— Après avoir obtenu mon diplôme, je suis restée à Londres essentiellement parce que mes parents avaient insisté pour consacrer toutes leurs économies à ma formation au lieu de me laisser opter pour un prêt étudiant. J'avais l'impression qu'ils méritaient que je reste là-bas pour accomplir une carrière digne de leur investissement.

Ella regrettait encore de ne pas avoir réussi à convaincre ses parents de ne pas dépenser toutes leurs économies pour elle, mais ils lui avaient opposé une fin de non-recevoir qui avait débouché sur la plus grosse dispute de leurs vies. Il avait suffi que son père évoque sa hausse de tension pour qu'elle se plie à tous leurs projets.

— Alors, pourquoi maintenant ?

— J'ai rencontré quelqu'un, mais ça n'a pas marché, et j'ai compris qu'il y avait du vrai dans ce que mon père me répète depuis des années : « On peut quitter la Cornouailles, mais la Cornouailles ne te quitte jamais. » La région me manquait et j'avais envie de rentrer et de travailler dans la communauté où j'avais grandi, au moins pendant un moment. C'est une sage-femme du coin qui m'a mise au monde dans la chambre de mes parents, et le travail à domicile a toujours eu une petite place dans mon cœur, même si j'ai pris une voie différente. Ma mère et mon père ont longtemps essayé en vain d'avoir un enfant avant ma naissance, et mes premières heures n'ont pas été faciles. C'est pour ça que mon deuxième prénom est Abigail, celui de la sage-femme qui a aidé à me mettre au monde, parce que mes parents lui étaient si reconnaissants ! Au point qu'ils étaient persuadés que je n'avais survécu que grâce à elle. J'ai grandi avec l'idée que les sages-femmes faisaient le boulot le plus important du monde, et je n'ai jamais voulu faire autre chose. Ici, le pôle de santé et la maternité n'étaient même pas sortis de terre quand j'ai terminé mes études.

— Je suis désolée de ce que tes parents ont dû endurer, déclara Jess d'un air sincère, mais je ne peux que convenir avec eux que nous faisons le plus important métier du monde et surtout le plus beau.

— Moi aussi. J'espère juste que je ferai une bonne sage-femme ici pendant mon séjour. Je suis peut-être une Cornouaillaise de cœur, mais mon père répète à qui mieux mieux que ce n'est plus comme il y a douze ans, la dernière fois que j'ai séjourné ici un peu plus longtemps.

— Je pense que tu t'apercevras que, au fond, les choses n'ont pas tant changé que ça. Notamment dans nos régions. D'ailleurs, continua Jess en souriant, nous avons plus de moyens pour aider les femmes à accoucher à domicile qu'il y a une génération. De nos jours, il ne s'agit plus des adoratrices des arbres qui veulent célébrer la naissance en dévorant leur placenta ! Lorsque la mère ne présente pas de complications et qu'elle est capable de supporter la douleur sans péridurale, je crois que la maison est le meilleur endroit où accoucher. Pour toutes celles qui préfèrent parer à toute éventualité, mais qui ne présentent pas non plus de complications, il y a des salles de travail à la maison de santé. Sous certains aspects, nous travaillons comme le faisait ma grand-mère dans les années 1950. L'hygiène en plus !

— Même dans un endroit comme ici ?

Ella fit de son mieux pour ne pas froncer le nez alors qu'elles s'engageaient dans un chemin qui conduisait à une ferme, mais les relents caractéristiques frappèrent ses narines avant même qu'elle ne découvre la montagne de fumier qui s'élevait contre une grange.

— À l'intérieur, tout est nickel.

Jess rit devant l'expression qui traversa le visage d'Ella tout en ajoutant :

— Cependant, je ne saurais trop te conseiller d'avoir une paire de bottes dans le coffre de ta voiture. C'est un instrument indispensable de la panoplie des sages-femmes en visite à domicile.

Ella baissa les yeux vers ses chaussures en daim qui n'allaient probablement pas survivre à cette journée. Puis elle se dit que, dans la mesure où c'était un cadeau de Weller du Noël précédent, ce ne serait pas une grande perte.

—Alors, cela veut dire que cette patiente ne présente pas de complications ? demanda Ella.

Elles se garèrent devant la maison principale, une sorte de bungalow en bois qui n'avait rien de ravissant ni de douillet. Il avait dû être bâti dans les années 1960, lorsqu'on ne se souciait guère de donner un style aux logements. Ella savait mieux que quiconque que tous les habitants de la Cornouailles ne vivaient pas dans de pittoresques chaumières ou d'authentiques maisons de pêcheur en pierres grises dont les fenêtres donnaient directement sur l'océan. Dans cette ferme, on ne faisait pas semblant de travailler, mais elle était aussi authentiquement cornouaillaise que la bâtisse du port qui abritait la boulangerie et l'appartement de ses parents.

—En théorie, Lissy n'est pas une patiente à risque. Sa tension est parfaite et il n'y a aucun autre souci, que ce soit pour la mère ou pour le bébé. Sauf que c'est le numéro deux et que, lors de son premier accouchement, il y a dix mois, le numéro un s'est présenté par le siège à la dernière minute. Elle avait opté pour un accouchement à la maison médicale et nous n'avions plus le temps de l'emmener à l'hôpital. C'est Anna qui l'a accompagnée tout du long. Le bébé a manifesté des signes de détresse respiratoire et, pendant un moment, on a frôlé la catastrophe, mais il a récupéré assez vite. Elle veut tenter un accouchement à domicile cette fois tout en restant, sans véritable raison, très anxieuse par rapport à sa grossesse. En plus, son mari est souvent absent pour son travail. C'est pour ça que nous lui rendons visite tous les quinze jours, juste pour la rassurer. C'est bien plus fréquent que la normale, mais le fait de pouvoir soutenir les femmes comme elle est l'un des avantages de travailler en libéral à la campagne.

—Je pense qu'à sa place, je miserais plus sur la prudence que sur un accouchement à domicile, déclara Ella.

Devant l'air surpris de Jess, elle ajouta :

—Je n'aurais probablement pas dû dire une chose pareille.

Elles sortirent de la voiture.

—Peut-être pas comme ça, mais il n'en reste pas moins important d'expliquer clairement les risques et de poser toutes les questions nécessaires afin que les futures mamans puissent prendre leur décision en toute connaissance de cause. Lissy a l'air de savoir ce qu'elle veut. Je pense que la seule manière dont elle est capable de surmonter son anxiété par rapport au travail, c'est de prévoir quelque chose de très différent de la première fois. Malheureusement, j'ai bien peur que son mari ne soit pas d'un grand soutien, ne serait-ce que parce qu'il est si souvent absent.

—Alors, qui l'aide à la ferme ? Bon sang !

Ella faillit sauter sur le capot de la voiture lorsque quatre vaches déboulèrent dans la cour et chargèrent vers le portail ouvert.

—Au fait, j'ai oublié de préciser une chose. La ferme de Lissy est un modèle d'élevage en liberté dans le vrai sens du terme ! C'est d'ailleurs pour ça qu'elle l'a appelée « Liberty Farm ». Et d'après ce que j'en sais, elle se débrouille toute seule.

—Comment va-t-elle réussir à faire tourner cet endroit avec un bébé et un tout-petit ?

— J'espère que son mari reverra ses priorités pour être plus souvent à ses côtés, au moins au début.

Jess se lissa les cheveux tandis qu'elles parvenaient à la porte d'entrée et ajouta :

— Rappelle-toi que nous ne sommes pas des assistantes sociales, ni des rédactrices du courrier du cœur. Si nous sommes inquiètes de la situation après la naissance du bébé, nous serons obligées de faire un signalement. C'est un des mauvais côtés de notre job : nous tissons des liens avec les mères dans notre travail et il est parfois difficile de ne pas trop nous impliquer.

— J'en tiendrai compte.

Jess avait déjà commencé à frapper doucement sur la porte de la ferme. Une voix lança :

— Une minute !

Quelques secondes plus tard, la porte s'ouvrit sur une femme enceinte jusqu'aux yeux, les cheveux ramenés haut sur le crâne, qui afficha un grand sourire quand elle découvrit Jess. Surprise de la reconnaître, Ella laissa échapper un petit soupir.

— Désolée, je voulais d'abord enfermer le chien.

— Pas de souci. Je me disais que vous étiez en train de vous assurer que Noah n'allait pas s'échapper ! dit Jess en riant avant de se tourner vers Ella. Le petit garçon de Lissy est passé directement de la marche à la course à pied et, lors de ma dernière visite, il a essayé de filer. Si je ne l'avais pas attrapé au passage, je suis sûre qu'il aurait suivi les vaches avant que je puisse l'en empêcher.

— Il est de plus en plus rapide. Je n'ai pas une minute de repos pour cette grossesse, pas avec Noah. Heureusement, il a dû s'épuiser ce matin et il fait une petite sieste, déclara Lissy dans un soupir. Mais c'est toi ! s'exclama-t-elle lorsqu'elle posa enfin les yeux sur Ella.

—Fizzy ?

Ella dévisagea la femme qui se tenait devant elle. Cela faisait dix ans qu'elle ne l'avait pas vue, sauf de loin quand elle rentrait pour voir ses parents, mais elle aurait reconnu la sœur de Dan n'importe où.

—Je croyais que Jess avait dit que tu t'appelais Lissy !

—C'est vrai. Personne ne m'a appelée Fizzy depuis des années. Je crois que Dan était trop gêné de ne pas être capable de prononcer « Felicity » quand nous étions petits, et il a refusé de m'appeler autrement pendant si longtemps, même quand il est devenu adulte ! expliqua Lissy en riant. Quand on m'appelle Felicity, j'ai l'impression d'être de retour à l'école, de me faire gronder, alors Lissy me semble être un meilleur compromis.

—Il faudra que tu m'excuses si j'oublie. Pour moi, tu seras toujours Fizzy.

Ella se surprit d'être capable de proférer une phrase entière. Si elle n'était pas déjà assez perturbée par son retour à Port-Agnes, les rappels constants de l'existence de Dan Ferguson n'allaient pas arranger les choses. Elle avait aperçu Dan et Lissy à plusieurs reprises lors de ses visites après leur séparation, mais ses séjours avaient été si brefs qu'il lui avait été facile d'éviter tous ceux qu'elle ne souhaitait pas fréquenter. En revanche, un séjour de six mois risquait de ne pas lui permettre aussi facilement d'éviter de croiser Dan. D'autant plus que sa sœur faisait désormais partie de ses patientes.

—Je serai ravie de répondre à Fizzy ! J'ai soudain l'impression d'avoir dix ans de moins, sourit Lissy. Je suis vraiment contente de te voir après tout ce temps, Ella. Dan ne va pas le croire !

—J'en conclus que vous vous connaissez déjà ? intervint Jess en les regardant chacune tout à tour.

—Oui, désolée, Jess. Entrez toutes les deux. Je suis juste si surprise de voir Ella après tout ce temps. C'était l'amour de la vie de mon frère.

Lissy sourit encore, comme pour rassurer Ella qui avait laissé échapper un petit hoquet.

—Au moins, quand ils avaient dix-huit ans et pensaient que le monde commençait et s'arrêtait aux frontières de Port-Agnes.

—Beaucoup de choses ont changé depuis.

Ella s'était attendue à des rencontres embarrassantes, y compris lors de son premier jour de boulot, mais elle n'aurait jamais imaginé que ce soit à ce point.

—Je te taquine, ajouta Lissy en les faisant entrer. Ne t'en fais pas. Dan n'est pas là et il ne risque pas de surgir pour te demander où tu étais pendant tout ce temps.

—Parfait alors, déclara Jess en relevant un sourcil et en se tournant vers Lissy tandis qu'elles pénétraient dans le living. Parce que je ne tiens pas à ce que tu fiches la trouille à Ella pour son premier jour. La patronne a passé la majeure partie de la semaine à sauter de joie quand elle a appris qu'une sage-femme avec son expérience allait venir nous donner un coup de main.

—Promis ! Je ne lui ferai pas peur. Ce serait un désastre ! Nous avons beaucoup de chance d'avoir des sages-femmes à proximité. Avec Noah et la ferme, c'est une véritable opération comando pour moi juste pour aller jusqu'à Port-Agnes en ce moment, sans parler de décrocher un rendez-vous. D'ailleurs, sans les livreurs du supermarché qui acceptent de venir jusqu'ici, nous serions morts de faim, expliqua Lissy en leur faisant signe de s'installer. Mais vous avez de la chance : la livraison est arrivée hier et nous avons au moins encore un paquet de biscuits au chocolat !

Apparemment, s'il avait laissé sa sœur débordée au point de mourir de faim, Dan devait avoir d'autres priorités. Il aurait dû l'aider ! Le père d'Ella avait tenu sa fille au courant plus que nécessaire sur l'empire que bâtissait Dan et sans doute que sa sœur était en bas de la liste de ses préoccupations. Toutefois, si Lissy se disait débordée de tous les côtés, Ella eut la surprise de découvrir que l'intérieur de la maison correspondait à la description de Jess. Cela sentait bon la vanille et il n'y avait pas une seule rayure sur les murs gris pâle. Elle se demanda comment Lissy arrivait à conserver un intérieur aussi net tout en s'occupant de la ferme – sans parler de la présence d'un jeune enfant et d'au moins un chien qui était venu en bondissant les saluer dès que sa maîtresse avait ouvert la porte de la cuisine. Elle mourait d'envie de demander à Lissy pourquoi elle avait quitté la belle ferme de style georgien où elle avait grandi avec son frère, mais le père d'Ella lui avait dit des années plus tôt qu'elle avait été vendue et transformée en une sorte de boutique-hôtel. Apparemment, c'était le choix de Dan et Ella ne tenait pas du tout à rouvrir de vieilles blessures.

— J'ai mis la bouilloire en route si vous voulez du thé. Ou du café si vous préférez : j'ai une machine à expresso. Même si, précisa Lissy d'un air désolé, il faudra m'aider à la faire fonctionner. C'est mon mari qui l'a achetée mais il faut moudre les grains et tout… Il faudrait au moins trois mois de formation chez Nespresso avant de réussir à en boire une tasse !

—Un thé sera parfait, mais je vais le faire si tu veux bien, et Ella pourra commencer la consultation pour faire le point sur ta forme et les questions qui restent au sujet de l'accouchement.

Sous le regard de Jess, Ella hocha la tête.

—C'est une bonne idée si tu es d'accord, Lissy. Ensuite, je t'examinerai.

Plus vite elle commencerait ses consultations, mieux ce serait, pensa Ella, même si elle était un peu gênée que sa première patiente soit une vieille amie. Lissy avait cinq ans de plus que Dan et, à vingt ans à peine, lorsque leurs parents avaient trouvé la mort dans un accident d'avion, elle était devenue la tutrice légale de son frère. Par la suite, le frère et la sœur s'étaient rapprochés et Ella, qui fréquentait Dan à l'époque, avait inévitablement noué des liens avec Lissy. Mais tout cela datait de si loin ! Pour l'heure, Ella voulait se consacrer à son métier de sage-femme. Le travail lui avait toujours apporté la meilleure des distractions quand elle ne souhaitait pas penser à l'état de sa vie. La quinzaine de jours entre la fin effective de son contrat à Londres et son premier jour au pôle de santé lui avait paru interminable.

—Bien sûr que je suis d'accord, comme je l'ai dit, je suis vraiment reconnaissante de pouvoir bénéficier des visites à domicile et je sais qu'avec Ella, je suis entre de bonnes mains. Tu as toujours été excellente dans tous ce que tu as entrepris, dit Lissy en souriant. Et je veux bien une tasse de thé s'il te plaît, Jess. Et toi, Ella ?

—Un thé sera parfait, acquiesça Ella tandis que Jess se dirigeait vers la cuisine.

— Dois-je m'allonger ? demanda Lissy en montrant le long canapé rouge qui était recouvert d'un motif de tapisserie. C'est là que Jess m'examine d'habitude. Je n'arrête pas de me demander si le bébé a toujours bien la tête en bas. Lors de mon échographie des vingt semaines, j'ai été soulagée de savoir qu'il avait déjà adopté cette position mais, chaque fois qu'il bouge ou me donne des coups de pied, je ne peux m'empêcher de m'inquiéter à l'idée qu'il ait pivoté et que cet accouchement se fasse encore par le siège ! Cela me terrifie et je suis vraiment contente d'avoir des consultations régulières.

— Essaie de ne pas t'en faire. Les fœtus se retournent tête en bas à tout moment entre vingt et trente-neuf semaines. Même si le tien a pivoté, il a encore largement le temps de prendre une autre position. Je vais regarder, d'accord ?

Ella se frotta les mains pour les réchauffer et les posa sur le ventre de Lissy. À ce stade, il était beaucoup trop tôt pour prédire quoi que ce soit en vérifiant simplement si le bébé était toujours tête en bas. Après avoir palpé le ventre de Lissy, et constaté que les fesses du bébé étaient placées vers le haut de l'utérus, Ella se sentit plus sûre d'elle. En revanche, elle n'allait certainement pas dire à Lissy que le bébé pouvait se retourner tout aussi facilement jusqu'à la dernière minute.

— On dirait que ton bébé est toujours dans la bonne position. À l'envers quoi !

— Je suis soulagée.

— Je vais te mesurer et vérifier que la croissance du bébé correspond bien à tes aménorrhées.

Ella sortit son mètre-ruban pour mesurer la circonférence du ventre et fut ravie de voir que cela correspondait exactement aux prévisions ; un autre signe positif que la grossesse se déroulait bien.

— Tout me paraît bon. Tu connais le sexe du bébé ?

— Non, mon mari ne veut pas qu'on nous le dise. Cela aurait été plus facile pour tout préparer, notamment pour savoir si je peux garder les vêtements de Noah si c'est un garçon. Je sais que la tendance actuelle est aux vêtements neutres, mais chaque fois que je vais dans les boutiques pour acheter des vêtements à Noah, je suis tentée par les ravissantes tenues pour les filles. Des petites robes et des collants assortis. Le genre de choses qui ne seraient pas du tout adaptées à la vie dans une ferme ! conclut Lissy en riant.

— Pour ma part, je comprends aussi bien les parents qui veulent connaître le sexe que ceux qui souhaitent garder la surprise. Il y a toujours une petite pointe d'excitation en plus en salle de travail quand personne ne sait à quoi s'attendre. Maintenant, nous allons écouter le cœur du bébé.

Ella posa la sonde du doppler sur le ventre de Lissy et la déplaça jusqu'à ce qu'elles entendent toutes deux les battements rapides. Chaque fois, malgré ses années d'expérience, y compris quand rien n'indiquait un problème, ce son lui paraissait être la plus belle musique du monde. Entre la protubérance de Lissy et le rythme régulier du cœur du bébé, si rapide et si caractéristique, Ella se dit qu'il ne restait plus à son amie que voir son vœu de donner naissance à une petite fille se réaliser. Ce n'était qu'un rêve, une supposition, un pari qui n'avait guère plus de cinquante pour cent de chances de réussir, mais pourquoi pas ?

— Tout cela me paraît parfait. Le bébé est actif et en bonne santé. Et toi, comment te sens-tu ?

— Lessivée, je l'avoue, dit Lissy en rabattant son haut et en se relevant. Quand nous avons vendu la ferme des Six-Acres, nous avons partagé la somme en deux, Dan et moi. Lui, il gardait les anciennes étables et un peu de cash pour monter son entreprise. Moi, j'avais assez pour acheter cet endroit avec l'apport de Niall, mon mari. Il était vraiment enthousiaste à l'idée de se lancer dans l'agriculture mais, au départ, nous avons dû nous battre juste pour rentrer dans nos fonds et c'est pour ça que Niall a préféré trouver un autre travail. C'était juste avant la naissance de Noah et cela impliquait des déplacements constants. Maintenant, je crois que nous pourrions nous passer de son salaire.

— Pourriez-vous trouver une aide extérieure ?

Ella dut enfoncer ses ongles dans ses paumes pour refréner l'envie de dire à Lissy que c'était à Dan de s'en occuper. Après tout, sa sœur était encore presque une enfant lorsqu'elle s'était engagée à prendre soin de son petit frère. Le moins qu'il puisse faire, c'était de l'aider à son tour le jour où elle avait besoin de lui. Jess venait juste de la prévenir que, en tant que sage-femme à domicile, il était facile de franchir la ligne rouge et de se mêler des problèmes de la famille de la parturiente, d'autant plus lorsqu'elle avait des liens avec la famille. Ella ne pouvait pas laisser sa nouvelle méfiance vis-à-vis des hommes l'influencer, même si, depuis son abandon en public par Weller, elle leur faisait encore moins confiance. Elle refusait d'ailleurs de devenir « *ce genre de femme* » : les aigries qui haïssaient tous les hommes sans distinction et auraient dû suivre des formations à la diversité uniquement pour faire baisser leur animosité à un niveau acceptable.

—En ce moment, j'ai la chance d'avoir un peu d'aide alors tout va bien. C'est juste une petite crise passagère, comme nous en avons toutes lorsque nous sommes un peu fatiguées.

Lissy s'interrompit pour remercier Jess qui revenait avec le thé :

—C'est adorable ! Le thé est toujours meilleur lorsque quelqu'un d'autre le prépare !

—Comment ça se passe ici ? dit Jess en direction d'Ella en souriant.

—Tout me paraît super pour le bébé. J'étais sur le point de prendre la tension de Lissy et nous étions en train de parler de sa forme et du défi que représente la direction d'une ferme.

—Je dois avouer que je ne sais pas comment tu fais !

Jess prit place dans le fauteuil en face du canapé, mais elle repassa directement en mode médical avant que Lissy ait le temps de répondre.

—Lors de ma dernière visite, nous avons fait une analyse d'urine, n'est-ce pas ? Les résultats sont bons alors je pense que nous pouvons nous en passer aujourd'hui, à moins que tu aies eu de nouveaux symptômes ?

—Non, tout va bien, si ce n'est que j'ai l'impression de n'avoir pas dormi depuis deux ans ! Mais comme je l'ai expliqué à Ella, c'est parfaitement normal quand on travaille et qu'on a un petit bout de chou, même sans la grossesse.

Lissy haussa les épaules et Ella comprit à quel point Jess avait vu juste en la prévenant. Sauf si elles avaient des raisons de croire que Lissy ne s'en sortait pas toute seule, ce n'étaient pas à elles de s'en mêler. Le fait qu'Ella pense que son frère aurait dû se montrer un peu plus présent, s'il en avait l'envie, ne lui donnait aucunement le droit d'interférer.

— Il y a quelqu'un qui réclame sa maman !

Un homme de grande taille franchit la porte du séjour, un petit blondinet dans les bras. Dieu merci, il n'avait pas lancé un seul regard dans la direction d'Ella ou il l'aurait surprise en train de le dévisager bouche bée.

— Je l'ai entendu babiller tout seul pendant dix minutes, mais quand il a commencé à geindre, je me suis dit qu'il valait mieux le lever avant qu'il se mette à hurler pour de bon.

— Bon sang, je suis vraiment désolée. J'ai dû couper l'écoute-bébé. Et toi qui avais prévu de travailler !

En se levant, Lissy arracha pratiquement le bracelet du tensiomètre des mains d'Ella.

— Regarde donc un peu qui est là !

— Salut, Dan.

Sans bien savoir comment, Ella parvint à parler d'une voix calme lorsque Dan finit par se tourner vers elle.

— Pas de souci, je suis toujours disponible pour mon neveu préféré. Je t'avais dit que je m'en occuperais pendant ta consultation et mes appels professionnels pouvaient attendre.

Il tendit Noah à Lissy en souriant à sa sœur comme si tout était normal. De toute évidence, l'idée de tomber sur une ex à laquelle il n'avait pas adressé la parole pendant des années n'avait rien de problématique pour Dan.

— Ella Mehenick, ça fait un bail.

— C'est incroyable qu'elle soit de retour, non ? s'écria Lissy en lui donnant un petit coup de coude sur le côté, comme si Ella n'était pas là.

— J'avais entendu dire que tu allais peut-être revenir.

Lorsqu'il la regarda à nouveau, Ella décela un petit sourire sur les lèvres de Dan. S'il trouvait son retour à Port-Agnes amusant, elle n'allait pas s'en faire une montagne. Ce qui l'ennuyait, c'était le fait que, d'une certaine manière, il était devenu encore plus beau au cours des dix dernières années. Il mesurait largement plus d'un mètre quatre-vingts et s'était transformé en homme adulte. Il arborait une plus large carrure et paraissait capable de la soulever sans difficulté si l'envie lui en prenait. Comment pouvait-elle penser à ça à cet instant ? Cette confrontation soudaine avec son premier amour semblait lui avoir brouillé le cerveau et voilà qu'elle se retrouvait comme l'adolescente énamourée qui griffonnait le nom de Dan sur son cahier et rêvait tout éveillée de lui – de ses cheveux foncés et de ses yeux bleu azur pour lesquels la moitié des filles de la région des Trois-Ports jalousaient Ella à l'époque. Sauf qu'elle n'était plus une adolescente amoureuse ; elle avait grandi elle aussi et certains morceaux de son cœur n'avaient pas encore totalement retrouvé leur place à cause de lui. La dernière chose qu'elle voulait était de devoir affronter ça maintenant, alors qu'une nouvelle série de cicatrices sur son cœur exigeait toute son attention.

— Je ne reste que six mois avant de me remettre en selle pour la suite de mon programme.

Ella aurait voulu fuir le plus loin possible de Dan.

— Tu prévois toujours les choses de plan quinquennal en plan quinquennal ? la taquina Dan sans plus essayer de dissimuler son amusement.

Ella rétorqua d'un ton hautain :

— Je croyais que, désormais, tu serais devenu un fana des plans toi aussi !

Ce serait tellement facile de s'abandonner à son jeu. Chaque fois qu'il souriait, elle devait se forcer à éloigner les yeux de sa bouche. Elle était peut-être la femme la plus ridicule de tout Port-Agnes, il pouvait en mourir de rire, mais il ne pourrait plus la blesser. Plus autant qu'il l'avait fait autrefois. Après Weller, elle n'avait aucune intention de laisser quiconque s'approcher suffisamment d'elle pour lui faire du mal. Et encore moins Dan Ferguson. D'ailleurs, n'était-il pas lui aussi en disgrâce auprès de ses concitoyens ?

— D'après les rumeurs, tu as un plan très ambitieux pour transformer Port-Agnes en paradis de résidences secondaires ?

— J'en conclus que je fais toujours partie des ennemis de ton père, rétorqua Dan sans cesser une seule seconde de sourire. Bref, ce n'est pas ce qui me préoccupe pour le moment. Comment va Lissy ?

— Tout est parfait. Il faut juste qu'elle prenne les choses avec plus de décontraction.

Ella lui jeta un regard appuyé et il répondit par un hochement de tête. Les choses seraient plus faciles si elle s'en tenait à la raison de sa visite. D'ailleurs, pourquoi se chamailler avec Dan ? Cela n'avait aucun intérêt. Elle avait déjà assez à faire avec son récent rejet sans gaspiller de l'énergie sur quelque chose qui était terminé depuis plus de dix ans.

— Si tu arrives à convaincre Lissy de ralentir un peu le rythme, tu as tout mon soutien.

— Dan-dan, Dan-dan !

Le petit garçon tendait les bras vers son oncle.

— Désolé, mon bonhomme, j'ai une réunion à Padstow et il faut que je file.

Il planta un baiser sur le haut du crâne de Noah et Ella sentit qu'elle se hérissait à nouveau. Il pouvait bien pérorer sur le fait de vouloir voir sa sœur prendre un peu de repos, il n'avait même pas envie d'attendre que la consultation soit terminée.

— Je suis content de t'avoir revue, Ella. C'est sympa de savoir que tu prends bien soin de Lissy, surtout après la dernière fois. C'est bon si je m'en vais maintenant ?

— Comme l'a dit Ella, tout va bien. Ne nous laisse pas te mettre en retard, dit Lissy d'un ton léger pendant que Dan l'embrassait d'un air absent sur le haut du crâne, un peu comme il l'avait fait pour Noah.

Ella se vit brusquement transportée quelques semaines plus tôt avec Weller. Il avait peu à peu cessé de l'embrasser, au moins sur les lèvres, et elle aurait dû se douter de ce qui allait suivre : cette lente distanciation qui avait culminé à cet instant final où, debout sur le parvis de l'hôtel de ville, elle l'avait regardé s'éloigner. Elle avait mis l'absence de sexe sur le compte de l'agitation engendrée par la préparation du mariage mais, en y réfléchissant, il n'y avait eu, au cours des dernières semaines, aucun signe d'intimité. C'était facile de décoder la manière dont Dan embrassait Lissy ; si Weller avait éprouvé un quelconque amour pour elle à la fin, il ne s'agissait que d'un lien platonique. Une autre image surgit dans son esprit pour lui rappeler les baisers de

Dan. Le premier était gravé dans sa mémoire, même si elle aurait préféré qu'il en soit autrement. Toute cette passion refoulée que seuls les adolescents expérimentaient ! Lorsqu'il l'avait enfin embrassée, son corps tout entier avait vibré de désir. Elle n'avait jamais imaginé qu'un simple baiser pouvait provoquer un tel tsunami et personne d'autre que Dan ne lui avait donné ce sentiment avant ou après. Mais, d'une certaine manière, Lissy avait résumé toute l'affaire : ils avaient dix-huit ans et étaient encore naïfs. Depuis, elle avait appris qu'une relation se fondait sur bien d'autres choses que le physique – sinon, elle n'aurait jamais pu tourner la page.

— À plus.

Avec un nouveau sourire désinvolte, Dan disparut par la porte du couloir et Noah se remit à chantonner :

— Dan-dan, Dan-dan !

— Ce n'est pas juste, n'est-ce pas ? On se charge de tout le boulot avec les petits et, pourtant, ils ne disent jamais « maman » en premier pour manifester leur affection !

— Tu as raison, ce n'est pas juste, dit Lissy en haussant les épaules, mais quand on a affaire à quelqu'un comme Dan, il n'y a jamais rien de juste dans le match, non ?

— Si on prenait ta tension maintenant ?

Ella ne savait que dire d'autre et, si elle voulait instaurer une relation de confiance avec Lissy en tant que sage-femme, moins elle en dirait à propos de Dan Ferguson, mieux ce serait.

3

La main tendue vers la table de chevet, Ella tâtonna dans l'obscurité de la chambre pour trouver son iPad et couper l'alarme qui résonnait comme un semi-remorque en train de passer en marche arrière. Elle aurait juré l'avoir désactivée la veille au soir dans la mesure où, pour une fois, elle n'avait pas d'horaire à respecter. C'était son premier week-end de libre depuis ses débuts à la maison médicale et elle avait eu l'intention de dormir tout son soûl. L'odeur du pain frais embaumait, comme c'était le cas six jours par semaine dans la maison des Mehenick. Le fait d'habiter au-dessus d'une boulangerie ne manquait pas d'avantages, sauf si vous étiez en plein régime tout en devant « supporter » ce parfum irrésistible. Il fallait reconnaître que son appétit semblait avoir disparu avec Weller et, pour une fois depuis qu'elle était adulte, elle n'était pas obsédée par son poids. L'ironie était qu'elle aurait pu désormais rentrer sans problème dans cette robe de mariage qui la boudinait, quelques semaines plus tôt, si son père n'y avait pas mis le feu dans la cour du petit jardin situé à l'arrière de la boutique. Tout en tempêtant et en vouant Weller aux gémonies.

Lorsque Ella fut douchée et habillée, elle passa une bonne heure à scroller sur les réseaux sociaux et il était déjà neuf heures passées. Elle avait entré son nom sur Google afin de vérifier s'il était toujours aussi facile de tomber sur la vidéo virale qui comptait plus de quatre millions de vues la dernière fois qu'elle avait regardé. Par chance, il y avait aussi une Ella Mehenick au Canada, qui avait rasé la tête de ses enfants pour soutenir une cagnotte caritative et qui s'était lancée dans une randonnée autour des cinq lacs les plus vastes du Canada pour encourager les donateurs. De ce fait, la vidéo d'Ella avait pratiquement disparu des unes et, Dieu merci (ou plutôt merci à son homonyme canadienne), il semblait que son involontaire incursion dans la célébrité était enfin terminée.

Lorsque Ella descendit retrouver ses parents, il y avait déjà la queue devant la boulangerie. Elle leur offrit son aide ; ils avaient encore moins de congés qu'elle et c'était le moins qu'elle puisse faire. Ils avaient dépensé une fortune pour les protocoles de traitement avant d'avoir enfin le bébé si longtemps espéré, et toutes leurs économies ultérieures avaient été englouties pour envoyer Ella à l'université. Dieu sait s'ils seraient jamais en mesure de prendre leur retraite ! En grandissant et en les voyant travailler tous les jours, elle avait été comme imprégnée de leur éthique et, à partir de l'âge de treize ans jusqu'au jour où elle était partie faire ses études, elle avait passé tous ses samedis à travailler dans la boulangerie, et jusqu'à six jours par semaine lorsqu'elle rentrait pour les vacances universitaires. Certains de ses meilleurs souvenirs la ramenaient dans la boutique, aux côtés de ses parents, en train de bavarder avec les clients réguliers. Son père l'avait prévenue : à Port-Agnes, beaucoup de choses avaient changé, des choses qu'elle n'avait pas remarquées lors de ses rares et courts séjours précédents. Il y avait moins de fidèles clients, davantage de vacanciers et des propriétaires de résidences secondaires. Selon Jago, c'était à cause de gens comme Dan. Bien que cette opinion soit celle d'un homme qui avait le drapeau de la Cornouailles tatoué à trois endroits sur son corps, notamment sur une partie révélée à Ella par sa mère, cela la hérissait.

Et que Dieu vienne en aide à ceux qui suggéreraient à Jago de retirer le drapeau cornouaillais qui flottait trois cent soixante-cinq jours par an en haut du mât dressé devant la boutique. Trois ans après le départ définitif d'Ella de la maison, quelqu'un s'était plaint au conseil municipal que le mât présentait un danger. Sa mère lui avait envoyé l'article de journal qui montrait Jago enchaîné au mât alors que le conseil avait menacé de le retirer, et elle avait été épouvantée à l'idée qu'il risque de faire une crise cardiaque pour une cause que la plupart des gens trouvaient ridicule. Pour finir, son père avait gagné son procès en appel. Elle ignorait combien cela avait pu lui coûter en frais de justice mais, pour Jago, cela en valait largement la peine, et c'était l'un des nombreux traits de caractère qu'elle aimait chez lui. Peu de personnes étaient capables de se battre ainsi jusqu'au bout comme lui pour ce qui leur tenait à cœur, même si cela rendait parfois la vie de famille un peu compliquée. Pour que la boulangerie traverse sans sombrer toutes ces crises financières qui l'avaient menacée au fil des années, Jago Mehenick devait servir avec le sourire des gens qui avaient des résidences secondaires alors qu'il ne leur aurait même pas donné l'heure s'il avait eu le choix. En revanche, c'étaient aux locaux qu'il réservait le pain le plus frais pour leur commande, c'étaient eux également qu'il régalait d'un feuilleté gratuit à la crème.

—Bonjour, papa. Veux-tu que j'aille mettre un tablier pour te donner un coup de main ? demanda Ella en prenant son père par le coude afin de s'assurer qu'il l'entende par-dessus les bavardages de la queue qui serpentait déjà jusque sur le trottoir.

—Ce serait parfait, Ysella, mais seulement jusqu'à dix heures. Quand Maddie arrivera, nous n'aurons pas la place pour quatre personnes derrière le comptoir. Même si tu fonds à vue d'œil.

Il la regarda de bas en haut mais Ella refusait obstinément d'avoir à nouveau cette conversation. À l'écouter, on aurait pensé qu'elle avait perdu la moitié de ses kilos au lieu de n'avoir maigri que de six pour remettre enfin du 40. Jago était le genre d'homme à croire que ceux qui n'avaient pas assez de chair sur les os pour être capables de survivre seuls pendant un mois sur Enys Samson – une île déserte au large de la côte de la Cornouailles – étaient sur le point de s'évanouir en fumée.

Maddie avait commencé à travailler à la boulangerie le samedi quelques années plus tôt, et elle suivait désormais une formation de pâtissière qui lui laissait trois jours par semaine pour la boutique. Jago admettait volontiers que c'était une merveille de profiter de ses compétences à présent qu'il avait des clients qui exigeaient ce qu'il surnommait des « caprices londoniens », mais Maddie visait une carrière à Paris lorsqu'elle aurait obtenu son diplôme. C'était un autre sujet qu'Ella évitait d'aborder avec son père depuis qu'elle avait passé une demi-heure à l'écouter fulminer sur l'idée saugrenue qu'un croissant puisse rivaliser avec son idée d'un petit déjeuner digne de ce nom, à savoir bacon, poireau et viennoiserie au fromage.

— Tu ne vas pas passer ton précieux jour de congé à travailler ici, lança Ruth, la mère d'Ella.

Elle lui passa un bras autour de la taille pour nouer les rubans du tablier sur le devant.

— Bien sûr que si, maman, vraiment. Ce sera comme au bon vieux temps, quand nous étions tous les trois derrière le comptoir, ensemble, le samedi matin.

Sans prévenir, Ella sentit ses yeux se remplir de larmes. C'était si bon d'être à la maison. Non pas seulement parce qu'elle avait besoin de fuir, de s'échapper de Londres, mais parce qu'elle éprouvait ici l'impression d'être à sa place qu'elle avait passé trop longtemps à refouler. Elle croyait qu'elle voulait accomplir tant de choses mais, tout au fond, elle était aussi cornouaillaise que le carrelage d'ardoises solide qu'elle sentait sous ses pieds. À ce rythme, elle se ferait tatouer le drapeau de la Cornouailles sur la fesse gauche avant la fin de l'été.

Au cours des trois premiers quarts d'heure, elle n'eut guère le temps de faire autre chose que de servir les clients. Tout le monde semblait déterminé à ne pas manquer les spécialités des Mehenick et, en dépit des ronchonnements de son père sur les changements survenus, la demande pour les produits traditionnels qui avaient fait la réputation de la famille dépassait largement celle pour les « caprices londoniens ». Il n'en adressait pas moins un regard sévère à tous ceux qui en demandaient.

Une dizaine de minutes avant l'arrivée de Maddie, les clients se firent moins nombreux et un grand jeune homme aux cheveux d'un roux flamboyant se matérialisa devant la vitrine de la boutique. Ella ne put s'empêcher de remarquer combien il remplissait l'espace, comment ses épaules larges passaient tout juste la porte. Elle le reconnut sur-le-champ, avant même que son père ne le salue.

—Ah, bonjour, Brae ! Ta commande est prête mon garçon.

Jago et lui se serrèrent la main avec enthousiasme, comme des amis qui se retrouvent après une longue absence.

—Merci, Jago. Mes clients deviendraient dingues s'ils ne pouvaient pas avoir tes feuilletés. Même ces fichues fourmis rouges doivent admettre que rien n'est meilleur, plus spécialement quand ils sont fourrés avec des frites bien moelleuses préparées avec les patates les plus fines de la région. Quand ils me demandent pourquoi nos patates sont si bonnes, je leur dis que c'est parce que notre terre est supérieure à toutes les autres !

—Alors, tu vas faire comme si tu ne me connaissais pas ? s'écria Ella en faisant le tour du comptoir. Ou suis-je devenue l'une de ces *fichues fourmis* après toutes ces années ?

Elle avait ironiquement repris l'expression employée par son père pour désigner les « étrangers » qui envahissaient la région en été et devenaient rouges comme des tomates dès qu'ils prenaient un bain de soleil.

Quand elle arriva à sa hauteur, Brae la souleva littéralement du sol.

—Tu ne pourrais jamais devenir une fourmi, Ella. Tu as Port-Agnes dans le sang et, en tant que fille de Jago et de Ruth Mehenick, tu fais partie de l'aristocratie du coin !

Brae riait avec ce rire qu'il laissait si souvent éclater autrefois, quand ils étaient assis l'un à côté de l'autre en cours de maths au lycée des Trois-Ports. La seule et unique fois où elle avait été collée avait été la conséquence d'un fou rire inextinguible lorsque le professeur avait expliqué l'utilité d'une machine Cox-Zucker, apparemment un algorithme employé dans l'étude des courbes. Pour une classe d'adolescents anglais bourrés d'hormones, la machine « suceuse de queue » constituait de l'or en barres.

À l'époque, Brae était la dernière personne qu'Ella imaginait utiliser un terme aussi péjoratif que « fourmis » pour désigner les touristes et les nouveaux venus en Cornouailles. Pendant toute sa vie, elle avait vécu le tourisme comme un apport vital dans les petites stations côtières comme Port-Agnes, notamment depuis que certaines des industries traditionnelles avaient peu à peu disparu. En outre, la famille de Brae possédait depuis des générations un *fish and chips* qui comptait justement sur ces mêmes touristes. Le sujet de prédilection de Jago concernait les résidences secondaires qui avaient fait grimper le prix de l'immobilier à des hauteurs vertigineuses, au point que les gens du cru, notamment ceux qui avaient de jeunes enfants, ne pouvaient plus se permettre d'acheter une maison dans le coin. Ella l'avait entendu employer des termes beaucoup plus durs que « fourmis » pour les décrire, et elle aurait parié que Brae éprouvait le même genre de sentiments que son père.

— C'est si mignon de vous voir tous les deux comme dans le temps. J'ai toujours espéré…

Jago se tut à temps avant de proférer quelque chose de vraiment gênant.

—Bref, qu'importe ! C'est si gentil de te souvenir si bien d'Ysella alors qu'elle est partie depuis si longtemps.

—Bien sûr que je m'en souviens, Jago. Mais je croyais que nous l'avions perdue au profit de Londres !

Brae partit dans un nouveau rire et Ella se sentit soudain la cible d'une blague que seule une personne n'ayant jamais quitté Port-Agnes pouvait comprendre.

—Je croyais que tu rêvais de partir toi aussi pour aller découvrir le vaste monde au-delà de Port-Agnes.

La dernière fois qu'Ella avait vu Brae, ils venaient de passer leur bac et il lui avait semblé déterminé à ne pas rejoindre immédiatement l'entreprise familiale.

—C'est ce que j'ai fait. Je me suis engagé dans la marine aussitôt après l'école et j'ai fait mes dix ans. L'année dernière, je suis revenu pour reprendre le resto. Papa était prêt à prendre sa retraite, continua-t-il en haussant les épaules. Moi, j'en avais vu assez pour comprendre que rien sur la terre ne rivalise avec Port-Agnes.

—Voilà un gars qui sait ce qu'il veut. Vous deux, vous devez avoir beaucoup de temps à rattraper, déclara Jago en regardant Brae et Ella tour à tour. Vous devriez aller prendre un verre un de ces soirs.

—Oh, je ne crois pas que…

—Moi, ça me plairait bien. Quand serais-tu libre ?

Brae avait parlé sans se préoccuper des protestations d'Ella, avant même qu'elle ait le temps de trouver une excuse. Ce n'était pas tant qu'elle n'avait pas envie de l'entendre raconter sa vie – à l'école, il s'était toujours montré très amusant – mais elle refusait obstinément de donner à son père de fausses idées. S'il croyait qu'elle allait se caser avec un gars du coin ! Si elle sortait à nouveau un jour avec quelqu'un, ce ne serait certainement pas à Port-Agnes, où tout le monde savait qui était qui et ce qu'elle avait traversé avec Weller. Sans parler du fait que Brae avait l'air d'être exactement sur la même longueur d'onde que son père ; un Jago dans la famille suffisait largement.

—Elle est libre tous les soirs de la semaine, sauf quand elle est de garde de nuit.

De toute évidence, le père d'Ella s'était lancé dans une mission et, s'il avait remarqué sa réticence, il était suffisamment orgueilleux pour ne pas en tenir compte. Même quand elle se tourna vers sa mère en quête de soutien, elle ne reçut qu'un sourire plein de compassion. Ruth savait mieux que quiconque que, lorsque son mari avait une idée en tête, il ne servait à rien d'essayer de le faire changer d'avis. Le plus facile était sans doute de sortir prendre un verre avec Brae. Cela ne porterait pas à conséquence, tant qu'il comprenait exactement le sens de leur relation – même si Jago n'y entendait rien. Mis à part Brae et Dan, leurs anciens condisciples avaient déménagé et ce serait sympa d'avoir un ami à Port-Agnes pendant les quelques mois qu'elle passerait ici. Cela ferait aussi plaisir à son père, et tout ce qui contribuait à lui éviter des crises d'hypertension était une bonne chose.

—Je ne suis pas de garde ce week-end, mais je suppose que le samedi est un soir particulièrement animé à la boutique ? suggéra Ella en se tournant vers Brae qui opina.

—C'est vrai, mais je suis libre demain. Nous n'avons pas encore cédé à la pression des fourmis qui voudraient qu'on serve aussi le dimanche, uniquement parce qu'elles voudraient que ce soit comme dans les grandes villes où tout est ouvert vingt-quatre heures sur vingt-quatre. Comme je le leur répète, ici, on est à Port-Agnes, pas dans le satané Las Vegas.

—Alors, retrouvons-nous à vingt heures au Joyeux marin demain ?

C'était assez tard pour qu'elle affirme avoir déjà mangé si Brae se proposait de l'inviter à dîner. Et elle pouvait incriminer un horaire précoce le lundi s'il n'était plus aussi drôle qu'au lycée et qu'elle souhaitait s'échapper après un seul verre. Même si, en tenant compte de ses récents exploits, ce serait peut-être lui qui prendrait la fuite en premier. En proposant un compromis, ils pourraient tous les deux sauver la face.

—C'est idiot ! Je viendrai te chercher à dix-neuf heures trente et nous nous y rendrons ensemble.

Brae hocha la tête comme si tout était déjà décidé.

D'ailleurs, même si elle avait voulu protester, son père n'allait pas lui en laisser l'occasion.

—C'est réglé alors.

Jago adressa un pouce levé enthousiaste à Brae tandis que Ruth lui tendait sa commande de chaussons pour l'affluence du samedi au *fish and chips*.

—Et vous avez tous les deux ma bénédiction pour ce qu'il adviendra après le verre !

—Papa !

Ella rougit jusqu'à la racine de ses cheveux cette fois. Même de la part de Jago, c'était vraiment un coup bas.

—Je voulais juste préciser que si vous avez envie de vous fréquenter, personne n'a besoin de ma permission.

—Tu es incorrigible !

Ella secoua la tête mais lorsque Brae lui fit un petit clin d'œil, elle se sentit aussitôt mieux. OK, c'était peut-être un Cornouaillais pure laine comme son père, mais l'éclair qui passa dans ses yeux prouvait non seulement qu'il comprenait parfaitement la situation, mais qu'il était toujours le même vieux Brae du lycée. C'était juste un verre au Joyeux marin et il n'y avait aucune chance que cela débouche sur autre chose, même si elle s'amusait comme une folle. Weller s'en était en quelque sorte assuré.

***

Daisy, la chienne de la famille Mehenick, était de race et d'âge indéterminés. Elle aurait pu aussi bien passer pour un terrier des Highlands de l'Ouest, si ce n'est que sa fourrure était couverte de taches marron foncé. Le père d'Ella insistait toujours pour rappeler que le refuge disait qu'elle était une Yestie – un mélange de Westie et de terrier du Yorkshire – mais personne n'était sûr de rien. Le personnel du refuge avait également estimé qu'elle devait avoir quatre ans lors de son adoption, ce qui en faisait une très vieille dame. Elle devait son arrivée à la manière dont Ruth avait réagi au départ d'Ella pour l'université – un bébé à quatre pattes, à la fourrure duveteuse, qui contribuerait à combler le vide laissé par sa fille. Ils n'avaient jamais parlé en détail de la raison pour laquelle ses parents n'avaient pas eu d'autres enfants, mais Ella se souvenait de s'être cachée derrière le comptoir après avoir récupéré en douce un petit pain au sucre glace, et d'avoir entendu sa mère dire à sa meilleure amie (dans la boutique déserte à cette heure) que les têtards de Jago nageaient en rond. Ella avait été si surprise qu'elle avait bondi pour demander à sa mère quand les têtards allaient se transformer en grenouilles et si elle pourrait en garder un comme animal de compagnie. Ruth s'était mise en colère, ce qui lui arrivait rarement, et elle avait grondé Ella avant de l'envoyer au lit. Aucune des deux n'avait reparlé des têtards et Ruth avait sans doute cru que sa fille les avait oubliés avec les années. Son père était un homme fier et si traditionnel qu'il aurait été mortifié que les gens pensent de lui qu'il n'était pas un homme, un vrai, à cause de ça, même si Ella n'en comprenait pas le sens.

Des années plus tard, elle avait découvert que ses parents s'étaient lancés dans le processus de FIV à sept reprises pour avoir un enfant, et que sa mère avait fait une fausse couche après la sixième tentative. Lorsque Ruth était finalement tombée enceinte d'Ella, elle avait été terrifiée à l'idée que les choses tournent mal. Quand Ella était venue au monde, Ruth en avait accordé tout le crédit à sa merveilleuse sage-femme, Abigail (d'où le second prénom d'Ella), qui avait sauvé la vie de sa fille en réagissant si rapidement pour dégager le liquide qui lui obstruait les voies respiratoires. Pour les Mehenick, les sages-femmes étaient des faiseuses de miracles et ils pensaient que c'était grâce à Abigail qu'ils avaient eu ce bébé tant attendu. Ils n'auraient par conséquent pas pu être plus heureux lorsque Ella annonça, à l'âge de dix ans, qu'elle serait sage-femme quand elle serait grande.

Aujourd'hui encore, sa mère sautait sur chaque occasion de bercer un bébé quand elle en voyait un. Qu'importe si la queue s'allongeait jusque sur le trottoir. Quand elle avait un bébé dans les bras, rien ne pouvait la presser. C'était pour cela qu'Ella pardonnait volontiers à sa mère de s'associer à Jago pour manigancer un rendez-vous avec Brae. Ses parents n'avaient jamais été enchantés par Weller mais, dans le cas de Ruth, ce n'était pas parce qu'il n'était pas cornouaillais. Lors de l'enterrement de vie de jeune fille d'Ella, après une première expérience de *binge drinking* de gin, sa mère lui avait avoué qu'elle n'arrivait pas à percer la surface de son futur gendre. Ruth l'avait décrit comme « difficile » et Ella n'avait guère trouvé d'argument à lui opposer. Parfois, elle avait eu l'impression que leur relation était une répétition avant le grand commencement de la vie réelle. À l'époque, elle s'était dit qu'elle coupait les cheveux en quatre mais, à présent, elle se rassurait en constatant qu'elle avait vu juste. Sa seule excuse, en tout cas pour Ruth, était que Weller s'était montré plus que désireux de fonder une famille et qu'elle pourrait enfin avoir d'autres bébés tant espérés dans sa vie. Ruth avait promis de ne pas se comporter comme « *ces mères* » qui demandaient sans cesse quand elles deviendraient grand-mère. Toutefois, elles savaient toutes deux qu'elle y pensait et qu'elle priait pour qu'advienne le jour où elle tiendrait enfin un nouveau bébé dans les bras. La perspective lui paraissait à portée de main ! Sauf qu'il s'était avéré que Weller n'était pas si désireux de fonder une famille après tout. En tout cas pas avec Ella.

C'est pourquoi Ella comprenait que Ruth souhaite la voir fréquenter quelqu'un à nouveau et qu'elle offre son soutien lorsque son mari leur donnait son consentement, à elle et à Brae, pour qu'ils aillent aussi loin qu'ils le voudraient. Sauf qu'Ella allait décevoir sa mère. Il lui faudrait faire preuve d'une grande patience avant d'avoir un petit-fils ou une petite-fille. Oh, il y en aurait un, un jour, même si Ella finissait par être une maman solo, adoptive ou famille d'accueil, parce qu'elle possédait le même désir d'être mère que Ruth. En optant pour les études de sage-femme, elle avait naïvement cru que c'était autant pour les bébés que pour les mères. En vérité, c'étaient les femmes qui occupaient la majeure part de son travail – et ce, bien plus que le colis qui allait avec la grossesse – mais elle avait appris malgré tout à aimer tous les aspects de son métier et elle espérait réellement se montrer à la hauteur de l'héritage laissé par la fameuse Abigail.

Tirée par la laisse de Daisy, elle se dirigea vers le carré d'herbe situé derrière les maisonnettes qui flanquaient le port. En dépit de son âge qui devait dépasser les seize ans, la chienne était encore capable d'adopter un rythme infernal lorsque son instinct de terrier la reprenait et qu'elle repérait l'odeur d'une proie depuis longtemps disparue des environs. Ella n'osait pas la détacher, pas après la dernière fois. Il y avait eu une jeune mouette qui était trop occupée à farfouiller dans un amas de frites abandonnées pour remarquer l'apparition de Daisy. Lorsque l'oiseau s'était avisé finalement de la présence de la chienne, il avait fait un bond et, au lieu de s'envoler, s'était précipité cahin-caha vers le port, Daisy à ses trousses. Ella avait eu beau hurler à pleins poumons pour la rappeler, la chienne n'en avait eu cure. Lorsque la mouette avait atteint le bord du port, elle s'était retournée sur Daisy et l'avait attaquée à coups de bec. La chienne avait aussitôt fait demi-tour et s'était enfuie sans demander son reste, même lorsque Ella s'était élancée à sa poursuite en continuant à l'appeler.

Daisy avait disparu pendant près de vingt-quatre heures avant de revenir, la queue entre les pattes, dans le jardin derrière la boulangerie. Ella avait passé toutes ces heures à chercher sa chienne, allant jusqu'à imprimer assez de flyers pour garnir tous les réverbères de Port-Agnes. Si un chien pouvait paraître contrit, Daisy semblait avoir maîtrisé l'expression lorsqu'elle était enfin rentrée. Cela dit, l'incident ne l'empêchait pas d'aboyer chaque fois qu'elle repérait une mouette, mais il était impossible de savoir comment elle réagirait en cas de contact rapproché. De plus, Ruth avait versé tant de larmes lorsqu'elle avait appris la disparition de Daisy qu'Ella n'était pas près de réitérer l'expérience.

Tandis qu'elle laissait la chienne dicter le rythme de leur promenade, qui allait de la marche rapide à une lente progression chaque fois que Daisy croisait un buisson ou n'importe quel endroit qu'elle avait décidé de flairer, Ella laissa son esprit vagabonder. Si elle décidait de revenir à son projet de carrière initial, il lui faudrait rapidement entamer une nouvelle recherche de poste. Pour ses parents, un rancard avec Brae n'était probablement qu'un début et, avant qu'elle ne s'en rende compte, elle risquait de se retrouver comme aspirée par une vie à Port-Agnes, et tous les sacrifices que ses parents avaient faits pour elle se résumeraient à rien. Même s'ils ne réussissaient pas à la marier à un type du coin, elle n'avait vraiment pas envie d'attaquer la trentaine en logeant encore au-dessus de la boulangerie. Elle avait quelquefois pensé suivre une formation pour enseigner la maïeutique, par exemple à l'école de médecine de Plymouth. C'était dans le Devon, mais pas si loin de la Cornouailles, ce qui lui permettrait de rendre visite plus souvent à ses parents tout en exerçant quand même un métier qui ferait leur fierté.

Elle pourrait même acheter une maison quelque part, à Saltash ou Saint-German, à la limite est de la région, ce qui rendrait les allées et venues jusqu'à Plymouth tout à fait envisageables. Peut-être que son père ne serait pas aussi fâché qu'elle le craignait de l'entendre dire qu'elle ne fréquenterait pas Brae, sans parler de l'épouser, en brisant son rêve de réunir définitivement la dynastie du *fish and chips* de Port-Agnes avec celle de la boulangerie.

— Viens ma fille, on va rentrer par la grande rue.

Pour une fois, Ella parvint à tirer Daisy dans la direction de son choix. Il n'y avait dans la rue sinueuse de Port-Agnes qu'un seul agent immobilier, et c'était le moment ou jamais de vérifier le montant qu'elle devrait débourser pour une maison dans son comté natal, prix qui variait énormément si elle s'éloignait dans les terres, loin des stations balnéaires si prisées. Comme on était dimanche, l'agence ne serait pas ouverte, mais elle pouvait toujours étudier les propositions de la vitrine sans risquer de se voir forcée de s'inscrire sur une liste d'acheteurs potentiels avant d'en avoir parlé à ses parents. Elle pourrait probablement prétendre à un poste de sage-femme coordinatrice à l'hôpital de Plymouth tout en terminant sa formation. Pour la première fois depuis que Weller l'avait abandonnée, elle avait l'impression de pouvoir se projeter dans l'avenir après la fin de son contrat à Port-Agnes.

Elle découvrit qu'il n'y avait dans la vitrine qu'une seule propriété qui correspondait à ce qu'elle cherchait, sauf qu'elle ne se situait pas dans le comté. Non, l'ancienne bâtisse du central téléphonique se dressait au beau milieu de la campagne entre Port-Agnes et Port-Kara. C'était cependant un pittoresque bâtiment en briques chaulées, dans lequel on avait réussi par miracle à loger deux chambres à coucher, une salle de bains et une cuisine ouverte sur la salle à manger et le salon, le tout sur de superbes parquets en bois. La légende affirmait qu'il s'agissait d'une « parfaite résidence secondaire où il suffisait de poser ses valises ». Ella espéra soudain que Jago ne remarquerait pas l'affichette et ne couvrirait pas de graffitis la vitrine de l'agence pour lui reprocher d'attirer de nouvelles fourmis rouges en ville. Quoi qu'il en soit, cela rassura Ella de voir que la maison idéale se trouvait peut-être aussi proche du comté si son projet se concrétisait. D'ailleurs, le fait de doubler les touristes aiderait son père à accepter l'idée qu'elle achète une propriété de ce genre, même si ce n'était pas dans sa ville natale.

Deux portes plus loin, la galerie d'art et d'artisanat, Pottery and Paper, était en revanche ouverte le dimanche, au moins en haute saison. C'était l'endroit parfait où les vacanciers pouvaient acheter des souvenirs de leur séjour à Port-Agnes ou de leur excursion d'une journée alors qu'ils résidaient plus loin sur la côte Atlantique. On y proposait des tableaux, des originaux et des reproductions, mais aussi des pièces en céramique et toute une palette d'articles fabriqués à la main avec du bois flotté et d'autres matériaux de récupération. Au fil des années, Ella s'y était procuré de quoi décorer son appartement de Londres avec des objets qui lui rappelaient son foyer. À présent, ces babioles étaient rangées dans un carton, dans le grenier situé au-dessus de la boulangerie, après avoir échappé de justesse au feu de joie que Jago avait allumé pour effacer toute trace de la vie de sa fille à Londres, comme si elle n'avait pas existé.

Dans sa tête, Ella était déjà en train de décorer une maison comme celle de l'ancien central téléphonique avec des articles de Pottery and Paper. Quelques petites touches élégantes qui raconteraient l'histoire de son comté natal sans pour autant tomber dans le style « café du bord de mer ». Ce serait si différent de l'appartement qu'elle avait partagé avec Weller à Londres, et d'autant plus attrayant. Un tableau dans la vitrine retint particulièrement son regard et, sans même vérifier, elle sut qu'il portait la même signature en bas à droite que la fresque du service maternité du pôle de santé. C'était la même façon de représenter la ville comme elle était, pittoresque et originale, avec son atmosphère accueillante aussi difficile à exprimer par des mots. La vue avait été peinte depuis le phare qui dominait le port, et les passants célébraient le festival annuel de pêche des Poissons d'Argent, qui avait lieu au mois d'août. La toile était grande, environ un mètre vingt de hauteur pour soixante centimètres de large d'après ce que pouvait en juger Ella, mais elle aurait pu n'en voir qu'un détail de dix centimètres qu'elle aurait reconnu Port-Agnes. L'artiste avait réussi à reproduire tant de détails que la jeune femme en était immédiatement tombée amoureuse. Hélas, le prix affiché de deux mille livres la ramena brutalement sur terre. Toutefois, si elle connaissait Verity Grainger, qui tenait la boutique et qui avait la réputation de préférer la créativité à l'argent, il y aurait bientôt une « édition limitée » de l'original disponible, en boutique ou en ligne, pour un prix soldé qu'elle aurait négocié avec l'artiste. Ella n'aurait qu'à attendre son heure. La priorité était d'acheter une maison qui entrerait dans le budget de son « plan quinquennal », et ce n'était pas le moment de dépenser une somme importante pour poser une option sur une œuvre d'art.

Elles étaient presque arrivées à la maison lorsque Ella dut écarter Daisy de la pile de casiers à homards posée contre le mur du port pour la ramener vers la ruelle qui remontait du port vers la boulangerie Mehenick. Pendant une bonne dizaine de secondes, elle envisagea de faire comme si elle n'avait pas vu Dan. Il prenait des photos de la rangée de vieilles maisons de pêcheurs de Mercer's Row, qui avaient récemment été vendues aux enchères, après la liquidation de l'agence de locations de vacances qui les gérait. Son père avait essayé de découvrir qui les avait achetées depuis, mais personne ne semblait le savoir. En repérant Dan, elle comprit qu'il ne fallait pas être un génie pour deviner qui en était le nouveau propriétaire, mais elle n'était vraiment pas d'humeur à se lancer dans une nouvelle conversation embarrassée avec son béguin d'adolescente. Elle pensait s'éclipser quand il leva les yeux vers elle en souriant.

— Salut, Ella ! Tu m'entends ? appela-t-il alors qu'elle gardait la tête baissée pour l'éviter.

Il cria plus fort :

— Enlève tes oreillettes !

— Je n'en ai pas ! Désolée, je ne t'avais pas vu. J'étais à des kilomètres de là.

C'était un mensonge, mais soudain, elle souhaita se trouver de l'autre côté de la ville, aussi loin que possible de Dan.

—Ce ne sont pas les plus beaux bâtiments de Port-Agnes pour un shooting. On dirait qu'ils vont s'écrouler à la première tempête.

—Je le sais, mais tu dois te rappeler l'allure qu'ils avaient.

Il croisa son regard et elle fit de son mieux pour afficher ce qu'elle espérait être une expression neutre.

—L'allure qu'ils avaient ?

—Quand tu y faisais le ménage pendant les vacances d'été ? Tu bossais comme une dingue tous les week-ends, à la boulangerie le samedi et ici pour le ménage le dimanche afin de préparer les lieux pour les nouveaux locataires, expliqua Dan en lui adressant son sourire spontané. Si je m'en souviens bien, quand j'avais envie de te voir le week-end, je devais venir ici pour t'aider dans ces basses besognes ! D'ailleurs, il y a un dimanche que je n'oublierai jamais.

—Alors, c'est toi qui as acheté ces maisons ?

Elle l'avait interrompu avant qu'il puisse ajouter d'autres détails. Elle n'oublierait jamais ce jour-là non plus, mais ce n'était pas pour autant qu'elle avait envie d'en parler. Plutôt mourir que lui dire qu'elle y pensait chaque fois qu'elle regardait par la fenêtre de sa chambre et apercevait la dernière maison de la rangée. La douceur avec laquelle il l'avait embrassée, la lenteur avec laquelle il avait fait glisser la bretelle de son haut sur son épaule, alors que son propre corps était saisi d'impatience, qu'elle voulait qu'il aille plus vite. Lui, il tenait à s'assurer que c'était bien ce qu'elle voulait. Pour finir, c'était elle qui avait écarté ses doutes, qui avait déboutonné sa chemise et retiré son haut aussi vite que possible sans le déchirer. Si elle s'était montrée trop audacieuse, Dan n'avait certainement pas semblé en être choqué, et elle avait alors trop envie de lui. Elle refoula ses pensées et le regarda plus posément en espérant qu'elle n'avait pas l'air aussi affamée qu'elle se sentait.

— Oui, c'est moi. Comme je l'ai dit, je pense qu'il est temps qu'on les rénove, mais si j'en crois ton expression, tu n'es pas vraiment d'accord.

— Elles font partie intégrante du caractère de l'endroit, et tous ceux qui viennent à Port-Agnes en croyant qu'ils peuvent tout changer en mieux devraient tourner les talons et rentrer chez eux par le même chemin.

Ella ne comprit pas comment elle en était venue à dire ça : c'était comme si elle laissait parler son père à sa place. Elle fut furieuse de voir que Dan se contentait de rire.

— Combien de temps faut-il vivre à Port-Agnes pour devenir un habitant du cru ? Cela fait presque vingt ans pour moi, soit les deux tiers de ma vie, mais je reste une fourmi semble-t-il !

— Cela ne dépend pas du temps que tu as passé ici, mais de ce que l'endroit signifie pour toi.

Ella posa automatiquement la main sur son cœur, comme si elle prêtait un serment d'allégeance à Port-Agnes. Dan avait peut-être déménagé de la ferme des Six-Acres avec ses parents à l'âge de dix ans, il avait passé la majeure partie de son temps en pension jusqu'à leur mort, quand il avait quinze ans. Par la suite, il était venu vivre ici avec Lissy et il était entré au lycée des Trois-Ports à l'âge de seize ans. Tout le monde pensait qu'il était simplement d'humeur maussade, mystérieux et incroyablement beau, jusqu'à ce qu'un des élèves découvre que ses parents étaient décédés. Cela avait accru la fascination des filles, mais c'était avec Ella qu'il avait noué des liens, alors qu'elle n'avait rien fait pour. Le petit ami n'avait jamais fait partie de son « plan » quand elle était encore au lycée. Ses études et ses longues heures passées à travailler à temps partiel dans deux boulots ne lui laissaient pas de temps pour autre chose si elle voulait obtenir les notes dont elle avait besoin. Cependant, Dan avait fini par s'insinuer dans sa vie et il y avait eu un moment, près de deux en fait, où elle avait eu du mal à se concentrer sur autre chose que lui. Tout en lui paraissait parfait à l'époque. Ce n'était pas seulement une question d'apparence : il y avait quelque chose chez lui qui l'attirait et lui faisait oublier tout le reste. Quand il lui souriait, c'était comme si le soleil déchirait les nuages, parce qu'il semblait ne s'adresser qu'à elle. Après la perte de ses parents, les sourires s'étaient faits rares chez Dan, et Ella s'était sentie si heureuse d'avoir eu le pouvoir de changer ça – la folie de la jeunesse ! Certes, elle avait obtenu d'excellentes notes, mais elle avait quand même fini par se réveiller brutalement.

— Cet endroit signifie beaucoup pour moi aussi, Ella. Ce n'est pas moi qui ai décidé de le quitter, non ?

Ella ravala la réplique qui traversa son esprit embrouillé. N'était-ce pas lui qui avait changé d'avis et brisé toutes les promesses passées entre eux ? À présent, il parlait comme si la faute en revenait entièrement à elle ; et ce qui l'agaçait le plus, c'était qu'elle en soit encore à ruminer qui des deux était responsable alors que cela aurait dû être de l'histoire ancienne.

— Tu vis peut-être encore ici, mais tu es aussi probablement le genre de personne qui pense qu'un ravalement radical pourrait améliorer le paysage, comme si tu voulais que le port ressemble moins à un port de pêche en activité qu'à une version Disneyland que les touristes s'attendent à trouver. Quelle horreur si les clients qui achètent tes petits cottages pittoresques sentaient le moindre effluve de poisson !

Ella semblait ne plus pouvoir s'arrêter. Il y avait quelque chose chez Dan qui l'avait prise à rebrousse-poil dès l'instant où elle avait posé les yeux sur lui. Peut-être parce qu'il lui rappelait simplement que Weller n'avait pas été le seul homme à l'abandonner.

—En fait, non. J'adore le port tel qu'il est et je pense que Mercer's Row était parfait jusqu'à ce que toute la rangée devienne insalubre lorsque l'agence Trethowan Holidays a fait faillite. C'est pour cela que je prenais des photos, afin de m'assurer que le charme des maisons demeure intact après la rénovation.

—Tu ne peux pas recréer l'histoire comme ça, en claquant des doigts ! Il faut des générations pour cela et, d'après ce que j'ai entendu dire de ton business, toutes les maisons seront vendues en tant que résidences secondaires, pour rester vides quatre-vingt-dix pour cent du temps. S'il y a quelque chose qui gâche le caractère des lieux, c'est exactement ça.

—Pas faux.

Il continua à la regarder sans ciller pendant un moment avant de décider qu'il était temps de changer de sujet.

—Alors, comment va Lissy ? Tu peux m'en dire un peu plus ?

—Elle aurait besoin d'un peu d'aide avec Noah et la ferme.

—Je sais. J'aimerais pouvoir faire davantage.

—Qu'est-ce qui t'en empêche ?

Elle n'aurait pas dû dire ça. Jess l'avait prévenue de ne pas franchir la limite, mais il y avait des choses qui ne pouvaient être tues.

—La ferme, c'est l'affaire de Lissy et elle m'a déjà dit d'aller voir ailleurs plus d'une fois et de m'occuper de mon job.

—Ne crois-tu pas qu'elle cherche juste à te simplifier la vie ? Il arrive que les gens ne disent pas vraiment ce qu'ils veulent, parce que c'est difficile d'admettre que l'on a besoin d'aide. Mais il ne faut pas être un génie pour lire entre les lignes.

Ella visualisait encore l'expression de Dan lorsqu'ils avaient longé la côte par le chemin des douaniers en direction de Padstow, une heure avant qu'elle ne parte pour la fac. La voiture de ses parents était déjà chargée de tout ce dont elle pensait avoir besoin dans la résidence de l'école, et Dan avait essuyé les larmes qui débordaient de ses yeux et qui n'avaient rien à voir avec la brise marine qui soufflait au bord de la falaise.

—Ce n'est que pour un an, El, et cela me donnera le temps de tout régler à la ferme avec Lissy. Ensuite, je pourrai te rejoindre à Londres.

—Un an, cela paraît si long !

Tout en souhaitant le supplier de partir immédiatement avec elle, Ella savait que Dan faisait le bon choix. Il pouvait difficilement faire ses bagages et laisser Lissy faire tourner la ferme toute seule sans s'assurer d'abord qu'elle disposait de l'aide nécessaire, et il faudrait du temps pour trouver un candidat idéal. Dan s'était déjà engagé en déposant un dossier dans une école d'art pour étudier le graphisme à quelques kilomètres de l'école d'Ella mais il avait repoussé son inscription d'un an.

Lorsque l'année se transforma en deux, et que Dan ne quitta pas Port-Agnes, Ella comprit qu'il ne la rejoindrait pas. Au cours de la deuxième année, lors de ses visites dans sa famille, elle ne lui avait pas avoué une seule fois combien il lui manquait, combien Port-Agnes lui manquait, et lui en particulier. Néanmoins, il aurait dû s'en douter un peu et, après tout ce qu'il lui avait promis, elle n'aurait pas dû avoir besoin de lui dire tout haut ce qu'elle éprouvait. Non, il avait proposé de patienter une année de plus, mais il évoquait de moins en moins souvent son projet de s'installer à Londres, jusqu'à ce qu'il cesse presque de lui parler. Aujourd'hui, on dirait sans doute qu'elle s'était fait ghoster mais, à l'époque, elle n'avait pas compris pourquoi il se montrait de plus en plus distant. Pour finir, c'était elle qui avait trouvé la force de le quitter et de prendre un nouveau départ à Londres au lieu de continuer à attendre sa venue. Quant à lui, il s'était lancé dans son entreprise de développement immobilier qui avait fini par avoir plus d'importance que sa relation avec Ella. À présent, voilà que sa seconde priorité était Lissy. Finalement, depuis toutes ces années, rien n'avait vraiment changé se dit Ella.

—Tu as raison. Je dois arrêter de prendre pour argent comptant ce qu'affirme Lissy quand elle m'assure qu'elle se débrouille très bien. Je dois me montrer plus présent, notamment pendant que Niall est en déplacement. Dieu sait qu'elle a fait assez de sacrifices pour moi au fil des années.

—Exactement.

Le fait que cela risquait d'avoir pour conséquence des occasions de croiser Dan plus souvent incita Ella à se demander si elle ne devrait pas apprendre à cesser de se mêler des affaires d'autrui. Leur rencontre du jour suscitait en elle un bizarre assortiment de sentiments. Étrangement, elle trouvait plutôt réconfortant de se souvenir si nettement à quel point il lui avait brisé le cœur. Alors qu'à l'époque, elle avait l'impression que c'était la fin du monde, elle avait tourné la page et continué son chemin ; elle pourrait de même surmonter ce qui lui était arrivé avec Weller. En revanche, à proximité de Dan, pas moyen de se détendre : un seul regard de sa part faisait surgir des monceaux de souvenirs. Tout cela signifiait qu'à la pensée de le voir chaque fois qu'elle allait rendre visite à Lissy à la ferme, elle éprouvait de l'embarras, mais elle ne pouvait tout simplement pas se taire, pas quand la santé de Lissy et celle de son bébé à naître étaient en jeu.

— Je vais passer à la ferme pour lui en parler dès maintenant, dit Dan en rangeant l'appareil photo dans son sac. Et, cette fois, je ne me contenterai pas d'un non !

— Tu as toujours su être persuasif quand tu le voulais, mais ne lui fais pas non plus des promesses que tu ne pourras pas tenir.

Ella se sermonna. Elle se montrait injuste envers Dan. Elle n'avait pas à lui reprocher les actes de Weller. La prochaine fois, ce serait lui qui ferait de son mieux pour l'éviter, mais elle n'avait pas le droit de laisser sa conduite affecter le soutien qu'il offrirait à sa sœur. Peut-être n'était-ce pas aussi facile pour lui qu'il en donnait l'impression. Quand il avait dit que c'était elle qui avait choisi de partir, elle avait eu la sensation fugace qu'il avait autant souffert qu'elle de leur séparation. Pour l'heure, il fallait se concentrer sur sa sœur, et tous deux ne souhaitaient que le meilleur pour Lissy. Ils ne redeviendraient peut-être jamais amis – ne serait-ce parce que Ella ne resterait pas longtemps à Port-Agnes – mais, au moins, le bien-être de Lissy était quelque chose qu'ils gardaient en commun.

— Je suis sûre qu'elle te sera reconnaissante quelle que soit l'aide que tu lui apporteras. Peux-tu lui dire de ma part que, si elle s'inquiète de quoi que ce soit au sujet de sa grossesse, elle n'hésite pas à m'appeler ?

— Merci, Ella, je n'y manquerai pas.

Il leva la main et s'éloigna rapidement dans la direction opposée à la boulangerie, comme s'il était impatient de mettre de la distance entre eux ou avec Mercer's Row. Au moins, il ne serait pas tenté de reparler de ce dimanche après-midi, lorsqu'ils étaient restés allongés sur les draps changés de frais pour le locataire suivant. Dan n'avait pas eu à faire un seul geste pour la persuader d'aller plus loin et c'était Ella qui avait fait le premier pas. Elle ne l'avait jamais regretté, pas même lorsque Dan avait brisé toutes ses promesses. Cela faisait si longtemps ! Il valait parfois mieux laisser certaines choses au passé, comme le charme de Mercer's Row.

4

Le lendemain de la soirée où Ella était allée prendre un verre avec Brae, elle avait déjà six messages sur son téléphone quand elle arriva au travail, dont quatre de lui. Elle se demanda comment il s'était procuré son numéro de téléphone jusqu'à ce qu'elle lise les deux derniers textos.

Ravi de notre soirée. On remet ça quand ? Bisous. Brae

Peut-être ce soir ? Ou demain. Je suis libre tous les soirs de cette semaine, faut juste que je m'organise pour la boutique.

On pourrait dîner cette fois ? Ou je te prépare qque chose ? T'ai pas demandé si tu aimais le poisson ? J'espère que oui !

Déso d'insister. Ma cousine dit que 3 messages sans réponse, ça relève du harcèlement. J'espère que tu ne le verras pas comme tel. J'ai juste adoré me rappeler nos années de lycée et j'ai perdu le contact avec la plupart des copains de l'époque quand j'étais dans la marine. Dis-moi seulement si tu as mes messages, d'acc ?

Tu es partie tôt ce matin. Je mourais d'envie de savoir comment s'est passé ton rendez-vous avec

Brae ! Appelle-moi si tu peux. Je te répondrai même si je suis dans le magasin. Bisous de ta maman

J'ai donné ton n° à Brae quand je l'ai appelé hier soir pour voir comment ça s'était passé. Il est mordu ! Je savais que vous étiez faits l'un pour l'autre. Bisous, papa.

Elle n'était pas surprise de découvrir que le coupable était son père. Ses parents insistaient pour signer leurs textos comme si leur numéro n'était pas enregistré dans ses contacts ! Elle tapa une réponse à Brae avant de sortir de la voiture.

Merci pour tous tes messages. Pas de souci pour le « harcèlement » ! Mais ta cousine a raison de te conseiller d'attendre une réponse. Nous pourrons peut-être prendre un autre verre dimanche comme ça, tu n'auras pas à lâcher ta boutique. J'ai apprécié de reparler du lycée moi aussi. J'avais oublié M. Stark et son pantalon en velours puant et, maintenant, je ne peux plus penser à autre chose ! Bonne semaine. Bisous.

Ella avait longuement hésité avant d'ajouter ou non le « bisous ». Elle ne tenait pas à donner une fausse impression à Brae, mais elle ne voulait pas non plus le blesser. C'était un type sympa ; il lui avait même confié à quel point il manquait de chance avec les femmes et qu'il pensait être destiné à vivre éternellement dans la *friend zone*. À ce stade, Ella avait déjà décidé qu'ils ne seraient jamais rien de plus que des amis, même si elle avait souhaité davantage, ce qui n'était pas le cas. D'ailleurs, c'était la carte qu'elle aurait jouée en lui expliquant combien Weller l'avait fait souffrir et qu'elle n'était pas prête à s'embarquer dans une nouvelle relation amoureuse. Mais Brae avait commencé à lui rapporter les prétextes que ses ex-copines avaient utilisés pour ne pas s'engager envers lui et la douleur d'une séparation figurait en tête de liste. Elle n'avait donc rien dit et s'était bornée à lui offrir sa compassion. Sauf que maintenant, il semblait qu'il envisageait un second « rancard ». À ce rythme, elle finirait par l'épouser uniquement pour ne pas blesser ses sentiments. Au moins, elle avait toujours pour projet de quitter Port-Agnes à la fin de son contrat et elle avait déjà envoyé un e-mail à l'université de Plymouth pour s'assurer d'être en mesure de s'inscrire dans les temps. Lors de sa première séparation, les études lui avaient permis de faire une croix sur le passé et elle se disait que, si rien d'autre ne marchait, cela devrait faire l'affaire.

Tandis qu'elle traversait le parking, son téléphone sonna et elle se résigna à l'idée de recevoir un cinquième message de Brae, mais c'était encore pire. Elle avait oublié de se désinscrire de la newsletter que la maison de disques de Weller envoyait de temps en temps, et la dernière édition venait d'arriver dans sa boîte e-mail. Elle ne put s'empêcher d'ouvrir le message. Le titre disait tout ce qu'il y avait à savoir :

Grande nouvelle ! Les Undermods ont signé chez Modska Records, juste après leur tournée à guichets fermés au Japon.

Ella n'était peut-être pas fan des préférences musicales de Weller quand ils étaient ensemble, mais même elle connaissait les Undermods que Weller espérait engager depuis le jour où il avait fondé le label. Ne lui avait-il pas affirmé à maintes reprises que cela changerait tout ? Et voilà qu'il réalisait tous ses rêves ! Elle pouvait bien cliquer sur l'icône pour se désinscrire dans la foulée, les merveilleux succès de Weller semblaient capables de s'insinuer dans les recoins les plus isolés du monde.

—Bonjour, dit Ella en entrant dans la salle du personnel.

Il n'y avait là que Toni, une des autres sages-femmes, et Bobby, l'auxiliaire de garde de la maternité. Anna lui avait dit que Bobby suivait des cours pour obtenir un diplôme de sage-femme. Avec Toni, ils étaient assis côte à côte et regardaient des documents étalés sur la table, mais ils étaient si proches que leurs têtes se touchaient presque. À l'entrée d'Ella, Toni s'était levée d'un bond pour s'éloigner de Bobby avec une performance digne d'une gymnaste de haut niveau. Elle aurait mérité dix sur dix uniquement pour son exécution artistique.

—Désolée, je ne voulais pas te faire peur.

—C'est rien. J'étais seulement en train d'aider Bobby à réviser les sujets pour son prochain exam.

Tout en parlant, Toni se retourna vers la table et glissa ce qui ressemblait à une brochure en papier glacé sous une pile de documents de travail.

—Je suis des cours à temps partiel à l'université, mais le gros de l'apprentissage se fait en stage. Par exemple, pour découvrir comment les sages-femmes travaillaient quand personne n'aurait encore imaginé qu'un homme puisse se lancer dans le métier ! grimaça Bobby.

Il avait probablement dix ans de moins que Toni, mais c'était difficile à dire en raison de son teint de jeune garçon qui lui donnait l'air de ne pas avoir besoin de se raser plus d'une fois par semaine. S'il y avait quelque chose qui se tramait entre eux et qu'ils préféraient garder le secret, ce n'était pas Ella qui allait les trahir.

—Je trouve ça génial, mais je suppose que tu as encore besoin de conseils sur le sujet, dit Ella en posant sa sacoche.

—Absolument ! J'ai foiré le lycée, sauf dans deux matières, et j'ai laissé tomber. Si tu m'avais dit que je retournerai à l'école pour devenir sage-femme, ou même infirmier, je t'aurais ri au nez ! continua-t-il d'un ton enjoué.

—Alors, comment en es-tu venu à changer d'avis ?

Ella avait du mal à imaginer que l'on tombe dans la carrière de sage-femme par hasard : c'était loin d'être un métier facile, mais c'était le seul qu'Ella avait toujours rêvé d'exercer, et cette voie semblait avoir été tracée pour elle pratiquement avant même sa naissance.

—Quand j'ai quitté le lycée, il n'y avait que deux options dans le coin pour quelqu'un comme moi : un poste dans le secteur du tourisme ou dans une résidence pour personnes âgées. Crois-moi, à l'époque, j'aurais tout fait pour ne pas travailler dans le domaine de la santé, mais j'ai été assez vite déçu par les boulots dans les hôtels et les restaurants. Quand mes collègues n'étaient pas en train de se plaindre, c'étaient les clients et, la plupart du temps, c'étaient les deux. J'ai fini par démissionner sans pour autant avoir d'autre job en vue, mais j'avais besoin d'argent pour payer le loyer ! Je me suis dit que j'allais travailler dans une maison de retraite pendant aussi peu de temps que possible en attendant de trouver autre chose. Sauf que j'ai découvert que j'adorais ça. J'aimais prendre soin des gens et les résidents étaient toujours reconnaissants de mon aide. Enfin, la plupart du temps ! Certains souffraient beaucoup, mais ils étaient coriaces. Bon nombre d'entre eux n'avaient pas eu une vie facile mais ils ne passaient pas leur temps à geindre parce que leur voisin de table avait apparemment plus de frites qu'eux.

— J'imagine que ce genre de travail était beaucoup plus gratifiant.

Ella jeta un regard à Toni qui considérait Bobby avec une intensité singulière, comme si elle voulait enregistrer chacune de ses paroles dans sa mémoire. Quelle que fût leur relation, il était évident qu'il s'agissait de bien plus que de l'amitié de la part de Toni.

— C'est vrai. Ensuite un poste d'auxiliaire s'est libéré et j'ai fini par être engagé dans le service des sages-femmes ici. Mes anciens copains de lycée trouvent encore ça ridicule que je sois intéressé par une carrière définie par le mot « femme », et ils ne cessent de me sortir des blagues que je n'oserais pas vous répéter. Mais, tu sais, quand tu trouves un métier que tu aimes en dépit de tout ce qu'on te dit, tu ne peux pas envisager autre chose !

Ella fut certaine d'avoir vu Toni rougir. Elle acquiesça :

— C'est super pour toi. D'après ce que j'ai entendu dire, tu feras un excellent maïeuticien. J'espère que j'aurai bientôt la chance de travailler avec toi lors d'un accouchement, même si je suis apparemment affectée surtout aux consultations et aux visites à domicile pour le moment. Oh, je ne m'en plains pas : cela me fait moins de gardes de nuit !

— Ici, nous avons de la chance, intervint Toni en se dirigeant vers le fond de salle pour mettre la bouilloire en route. Trois des sages-femmes préfèrent faire les nuits pour diverses raisons, ce qui fait que nous autres n'avons pas à travailler la nuit aussi souvent qu'il le faudrait autrement. Moi, je le fais surtout lorsque j'ai promis à l'une des futures mamans d'être présente à l'accouchement. Les bébés ont une fâcheuse habitude de venir au monde aux heures les moins commodes ! Tu veux un thé ou un café ?

—Du thé, s'il te plaît. C'est vrai, les bébés ont le chic pour choisir leur moment ! Anna m'a rattachée aux consultations et aux visites à domicile afin que je fasse la connaissance de certaines futures mamans et que je comprenne bien la différence avec ce que je faisais à l'hôpital.

—Comment ça se passe ?

Toni mit un sachet de thé dans chacune des tasses.

—Je me régale, même si Jess m'a prévenue qu'il serait difficile de ne pas trop s'immiscer dans la vie des patientes quand on les suit de près. J'ai toujours envie de leur donner des conseils qui n'ont rien à voir avec les soins prénatals !

Les pensées d'Ella dérivèrent vers Lissy et Dan. Elle avait dit à Brae qu'elle avait croisé Dan deux fois et il s'était mis à évoquer les souvenirs du passé en précisant qu'il était vraiment triste que Dan ait perdu ses parents juste avant d'entrer dans leur lycée. Au fil des années, Dan avait dû surmonter son lot de problèmes et voilà qu'Ella sautait sur l'occasion de lui en rappeler certains qui n'étaient que de l'histoire ancienne. Elle se promit que, lors de leur prochaine rencontre, elle s'efforcerait de se montrer plus polie. Il y avait une limite à la rancœur que les gens pouvaient supporter et, pour le moment, c'était Weller qui méritait son animosité.

—Il est très difficile de trouver le bon équilibre entre ce qui doit rester du domaine du soin et l'interférence. Parfois, je ne peux pas m'en empêcher moi aussi, commenta Toni. Je pense que c'est pour cela que les accouchements sont plus faciles à gérer que les consultations pré et postnatales. Au moment du travail, la seule chose qui compte, c'est d'accompagner la mère et le nourrisson sans complications et, au cours de ces heures, rien d'autre n'a d'importance.

—C'est si vrai ! s'exclama Ella. Je suppose que tu es de service en salle de travail ce matin ?

—Oui, avec Gwen et Jess. Elles y sont déjà. Moi, j'attends l'une de mes patientes. Elle m'a téléphoné plus tôt pour me prévenir que ses contractions étaient espacées d'un quart d'heure et je lui ai dit de venir dès qu'elles se rapprocheraient.

—Dans ce cas, profitons donc de ce thé tant que nous le pouvons.

Ella prit la tasse que Toni lui tendit avant d'expliquer :

—J'assure les consultations prénatales ce matin et je suis à domicile cet après-midi.

—Tu peux emporter des biscuits.

Toni passa une tasse à Bobby en faisant un geste vers les boîtes de biscuits et de chocolats en ajoutant :

—Je dois avouer que nous ne manquons pas vraiment de cadeaux de remerciements.

—Cela fait même pas quinze jours que je suis là et on m'a déjà offert toutes sortes de choses lors de mes visites à domicile, depuis du jus de pomme jusqu'à du gasoil !

— Je te bats, rit Toni. Moi, j'ai eu droit à une tonne de fumier pour mon jardin.

— Tu as accepté ?

Toni secoua la tête.

— J'aurais pu, sauf que j'habite dans un appartement au dernier étage d'un immeuble et que je ne suis pas sûre que je pourrais faire entrer une tonne de fumier dans mes jardinières !

***

Anna avait dit vrai : le service des consultations prénatales était une excellente manière d'apprendre à connaître les futures mamans. À onze heures trente, Ella avait déjà examiné une femme qui n'avait pas la moindre idée de l'identité du père de son enfant, même si au moins trois membres du club local de fléchettes étaient éligibles. Ensuite, il y avait eu la femme qui était venue avec sa mère, mais aussi avec sa grand-mère et son arrière-grand-mère pour qu'elles entendent toutes les battements du cœur du bébé ; l'expression de la plus âgée de ces dames avait failli faire pleurer Ella. Elle ne cessait de rappeler qu'elle avait quatre-vingt-douze ans et qu'elle ne pouvait croire qu'elle avait vécu assez longtemps pour entendre le cœur de son arrière-arrière-petit-enfant, d'autant plus qu'elle avait eu la tuberculose enfant et que son poumon droit ne fonctionnait quasiment plus. À l'époque, on lui avait même prédit qu'elle risquait de ne pas fêter ses trente ans.

Le dernier rendez-vous d'Ella était une jeune femme du nom de Sophie Brighouse. Elle en était à vingt semaines de grossesse et son dossier indiquait qu'elle souffrait d'anémie.

— Bonjour, Sophie, entrez et asseyez-vous.

Ella tendit la main à la femme qui prenait le siège en face d'elle.

— Je suis Ella Mehenick. Nous ne nous sommes pas encore rencontrées parce que je n'ai rejoint l'équipe que depuis quinze jours. Je remplace Sadie Turner pendant son détachement de six mois.

— Je savais que Sadie était partie et on m'avait dit que je verrais Gwen aujourd'hui, mais j'espérais avoir affaire à quelqu'un d'un peu plus jeune, comme vous. Quelqu'un qui pourrait comprendre ma situation.

Sophie se mordit la lèvre. Ella s'efforça d'être patiente : si elle l'interrompait, Sophie ne dirait peut-être pas ce qui la préoccupait vraiment.

— Personne n'est au courant pour le bébé, sauf les sages-femmes et le docteur Taylor.

— Voulez-vous m'expliquer pourquoi vous n'en avez parlé à personne ?

De toute évidence, Sophie avait du mal à maîtriser ses émotions, et Ella était soulagée de ne pas devoir la presser. C'était son dernier rendez-vous avant sa pause-déjeuner et elle ne se souciait pas de rogner sur son temps libre. Elle tenait à ce que Sophie la quitte en étant moins troublée qu'à son arrivée.

— Mes parents vont être tellement déçus. J'étais censée prendre une année de césure avant d'aller à la fac pour devenir professeur.

Les yeux de Sophie brillèrent de larmes.

— Chaque fois que nous allons à une fête de famille ou que nous croisons une de ses amies, ma mère ne cesse de répéter que je serai la première de ma génération à faire des études supérieures. Aucun de mes cousins n'y est arrivé, mais elle risque de ne pas être aussi fière d'annoncer que je vais être mère célibataire !

—Au début, elle sera peut-être choquée mais, d'après mon expérience, la plupart des parents finissent par soutenir leur fille.

Il était tentant de promettre à Sophie que tout se passerait bien, mais ce n'était pas son rôle. Elle avait vu des parents mettre leur fille de quinze ans à la porte lorsque celle-ci avait annoncé sa grossesse. Elle « faisait honte à sa famille » disaient-ils. L'adolescente était arrivée à la maternité pour une échographie avec toutes ses affaires dans trois sacs-poubelles noirs. L'échographiste avait appelé les sages-femmes et Ella s'était chargée de contacter une assistante sociale et de trouver une solution pour que la jeune fille ait un lit où dormir ce soir-là. Pour finir, la pauvrette avait été placée dans une famille d'accueil dans un autre quartier de Londres. Ella s'était souvent demandé ce qu'elle était devenue, mais c'était une autre sage-femme qui était affectée aux gens du quartier. Cette fois, elle tenait à aider Sophie.

—Je suis fille unique et, parfois, c'est comme si tous leurs espoirs étaient fixés sur moi. Si j'échoue, ils n'auront plus rien, non ?

Le visage de Sophie trahissait le poids que ce secret faisait peser sur elle, et son teint pâle était souligné par les cernes sombres qui marquaient ses yeux. Ella ne connaissait que trop bien ce qu'elle éprouvait. Le fait d'être le centre du monde de ses parents était à la fois une bénédiction et un fardeau. Si vous les déceviez, exactement comme Sophie le pensait, il n'y avait pas de plan B. Cependant, les parents d'Ella lui avaient pardonné toutes ses erreurs et elle pensait qu'il y avait toutes les chances que les parents de Sophie agissent de même. Parfois, le plus dur était de se pardonner à soi-même.

— Ce n'est pas parce que vous allez avoir un bébé plus tôt que prévu que vous devez vous sentir nulle.

Ella s'interrompit pour trouver la meilleure manière de formuler ce qu'elle voulait dire.

— Avez-vous bien réfléchi à toutes les solutions ?

— Je ne m'en débarrasserai pas. Je ne peux pas. J'avais pris rendez-vous à la clinique pour une IVG et tout, mais je n'ai pas pu m'y résoudre.

Elle posa une main protectrice sur son ventre encore plat. Les muscles toniques de la jeunesse faisaient des merveilles pour ne pas trahir son secret, mais cela ne durerait pas, d'autant plus que Sophie était très mince. Tôt ou tard, elle devrait en parler, ou les gens devineraient son état et, en général, cela n'arrangeait pas les choses quand ils l'apprenaient indirectement.

— D'accord, c'est un premier pas positif de savoir que vous avez déjà pris une décision. En revanche, comment voyez-vous les choses après la naissance du bébé ? Avez-vous pensé à l'élever seule ou…

— Je ne peux pas l'abandonner ! Quand je l'ai senti bouger pour la première fois la semaine dernière, j'ai su que cela me serait impossible. C'est probablement égoïste de ma part de ne pas envisager l'adoption alors qu'une famille aisée avec sa maison à elle pourrait lui offrir une meilleure vie, mais je veux le garder.

— Ce n'est pas égoïste et il existe beaucoup de solutions pour vous aider. Je peux vous adresser aux services compétents qui vous accompagneront pour vous trouver par exemple un logement et des allocations auxquelles vous avez droit. Si vous pensez que vous avez aussi besoin de parler de votre ressenti, je peux vous donner les coordonnées d'un psychologue.

— Je veux juste que quelqu'un me dise comment annoncer la nouvelle à papa et maman.

Sophie s'essuya les yeux avec sa manche et Ella lui tendit des mouchoirs en papier.

— Je suis sûre que le psychologue vous expliquera les différentes stratégies possibles, mais vous devez le leur dire avant qu'ils aient des soupçons. S'ils vous questionnent, je pense que ce sera plus difficile. En revanche, si vous leur expliquez comment vous allez élever cet enfant, voire conjuguer sa présence avec vos études pour devenir professeur, ils pourront peut-être accepter la nouvelle plus facilement.

— Vous croyez vraiment que je pourrais quand même aller à la fac ?

Lorsque Sophie leva les yeux, une ombre parut disparaître de son visage. Ella hocha la tête.

— Vous pourriez décider qu'il vaut mieux attendre l'année prochaine, mais beaucoup de mes patientes ont poursuivi leurs études. Certaines étaient encore au lycée quand elles sont tombées enceintes, et elles ont quand même réussi à l'université. Il suffit d'obtenir le soutien des services disponibles, mais surtout de votre famille et de vos amis. Quelle que soit votre décision, ce n'est pas comme si toutes les portes se fermaient à tout jamais parce que vous avez un bébé. Pour l'instant, la priorité est de vérifier que vous deux êtes en bonne santé. Et le stress que vous éprouvez à garder le secret ne vous fera aucun bien. Habitez-vous chez vos parents ?

—Non, je travaille au parc de mobile-homes sur la route de Port-Kara. Je suis logée gratuitement sur place. Pour l'été, ça va, mais je ne me vois pas y emménager avec un bébé, même si j'en avais le droit. Mes parents vivent dans le Somerset et, avec mes horaires, je ne rentre pas souvent, mais ils finiront bien sûr par se rendre compte de mon état.

—Et le père du bébé ? Je suppose que vous n'êtes plus avec lui, non ?

—Il vit en Écosse. Je l'ai connu lorsque nous travaillions tous deux dans un camp de vacances là-bas, à Pâques, avant de venir ici pour le poste au parc. C'est à ce moment-là que c'est arrivé. Je pensais que mes expériences dans la vie active seraient un plus pour mon dossier d'entrée à l'université parce que je veux enseigner en primaire. Et je voulais me prouver à moi-même que j'étais capable de vivre loin de la maison parce que la fac est dans l'Essex. Euan étudie la médecine et ses parents sont propriétaires du camp, alors il leur donne un coup de main pendant ses vacances scolaires. Cela n'a duré que trois semaines et je n'ai pas envie de gâcher sa vie aussi, ou de le laisser imaginer qu'il est concerné. Nous n'avons eu que deux rapports… Je n'arrive toujours pas à croire comment ça a pu arriver !

—Le psychologue devrait vous aider à décider ce que vous voulez faire pour ça aussi une fois que vous aurez choisi le bon moment pour en parler à vos parents. En attendant, n'hésitez pas à vous adresser à moi chaque fois que vous en aurez besoin.

Ella se promit de se démener pour obtenir un rendez-vous avec le psychologue pour Sophie le plus tôt possible mais, pour l'heure, elle devait se concentrer sur l'examen médical de sa patiente.

— Je vais vous examiner, d'accord ? Nous allons écouter le rythme cardiaque du bébé et relever les mesures pour vérifier sa croissance. Ensuite, je prendrai votre tension et je vous prescrirai une prise de sang pour m'assurer que les suppléments en fer ont stabilisé votre anémie. Grimpez sur la table d'examen et voyons un peu ce bébé.

— Merci, dit Sophie en tendant la main pour toucher le bras d'Ella. La dernière sage-femme que j'ai vue n'a pas cessé de répéter que je devais le dire à ma mère. Vous, vous me donnez l'espoir de ne pas être obligée d'abandonner l'université à cause du bébé. Si j'arrive à le faire comprendre à ma mère et à mon père, ils seront moins fâchés. Il faut juste que je trouve le bon moment. En fait, grâce à vous, je commence à être impatiente de le leur dire.

— Je n'ai rien fait de particulier. Vous étiez capable de trouver des solutions toute seule, mais cela aide parfois d'en parler.

— Allez-vous me suivre jusqu'au terme ? J'aimerais tant que vous soyez ma sage-femme référente.

Sous le regard implorant de Sophie, Ella hocha la tête. Le bébé n'était prévu que dans près de cinq mois, ce qui signifiait qu'il risquait de ne pas naître avant la fin du contrat d'Ella, mais, pour le moment, Sophie avait déjà assez de soucis à régler. Avec un peu d'espoir, au moment du départ d'Ella, elle serait de retour chez ses parents dans le Somerset.

—On va se serrer les coudes.

—Cela me rassure beaucoup, dit Sophie avec un sourire en descendant de la table d'examen. Et je suis contente que vous ayez choisi de venir travailler à Port-Agnes.

—Moi aussi, répondit Ella en lui rendant son sourire.

C'était vraiment agréable d'être de retour. Cette occasion de faire partie de la vie de ces femmes au cours de l'une des périodes cruciales de leur vie était un privilège. Ella avait eu de la chance de réaliser le rêve qu'elle avait lorsqu'elle avait l'âge de Sophie, et elle était déterminée à ne pas l'oublier en dépit de tout ce qui n'avait pas marché comme elle l'avait prévu.

5

— Je suis désolée d'avoir avancé l'heure. J'avais oublié que j'étais invitée à l'anniversaire d'Anna ce soir.

Ella tira la cuillère à café du cœur que le barista avait dessiné avec du chocolat en poudre sur son latte. Elle avait veillé à ne pas utiliser le mot « rendez-vous » et elle se sentait un peu coupable. Brae était probablement le type le plus gentil avec lequel elle ait pris un verre. C'était vraiment super d'avoir un ami avec lequel échanger les souvenirs du bon vieux temps, mais il n'y avait pas d'étincelle entre eux. Cela faisait six fois qu'ils se retrouvaient et elle avait toujours l'impression que Brae était le grand frère qu'elle n'avait jamais eu. Heureusement qu'elle s'était montrée aussi honnête que possible avec lui et qu'elle avait réussi à lui expliquer que cela ne faisait que deux mois que Weller l'avait quittée. Elle lui avait même confié que ça s'était passé sur le parvis de la mairie et, si Brae était déjà au courant, il avait parfaitement joué la surprise. Il avait été adorable en ajoutant que cela ne la diminuait en rien, mais elle avait plus de mal à croire ces paroles.

— Ce n'est pas un problème, pas du tout. J'aime bien passer du temps avec toi, c'est tout, avait-il assuré en souriant.

—Moi aussi.

Lors de leur troisième rencontre, ils tombèrent sur une dame âgée qui venait de découvrir qu'elle avait un pneu crevé. Comme si le ciel s'ouvrait sur un miracle, Brae avait insisté pour qu'Ella emmène la femme dans le café d'en face en lui glissant un billet de dix livres pour qu'elles prennent un thé et des gâteaux. La pluie s'était mise à tomber si fort qu'elle rebondissait sur les flaques qui se formaient sur le trottoir. Ella et la vieille dame se réfugièrent dans le café et, à travers la vitrine, elles regardèrent Brae changer la roue, l'eau dégoulinant de sa barbe, indifférent aux gerbes d'eau que lui envoyaient les autres véhicules qui passaient en trombe sur la chaussée. C'était un gentilhomme de la vieille école, vraiment gentil malgré sa stature d'au moins un mètre quatre-vingt-dix-huit.

—Alors, quelle surprise avez-vous réservée à Anna ?

Brae s'empara de l'énorme tasse de chocolat chaud qu'il avait commandée, avec des petits marshmallows qui sombraient doucement dans la montagne de crème fouettée du dessus.

—Apparemment, la Casa Cantare, répondit Ella avec une grimace.

Un bar à vins italien était tentant, mais lorsqu'on vous y attendait pour participer à un karaoké, ce n'était plus aussi excitant.

—Je suis incapable de chanter même si ma vie en dépendait, mais j'espère que les autres vont occuper la scène et que je pourrai rester au fond en lançant quelques « cha-ba-da » ou « la-la-la » s'ils m'obligent à monter avec eux.

—J'imagine mal Anna à la Casa Cantare. C'était la sage-femme de ma sœur Morwenna et, chaque fois que je l'ai croisée, elle m'a semblé un peu timide. À l'époque, je vivais chez ma sœur afin de me rendre utile en la conduisant à certains de ses rendez-vous. Toutefois, continua-t-il en riant, je suppose que c'était juste à cause de moi ! Je sais que je suis un peu intimidant avec ma barbe et ma carrure.

—Tu n'es pas du tout intimidant ! Tu es adorable.

Ella avait failli ajouter qu'il la faisait penser à un gros nounours, mais ce n'était probablement une comparaison si flatteuse.

—Au boulot, Anna est toujours très pro, et je suppose que cela peut passer pour une certaine réserve. Mais tu as raison, je ne suis pas sûre que la Casa Cantare soit le genre de truc qui l'amuse, pas plus que ça ne m'amuse moi. C'est Jess qui s'est chargée de l'organisation. En fait, je pense que nous aurons l'anniversaire de ses rêves à elle, pas de ceux d'Anna.

—D'après ce que tu en dis, Jess a l'air marrante.

—Elle baigne encore dans le bonheur de sa première année de mariage d'après ce que j'ai compris.

L'esprit d'Ella fonctionnait à toute allure. Jess n'était peut-être plus disponible mais il devait y avoir quelqu'un dans le service qui verrait Brae comme l'homme merveilleux qu'il était. Si elle ne réussissait rien d'autre au cours des prochains mois, elle serait ravie de trouver à Brae la femme de ses rêves. Elle était pratiquement sûre que Penny, la réceptionniste, était célibataire en ce moment. La jeune femme passait son temps à rompre et à se raccommoder avec son copain, et elle avait dit qu'elle viendrait à l'anniversaire. Anna avait pris sa journée la veille du marathon de karaoké afin de passer son jour anniversaire avec Greg, son petit ami, dont elle avait avoué espérer le voir faire sa demande en mariage pour marquer l'occasion. Ella et les autres comptaient la voir débarquer avec une grosse pierre brillante au doigt. Dans cette atmosphère de romance, les planètes s'aligneraient peut-être aussi pour Brae et Penny.

— Au fait, si tu es libre, pourquoi ne nous rejoindrais-tu pas à la Casa Cantare plus tard pour nous regarder nous ridiculiser ?

— Vraiment ?

Brae eut l'air exagérément ravi quand elle acquiesça, ce qui lui valut une pointe de culpabilité. Mais si ça marchait, cela en valait la peine.

— Ce sera sympa et j'aimerais te présenter les autres.

— OK. J'avais déjà demandé à Pete et à Linda de bosser à la boutique ce soir, parce que je croyais qu'on se voyait plus tard. Au moins, je n'ai pas besoin de rentrer et de les renvoyer chez eux !

— Génial ! Je pense que cela te fera du bien de voir d'autres personnes. À force de travailler, tu ne sors pratiquement jamais. Il est temps d'élargir ton cercle social.

— Tu as raison. En fait, j'ai cherché Dan Ferguson sur Internet et je lui ai envoyé une demande d'ami. Bon sang ! continua Brae en secouant la tête. J'ai l'air vraiment désespéré ! Mais de te revoir, ça m'a fichu un coup de nostalgie, et Dan et moi, nous faisions tous les deux partie de l'équipe de rugby.

— Il t'a répondu ?

Ella faisait de son mieux pour garder un ton léger. Si Dan reprenait contact avec Brae, il était capable de lui raconter la façon dont elle se comportait avec lui depuis son retour – toujours à critiquer son travail ou le genre de frère et d'oncle qu'il était, sans pour autant en avoir une quelconque preuve d'ailleurs.

—Ouais, il m'a répondu sur-le-champ et nous avons prévu de nous voir la semaine prochaine. Peut-être que tu aimerais te joindre à nous ?

—Je… Heu…

Ella se retrouva soudain à court de mots.

—Rien ne presse, ce ne sera pas avant mercredi. Tu me le diras d'ici-là.

—D'acc.

Ella se dit qu'elle trouverait une excuse plausible entre aujourd'hui et mercredi. Elle ne risquait pas de passer une soirée entière dans un pub assise si près de Dan qu'elle humerait le parfum de santal de l'après-rasage qu'il portait chaque fois qu'elle l'avait vu depuis son retour à Port-Agnes. Elle était censée aider Brae à sortir de la *friend zone*, pas penser à Dan Ferguson, ce qui était diablement plus facile quand il était aussi loin que possible.

***

—Nous sommes fiancés !

Le diamant était aussi gros et étincelant que prévu, mais il n'était pas au doigt de la bonne personne. Penny avait déboulé dans la partie restaurant du bar à vins avec un quart d'heure de retard, en clamant la nouvelle et en agitant sa main désormais ornée avant que les autres aient le temps de l'avertir que ce n'était pas le meilleur moment pour ça.

—Félicitations !

La réponse de l'assemblée ne fut guère enthousiaste, mais Penny n'eut pas l'air de le remarquer malgré les tentatives d'Ella de la prévenir du regard que son euphorie se transformerait en impression colossale d'avoir mis les pieds dans le plat dans une seconde. Rien à faire ! Penny se laissa tomber sur la banquette en face d'Anna et tendit la main vers sa supérieure pour faire briller la bague.

— Allez Anna, montre-moi ta bague pour qu'on puisse les comparer et désigner le gars qui a le mieux choisi la pierre que nous serons heureuses de porter pour le reste de notre vie.

— Greg n'a pas fait sa demande, Penny, mais je suis vraiment contente pour toi.

La voix d'Anna était sèche et, même si ses yeux ne s'étaient pas voilés, il était évident qu'elle luttait pour contenir ses larmes. De son côté, Penny avait l'air penaude.

— Oh mince, je suis désolée. J'aurais dû…

— Ce n'est pas ta faute. C'est la faute de personne. J'ai mal interprété son attitude, c'est tout. Vraiment, vraiment mal apparemment.

— Nous l'expliquerons à Penny plus tard si tu n'as pas envie de recommencer.

Ella avait parlé tout bas, d'autant qu'elle était consciente de la difficulté que leur cheffe avait eue à se montrer si franche la première fois qu'elle leur avait raconté toute l'histoire, mais Anna secoua la tête.

— Moi, je peux résumer l'affaire en une seule phrase, coupa Jess avec une grimace. Ce mec est un abruti, c'est tout ce que Penny a besoin de savoir.

—Tout va bien, soupira Anna. Je peux aussi bien en parler à Penny puisque vous êtes déjà tous au courant. Il n'aspire pas du tout aux mêmes choses que moi.

—Il ne t'a pas quittée le jour de ton anniversaire, si ?

Penny écarquillait les yeux, avec l'air d'être prête à traquer Greg pour le démolir si c'était ce qu'il avait fait. Toni et Jess avaient déjà proféré le même genre de menaces, comme si un commando était en train de se former.

—Non, il m'a offert un joli cadeau. Trois semaines de trekking en Amérique du Sud, mais quand il a compris à quel point j'étais déçue, tout est sorti. Il veut passer sa vie à voyager dans le monde chaque fois que nous en aurons le temps et l'argent. Alors que moi, je veux me marier, avoir des enfants et un chien. Le cliché parfait de la famille ! Ce qui, d'après Greg, se termine toujours sur un quotidien lamentable.

—Oh, Anna, je suis vraiment désolée. Tu n'avais pas deviné que c'était ce qu'il pensait ?

Penny posait quasiment la même question qu'Ella lorsque Anna leur avait annoncé la nouvelle en début de soirée. Après tout, elle ne savait que trop ce que ça faisait de n'avoir pas la moindre idée de ce qui se passait dans la tête de son compagnon.

—Pas du tout. Je croyais que nous avions les mêmes envies. J'ai parlé d'avoir des enfants dès le début, et il n'a jamais laissé entendre qu'il était contre. Non, l'homme avec lequel je croyais fonder une famille dans un an ou deux préfère randonner dans les Andes et laisser tomber tout ce que nous avons ici pour se lancer dans ce qu'il appelle « de vrais voyages ». Il a peut-être raison. Peut-être suis-je ennuyeuse à vouloir opter pour une vie plus rangée comme pratiquement tout le monde, mais la perspective de mettre au monde tous ces bébés en tant que sage-femme et de ne jamais avoir le mien… Je ne pense pas que j'en serais capable.

—Tu ne devrais jamais avoir à faire des compromis sur ce qui est aussi important pour toi.

Ella était bien trop consciente des sacrifices que ses parents avaient faits pour elle, mais ils ne lui avaient jamais donné le moindre signe qu'ils le regrettaient. Ruth assurait toujours qu'Ella était tout pour eux et, si le désir d'enfant était aussi fort chez Anna, elle finirait par souffrir terriblement si elle croyait qu'elle aimait assez Greg pour abandonner son rêve.

—Il veut vendre la maison pour acheter un camping-car et voyager pendant quelques années, sans avoir à travailler. Ferguson's Conversions lui a fait une offre démente, plus de deux fois le prix que nous avons payé à l'achat, pour en faire deux appartements, mais ce que Greg ne comprend pas, c'est pourquoi j'aime à ce point mon boulot et Port-Agnes.

—Ferguson's Conversions ! s'exclama Frankie d'un ton furieux. Les entreprises de ce genre ont fait grimper les prix par ici au point que ma fille et sa famille n'ont eu d'autre choix que de s'éloigner pour s'installer là où ils peuvent s'offrir un logement.

—Dan, c'est le frère de Lissy, non ? Tu es sortie avec lui au lycée, n'est-ce pas ? s'enquit Anna en dévisageant Ella.

Ella avait les joues en feu. Une part d'elle mourait d'envie de prendre sa défense. Il devait faire fructifier son entreprise, non ? Les autres s'attendaient-ils à ce que Dan lâche ses biens immobiliers aux locaux comme s'il gérait une œuvre caritative ? Une autre part tendait à prétendre qu'elle n'avait pas la moindre idée de ce dont Anna parlait. Entre ses visites à Lissy et les diatribes de son père à propos des constructions nouvelles qui abîmaient le paysage, le nom de Dan revenait bien trop souvent pour qu'elle soit à l'aise avec le sujet. Peut-être devait-elle mettre les points sur les « i », juste cette fois.

— Qui t'a raconté ça ?

Lissy avait lâché le morceau devant Jess lors de leur première visite à domicile, mais Ella ne s'était pas attendue à ce que cela devienne un sujet de conversation avec les autres sages-femmes.

— Ça doit être moi, dit Gwen en faisant un geste d'excuse avec les mains. Ta mère a pu le mentionner quand je suis passée acheter des beignets à la crème et j'ai peut-être raconté à Anna que si on rallumait la flamme entre vous, cela pourrait te convaincre de rester à Port-Agnes pour de bon. Comment ne pas le vouloir ? Question beignets à la crème, il y a des beignets pour lesquels je n'hésiterais pas à revoir mes priorités !

— Gwen, je rêve ! s'écria Frankie. Nous parlons de l'homme à cause duquel ma fille a dû quitter Port-Agnes !

— Cela n'explique cependant pas pourquoi elle a choisi de s'éloigner de toi jusqu'en Nouvelle-Zélande.

Gwen donna un petit coup de coude à son amie et Frankie se mit à rire d'un air tout à fait détendu. Malheureusement, cela suffit à rappeler à Anna ce qu'elle venait de perdre.

— La Nouvelle-Zélande était aussi sur la liste de Greg, après ces trois années de tour de l'Europe en camping-car ! renifla-t-elle. Maintenant, le mieux que je puisse espérer, c'est de pouvoir lui racheter sa part de la maison mais, après ce que Ferguson's Conversions lui a offert, je ne sais pas si j'en aurais les moyens.

— Puis-je prendre votre commande ?

Le serveur qui tournait autour d'elles depuis l'arrivée de la dernière invitée de la soirée surgit à côté de Bobby.

— Nous prendrons six bouteilles de vin pour commencer, je crois. Deux blancs, deux rouges et deux rosés, déclara Bobby en balayant les convives du regard.

Tout le monde hocha la tête.

— Le vin maison, monsieur ?

— N'importe lequel, pourvu qu'il ait le plus haut degré d'alcool !

Bobby lança un clin d'œil dans la direction d'Anna et Ella fut soulagée de la voir sourire. Elle avait affirmé préférer que les choses soient claires, comme ça, si elle éclatait en sanglots sur son brownie au chocolat au moment du dessert, ou au beau milieu d'une reprise de *I Will Survive*, tout le monde saurait pourquoi. Il fallait juste espérer qu'elle ne regrette pas avoir été si franche le lendemain, d'autant qu'elle avait de toute évidence bu un verre ou deux pour se donner du courage avant de venir.

— Et pour les menus ?

Le serveur leva son carnet mais Bobby secoua la tête.

— Donnez-nous encore dix minutes. Servez-nous d'abord le vin. (Bobby ferma son menu avec détermination avant de continuer.) Je pense que ce sera une de ces soirées où nous allons tous nous soûler comme des cochons.

— Si je me souviens encore de tout ça demain matin, je considérerai que vous avez échoué tous autant que vous êtes et j'en tiendrai compte lors de vos évaluations.

Anna rit pour la première fois tandis que Bobby la saluait d'un geste, et l'atmosphère sembla s'alléger. Dieu savait dans quel état les trouverait Brae quand il arriverait un peu plus tard, mais, quoi qu'il en soit, il ne se rapprocherait pas de Penny, et Ella ne put s'empêcher de s'inquiéter. À cause d'elle, Brae se sentirait à nouveau rejeté. Bobby avait quand même raison : la soirée s'annonçait mémorable.

***

Ella s'était faufilée tout à l'arrière du groupe sur la scène de la Casa Cantare et faisait mine de chanter en chœur sur *Thank U, Next* d'Ariana Grande, quand elle repéra Brae au bar qui les observait. Anna était à fond, largement soutenue par Jess et Toni, au point que personne ne semblait remarquer qu'Ella se contentait d'articuler les mots en un play-back aussi convaincant qu'un doublage de film d'arts martiaux de série B. Dès la fin de la chanson, elle se dirigea vers Brae qui lui tendit le verre qu'il avait déjà commandé pour elle.

—Tu es la meilleure !

—Je fais de mon mieux.

Brae ajoutant en souriant :

—En tout cas, toi et tes amies, vous aviez l'air d'y croire à fond !

—Disons que nous avons bu beaucoup de vin, bien que, pour ma part, ce ne soit pas assez pour faire autre chose que mimer les paroles.

Ella jeta un coup d'œil par-dessus son épaule pour s'assurer qu'Anna ne l'entendrait pas avant d'ajouter :

—Je ne crois cependant pas que ce soit le meilleur anniversaire pour notre patronne, alors j'étais prête à chanter pour de vrai uniquement pour lui arracher un sourire.

—Je connais ça. L'an dernier, j'étais encore en poste à l'étranger et il me semble que le summum de mon anniversaire a été de trouver une nouvelle chemise à carreaux dans le colis que ma mère m'a envoyé. Parce que je ressemble à un bûcheron, continua Brae en riant, elle croit que j'aime m'habiller comme ça !

—Les choses se passeront mieux cette année, j'en suis sûre.

Ella lui serra doucement la main juste au moment où Penny se précipitait vers le bar.

—Oh là là ! Regardez-moi ces deux tourtereaux ! Tu t'es bien gardée de nous mettre au courant, Ella.

—Je te présente, Brae, un *ami*.

Elle insista simplement sur le mot plutôt que de tenter d'expliquer à une Penny très très gaie qu'elle et Brae n'étaient pas ensemble.

—Et voici Penny, Brae. C'est notre réceptionniste au pôle de santé.

—Oui, tu m'en as déjà parlé.

Brae adressa un sourire à Penny qui tituba vers lui pour lui planter un baiser sur la joue comme s'ils se connaissaient depuis des lustres.

—Brae ! On s'est déjà vus, non ?

Penny plissa les yeux sans cesser de vaciller.

—Je tiens le *fish and chips* sur le port. C'est probablement là que tu m'as croisé, non ?

—Mais oui ! Bien sûr !

Penny se frappa le front du plat de la main.

—Avec mon petit copain Joel, je viens tout le temps y manger. Les meilleures frites de la Cornouailles, comme dit Joel.

—Ton copain m'a l'air d'un homme sage.

—En fait, ce n'est plus vraiment mon copain, mais mon fiancé !

Penny agita la main devant Brae comme si elle était la Beyoncé de la Cornouailles.

—Mais chuuut ! Faut pas en parler devant Anna. Elle, tout ce qu'elle a eu, c'est un sac à dos !

—Ma foi, elle a quand même l'air de bien s'amuser, dit Brae en faisant un geste vers la scène où Anna et Bobby exécutaient une puissante et très fausse interprétation de *Don't Go Breaking My Heart*.

—Ce n'est qu'une façade, marmonna Penny. Elle est écœurée parce qu'il refuse de faire un bébé avec elle.

—Penny ! s'exclama Ella d'un ton sec.

Il n'était pas question d'aller crier sur tous les toits ce qui arrivait à Anna, et Penny n'en aurait rien fait si elle n'avait pas englouti la plus grosse partie des vins commandés par Bobby.

—Je vais te commander un café.

—D'accodac ! C'est peut-être une bonne idée, parce que j'ai l'impression d'être sur un bateau.

Penny se raccrocha au coin du comptoir.

—Je m'en occupe, dit Brae en levant la main lorsque Ella commença à protester.

—Quel genre de café tu veux ?

—J'aimerais un latte, mais je crois qu'il vaut mieux que je prenne un truc plus fort, comme un americano, répondit Penny en faisant une grimace.

—Et toi, Ella, tu veux autre chose ?

— Non, ça va. Merci quand même.

Elle lui toucha légèrement le bras en regrettant de ne pas pouvoir lui dire que la femme qu'il rencontrerait un jour aurait de la chance. Cependant, elle ne tenait pas à ce que Penny en profite pour poser des tas de questions indiscrètes à Brae. Peine perdue !

— Il est vraiment chouette. Pourquoi tu ne sors pas avec lui ? s'enquit Penny sans cesser de se balancer.

Ses yeux se fermaient et s'ouvraient mécaniquement sous l'effet de l'alcool.

— Parce que nous sommes de vieux copains de lycée, voilà pourquoi. Je ne suis en ville que pour quelques mois.

— Tout ne doit pas toujours durer des années.

Penny accompagna ses paroles d'un spectaculaire clin d'œil et faillit s'écrouler lorsqu'elle lâcha le comptoir.

— Viens, je crois que tu ferais mieux de t'asseoir.

En lui prenant le coude, Ella aida Penny à gagner un siège à l'une des tables les plus proches.

— C'est juste trop d'excitation, c'est tout, commenta Penny en marmonnant à nouveau. Hier matin, je croyais que c'était fini pour de bon entre Joel et moi. Tu sais, on est sans cesse en train de se disputer, de casser puis de se remettre ensemble. Mais là, c'était le gros lot ! Il a signé un contrat de travail avec une pêcherie en Écosse, à partir du 1er janvier. J'ai cru qu'il en profiterait pour me quitter et repartir de zéro. Mais il m'a appelée pour me dire qu'il avait trouvé une maison à louer à Aberdeen en ligne et qu'il voulait que je parte avec lui. Dès l'heure du déjeuner, nous étions chez un bijoutier dans la grande rue en train de choisir ce truc ! C'est dingue comme tout peut changer en une journée, non ?

— Il arrive que beaucoup de choses changent en l'espace d'un seul jour, c'est vrai.

Ella pouvait citer au moins trois jours précis qui avaient bouleversé sa vie au-delà de toute imagination.

— Alors, qu'est-ce que ça te fait de t'installer à Aberdeen ? Tu viens seulement de commencer à la maison médicale !

— Nous ne sommes à Port-Agnes que depuis quelques mois, depuis que Joel a dégotté un boulot sur un chalutier. Moi, j'ai bossé dans une boutique de souvenirs jusqu'à ce que j'obtienne le poste à la maison médicale. C'est à cause de cette histoire de déménagement de plus que nous n'avons cessé de nous disputer ces derniers temps, mais quand j'ai cru qu'il allait vraiment partir à Aberdeen sans moi…

Penny cligna encore des yeux à plusieurs reprises avant de poursuivre :

— Je n'y pensais même plus quand il m'a demandé de venir. Avec Joel, je me sentirai partout chez moi. Quand on aime quelqu'un, on est capable de le suivre n'importe où, pas vrai ?

— C'est vrai.

Ella ravala la boule qui s'était formée dans sa gorge lorsqu'elle avait levé les yeux sur Brae qui s'approchait de leur table, Dan sur ses talons.

— Regardez qui j'ai déniché au bar ! s'exclama Brae en faisant un geste vers Dan, comme si Ella ne l'avait pas vu.

— Tu es magnifique ! Si je ne venais pas de me fiancer… susurra Penny en dévisageant Dan et en agitant la main comme pour faire briller son diamant dans la lumière.

— Voici ton café, Penny.

Brae croisa le regard d'Ella et il posa la tasse sur la table en roulant des yeux.

— Après ça, je crois que ce serait une bonne idée d'appeler ce fameux fiancé pour lui demander de venir te chercher.

— Bonne idée, oui, ânonna Penny. Joelly ferait n'importe quoi pour moi et je le suivrais au bout du monde. C'est parce qu'on s'aime comme des fous ! Mais tu devras peut-être l'appeler toi-même parce que je ne vois pas les chiffres.

— Pas de problème. Donne-moi ton téléphone et je m'en occupe, assura Brae en riant encore. Même si je crois que nous allons devoir sortir pour téléphoner afin que tu entendes ce qu'il dit. Il y a trop de bruit ici. Tu penses que tu vas pouvoir marcher ?

— Tu m'as l'air assez fort pour me porter s'il faut.

Penny se releva en trébuchant, mais elle fut capable de se diriger cahin-caha vers la porte.

— Allez, viens.

— Je peux l'accompagner si tu veux. Tu n'es pas responsable d'elle.

Ella commença à se lever mais Brae secoua la tête. Il n'avait pas à s'occuper de Penny en réalité et, s'il y avait quelqu'un qui devait l'aider, c'était Bobby qui l'avait encouragée à trinquer sans fin. Ella aurait elle aussi été ravie de se charger de sa collègue si cela pouvait lui éviter de rester coincée avec Dan à cette table, à essayer de trouver des remarques polies sans ressasser le passé.

— Cela ne me gêne pas et Penny a raison, si elle tombe, je serai beaucoup plus à même de la retenir. C'est l'un des avantages d'être bâti comme une armoire à glace ! De toute façon, ajouta Brae d'un ton taquin, je reviens tout de suite, alors ne va nulle part et ne commencez pas à vous rappeler le bon vieux temps sans moi !

—Cela ne risque pas, marmonna Ella.

Elle regarda Brae disparaître avec Penny avant de lever les yeux vers Dan.

—Tu t'assois ou tu vas rester planté là comme si tu attendais le bus ?

—Voici une invitation que je ne peux pas refuser !

Outre la simple présence de Dan, c'était encore plus agaçant de voir qu'il ne paraissait absolument pas froissé par les piques incessantes qu'Ella avait du mal à retenir.

—Alors, tu étais en train de picoler tout seul dans ton coin ?

—J'ai dîné avec quelqu'un puis nous sommes venus ici boire un verre.

La manière dont il avait parlé persuada Ella qu'il s'agissait d'une femme, bien avant que Dan ne le confirme.

—Elle a pris un taxi juste au moment où Brae est arrivé au bar.

—Comment ça se fait que tu ne raccompagnes pas ces dames après le dîner ?

—Tout dépend de la manière dont le dîner s'est passé.

Il riait encore, mais elle n'allait certainement pas lui offrir la satisfaction de mordre à l'hameçon.

—Et toi ? Comment comptes-tu rentrer ? demanda-t-elle.

—Serait-ce une proposition ? Tu as toujours ta Coccinelle ? Je crois me rappeler quelques trajets mémorables dans cette vieille caisse.

—Je m'en suis débarrassée lors de ma dernière année à la fac. De toute façon, elle ne servait plus à grand-chose depuis longtemps.

Elle lui jeta un regard appuyé mais, au moins, elle se retint à temps d'ajouter qu'il le saurait s'il ne l'avait pas effacée de sa vie.

—C'est dommage. J'adorais cette bonne vieille voiture.

Il retint son regard une seconde de plus que nécessaire, et elle s'efforça de ne pas penser au nombre de fois où ils étaient restés assis côte à côte dans Betsy, le surnom qu'ils avaient tous deux donné à la voiture que ses parents lui avaient achetée pour son dix-septième anniversaire, l'âge légal autorisé pour conduire en Angleterre. C'était là qu'ils avaient échangé des centaines de baisers et passé des heures ensemble, garés sur le site panoramique de la route de Port-Agnes, à imaginer leur avenir. L'une des raisons qui avaient poussé Ella à se débarrasser de Betsy était que, chaque fois qu'elle rentrait et voyait la voiture garée près de chez ses parents, dans l'une des ruelles qui montaient du port, l'air délaissé du véhicule rappelait trop à Ella sa propre solitude depuis sa rupture avec Dan.

—Elle avait dépassé son heure de gloire depuis longtemps, et je ne crois pas qu'elle aurait été capable de grimper encore la colline jusqu'aux anciennes étables de la ferme des Six-Acres.

—Je n'habite plus là-bas maintenant. Je loue les appartements et je vis dans l'un des cottages de Mercer's Row. Alors, même si Betsy était encore des nôtres, je n'aurais pas vraiment besoin qu'on me raccompagne en voiture.

—Tant mieux, parce que je n'avais pas l'intention de te le proposer.

—Je suppose que c'est mieux ainsi, oui.

Dan ne détachait pas les yeux d'Ella, d'une manière qui lui donnait envie de consulter le menu, le plancher, voire ses chaussures – tant qu'elle n'aurait pas à lui rendre son regard. Ils avaient partagé tant de rêves sur ce qu'ils feraient ensemble, mais rien ne s'était passé comme prévu. En fait, même s'ils avaient réalisé ces rêves, la réalité n'aurait probablement jamais été à la hauteur de leur imagination, assis côte à côte dans la vieille voiture. Après tout, comment faire le deuil de ce que l'on a jamais eu ? Mais Ella regrettait ces moments d'espoir fou, cet enthousiasme au sujet de ce que la vie lui réservait. Et Dan qui la regardait comme s'il lisait en elle ! La conversation prenait un tour qui lui donnait désespérément besoin de trouver quelque chose d'autre à dire, n'importe quoi pour alléger la tension qui s'installait entre eux.

—Pourquoi n'es-tu pas venu me rejoindre ?

Les mots lui avaient échappé avant même qu'elle n'entende sortir de sa bouche la question qui était sur le bout de sa langue depuis son arrivée.

—La situation était compliquée. C'était pas le bon moment et je ne pensais pas pouvoir abandonner Lissy comme ça pour aller réaliser mes rêves, mais si nous avions attendu un peu, alors, peut-être…

—Peut-être quoi ?

Pour la première fois, elle le regarda comme il la regardait, en fouillant son visage pour deviner à quoi il pensait, mais il s'était à nouveau refermé sur lui-même.

— Je ne sais pas. Qui peut dire ce qui se serait passé ? La seule chose que je sais, c'est que tu es revenue et que c'est sympa de te revoir.

— Vraiment ?

Ella n'était pas sûre qu'elle aurait utilisé le mot « sympa » pour décrire ce qu'elle éprouvait en retrouvant Dan. C'était comme de dire « chouette » ou « super », un mot suffisamment évasif qui ne signifiait pas grand-chose. Il aurait pu dire « incroyable » ou « formidable », mais ces mots n'auraient pas plus décrit ce qu'Ella ressentait. Ils étaient trop banals. Pour sa part, elle aurait plutôt opté pour « difficile », ou « troublant », voire « terrifiant » qui faisait nettement mieux l'affaire que « sympa ». Sa présence faisait jaillir des émotions qu'elle avait enfouies si profondément en elle qu'elle avait oublié qu'elles étaient là. Pour elle, cela n'avait rien de sympa, pas maintenant, pas lorsqu'elle se sentait mieux à ne rien éprouver du tout.

— Tu m'as manqué.

Cette fois, ce fut Dan qui baissa le premier le regard.

— Je n'ai cessé d'espérer qu'un jour, nous pourrions être…

— Amis ? coupa Ella avant qu'il ne prononce le mot qu'elle sentait venir.

Weller lui avait grosso modo dit la même chose dans la série de textos qu'il lui avait envoyés pour s'excuser de ce qu'il avait fait. Tout cela n'avait servi qu'à lui donner bonne conscience savait-elle. Elle n'avait aucune envie d'être l'amie de Weller et elle n'était pas sûre de vouloir aussi être celle de Dan.

— C'est un début.

Pendant une seconde ou deux, Dan parut sur le point d'ajouter quelque chose, mais il fit un geste vers la tasse de café délaissée par Penny avant de continuer.

—Ton amie a l'air d'avoir fait la fête comme il se doit.

—On peut dire ça !

Ella lui était reconnaissante de changer de sujet. S'ils pouvaient devenir des amis, moins de temps ils passaient à ressasser leur rupture, mieux ce serait.

—Elle s'est fiancée aujourd'hui et elle part pour Aberdeen avec son fiancé qui y a trouvé un boulot.

—C'est une grande décision.

—Pas pour Penny. Elle n'a pas eu besoin de réfléchir.

S'il voyait le parallèle entre lui et Penny, et la différence de réaction entre eux deux, son expression n'en laissa rien paraître.

—On a eu de la chance, dit Brae en revenant dans le bar à vins sans Penny. Joel était déjà dehors en train de l'attendre. Apparemment, elle avait complètement oublié qu'elle avait tout arrangé pour qu'il vienne la chercher à vingt-deux heures. OK, il nous a fallu nous mettre à deux pour la faire rentrer dans la voiture ! On aurait dit de la *jelly*.

—Tu es un chef, affirma Ella en lui souriant alors qu'elle pensait encore à Betsy, sa voiture abandonnée dans une ruelle. Laisse-moi t'offrir un verre, juste pour te remercier.

—Je m'en occupe, déclara Dan en se levant avant que les deux autres puissent protester. Que voulez-vous ?

—Juste une bière pour moi, s'il te plaît, dit Brae en s'asseyant sur le siège que Penny venait de quitter.

—Et toi, El ?

Personne d'autre que Dan ne l'avait jamais appelée comme ça et elle n'était pas sûre qu'elle aimait qu'il le fasse à nouveau. Soudain, Ysella lui parut plus convenable.

— De l'eau gazeuse, ça ira. Merci.

— Pas de souci. C'est très raisonnable.

— Tu t'attendais à quoi d'autre de la part de notre championne ? s'exclama Brae en lui faisant un clin d'œil.

Soudain, elle eut le sentiment affreux que Dan et Brae avaient parlé d'elle dans son dos. Elle en avait assez souffert au lycée, certes jamais de leur part, mais il y avait eu suffisamment d'autres camarades pour se moquer du fait qu'elle se donnait à fond dans tout ce qu'elle entreprenait. Apparemment, c'était un crime au lycée des Trois-Ports. Ella Mehenick, la fille du boulanger, qui visait plus haut que sa condition, avec ses projets d'aller vivre ailleurs et de faire des études à Londres, et qui ne se souciait pas de travailler dur pour prouver à ceux qui doutaient d'elle qu'ils avaient tort.

— En fait, laisse tomber l'eau gazeuse. Je pense que je vais rentrer.

— Tu vas bien ?

Le visage de Brae avait viré au rouge, apparemment parce qu'il était désolé de croire que c'était sa faute si Ella avait changé d'avis. Mais il n'avait rien à voir avec ça, pas plus que Dan.

— Je vais bien. Je suis juste un peu fatiguée, c'est tout. Je crois que mon lit m'appelle.

— Dans ce cas, on te verra mercredi prochain, d'accord ?

Brae avait adopté une expression si pleine d'espoir qu'elle n'arriva pas à lui opposer un refus clair et net.

— Il faut que je vérifie les plannings de garde avant de te le dire. Merci en tout cas pour cette soirée, Brae.

Elle se pencha pour l'embrasser sur la joue avant de se tourner vers Dan.

— Et merci à toi pour le verre.

— Pas de souci. J'espère que nous nous verrons mercredi.

Un verre avec Dan leur permettrait de se rapprocher, comme amis bien sûr, mais cela lui semblait encore trop tôt pour franchir un tel pas. Le mieux qu'elle pouvait lui offrir pour le moment était un haussement d'épaules désinvolte.

— Comme je l'ai dit, je viendrai si je peux, mais je préviendrai Brae dans les deux cas.

Elle se leva et se dirigea vers le reste des sages-femmes qui avaient l'air de se livrer à une sorte de chorégraphie dont elles étaient coutumières en attendant leur tour suivant pour le karaoké. Si elle arrivait à en trouver une pour échanger sa garde du mercredi soir, elle était même prête à donner une nouvelle chance au karaoké avant de rentrer.

6

Ella s'engagea dans l'allée qui conduisait à la maison de Lissy en se demandant si elle arriverait à ressortir de la cour de la ferme après la visite. En chemin, la pluie s'était mise à tomber si fort que les essuie-glaces avaient tout juste réussi à faire leur travail, et la voiture avait traversé une énorme flaque d'eau qui avait éclaboussé les vitres avec ce qu'Ella espérait n'être que de la boue. Elle plissa les yeux vers le ciel et constata qu'il avait adopté un gris acier menaçant. Il n'était que seize heures mais il faisait déjà pratiquement nuit. Jusqu'à ce qu'un éclair illumine le ciel pendant une fraction de seconde au-dessus des champs au-delà de la ferme. Toute la journée, le temps était resté agité, et les vagues s'écrasaient déjà contre les murs du port lorsque Ella était partie au travail le matin. Avec l'écho du grondement sourd qui résonnait dans la vallée, on se serait presque cru au jour de l'Apocalypse.

Elle courut vers la porte d'entrée, soulagée de voir que Lissy l'avait déjà ouverte pour la laisser entrer.

— Je viens juste de coucher Noah pour la sieste et je te guettais par la fenêtre pour t'ouvrir dès ton arrivée. C'est un temps épouvantable, non ?

— J'ai déjà dû changer de chaussures trois fois aujourd'hui. C'est comme si nous avions six mois de pluie en une seule journée. Je ne serais pas surprise de terminer ma garde avec des pieds palmés !

—Cela serait utile si tu voulais t'inscrire à la compétition de natation du festival des Poissons d'Argent, dit Lissy en riant. Entre vite. J'ai déjà mis la bouilloire en route et j'attends Dan d'une minute à l'autre, trempé comme une soupe.

—Je croyais qu'il serait en train de travailler aux rénovations de Mercer's Row.

Ella l'avait en tout cas espéré. La perspective de devoir naviguer à travers les sentiments que son histoire avec Dan faisait remonter en elle alors qu'elle était censée se concentrer sur son travail ne lui plaisait guère. Si elle n'avait pas été la sage-femme de Lissy, il lui aurait été plus facile d'éviter Dan, même dans une aussi petite ville que Port-Agnes.

—Je l'ai invité à déjeuner. Tu sais, c'est sympa d'être avec des adultes de temps en temps. Mais juste au moment où il partait, les vaches se sont précipitées vers le champ d'en bas parce que la foudre les a effrayées. J'allais descendre pour les regrouper avec le Land Rover, mais il n'a pas voulu m'en entendre parler.

—Il a eu raison ! Cela me paraît un peu dangereux, non ?

Elle s'arrêta à temps pour ne pas demander à Lissy si elle ne trouvait pas ça tout aussi dangereux pour Dan. L'idée de rassembler d'énormes vaches habituées à s'ébattre en liberté, pour finir poursuivie à travers le champ lui évoquait un cauchemar. Elle se serait inquiétée pour n'importe qui, pas seulement pour Dan.

—C'est l'un des inconvénients de ce genre de ferme en liberté. C'était le rêve de ma mère, mais elle finissait toujours par suivre les idées de mon père. C'est pour ça que j'ai eu envie de le faire quand j'ai eu assez de terres. À la ferme des Six-Acres, c'était impossible. Ici, les bâtiments ne sont pas aussi jolis, mais nous possédons dix fois plus d'hectares.

—Comment vas-tu te débrouiller avec tout ça après la naissance du bébé ? J'ai cru comprendre que Dan ne pouvait pas t'aider très souvent, dit Ella en suivant Lissy dans la cuisine.

—Il a été formidable. Pas seulement depuis que je suis trop grosse pour faire grand-chose d'ailleurs.

Lissy remplit la théière d'eau bouillante avant de continuer :

—Depuis que Niall a commencé son nouveau travail, je n'aurais pas été capable de m'occuper de la ferme sans Dan, mais c'est la seule personne qui comprend vraiment pourquoi c'est si important pour moi.

—Dan a réussi à lancer son entreprise parce que c'est toi qui as tenu la ferme des Six-Acres après la mort de vos parents, et tu lui as permis de terminer ses études. J'imagine qu'il te doit beaucoup après tout ça, et tu dois être vraiment fière d'avoir pu préserver la famille comme tu l'as fait.

—Pas tout à fait. J'ai commis beaucoup d'erreurs, soupira longuement Lissy. Je n'avais pas totalement pris la mesure de ce que j'allais faire à leur mort. L'assurance décès ne couvrait même pas l'hypothèque sur la ferme, et il y avait des dettes dont Dan et moi n'avions jamais entendu parler. À leur mort, mes parents ne s'en sortaient pas, et il s'est avéré que la culture de l'ail bio n'allait pas faire de nous des millionnaires non plus.

—Ne sois pas si dure envers toi-même ! Ça a dû être difficile, et vous étiez si jeunes.

—Dan était encore au lycée, mais même à l'époque, il en savait plus que moi. Quand je lui ai annoncé que je refusais de reprendre un prêt pour aménager les étables en boutique pour vendre notre ail, il a insisté pour les transformer en habitations que nous avons vendues pour couvrir les dettes.

—Cela ne m'étonne pas quand on voit ce qu'il a fini par faire. Si on lui laissait les rênes, il n'y aurait plus une seule grange authentique sur la côte Atlantique.

—Je suis simplement reconnaissante qu'il ait eu l'œil pour ça.

Lissy versa le lait dans les tasses.

—La boutique de la ferme était trop éloignée de la ville pour attirer les touristes et les prix étaient trop élevés pour les gens du coin. Cela n'a fait qu'alourdir nos dettes. Lorsque Dan a terminé ses études, j'ai vraiment cru que nous allions devoir nous séparer de la ferme. S'il n'avait pas passé l'année à travailler comme un forçat, je n'ose imaginer ce que nous serions devenus. Il bossait cinq jours par semaine dans une entreprise de bâtiment des Trois-Ports, où il a appris tout ce qu'il fallait savoir, et a gagné assez d'argent pour rembourser le prêt et l'hypothèque, pendant que moi, je continuais à m'occuper des cultures d'ail qui nous permettaient à peine de couvrir les autres dépenses. Et tous les week-ends, il rénovait les étables pour les transformer en locations de vacances. La seule fois où il a pris un congé, c'est quand tu es revenue de l'université.

—Il ne m'a jamais dit que les choses avaient été si compliquées.

Ella sentit son poil se hérisser. Elle avait été tellement obnubilée par leurs projets communs qu'elle n'avait jamais envisagé que Dan pût ne pas avoir le choix lorsqu'il avait renoncé à la suivre à Londres.

—Nous n'avions pas envie de le crier sur les toits. J'aurais eu l'impression de décevoir maman et papa, et tu sais comment est Dan : il refusait de demander de l'aide. D'autant qu'il y avait encore des gens à Port-Agnes qui auraient été ravis de voir des nouveaux venus comme nous tourner les talons. Tu es la seule qui ait jamais donné à Dan l'impression qu'il était à sa place ici et, sans toi, je suppose qu'il voulait se prouver à lui-même, et à tous les autres, qu'il faisait partie de la communauté.

—Je regrette qu'il n'ait pas cru qu'il pouvait m'en parler, même si j'étais loin d'ici.

Ella prit la tasse de thé que Lissy lui tendait en s'efforçant d'ignorer le nœud qui s'était formé dans son ventre sous l'emprise de la culpabilité. En y repensant, elle se rappela qu'elle ne lui avait probablement pas donné la chance de lui parler. Il n'arrêtait pas de dire qu'il avait besoin de temps et elle avait pris cela pour un prétexte. Elle ne s'était pas enquise de ses raisons à l'époque alors que cela lui aurait permis à lui d'expliquer clairement pourquoi il ne pouvait pas partir. Certes, ce n'était pas entièrement la faute d'Ella. S'il avait souhaité s'expliquer, il aurait pu le faire, mais, peut-être, n'était-ce pas entièrement de sa faute à lui non plus.

—Si j'avais su, j'aurais peut-être pu vous aider.

—Je crois que c'est ce qui l'effrayait le plus. Il disait toujours que tu étais la personne la plus déterminée qu'il ait jamais rencontrée et il refusait de te mettre des bâtons dans les roues. Si tu avais abandonné tes projets à cause de lui, il ne se le serait jamais pardonné. Tu étais vraiment la seule ado du monde avec un plan quinquennal !

—À l'époque, il n'y avait pas de maison médicale et encore moins des sages-femmes à Port-Agnes, et je ne voyais pas comment je pourrais faire quoi que ce soit de ma vie si je restais ici.

—À présent, avec le nouveau service de maternité, envisagerais-tu de t'y installer pour de bon ?

—Peut-être, répondit Ella en hochant presque involontairement la tête.

Elle avait été si déterminée à ne rentrer que pour six mois ! Et soudain, voilà qu'elle n'était plus sûre que six mois constituent un séjour assez long. Pour la première fois depuis longtemps, elle était totalement maîtresse d'elle-même, et il y avait une chance qu'elle reste un peu plus longtemps. Mais dans ce cas, cela n'aurait rien à voir avec Dan. Elle se le répétait si souvent que cela devait être vrai.

—Et toi, Lissy ? Comment ça se passe avec la ferme maintenant ?

—Bien. Nous commençons à sortir la tête de l'eau et plus seulement à équilibrer les comptes. Cela ne signifie pas que le travail n'est plus aussi dur, expliqua Lissy en caressant de la main son ventre rebondi, mais je suis contente de t'annoncer que j'ai embauché deux nouveaux employés à temps partiel à partir de la semaine prochaine. C'est Dan qui s'en est occupé.

—Super.

Si cela n'avait tenu qu'à sa sœur, Dan serait paré d'une véritable auréole et, après ce qu'avait expliqué Lissy,

Ella comprenait mieux. Cela ne changeait cependant rien au fait qu'il gagne sa vie en effaçant l'histoire de Port-Agnes, en vendant la ville au plus offrant et en écartant les gens qui y avaient vécu toute leur vie. Jusqu'à ce qu'il change son fusil d'épaule, il aurait toujours plus d'ennemis que d'amis parmi les locaux, quelques honorables qu'aient été ses mobiles pour fonder son entreprise. Pendant longtemps, Ella avait entretenu un violent ressentiment envers Dan, mais c'était peut-être injuste. Sans doute y avait-il de pires raisons de rester à Port-Agnes que de chercher à découvrir si elle avait jugé son premier amour bien trop sévèrement. Si elle admettait qu'elle avait eu tort, peut-être pourrait-elle croire qu'il n'était pas nécessaire de laisser tomber toute perspective de retomber amoureuse malgré ce qu'elle avait vécu avec Weller. Peut-être.

***

L'examen de Lissy n'avait été qu'une formalité et n'avait révélé aucun symptôme inquiétant. Ella était pressée de quitter la ferme avant que l'allée ne se transforme en bourbier sous la pluie qui continuait inlassablement de tomber en hallebardes du ciel gris fer. Au moment où elle allait ouvrir la portière de sa voiture, une énorme vache blanc et noir surgit au galop, poussant la jeune femme à se plaquer contre l'aile de la Fiat en hurlant de frayeur.

—Non mais j'hallucine ! s'écria-t-elle à nouveau quand trois autres vaches déboulèrent dans l'allée.

Elles paraissaient encore plus monstrueuses vues de près et elles semblaient pressées de gagner leur destination quelle qu'elle soit. Sans doute n'appréciaient-elles pas plus l'averse torrentielle qu'Ella dont les cheveux étaient collés sur les tempes. Cependant, peu importait son apparence tant qu'elle survivait à l'assaut du troupeau qui lui paraissait tout proche.

—Tout va bien ?

Dan apparut en courant dans le sentier, avec trois autres vaches devant lui.

—J'étais en train de récupérer les retardataires et je n'ai pas pu remonter jusqu'ici avec le Land Rover, mais je croyais que tu étais encore à l'intérieur avec Lissy. Je suis vraiment désolé si elles t'ont fait peur.

—Ce sont vraiment les dernières ?

Elle s'arracha enfin à la voiture, laissant d'abord les trois vaches que Dan suivait la dépasser au pas de charge vers la grange.

—Promis !

Dan arriva à son niveau. Il était trempé jusqu'aux os, sa chemise lui collait au torse. Toutes ces années de travail dans le bâtiment avaient nettement élargi sa carrure.

—Elles ne t'ont pas renversée, n'est-ce pas ?

—Heureusement, elles voulaient juste me dépasser.

—Pourquoi ne rentrerais-tu pas une minute pour te réchauffer. Tu es trempée.

—Ça va.

Ella repoussa les cheveux qui lui couvraient le visage et un autre souvenir jaillit dans sa tête. C'était le lendemain des épreuves terminales du lycée et Dan lui avait proposé d'aller jusqu'à Ocean Cove, une crique abritée que peu de touristes connaissaient. Ils se promenaient au bord de l'eau quand elle avait glissé et s'était relevée presque aussi trempée qu'elle l'était à cet instant. Il l'avait aidée à revenir sur la plage avant de se jeter dans les vagues tout habillé, simplement pour qu'elle ne se sente pas ridicule.

— Il faut que je file et, plus je reste ici sous la pluie, plus mes cheveux ressembleront à une vieille serpillière.

— J'ai toujours préféré tes cheveux quand ils bouclent naturellement.

Pendant une minute, elle crut que Dan allait tendre la main vers elle, comme il l'avait fait si souvent, pour ramener une mèche de cheveux derrière son oreille, mais il se borna à sourire. Elle fit de son mieux pour ignorer le fait que tout son corps se soit tendu à cette perspective, tous ses sens en alerte dans l'attente de sa caresse. En revanche, s'il n'était pas intéressé, elle n'allait certainement pas laisser échapper le moindre signe qu'elle l'était.

— Alors, tu ferais mieux d'y aller. Juste une question : comment vont Lissy et le bébé ?

— Tout est parfait, dit Ella en ouvrant la porte de la voiture, mais Lissy est terriblement impatiente que Niall rentre, et je sais qu'elle espère que les choses s'arrangeront et qu'il sera un peu plus disponible quand le bébé sera né.

— S'il ne l'est pas, je lui dirai le fond de ma pensée.

Dan parlait plus comme un père que comme le frère de Lissy, mais ce n'était guère surprenant quand on songeait à quel point ils avaient dû être proches l'un de l'autre depuis qu'ils n'étaient encore que des enfants.

— Je crois qu'elle appréciera, dit Ella en grimpant dans sa voiture. Je te dis à bientôt alors.

— Salut, El.

Il leva la main tandis qu'elle refermait la portière et elle pria intérieurement d'arriver à sortir de l'allée de la ferme sans patiner dans la boue ou, pire encore, devoir demander à Dan de l'aider à pousser la voiture. Pour une fois, la chance lui sourit, même si le temps ne se levait pas, et la petite Fiat se débrouillait comme une pro.

Personne ne savait préparer le chocolat comme Ruth Mehenick, et Ella en sentit le goût sur sa langue quand elle songea à retourner à la boulangerie. On était peut-être encore en été, mais le temps réclamait indubitablement une tasse de chocolat chaud maison. Elle sortit du chemin pour s'engager sur la route de Port-Kara qui plongeait dans la vallée à Port-Agnes avant de remonter vers la ville voisine. Il pleuvait encore tellement que la chaussée évoquait un torrent. Les essuie-glaces luttaient à nouveau contre le déluge, et Ella aurait facilement pu manquer la voiture dans le fossé environ huit cents mètres plus loin. Il faisait presque nuit et Ella devina plus qu'elle ne vit les roues arrière et le hayon du véhicule qui dépassaient du fossé.

— Mon Dieu, non !

Les mains tremblantes, elle avança jusqu'à l'accotement au-delà du site de l'accident. Celui ou celle qui conduisait était sans doute sorti aussitôt pour aller chercher du secours en remerciant son ange gardien que les choses ne se soient pas passées aussi mal qu'elles l'auraient pu.

— Au secours !

Ella entendit le cri dès qu'elle s'approcha du véhicule. Tout espoir qu'il ne s'agisse de rien de plus grave qu'une voiture embourbée disparut.

— J'arrive !

Une fois qu'elle put longer la haie, elle se dit que cela n'allait pas être si facile que ça. Il y avait à peine assez d'espace entre l'arrière de la voiture et la haie d'épineux pour qu'elle puisse voir réellement l'intérieur de l'habitacle. En dédaignant les épines qui déchiraient ses vêtements et griffaient ses joues, elle se faufila par un petit trou de la haie qui lui laissait un peu de place. La voiture était une petite trois portes à hayon et la vitre du conducteur était à demi baissée, mais Ella ne voyait pas combien ils étaient à l'intérieur.

—L'un de vous est-il blessé ?

—Je suis seule et je ne crois pas.

La voix de la femme paraissait jeune, comme celle d'un enfant ; elle devait être terrifiée.

—Pouvez-vous essayer de sortir ?

—Aucune des portes ne s'ouvre et les vitres ne descendent qu'à moitié parce que la voiture est enfoncée dans le creux du fossé.

Les paroles de la jeune fille furent ponctuées par un sanglot déchirant. Ella tenta de s'approcher encore un peu pour mieux la voir.

—Je suis vraiment sotte. Je n'ai jeté un coup d'œil à mon téléphone que pendant une seconde, mais la route est si mouillée que j'ai perdu le contrôle. Maintenant, je ne sais plus où est mon téléphone et j'ai cru que personne ne viendrait jamais. Si quelque chose arrive au bébé, ce sera entièrement ma faute !

—Le *bébé* ?

En dépit de son inquiétude à l'idée que la voiture puisse glisser vers elle et l'écraser, l'annonce que cette fille était enceinte lui fit oublier tout le reste.

—Je suis enceinte de cinq mois.

La jeune fille avait abandonné toute tentative de ravaler ses larmes et elle pleurait sous les yeux d'Ella qui avait réussi à s'approcher assez pour la reconnaître.

—Sophie, c'est bien toi ?

—Oh, merci, Ella !

La dernière fois qu'Ella l'avait vue, le principal souci de Sophie était d'avouer à ses parents sa grossesse inattendue. À présent, affichant son visage criblé de larmes par la vitre à demi baissée, elle avait l'air tout bonnement terrifiée.

—Tout va bien, ma belle. Je vais te sortir de là.

—Je vais avoir plein d'ennuis. J'ai tout cassé et je ne veux pas aller en prison !

Sophie sanglotait si fort qu'Ella dut tendre l'oreille pour l'entendre.

—Tout ça ne compte pas. On peut remplacer une voiture, mais pas toi et le bébé. Je vais retourner à ma voiture chercher mon téléphone et je vais trouver toute l'aide dont tu as besoin.

—J'ai peur.

—Je le sais bien, ma puce, mais je n'en ai que pour une minute. Je reviens vite, promis.

Elle s'appuya sur le côté du fossé pour remonter vers la haie. Elle dut même s'accrocher aux arbustes en faisant de son mieux pour ignorer les épines qui s'enfonçaient dans la paume de sa main. Lorsqu'elle réussit à rejoindre sa voiture et à récupérer son téléphone, ses mains étaient couvertes de sang au point qu'elle eut du mal à activer les touches. Lorsqu'elle parvint à taper son code de sécurité, il ne lui fallut qu'une seconde pour s'apercevoir qu'elle n'avait pas du tout de réseau : il n'y avait pas la moindre barre sur son écran. Et même si elle arrivait à passer l'appel d'urgence, il faudrait des siècles avant que les secours n'arrivent. Or, Liberty Farm n'était qu'à huit cents mètres et Dan avait son Land Rover.

— Sophie ! appela Ella en revenant le long de la haie.

— Ils arrivent bientôt ?

— Je n'ai pas de signal, ma belle, mais mes amis habitent la ferme en haut de la route. Je vais courir jusque-là et ils pourront vous sortir, toi et la voiture, du fossé bien plus vite que si nous attendons les pompiers.

— S'il vous plaît, ne me laissez pas toute seule.

— Je te promets que je serai vite de retour, et après, je resterai avec toi. Ne t'en fais pas, je serai là jusqu'à ce que je sois sûre que tu es en sécurité, et je vous examinerai, toi et ton bébé, pour n'avoir aucun doute.

— Alors, dépêchez-vous s'il vous plaît.

— Je reviens vite.

Ella ne sentait plus les branches qui lui déchiraient à nouveau la peau lorsqu'elle remonta le fossé. Quelques secondes plus tard, elle courait vers Liberty Farm sans savoir si sa poitrine était serrée par la peur, le manque d'entraînement ou les deux à la fois. Quand elle arriva à l'entrée de la cour, les choses s'aggravèrent encore et ses chaussures disparurent dans les profondes ornières creusées plus tôt par sa voiture, ou par les autres véhicules qui avaient emprunté l'allée depuis le début de l'orage. Lorsqu'elle arriva enfin à la porte de la maison, la boue lui couvrait les jambes jusqu'à la taille. Elle frappa à coups redoublés sur la porte, retenant son souffle à la perspective que Dan soit déjà parti.

— Bon sang, Ella, tu vas bien ?

C'était Lissy qui avait répondu à la porte, un Noah encore somnolent sur la hanche.

—Moi oui, mais il y a une jeune fille, l'une de mes patientes, qui a dérapé dans un fossé un peu plus bas sur la route. Elle n'arrive pas ouvrir les portières pour sortir.

—J'appelle une ambulance.

Déjà, Lissy se retournait pour longer le couloir.

—Je pense que ça ira plus vite si nous pouvons la sortir de là et que je l'examine aussitôt. Elle est déjà en pleine crise de panique et, s'il leur faut au moins vingt minutes pour arriver, je crains que le stress soit trop pour elle et pour le bébé. Je pensais que Dan pourrait nous aider.

—Bien sûr ! Il est en haut en train d'emprunter des vêtements secs de Niall pour rentrer chez lui, mais je vais le chercher. Il n'hésitera pas à t'aider.

Toute enceinte qu'elle fût, avec un petit sur la hanche, Lissy gravit rapidement l'escalier et, moins d'une minute plus tard, elle réapparaissait avec Dan sur les talons.

—Crois-tu que le Land Rover fera l'affaire ou dois-je descendre dans le champ d'en bas récupérer le tracteur ?

Apparemment, Lissy avait déjà tout expliqué à Dan, mais il n'avait pas eu le temps de troquer ses vêtements trempés pour des secs. Toutefois, pour le sauvetage qu'il était sur le point d'exécuter, c'était probablement tout aussi bien.

—Je ne veux pas la laisser plus longtemps que nécessaire.

Ella était restée debout sur le seuil, mais elle remarquait à peine la pluie torrentielle qui continuait de tomber.

—Si nous réussissons à bouger la voiture avec le Land Rover pour qu'on puisse ouvrir les portières, je pourrai au moins m'asseoir à côté de Sophie pendant que tu vas chercher le tracteur. Je crois qu'il faut appeler les secours au cas où nous n'y parviendrions pas seuls. S'ils arrivent assez vite, nous n'aurons peut-être même pas besoin de nous embêter avec le tracteur.

— Je dois juste prendre un câble pour le tire-fort et je crois qu'il y a des plaques de traction dans la grange, que Niall avait achetées quand sa voiture s'est retrouvée embourbée dans le champ du haut l'an dernier. Tu peux appeler les pompiers, Lissy ?

— Pas de souci. Et faites bien attention. Tous les deux.

— Je vais retourner auprès de Sophie pendant que tu prends ce dont tu as besoin. Je ne veux pas la laisser seule.

— J'arrive le plus vite possible, lança Dan alors qu'Ella retournait dans l'allée.

Elle fit de son mieux pour ne pas tomber. Elle ne serait d'aucune utilité à Sophie si elle glissait dans la boue et se blessait. Lorsqu'elle revint à la voiture, elle n'avait plus de souffle. Cela faisait longtemps qu'elle n'avait pas couru autrement que pour attraper le bus.

— Sophie, les secours sont en route, cria-t-elle en direction de la vitre ouverte depuis le trou dans la haie.

Elle ne voulait pas prendre le risque que Dan les dépasse sans les voir, ce qui serait le cas si elle redescendait dans le fossé où elle serait invisible depuis la chaussée.

— J'ai des nausées et je n'arrête pas de trembler, dit Sophie d'une voix tout aussi tremblante. Je suis en train de perdre le bébé, c'est ça ?

— Non, ma grande. Tu vas bien et le bébé ne court aucun risque… Essaie juste de respirer à fond, régulièrement et lentement.

Lorsque le Land Rover s'approcha sur la route, Ella se dit qu'elle n'avait jamais été aussi heureuse d'entendre le grondement d'un véhicule.

— Mon ami Dan est ici et il va te sortir de là. Continue de te concentrer sur ta respiration. Je vais lui expliquer ce que je voudrais qu'il fasse.

Ella retourna vers l'endroit où Dan s'était garé après avoir fait un demi-tour incroyable sur la route étroite.

— Je vais d'abord descendre voir la position de la voiture dans le fossé afin de m'assurer que nous pouvons la bouger, déclara Dan en sautant du 4 × 4 qui avait l'air d'avoir déjà connu son lot de batailles.

— On dirait que c'est l'avant qui est coincé, expliqua Ella.

— Comment es-tu descendue dans le fossé.

— Il y a un petit trou juste là, dit Ella en montrant l'ouverture dans la haie. C'est plutôt étroit.

— Serait-ce une manière de me dire que je suis trop gros ?

Dan releva un sourcil et un sourire fugace traversa son visage, puis il disparut par le trou dans la haie. Ella le suivit.

— Qu'en penses-tu ? Aurons-nous besoin du tracteur ?

Elle ne lui avait pas vraiment laissé le temps d'étudier la situation avant de poser la question, mais elle commençait à perdre espoir autant que Sophie.

— Je vais glisser les plaques de traction devant les roues avant et nous ferons un essai. Comment ça se passe, Sophie ? ajouta-t-il en se tournant vers la vitre du côté conducteur. Es-tu prête à sortir de là ?

— Plus que prête.

Ella dut tendre l'oreille pour entendre la jeune femme, mais sa voix paraissait déjà plus calme.

— OK, je vais chercher les plaques, accrocher le câble du tire-fort et je reviens.

Contrairement à Ella, Dan réussit à sortir du fossé sans devoir s'accrocher aux branchages de la haie.

— Tu crois vraiment qu'on va y arriver ?

Comme il hochait la tête, Ella sentit ses épaules se détendre tant elle était soulagée.

— C'est faisable, ne t'en fais pas. Tu devras rapprocher le Land Rover mais tout ce que tu auras à faire ensuite, c'est de faire en sorte de ne pas accélérer.

— Je crois que tu ferais ça mieux que moi.

— Ne t'en fais pas, tu vas y arriver. Moi, il faut que je descende dans le fossé pour m'assurer que les plaques ne glissent pas et je pousserai l'avant de la voiture pour la diriger vers toi.

— Et si je me trompe et que le tirefort ne tient pas ? La voiture risque de tomber en avant et…

— Tu en es capable, Ella, je t'assure. Tu n'as jamais échoué quand tu te concentres sur ce que tu as à faire. J'ai confiance en toi, comme toujours.

— Tu es vraiment sûr que cela va bien se passer ?

Elle aurait voulu lui avouer qu'elle ne s'inquiétait pas seulement pour Sophie, qu'elle ne supportait pas l'idée qu'il puisse lui arriver quelque chose à lui, pas après l'avoir retrouvé après autant de temps. Toutefois, s'il laissait paraître le moindre indice qu'elle avait de l'importance pour lui, cela pouvait déboucher sur quelque chose qu'elle ne pourrait pas contrôler, et elle risquait de souffrir à nouveau. Soudain, la perspective de tirer une tonne de ferraille d'un fossé lui semblait être l'option la plus facile.

—Absolument.

Dan se dirigea vers l'arrière du Land Rover pour récupérer les plaques tout en la frôlant involontairement et, pendant une fraction de seconde, elle fut submergée par le désir de le prendre dans ses bras – comme s'il suffisait de la plus légère des caresses pour déclencher un souvenir physique qui s'insinuait dans tout son corps. Mais elle eut à peine le temps de prendre la mesure de ce qu'elle ressentait. En quelques minutes, il fixa le câble au support d'ancrage et posa le crochet à l'arrière de la voiture de Sophie, juste sous le pare-chocs arrière.

—Quand dois-je lancer le tire-fort ?

—Quand j'aurai mis les plaques en place, nous pourrons commencer. Mets-toi à côté du trou de la haie et je crierai quand je serai prêt.

—D'accord.

Ella regarda Dan se glisser à nouveau dans le fossé à deux reprises. La première fois, il dut se faufiler dans l'espace minuscule du côté gauche de la voiture afin de poser la première plaque, avant de remonter et de redescendre pour faire la même chose de l'autre côté. Ella se dit que si sa boîte de rénovation faisait faillite, il pourrait toujours se reconvertir comme pompier.

—Parfait. C'est à ton tour de jouer, Ella. Rappelle-toi : lentement et de manière régulière. Si tu te mets en seconde et que tu relâches lentement l'embrayage, le moteur ne patinera pas et la traction sera plus efficace qu'en première.

—Comment saurai-je quand je dois arrêter ?

— Continue tant que tu ne vois pas la voiture remonter sur la chaussée. C'est là que tu t'arrêteras.

— Dan, je suis désolée.

Elle avait eu besoin de le dire, juste au cas où les visions qui lui traversaient l'esprit se réalisaient, comme si Dan allait se faire écraser par la voiture.

— Désolée pour quoi ?

— Pour avoir été si dure avec toi dernièrement à propos de Lissy, alors qu'elle a affirmé que tu avais été formidable, et puis, aussi, pour tout le reste, tu sais.

La vérité était qu'elle n'était pas très sûre de la raison pour laquelle elle s'excusait. Cela aurait pu être parce qu'elle ne l'avait pas encouragé à lui expliquer les véritables motifs de son refus de la suivre à Londres, ou pour se comporter comme s'ils n'étaient séparés que depuis dix jours au lieu de dix ans, ou encore pour se défouler sur Dan alors que c'était à Weller qu'elle en voulait amèrement. Dans tous les cas, cela la soulageait de le dire.

— Tous ceux qui veillent sur ma sœur avec tant de soin peuvent me critiquer autant qu'ils le veulent. Je sais que ce n'est pas le bon moment, mais ce genre de situation te fait comprendre que l'avenir n'est pas toujours certain, et je pense que nous devrons parler de certaines choses. Ou du moins qu'il y a des trucs dont j'aurais dû te parler il y a longtemps. Pour le moment, finissons-en avec ce sauvetage.

— OK.

Il y avait aussi des choses qu'Ella voulait lui dire à présent qu'elle était au courant de ses sacrifices, mais si elle hésitait une seconde de plus, elle n'arriverait jamais à garder le sang-froid dont elle avait besoin pour bouger la voiture. Elle revint sur ses pas pour remonter dans le Land Rover, les jambes flageolantes.

OK, passe la seconde et relâche lentement la pédale d'embrayage… se répéta Ella.

Elle enclencha la vitesse en priant pour qu'aucun autre véhicule n'apparaisse sur la route. Elle ignorait comment réagir si cela se produisait. Bien sûr, sauf obligation, personne ne choisirait de sortir sa voiture par un temps pareil. Elle ne réussit pas à mettre les essuie-glaces en marche, et elle n'osait pas baisser les yeux sur le tableau de bord pour chercher le bouton. Il fallait juste qu'elle attende jusqu'à ce qu'elle voie la voiture de Sophie apparaître dans le rétroviseur. En dépit des conseils de Dan, elle sentit la résistance du tire-fort bien avant que le moteur ne ronfle à fond.

Cela ne marcherait pas. Le câble sauterait et ce serait entièrement sa faute. Ils auraient dû attendre les pompiers. Elle avait l'impression qu'il s'écoulait des heures tandis que le Land Rover luttait pour sortir la voiture de Sophie du fossé mais, soudain, elle vit la forme de la petite trois portes émerger et sentit que le 4 × 4 faisait une embardée en avant lorsque la tension du câble se relâcha.

—Merci, merci, mon Dieu.

Ella laissa avancer le Land Rover jusqu'à ce qu'elle constate que la voiture de Sophie était bien sortie du fossé, puis elle tira sur le frein avec une violence telle qu'elle en eut mal à la main. Elle sortit d'un bond et courut vers le fossé. Dan était déjà en train d'aider Sophie à sortir de son véhicule, mais il était couvert de boue de la tête aux pieds. La dernière fois qu'elle l'avait vu comme ça, c'était lorsqu'elle assistait à un match de rugby et que Dan venait de marquer l'essai qui avait offert à l'équipe des Trois-Ports la victoire pour la Coupe de la Cornouailles des moins de dix-huit ans. Il avait été le héros du jour. De ce côté, il semblait que rien n'avait vraiment changé.

—Merci beaucoup à tous les deux, dit Sophie en s'accrochant au bras de Dan.

Ses yeux formaient deux lacs sombres dans son visage blême.

—Nous sommes contents que tu ailles bien, commenta Dan avant de se tourner vers Ella. Je pense quand même qu'Ella doit t'examiner pour s'assurer que tout va bien. Et c'est la seule personne ici qui a les compétences voulues.

—Je ne veux pas aller à l'hôpital. Ils me demanderont ce qui s'est passé et je devrai leur avouer que j'étais en train de regarder mon téléphone tout en conduisant.

Sophie eut à nouveau l'air terrifiée.

—Si Ella est d'accord, je vais tracter ta voiture jusqu'à la ferme de ma sœur et Ella t'examinera pendant que je vérifierai ta voiture. S'il n'y a pas de problème, l'un de nous te ramènera chez toi.

—On peut faire comme ça, Ella ? S'il vous plaît.

—D'accord, mais au moindre signe de complication, pour toi ou le bébé, nous irons à l'hôpital. Ne t'en fais pas, ni Dan ni moi ne révélerons les circonstances de l'accident.

Ella s'interrompit un moment avant d'ajouter :

—Et promets-moi que tu ne consulteras plus ton téléphone lorsque tu conduis.

—Promis, juré !

Le visage de Sophie perdit aussitôt son air pincé. Grâce à Dan, tout semblait vraiment réglé et cela avait certainement servi de leçon à Sophie. Ella espérait avoir tiré elle aussi des leçons de ses erreurs passées, mais chaque fois qu'elle regardait Dan, elle en était de moins en moins sûre. Sans lui, elle n'était pas sûre qu'elle aurait eu le courage de faire ce qu'elle avait fait, et elle avait oublié à quel point il se fiait à elle pour n'importe quoi, bien plus qu'elle ne se fiait à lui. Quand elle était avec Dan, elle n'éprouvait pas le besoin de prouver quoi que ce soit – même à elle-même – et de montrer qu'elle était compétente. Si sa plus grosse erreur par le passé avait été d'aimer Dan de tout son cœur au point que cela ne lui arriverait jamais plus, il y avait de bonnes chances pour qu'elle n'en ait tiré aucune leçon.

7

Sophie et le bébé semblaient ne pas avoir souffert de l'accident. L'examen d'Ella n'avait révélé aucune anomalie : le rythme cardiaque du bébé était fort et régulier, même si celui de Sophie et sa tension étaient un peu élevés. Cependant, une fois que Lissy eut appelé pour annuler les secours et les eut abreuvés de tasses de thé, tout redevint normal, même ça. La voiture avait simplement glissé dans le fossé et ne s'était pas fracassée dans l'opération, et Sophie avait expliqué qu'elle avait arrêté le moteur juste au moment où elle avait senti le véhicule déraper.

Ella avait quand même proposé à Sophie d'aller passer une échographie, mais comme son rendez-vous des vingt semaines était dans moins de quarante-huit heures, elle avait fini par laisser tomber. En revanche, Dan s'était montré plus insistant en recommandant à Sophie de faire réviser la voiture dans un garage avant de reprendre la route et, avant que la jeune femme ait le temps de protester, il avait pris des dispositions pour l'emmener dans un garage de Port-Kara avant de la ramener chez elle une fois que tout serait réglé. Ella l'avait conduite au parc de mobile-homes et lui avait fait promettre de l'appeler à la moindre inquiétude, pour elle-même ou pour le bébé.

Dan n'avait pas eu le temps de lui expliquer ce qu'il voulait dire en parlant de soulager sa conscience juste avant qu'ils ne sortent la voiture du fossé. De toute manière, Ella ne souhaitait guère faire ça en public. Avec Lissy aux petits soins pour eux et Sophie qui prenait le temps de surmonter le choc, le moment n'était pas vraiment bien choisi. Lorsque Ella avait remercié une fois de plus Dan pour son aide, au moment où elle partait avec Sophie, il avait plaisanté en s'exclamant qu'il lui devait un verre et elle avait promis de le retrouver au Joyeux marin un soir de la semaine suivante. S'il le souhaitait toujours, ils pourraient enfin parler, et elle serait en mesure de lui offrir les excuses qu'elle pensait lui devoir.

Sophie n'envoya un texto à Ella que le jour de son échographie pour lui dire que tout s'était bien passé ; deux jours plus tard, elle avait rendez-vous à la maison médicale et Ella tenait à s'assurer elle-même que tout allait bien. Sophie était une patiente qu'Ella voyait plus souvent que le protocole ne l'exigeait, mais elle en avait discuté avec Anna et toutes deux étaient convenues qu'elle avait besoin de soutien supplémentaire en raison de sa situation particulière. Comme l'avait dit Jess à l'arrivée d'Ella, ce genre de flexibilité était l'un des avantages du travail en maison médicale dans une petite ville comme Port-Agnes.

— C'est pour vous, dit Sophie les yeux juste au-dessus de l'orchidée rose en pot qu'elle tenait dans ses bras en entrant dans le cabinet de consultation.

— Oh ! c'est adorable, mais ce n'était pas du tout nécessaire.

— Bien sûr que si. En fait, j'aurais aimé vous offrir davantage. Je ne sais pas ce qui me serait arrivé si vous n'étiez pas passée devant ma voiture, et si la ferme de Dan et Lissy n'avait pas été aussi proche du lieu de l'accident.

— Elle est magnifique, merci.

Ella prit la plante et la posa sur son bureau.

— Avez-vous remarqué la couleur ?

Sophie avait du mal à retenir un grand sourire.

— C'est une fille ?

— Oui ! Je suis tellement soulagée, dit Sophie en prenant place en face d'Ella. Si je dois me débrouiller seule avec le bébé, je suis contente que ce soit une fille.

— As-tu réfléchi à la manière de le dire à tes parents ?

Ella ne voulait pas insister, mais elle avait organisé des séances de thérapie pour que Sophie puisse aborder le sujet. Ainsi, même si elle décidait de ne pas annoncer la nouvelle à ses parents, elle pourrait envisager l'avenir plus sereinement.

— Je ne cesse de décrocher le téléphone dans l'intention de les appeler, mais je n'arrive tout simplement pas à le faire. (Sophie se mordit les lèvres.) Je pense que maman ne fera pas de problème, mais elle refuserait de ne pas en parler à papa et, ça, je ne peux pas m'y résoudre.

— Crains-tu qu'il se mette en colère ?

— Il sera déçu, ce qui sera encore pire.

— Pourquoi ne lui donnes-tu pas une chance ?

— Si encore il n'y avait que lui, ce serait OK, mais tout le monde dans mon village va en faire des gorges chaudes. C'est inévitable quand on est la fille du pasteur.

— Je comprends que cela rende la situation plus difficile.

Jusqu'alors, Ella ne savait pas que le père de Sophie était un homme d'Église, mais elle imaginait parfaitement que cela faisait du moindre fait et geste de Sophie une source de commérages sans fin. Jago lui-même présidait l'association des résidents ainsi que celle des petits commerçants, tout en occupant le poste de conseiller de la paroisse. Cela en faisait aussi une excellente cible des ragots. Pratiquement tout le monde le connaissait. La pensée de le décevoir avait toujours été l'une des plus grandes frayeurs d'Ella, et le nombre de gens qui seraient prêts à l'en informer si elle quittait le droit chemin formait une file interminable. La pauvre Sophie aurait toute la paroisse sur le dos, à commenter en bien ou en mal ses actes, bien que ce ne soit pas leurs affaires.

—Heureusement, je n'ai pas eu à les appeler pour annoncer que j'avais bousillé la voiture. Dan s'inquiétait que l'accident ait plié le châssis, mais son ami garagiste a dit que tout allait bien. Il a été extraordinaire.

Sophie sourit et tout son visage parut se détendre comme si elle était en train de rêver.

—Quand il a ramené la voiture, je crois qu'il a été un peu choqué de voir l'état de mon mobile-home. Avec l'orage, les fenêtres se sont mises à fuir et il y avait un peu de moisissure sur les murs parce qu'il y avait eu des fuites la dernière fois. Il a dit que je ne devrais pas rester dans un tel endroit alors que j'étais enceinte.

—Je dois avouer que je suis d'accord avec lui si tu n'es pas à l'abri de la pluie dans le mobile-home.

Une fois de plus, Ella regretta de ne pas avoir de baguette magique pour résoudre ses problèmes de logement. À Londres, elle avait déjà travaillé avec des femmes enceintes dont les logements étaient encore moins salubres que celui de Sophie, et elle avait le cœur qui se brisait chaque fois qu'elle s'apercevait qu'elle ne pouvait pas y faire grand-chose. Les services sociaux avaient souvent dû intervenir pour trouver des hébergements d'urgence, qui n'en demeuraient pas moins toujours précaires, et Ella espérait vraiment que Sophie parvienne à parler à ses parents avant d'en arriver là.

— T'es-tu adressée au propriétaire du parc pour voir s'il pouvait trouver une solution ?

— Ils m'avaient déjà dit que si je voulais un logement sur place, ils ne pouvaient me proposer que l'un des vieux mobile-homes qui ne sont plus aux normes et qu'ils ne peuvent pas louer aux vacanciers. D'ailleurs tous ceux qui sont destinés aux employés sont aussi miteux. C'est censé être un bonus du boulot et le tarif horaire est plus faible parce que le logement est gratuit. Dan a dit qu'il s'inquiétait que les moisissures affectent le bébé.

— Aurais-tu les moyens de louer autre chose, juste une chambre peut-être, si tu décides que tu ne peux pas rentrer chez tes parents ?

— C'est la question que m'a posée Dan. Quand je lui ai dit que non, il m'a proposé de me laisser m'installer chez lui.

— *Dans sa maison ?*

Ella sentit ses cheveux se hérisser sur sa tête. Même si les intentions de Dan étaient parfaitement honorables – et elle l'espérait de tout son cœur –, l'offre pourrait paraître ambiguë, notamment pour quelqu'un d'aussi vulnérable que Sophie.

—Non ! Pas chez lui. C'est sa maison mais il n'y habite pas. Il m'a proposé deux endroits, dont un ancien central téléphonique apparemment, et il a dit que je pouvais y rester tant que cela ne me dérangeait pas que l'agent immobilier le fasse visiter de temps en temps, mais il n'y a pas de voisins proches et je me suis dit que je risquais d'avoir peur là-bas la nuit.

L'expression de Sophie la fit soudain paraître plus jeune que ses dix-neuf ans.

—Je suis gênée d'avoir refusé une offre aussi généreuse, mais Dan s'est montré adorable. Il a dit que je pouvais m'installer sans rien payer dans l'une des maisons qu'il rénove sur le port, tant que je ne suis pas gênée par le bruit des maçons à côté. Je ne vais pas me plaindre de ça, non ? Et je me sentirai bien plus en sécurité en sachant qu'il vit dans une maison au bout de la rangée.

—C'est vraiment gentil de sa part. Combien de temps pourras-tu y rester ?

Ella n'avait rien vu venir. D'après la plupart des gens de Port-Agnes, Dan ne pensait qu'à engranger de l'argent. Ce n'était pas le Dan qu'elle avait connu, mais elle s'était laissée persuader par les rumeurs et avait fini par admettre qu'il avait pris un mauvais tournant. Non, celui dont parlait Sophie était le Dan dont elle se souvenait et, après tout, il n'avait peut-être pas changé tant que ça. Elle espérait simplement que Sophie ne considérerait pas cette solution temporaire comme la réponse à tous ses problèmes. Elle aurait quand même besoin du soutien de sa famille, mais Ella savait bien à quel point il était facile de croire que Dan était capable de tout arranger. Au même âge que Sophie, elle avait été tout aussi naïve.

— Le parc ferme le 1er novembre, alors je suppose que je devrais rentrer dans le Somerset. Je ne vois pas du tout comment je serais capable de vivre seule et de payer les factures si je ne travaille plus, mais Dan a dit que je pouvais rester jusqu'à ce moment-là et qu'il ne me demanderait pas de loyer à cause de tous les travaux des maisons voisines. Parce qu'il ne pourra rien louer tant que ce ne sera pas terminé. Je suis tellement contente que vous soyez allée lui demander de l'aide au lieu d'appeler les pompiers. On dirait que j'ai trouvé mon héros !

— As-tu calé un rendez-vous avec le psychologue ?

Plus Sophie parlait, plus l'inquiétude d'Ella augmentait. Était-elle en train de s'attacher démesurément à Dan ? L'intervention d'un psychologue lui parut soudain plus importante que tout. Dan en faisait tant pour Sophie qu'Ella devait admettre qu'elle l'avait totalement méjugé, ce qui signifiait qu'il y avait de grandes chances que Sophie interprète à tort ses motivations elle aussi. Il y avait des gens à Port-Agnes qui étaient plus que prêts à croire qu'il avait des intentions cachées, mais Ella n'y croyait pas une seule seconde, même si la perspective de voir Sophie tomber amoureuse de lui la faisait grincer des dents.

— J'ai eu ma première séance hier.

— Cela t'a-t-il fait du bien ?

— Nous avons surtout parlé d'Euan, le père du bébé, afin de réfléchir s'il fallait lui annoncer ou non que j'étais enceinte.

— As-tu pris ta décision ?

— Le psychologue m'a demandé si je voudrais être au courant si la situation était inversée, et j'ai dû admettre que oui. S'il ne veut rien à voir avec ça, c'est bon, mais je sais à présent qu'il faut que je le lui annonce.

— Je pense que c'est la meilleure décision. Au moins, tu pourras expliquer pourquoi à ta petite fille quand elle sera plus âgée, au cas où elle voudrait connaître son père par la suite.

Ella faisait de son mieux pour ne pas imposer son point de vue, mais elle était vraiment d'accord avec les conseils du psychologue de Sophie.

— Il m'appelle et m'envoie des SMS pour demander des nouvelles assez souvent, et il insiste pour qu'on se voie avant la fin de l'été. Il affirme qu'il est prêt à faire la route jusqu'ici si je le veux bien. Ce n'est pas comme s'il m'avait oubliée. C'est juste que, continua Sophie en s'agitant sur son siège, si Euan réagit mal, je pense que ce sera encore plus difficile pour moi d'avoir le courage d'en parler à mes parents.

— Essaie de ne pas t'inquiéter à propos de choses qui n'ont pas encore eu lieu. Je sais que c'est difficile d'être seule pour tout affronter.

— Je me sens moins seule maintenant que je sais que Dan et vous êtes de mon côté.

— Tu as fait beaucoup de progrès après une seule séance de thérapie, et je sais que tu feras ce qu'il faut pour toi et ta petite fille, quelle que soit la décision que tu prendras.

Ella croisa intérieurement les doigts pour que le travail de Sophie avec le psychologue lui évite de faire une fixation sur Dan, mais elle devrait le prévenir lui aussi. En revanche, il lui faudrait d'abord en parler avec Anna et lui demander ce qu'elle pouvait dire sans risquer de trahir la confiance de sa patiente.

—Bon, maintenant, si nous écoutions ce que fabrique ton bébé ?

—Oh oui !

Sophie grimpa sur la table d'examen et remonta son haut. Quelques secondes plus tard, Ella réussit à déceler le battement du cœur du bébé à l'échographie.

—Le rythme est excellent.

Toujours avec le sourire, Ella mesura le ventre de Sophie.

—Et tout coïncide avec tes dates.

—Vous voyez, elle est déjà parfaite.

—Elle va très bien, comme toi, mais je veux faire de nouvelles analyses de sang afin de m'assurer que ton taux de fer reste stable. Nous en profiterons aussi pour faire une analyse d'urine.

—Merci de prendre soin de moi comme ça.

—Je serai là chaque fois que tu auras besoin de moi, même si tu t'inquiètes de quelque chose qui n'a rien à voir avec le bébé.

Ella aida Sophie à se relever en refoulant les avertissements de Jess qui résonnaient dans sa tête depuis le premier jour. Il y avait des choses dont une sage-femme ne devait pas se soucier mais, étant donné la fragilité de Sophie et sa confiance croissante en Dan, sa jeune patiente n'était pas la seule personne qu'Ella voulait protéger. Elle n'avait toujours pas fixé de jour pour boire un verre avec Dan, mais elle devrait reléguer au fin fond de son cerveau cette fâcheuse tendance à s'inquiéter à propos du passé. Elle devait trouver un moyen de dire à Dan de prendre son temps sans qu'il imagine qu'elle mettrait ses raisons en doute, et un simple verre avec lui fournirait l'occasion idéale. Soudain il lui importait, comme cela avait été le cas dix ans plus tôt, que Dan sache qu'elle avait elle aussi confiance en lui.

***

Ruth ramassa d'un geste vif la lettre qu'elle lisait et la fourra dans son sac pendu à sa chaise, mais pas avant qu'Ella n'ait remarqué le tampon en lettres rouges qui indiquait qu'il s'agissait d'un rappel de facture.

—Tu veux que je te fasse des tartines avant que tu partes travailler, ma chérie ?

La ride qui s'était creusée entre les sourcils de Ruth ne s'effaça pas, même en regardant sa fille.

—Laisse-moi te préparer le petit déjeuner, maman. Cela te changera. Tu as l'air épuisée.

Ella mit la bouilloire en marche avant de se retourner vers sa mère.

—Est-ce que tout va bien ?

—Oui, c'est juste que je dors mal en ce moment.

—Si tu as des soucis, tu sais que tu peux toujours m'en parler, n'est-ce pas ?

—Merci ma chérie, mais je vais bien. Vraiment.

Ruth s'empara du sac dans lequel elle avait dissimulé sa lettre et le plaça dans un placard du bas de l'armoire galloise. Ella connaissait assez sa mère pour comprendre que le sujet était clos. Elle pouvait offrir à ses parents de l'argent pour les aider s'ils en avaient besoin, mais ce serait peine perdue : ils étaient bien trop fiers pour accepter. Il lui faudrait une autre manière de comprendre ce qui n'allait pas dans la comptabilité de ses parents et les persuader de la laisser les aider à régler leurs difficultés.

— Des œufs brouillés et des champignons sur des toasts ?

Une miche de pain aux céréales était déjà posée sur la planche à découper.

— Parfait, mais tu ferais bien d'en prévoir également pour ton père parce qu'il sera probablement affamé quand il remontera ; il s'est levé à quatre heures et demie pour la première fournée. Cela fait partie de son travail depuis toujours, mais je crois qu'il trouve de plus en plus difficile de se lever tôt avec l'âge. En revanche, il vaut mieux qu'il ne m'entende pas dire des trucs pareils.

— Je regrette que vous soyez obligés de travailler si dur tous les deux.

— Tu sais bien que, pour ton père, la boulangerie c'est toute sa vie et qu'il ne voudrait pas qu'il en soit autrement.

Le sourire de Ruth ne pétilla cependant pas dans ses yeux.

— Et toi, maman ?

— Moi aussi, j'adore ça, et je ne veux pas que tu t'inquiètes pour nous. Tout s'arrangera, c'est toujours le cas.

Cette fois, le sourire de Ruth parut sincère.

— Après tout, je t'ai eue alors que je n'y croyais plus, donc je sais que, à la fin, tout s'arrange toujours.

— On dirait que je suis arrivé au bon moment pour le petit déjeuner !

Jago ouvrit la porte de l'arrière-cour qui débouchait directement dans la cuisine. Daisy bondit à son tour et fila se poster à côté du four en lançant à Ella un regard implorant digne d'un chien battu.

—Je suis en train de faire des œufs brouillés avec des champignons et des toasts, papa. Cela te va ?

—Ajoute une tranche ou deux de bacon pour ton vieux père et tu en feras le plus heureux des papas !

Jago s'assit à côté de sa femme en envoyant un baiser à sa fille quand elle lui tendit une tasse de thé si fort qu'il rivalisait avec la nuance de l'acajou. Exactement comme il l'aimait.

—Daisy a-t-elle essayé de tuer d'autres mouettes pendant votre promenade ? demanda Ruth tout en mettant du sucre dans son thé.

—Pas aujourd'hui, mais elle a réussi à faire tomber une pile de casiers à homards à côté de Mercer's Row.

Jago ajouta en s'adressant à Ella :

—Ce Dan Ferguson est venu m'aider à les remettre en place. S'il croit que cela va me faire changer d'avis à propos de ses manigances, il se met le doigt dans l'œil.

—As-tu vraiment regardé les cottages qu'il a rénovés ?

Ella fouettait les œufs avec une vigueur un peu exagérée. Quand ils se fréquentaient, Dan n'était pas dans les bonnes grâces de Jago, mais ce n'était peut-être pas seulement parce qu'il faisait partie d'une famille de nouveaux venus dans le coin. D'ailleurs, Jago n'avait jamais accepté que sa fille fréquente qui que ce soit. Et depuis que Dan avait fondé son entreprise pour rénover les biens immobiliers dans la région des Trois-Ports, il aurait tout aussi bien pu être un repris de justice aux yeux de Jago Mehenick.

—Inutile ! Je connais bien trop ce genre de type. Ces maisons pourraient faire de pittoresques logements pour les gens comme toi, ceux qui ont grandi à Port-Agnes. Mais lorsqu'il les aura transformées en locations sans âme, elles seront beaucoup trop chères pour ceux qui n'ont pas les salaires de Londres.

—Apparemment, il a rénové l'ancien central téléphonique et c'est magnifique. Il a conservé les fenêtres d'origine et posé un parquet de récupération. Je ne crois pas qu'il se contente de rénovations sans âme. Il s'est montré également très gentil avec une de mes patientes qu'il laisse vivre gratuitement dans l'une des maisons de Mercer's Row jusqu'à ce qu'elle puisse se débrouiller seule.

—C'est sans doute parce qu'il en profite pour récupérer tes taxes ou un truc du genre. N'oublie pas ce que je te dis ! Je suppose que tu vas affirmer qu'il n'est pas dans les affaires pour gagner du fric ou quoi ? continua Jago en secouant la tête.

—N'est-ce donc pas ce que tout le monde fait ?

Ruth avait enlevé les mots de la bouche d'Ella.

—Il y a une manière de gagner de l'argent honnête et une autre d'en gagner aux dépens d'autrui. C'est pour ça que j'ai proposé d'acheter la Vieille Forge avec Clem et Jack.

—Tu as acheté la Vieille Forge ?

Ella eut du mal à croire que ses parents n'avaient pas pensé à lui dire qu'ils avaient investi dans un nouveau bien immobilier. Lors de sa dernière visite à Noël, elle avait remarqué l'affiche du commissaire-priseur sur le mur et s'était dit que cela n'intéresserait personne étant donné les travaux que nécessitait le bâtiment. Jago travaillait déjà six jours par semaine, sept si l'on comptait les heures qu'il passait plongé dans la comptabilité.

Quand aurait-il trouvé le temps de rénover le bâtiment ? Même s'il en avait les compétences !

— J'ai participé aux enchères avec Clem et Jack, parce que nous étions écœurés que des gens comme Dan puissent acheter toutes les propriétés dans le coin et, à nous trois, nous avons réussi grosso modo à réunir l'argent pour…

— Grosso modo !

Ruth leva les yeux au ciel et Ella sentit son pouls s'envoler. Sa mère pouvait tenter de s'en tirer en considérant qu'il ne s'agissait que d'un nouveau caprice de son père, elle savait qu'ils ne disposaient pas de bas de laine. Et si son père s'endettait par fierté, cela risquait de peser lourd sur leur couple. Le fait que la mère d'Ella n'en dise pas davantage indiquait qu'ils avaient déjà déposé un acompte et ce que Ruth dit ensuite ne fit rien pour la rassurer.

— Peu importe qu'il ne te reste pas un sou pour rénover le bâtiment, à ce rythme, nous aurons un tas très cher de briques à la place de nos économies. Chaque fois que nous arrivons à mettre un petit pécule de côté, il semble disparaître comme par magie.

— Quand nous revendrons la forge *à un habitant du coin*, nous récupérerons bien plus que ce que nous avons investi.

— Je suis impatiente de voir ça, s'exclama Ruth toujours avec une expression pincée.

— Je suis sûre que vous trouverez un acheteur local, commenta Ella en veillant à ne pas hausser le ton.

Si elle décrochait une place à l'école de Plymouth, elle pourrait trouver une colocation avec les infirmières de l'hôpital jusqu'à ce qu'elle termine sa formation. Cela lui permettrait d'utiliser l'argent qu'elle avait économisé pour l'apport de la maison qu'elle aurait dû acheter avec Weller pour rembourser l'investissement de son père, ou au moins pour couvrir sa part des coûts de rénovation. Alors, sa mère cesserait de croire qu'elle devait cacher les relances de factures. Cela devait valoir la peine d'essayer.

8

À la maternité du pôle de santé, trois sages-femmes et Frankie, une des auxiliaires du service, étaient de garde ce jour-là. Tout était singulièrement calme : pas d'appel pour accompagner un accouchement à domicile, ni pour annoncer que le travail avait commencé et qu'une femme allait arriver d'une minute à l'autre.

—N'est-ce pas trop c…

Anna avait à peine ouvert la bouche pour poser la question que Gwen la coupait.

—Arrête-toi avant de dire « calme » ! Tu sais ce qui nous tombe dessus si tu prononces ce mot, tout va partir en vrille.

—Désolée, j'avais espéré que nous aurions tellement de boulot ce soir que je n'aurais pas le temps de penser à autre chose ni de m'inquiéter de savoir si je pourrai encore me nourrir la semaine prochaine à présent que je rembourse le crédit toute seule.

Anna semblait éreintée.

—Tout est vraiment terminé avec Greg alors ?

Gwen s'était penchée en avant et Ella se demanda si elle devait s'excuser et les laisser parler entre elles. Pour sa part, Frankie, qui n'avait pas de tels scrupules, avança sa chaise vers celle d'Anna.

— Si je n'avais pas pris cette décision, je crois que nous aurions fini par nous haïr. Je lui en aurais toujours voulu de m'empêcher d'avoir un enfant et il m'en aurait toujours voulu de le blâmer pour ça. Heureusement, la banque a accepté de me faire un prêt suffisant pour racheter sa part de la maison et il a de son côté accepté l'estimation de l'agence immobilière. Cela rend notre séparation bien plus facile, mais tout va trop vite et j'ignore totalement ce que je vais faire.

— Tu seras bien mieux sans lui. Tu n'as pas besoin d'un homme ! Personne n'en a besoin, s'écria Frankie en donnant des coups de poing dans le vide.

On aurait dit qu'elle participait à une manifestation féministe et voulait entraîner la foule encore hésitante à embrasser sa cause.

— Il me faut bien un homme si je veux avoir un bébé ! grimaça Anna. C'est ça qui me chagrine, pas tant le départ de Greg. J'ai trente-sept ans et l'horloge ne tourne plus, elle sonne pour donner le signal des dernières commandes !

— J'ai eu affaire à une mère qui avait quarante-neuf ans pour son premier bébé, et tout ça sans traitement pour infertilité.

Ella adressa un sourire rassurant à son amie. Elle n'ajouta pas que la patiente avait passé les quatre derniers mois de sa grossesse allongée après avoir frôlé la fausse couche. C'était si difficile de savoir que dire à une femme qui avait un tel désir d'avoir un enfant. Pourtant, elle aurait pu s'appuyer sur ce que sa propre mère avait enduré. Elle n'avait que huit ans lorsqu'elle avait découvert la boîte à souvenirs que sa mère cachait sur l'étagère du haut de la penderie. En fait, elle cherchait avec acharnement à découvrir ses cadeaux de Noël. La boîte contenait des documents de la clinique de fertilité et des Polaroid du bâtiment où sa mère avait subi tous ces traitements, ainsi que les bracelets d'identification qu'elle avait portés à chacune de ses admissions, sans parler de deux clichés granuleux d'échographies de débuts de grossesse. L'un représentait la future Ella et l'autre était celui du bébé qu'elle avait perdu très tôt l'année précédente, après six parcours de FIV. Lorsque Ella l'avait pressée de questions sur le sens de toutes ces reliques, Ruth le lui avait expliqué avec des mots qu'une enfant de huit ans pouvait comprendre. Sa mère s'était donné beaucoup de mal pour exprimer à quel point elle avait été ravie de tenir enfin sa fille dans les bras, ce qui n'avait pas empêché la petite fille en question d'être triste d'apprendre ce que Ruth avait enduré tout en éprouvant avec une nouvelle acuité le poids qui pesait sur elle d'être l'enfant si longtemps espéré. Ce sentiment ne l'avait jamais vraiment quittée et il était encore vivace plus de vingt ans après.

— Tu vois, il n'est jamais trop tard ! s'exclama Frankie en se tapotant le nez. Si tu n'as pas de père sous la main, il y a toujours des tas de solutions pour obtenir les donations voulues, si tu vois ce que je veux dire !

— Tu veux parler des banques de sperme ?

Anna n'aurait pas pu avoir l'air plus sceptique.

— Oui, ça aussi, mais je pensais plus à quelque chose comme la Casa Cantare à l'heure de la fermeture un vendredi soir. Tout ce qu'il te faut, c'est enfiler ton petit haut brillant ! Tu sais, celui qui te donne l'air d'avoir encore dix-huit ans ? Je te promets que tu ne seras pas déçue.

Avec un regard entendu, Frankie ajouta :

— Tu devras les repousser à coups de bâton !

— Je ne peux pas entendre le nom de Casa Cantare sans éprouver une gueule de bois monumentale, grimaça Anna. Et pour ce qui est de me faire faire un enfant par un inconnu bourré un vendredi soir, je passe mon tour.

— À Port-Agnes, tu aurais de la chance de tomber sur un inconnu, sauf si tu veux une saleté de fourmi rouge comme père de ton bébé. Moi, je préférerais encore miser sur une pipette remplie de sperme ! commenta Gwen en croisant les bras.

Le fait qu'elle ait presque soixante ans, soit sur le point de devenir grand-mère pour la deuxième fois et qu'elle soit née dans le sud du Pays de Galles ne l'empêchait pas d'avoir un avis sur la question.

— Alors, si rien de tout ça ne te plaît, pourquoi n'essaierais-tu pas simplement de rencontrer quelqu'un ? intervint Frankie en levant un sourcil. Sois honnête et dis aux types que tu rencontres que tu cherches une relation sérieuse qui déboucherait sur le mariage et une famille. Tu pourrais fixer la limite à quarante ans. Si tu n'as pas rencontré l'homme idéal à cet âge-là, tu pourras revenir à l'idée de Gwen et t'éclater avec une pipette !

— Je suis restée avec Greg si longtemps que je ne saurais pas par où commencer. Je crois que je ne pourrais pas arriver à séduire un homme même si je le voulais, ce qui n'est pas le cas.

— S'il n'était pas question d'un bébé, tu pourrais t'en passer. En revanche, si tu tiens à faire ça dans la bonne vieille barbante tradition, et trouver un père à ton goût, je pense que tu ferais mieux de te mettre sérieusement au boulot.

Frankie lança un regard insistant à Anna avant de continuer :

— Tu dois te remettre sur le marché. Pince-toi le nez et plonge. Après tout, si Ella en est capable après avoir été larguée, tu peux faire aussi bien.

— Frankie, s'écria Gwen en lui donnant un coup de coude, bon sang, on était convenues de ne pas évoquer cette affaire ! Dire que tout le monde croyait que c'était moi qui vendrais la mèche ! Tu sais bien qu'Ella ne veut pas qu'on en parle.

— Alors, tout le monde est au courant ? demanda Ella en promenant son regard sur les autres qui hochèrent toutes la tête. Et vous avez passé une sorte de pacte pour ne pas y faire allusion parce que c'est vraiment humiliant ?

— Ce n'était pas pour ça, la réconforta Anna en posant une main sur le bras d'Ella. Nous voulions simplement que tu tournes la page. Je me suis dit que si tu voulais en parler, ce serait à toi de le faire et pas à nous.

— Désolée Ella ! Moi et ma grande gueule, dit Frankie en se mordant la lèvre.

— C'est pas grave. Je sais que ça avait fait la une à Port-Agnes quand il y a eu ces articles dans les journaux : mes parents les ont tous gardés. Je leur suis simplement reconnaissante de ne pas les avoir encadrés pour les afficher derrière le comptoir de la boulangerie, à côté de mon diplôme. (La pensée lui arracha un sourire.) J'ai eu de la chance d'être larguée en public le jour où deux célébrités des réseaux sociaux se sont mariées. Du coup, ma situation n'est pas devenue virale.

— Les gens des réseaux sociaux sont de vraies célébrités ? demanda Gwen en fronçant le nez.

—Ils font partie des noms les plus connus de nos jours, notamment auprès des ados, expliqua Ella d'un air désinvolte, mais je préfère que les gens me posent directement la question s'ils veulent savoir ce qui s'est passé.

—Je suis vraiment désolée, Ella, ce n'est même pas ce que nous avions l'intention de faire. J'en ai parlé à tout le monde quand tu as accepté le poste parce que je l'avais lu dans le journal local et que j'ai cru que ce n'était pas un secret. Mais tu es passée à autre chose et tout le monde devrait faire comme toi.

Anna la rassura d'une tape sur l'épaule.

—C'est ce que j'allais dire, se justifia Frankie en regardant Ella puis Anna et Ella à nouveau. J'essayais juste, avec ma maladresse habituelle, de souligner que tu avais si bien réussi à avancer et à reprendre pied, pour montrer à Anna qu'il n'y a pas de raison afin qu'elle n'en fasse pas autant. Spécialement quand ta séparation était bien plus…

—Humiliante ?

Ella se mit à rire. La pauvre Frankie s'enfonçait toujours davantage, mais cela n'avait plus d'importance. Beaucoup de couples se séparaient et ce n'était pas parce que, pour Ella, l'événement avait été rendu public que c'était différent. Frankie avait raison : elle avait avancé. Son retour à Port-Agnes lui avait prouvé ce qu'elle avait toujours su au fond d'elle : que ses sentiments pour Weller n'avaient jamais été assez puissants pour rivaliser avec ceux qu'elle avait éprouvés pour Dan. Elle s'était répété que c'était parce qu'un premier amour demeurerait toujours différent, un idéal qui ne souffrirait pas de comparaison avec les relations et les échecs suivants. Mais c'était plus que ça. Si elle envisageait de s'engager une nouvelle fois pour la vie avec quelqu'un, il faudrait que ce nouvel amour efface tout ce qu'elle avait éprouvé pour Dan et prenne la première place dans son cœur. En revanche, elle n'était pas pressée et elle n'allait certainement pas se mettre en quête tout de suite. Elle se sentait déjà beaucoup mieux, presque prête à passer par une relation de transition, un choix par défaut.

—Éprouves-tu encore des sentiments pour Weller ?

Anna avait posé la question avec un regard voilé.

—Pour être honnête, je crois que j'avais moi aussi des doutes à propos de notre mariage, mais je me suis dit que c'était juste la nervosité classique des futures mariées, ou l'influence de mon père qui ne cessait de me répéter que Weller n'était pas fait pour moi.

Ella regarda son amie en étant consciente qu'elle ne disait pas tout.

—Cependant, ce n'est pas tant que j'ai eu le cœur brisé mais plutôt la honte que j'ai éprouvée… D'après ma mère, cela signifie que je n'ai jamais réellement aimé Weller, pas comme on est censé aimer la personne avec laquelle on veut passer le reste de sa vie.

—Je suis toujours amoureuse de Greg, mais pas assez pour abandonner le projet d'avoir un enfant, renifla Anna. Le problème c'est que, puisque nous sommes séparés, je n'ai aucune certitude de réaliser mon rêve, que ce soit seule ou avec quelqu'un. Et si j'avais accepté notre séparation pour quelque chose qui n'arrivera jamais ?

—Si tu veux vraiment fonder une famille, tu y arriveras, quelle que soit la forme que ça prendra.

Frankie l'enlaça gentiment mais Anna recula.

— Je sais que j'ai l'air égoïste, mais je veux mettre mon enfant à moi au monde, un enfant qui sera biologiquement le mien, et éprouver la douleur et l'euphorie de nos patientes qui accouchent. Je sais que ce n'est pas seulement ça d'avoir un enfant, mais je ne peux pas m'empêcher d'y penser. C'est la faute de ce boulot !

— Cela n'a rien d'égoïste, déclara Ella. C'est juste de l'honnêteté, et tu as été honnête avec Greg, ce qui n'a pas dû être facile.

Le visage d'Anna révélait à quel point elle avait souffert. Des cernes profonds marquaient ses yeux rougis.

— Ma fille a une amie qui était dans ta situation et elle a fait des trous dans les préservatifs. Elle a un petit garçon maintenant… et est divorcée ! Alors, dis-toi que les choses pourraient être pires, dit Gwen avec un clin d'œil.

— Je devrais peut-être laisser un an ou deux à Greg ? Il pourrait changer d'avis, non ?

Anna s'interrompit à la sonnerie de son téléphone. Elle lut le message en souriant.

— Si j'y croyais, je prendrais cette nouvelle comme un bon signe. C'est Liz Johnson, l'une de mes patientes. Elle ne va pas tarder à arriver. Elle vient de commencer le travail pour son premier, et elle a quarante-trois ans. Du coup, ça me donne encore cinq ans pour faire changer Greg d'avis !

— Tu as vraiment envie d'attendre ? grimaça Frankie. T'obstiner à travailler Greg au corps jusqu'à ce qu'il accepte de devenir père ? L'arrivée d'un bébé pèse assez sur les couples, même quand les deux parents sont d'accord. On le voit tout le temps, non ?

—C'est vrai. L'amie de ma fille, expliqua Gwen d'un air décidé, celle qui perçait les préservatifs, s'est séparée de son mari alors que le bébé n'avait que six mois. Il lui a dit qu'il ne tenait pas à jouer les seconds violons après son fils et, à présent, elle se retrouve mère célibataire. Elle aurait mieux fait de commencer par s'adresser directement à une banque de sperme.

Gwen et Frankie se montraient plus franches qu'Ella. Elle avait imaginé que si elle avait supplié Weller de se marier quand même, et qu'il avait accepté, au fond d'elle, elle aurait toujours su qu'il n'en avait pas vraiment envie. Cela aurait été beaucoup plus difficile à vivre que l'humiliation douloureuse mais temporaire qu'elle avait prise en pleine figure. D'ailleurs, si Anna revenait vers Greg juste pour ne pas se retrouver seule, les choses ne s'arrangeraient pas pour autant.

—Je ne crois pas que ce soit une bonne idée d'essayer de le forcer à changer d'avis.

Anna paraissait vouloir s'en convaincre et Ella espéra qu'elle aurait un déclic qui l'aiderait à comprendre qu'elle valait mieux que ça avant qu'il ne soit trop tard.

Une demi-heure plus tard, lorsque Liz Johnson se présenta à la maternité, Frankie assistait Gwen pour un autre accouchement. C'étaient donc Anna et Ella qui s'occuperaient de Liz, et de Trudy, sa femme, pour la mise au monde de leur premier bébé. Les deux futures mamans étaient excitées comme des puces.

—Je n'arrive pas à croire que nous y sommes, lança Liz à sa femme.

Pour une patiente en plein travail, elle avait l'air remarquablement sereine, et avait même mis un peu de rouge à lèvres.

— Je comprends, ma chérie, moi non plus.

Trudy serra la main de Liz et Ella leva un regard plein d'empathie vers les deux femmes. Elle avait examiné Liz pendant qu'Anna écoutait le cœur sur le moniteur.

— Eh bien, nous y sommes vraiment, sourit Ella. Vous êtes déjà à neuf centimètres de dilatation et, si j'étais du genre à parier, je dirais que le bébé sera là vers neuf heures et demie.

— Est-ce que Trudy pourra couper le cordon ? demanda Liz en regardant sa femme. C'est son idée et, même si c'est moi qui ai porté le bébé, nous ne serions pas en train de faire naître Monty sans elle.

— Bien sûr, pas de problème tant que tout se passe bien.

Anna avait parlé d'un ton chaleureux.

— Vous savez donc que ce sera un petit garçon ? La dernière fois que nous nous sommes vues, vous ne connaissiez pas encore le sexe.

— C'est l'une des discussions que nous n'avons pas cessé d'avoir pendant toute la grossesse, répondit Trudy en riant. Nous n'avons pas appris la nouvelle lors des échographies à la maternité, alors nous avons décidé de passer une écho vidéo en 4D pour voir le bébé bouger. Ils nous ont dit qu'ils pouvaient cacher le sexe si nous le préférions, mais, pour une fois, nous étions sur la même longueur d'onde. Nous voulions tout voir de notre petit miracle. Notre Monty.

— Eh bien, on dirait qu'il est pressé de sortir et de faire votre connaissance.

Ella avait révisé ses notes avant la venue de Liz et elle avait constaté que le couple avait subi un long traitement de fertilité pour en arriver là. Après avoir bataillé pendant si longtemps pour devenir mères, les deux femmes étaient prêtes à profiter de chaque seconde.

—Presque aussi pressé que ses mamans. Cela fait longtemps que nous attendons ça !

Liz souriait non-stop.

—Je n'aurais jamais cru avoir d'enfant un jour, dit Trudy en embrassant Liz sur la joue, et je n'en avais d'ailleurs pas envie avant de te rencontrer. Ensuite, quand on nous a prévenues que ce serait difficile à notre âge, tout me paraissait encore moins probable.

—Mais nous avons eu de la chance dès le troisième protocole du traitement !

Le visage de Liz se tordit soudain sous l'effet de la douleur et elle ajouta :

—Même si, heu… je n'ai pas l'impression d'avoir tant de chance que ça en ce moment ! Purée, c'est atroce !

—Tout va bien ? s'écria Trudy les yeux soudain écarquillés de frayeur quand Liz poussa un nouveau hurlement. Est-ce que c'est censé faire mal à ce point ?

—C'est parfaitement normal. Lorsque les contractions se rapprochent, la douleur devient aussi plus intense.

Ella jeta un coup d'œil au tracé du rythme cardiaque du bébé et Anna réexamina Liz.

—Bien, je vois le haut de son crâne. Êtes-vous prête à commencer à pousser ?

Liz s'était renversée contre l'oreiller.

—Je n'ai jamais eu autant envie de pousser. C'est dingue comme c'est puissant, même en dehors des contractions.

—Je suppose que tu n'as jamais essayé de faire sortir un truc aussi gros qu'un melon par ta foufounette, ma chérie, non ? demanda Trudy en caressant les cheveux de Liz. Mais je suis sûre que tu vas y arriver.

— C'est facile pour toi de le dire !

Tout le corps de Liz se tendit à nouveau.

— Je sens venir une nouvelle contraction.

— Parfait, servez-vous-en pour pousser.

Anna reporta toute sa concentration sur Liz tandis qu'Ella passait de l'autre côté de la table de travail, en face de Trudy.

— Pouvez-vous me soutenir les jambes ? dit Liz en serrant les dents. (Son rouge à lèvres s'était effacé.) J'ai l'impression que je pourrais y mettre plus d'énergie si je peux m'appuyer contre quelque chose.

— Pas de souci. Je vais en tenir une pendant que Trudy soutiendra l'autre.

Ella porta tout le poids de son corps contre la jambe droite de Liz.

— Encore une contraction !

Liz laissa tomber son menton sur la poitrine en émettant un grondement sourd.

— Il a les cheveux noirs, ma chérie, comme toi ! s'écria Trudy.

Elle avait failli lâcher la jambe de sa femme lorsqu'elle avait vu la tête du bébé sortir presque entièrement. L'accouchement progressait vraiment plus vite que d'habitude, notamment lorsqu'il s'agissait d'un premier.

— OK, la tête est pratiquement sortie. Arrêtez de pousser pendant une minute et faites le petit chien comme on vous l'a appris. Doucement.

Anna jeta un regard à Ella qui n'eut pas besoin d'explication. Apparemment, le cordon s'était enroulé autour du cou du bébé. Cela se produisait souvent et, tant qu'Anna arrivait à le détendre pour le faire glisser par-dessus la tête du bébé avant que Liz ne se remette à pousser, tout irait bien. Toutefois, Ella savait par expérience que les parents avaient tendance à céder à la panique quand on leur disait que le cordon entourait le cou. De toute évidence, Anna repoussait au maximum le moment de le mentionner.

— Est-ce que tout se passe bien ?

Trudy avait vu ce qui gênait la progression de la tête et elle leva vers Ella des yeux emplis de terreur.

— Oui, tout va bien. Il faut juste que nous soyons prêtes pour une toute dernière poussée et ce sera terminé. Tout va bien.

Ella hocha la tête d'un air qu'elle espéra rassurant et Trudy laissa échapper un long soupir lorsque Anna fit coulisser le cordon par-dessus la tête du bébé.

— Parfait. Liz, lorsque vous sentirez venir la prochaine contraction, vous pousserez de toutes vos forces et nous n'aurons plus qu'à sortir les épaules.

À peine Anna avait-elle prononcé ces paroles que le visage de Liz se contracta et, quelques secondes plus tard, le petit Monty fit son entrée dans le monde, directement dans les mains compétentes d'Anna. Encore quelques secondes et le bébé reposait sur la poitrine de Liz tandis que ses deux mamans sanglotaient de bonheur.

— Merci mille fois.

Trudy serra Anna et Ella tour à tour dans ses bras, le visage encore humide de larmes.

— C'est Liz qui a fait le gros du travail, sourit Ella.

Elle n'échangerait ce genre de moments pour rien au monde : quel privilège d'assister aux premiers instants d'une nouvelle famille ! Elle regarda Anna et vit que les yeux de sa consœur brillaient tout autant. Peut-être que la carrière de sage-femme d'Ella avait été écrite avant même sa naissance, elle n'en était pas moins ravie.

— C'est ce que je veux, articula silencieusement Anna en direction d'Ella qui opina tandis que Trudy et Liz ne pouvaient détacher leurs yeux du nouveau-né.

Elle regrettait seulement de ne pas être capable de promettre à son amie qu'elle y aurait droit, mais personne ne savait jamais ce que l'avenir vous réservait.

9

Ce fut une semaine de folie au travail : trois des autres sages-femmes avaient attrapé un virus et Ella avait fini par accumuler les gardes de nuit pour les remplacer. De ce fait, elle avait dû annuler son rendez-vous avec Dan au Joyeux marin et n'avait pas encore eu l'occasion de lui parler de sa décision de laisser Sophie occuper l'une de ses maisons gratuitement. Lorsqu'elle en avait parlé à Anna, elles étaient convenues qu'il fallait faire preuve de tact. Sophie était suffisamment âgée pour prendre ses propres décisions et Ella ne pouvait se permettre de laisser Dan deviner à quel point elle était vulnérable sans lui révéler que ni le père du bébé ni les parents de Sophie n'étaient au courant de sa grossesse. Si elle le croisait lors d'une consultation à Liberty Farm, il lui faudrait trouver une manière de lui parler seule à seul, mais la perspective d'en dire trop sur la situation de Sophie n'était pas la seule cause de sa nervosité. Plus l'ancien Dan réapparaissait au fil des semaines, plus il avait été difficile de faire abstraction des bons souvenirs de leur relation. C'était tellement plus simple lorsque les souvenirs étaient enfouis sous le ressentiment qu'elle éprouvait parce qu'il avait rompu sa promesse de la rejoindre à Londres, lorsqu'elle ignorait totalement pourquoi il avait agi ainsi.

En s'engageant dans la cour de la ferme, elle repéra Lissy en train d'essayer d'attraper un poulet qui jouait les filles de l'air dans une interprétation passable du Bip Bip du dessin animé. Elle tenait Noah par la main et l'enfant portait des bottes en caoutchouc rouges et semblait déterminé à échapper à la main de sa mère.

— Bonjour, Lissy. Puis-je t'aider ? lança Ella en refermant sa portière.

— Avec plaisir ! Même si je n'arrive pas à décider si j'aurai plus de chances d'attraper Flo que de retenir mon fils.

— Tu t'occupes de Noah et moi, je vais essayer d'attraper cette poule.

Ella posa sa sacoche sur le capot de la voiture et s'avança lentement vers le volatile, mais il fila droit entre ses jambes. Elle pivota d'un bond, abandonna l'approche en douceur et s'élança à la poursuite du fuyard.

— Comme ça, tu n'auras pas besoin d'aller à la salle ce soir, Ella ! Je suis vraiment désolée.

Lissy se mit à rire lorsque Ella la dépassa en courant pour la troisième fois. Enfin, elle réussit à acculer le poulet et à s'en emparer en serrant autant qu'elle l'osait. Pas question de le laisser se faire la belle, même s'il lui picorait douloureusement la main.

— Où veux-tu que je le mette ?

— Si tu surveilles Noah quelques minutes, je vais le ramener dans la grange. Vraiment navrée, mais je croyais que le papa de Noah serait rentré à temps pour garder un œil sur lui pendant que je terminais tranquillement ce que j'ai à faire dans la ferme. Mais un truc de dernière minute s'est présenté et il ne rentrera pas.

— Est-ce que cela arrive souvent ?

—C'est juste une histoire de boulot. Quand nous avons commencé, nous n'aurions pas pu garder la ferme sans ça et je pense que Niall est toujours inquiet à l'idée de mettre tous ses œufs dans le même panier ! Si je puis dire ! expliqua Lissy en prenant Flo des mains d'Ella. Je n'en ai que pour deux minutes et puis nous prendrons une tasse de thé. J'en rêve depuis des heures et ce sera une excellente excuse pour m'asseoir un peu.

—Tu dois prendre du temps pour toi, Lissy. Ce n'est pas bon pour toi de repousser pendant des heures l'envie de boire un thé !

Ella attrapa la main de Noah avant que le garçon ait le temps de filer.

—On croirait entendre Dan ! Je sais que tu as raison, mais cela ne durera pas. Niall a promis qu'il serait beaucoup plus présent quand il aura conclu le gros contrat sur lequel il travaille, et les journaliers que Dan a embauchés vont faire plus d'heures à partir de la semaine prochaine.

—Est-ce que Dan a eu le temps de t'offrir un peu d'aide ?

—Il travaille déjà douze heures par jour à Mercer's Row, mais il vient dès qu'il le peut, affirma Lissy en haussant les épaules. L'un des avantages d'avoir une sage-femme que je connais depuis l'enfance est que je peux me permettre une question très culottée.

—Je t'écoute.

Ella s'arma de toutes ses forces pour la question qu'elle attendait et redoutait à la fois, mais à présent que la sœur de Dan semblait prête à demander si elle avait toujours des sentiments pour lui, elle s'aperçut qu'elle en ignorait la réponse. Depuis que Lissy lui avait expliqué pourquoi Dan avait décidé de rester à Port-Agnes, elle avait le sentiment de lui devoir des excuses pour sa rancœur. Il n'avait fait qu'opter pour une solution digne de lui après tout. Toutefois, lorsque Lissy posa sa question, elle n'avait rien à voir avec Dan.

— Peux-tu rentrer avec Noah et mettre la bouilloire en route, s'il te plaît ? Je fais aussi vite que possible.

— Bien sûr !

Ella se détourna et le rouge lui monta aux joues. Lissy n'avait probablement pas octroyé deux secondes à la relation d'Ella et de Dan. Cela faisait si longtemps ! Et si le retour à Port-Agnes à plein temps avait donné à Ella l'impression que les pendules avaient été remontées de plus de dix ans, cela ne signifiait pas que tout le monde pensait la même chose.

Lorsque Lissy rentra, Ella avait fait du thé et Noah était occupé à jeter des briques de jeu dans une boîte de rangement qu'il renversait ensuite pour la vider avant de recommencer toute l'opération.

— Tu es adorable. Désolée d'avoir été plus longue que prévu mais je me suis dit que j'allais en profiter pour jeter un coup d'œil aux vaches.

— Comment ça se passe ? À part le fait que tu ne t'arrêtes jamais ? La grossesse peut être une période tendue, même quand on n'y ajoute pas tout le stress lié à la gestion d'une ferme.

— Je me sens bien, mais je serai ravie de récupérer mon corps. La dernière fois, je suis restée assez fine jusqu'à la fin mais, cette fois, j'ai du mal à faire mes lacets. Heureusement que je passe ma vie dans des bottes en caoutchouc !

—Quand est-ce que Niall compte rentrer ?

—Il m'a promis de revenir le week-end prochain pour deux ou trois jours et il n'osera pas rompre sa promesse, pas après m'avoir laissée tomber ce week-end. Dan va se libérer jeudi pour prendre Noah pour la nuit et il l'emmènera au sanctuaire des phoques pour me laisser souffler un peu. Il devra sans doute rattraper le temps perdu en travaillant tout le week-end, mais j'aurais pu avoir pire comme petit frère, expliqua Lissy en souriant. Même si je crois que tonton Dan est beaucoup plus impatient de voir les phoques que son neveu étant donné que Noah croit que tous les animaux sont des chiens. Dan-dan et Fido sont à peu près les deux seuls mots qu'il est capable de prononcer !

—On peut dire que Dan ne compte pas ses heures.

Ella n'allait certainement pas avouer qu'elle avait passé bien trop de temps à observer, par la fenêtre de sa chambre, Dan qui travaillait à l'extérieur des maisons de pêcheur. Il avait refait les joints des murs, remplacé des ardoises sur les toits et, ce matin même, il s'activait devant l'une des fenêtres. De ce fait, il avait acquis un hâle magnifique, et Ella avait remarqué un groupe d'adolescentes soudain fascinées par ce côté du port, au point qu'elles avaient étalé leurs serviettes pour se faire bronzer où on les voyait le mieux depuis Mercer's Row. Puisqu'il y avait une superbe plage de sable à moins de cent mètres, la seule explication de leur préférence pour le béton de la jetée était évidente.

—Il est déterminé à ce que les maisons retrouvent l'allure qu'elles avaient quand nous étions enfants. Il a passé des siècles à faire des recherches sur l'histoire de Mercer's Row et a déposé un dossier auprès de la commission des monuments historiques pour faire classer toute la rangée, même si cela signifie que les rénovations lui coûteront plus cher. Il veut juste s'assurer que, s'il revend les cottages, ils ne risquent pas d'être modifiés au point d'être méconnaissables.

— Est-il aussi strict sur toutes les propriétés sur lesquelles il travaille ?

— Pas toutes, mais si un bien dans la région de Port-Agnes est mis en vente, il va toujours y jeter un coup d'œil et il y a des endroits qu'il lui faut à tout prix. Ce qui ne veut pas dire qu'il arrive toujours à ses fins. Il mourait d'envie d'acheter la Vieille Forge, mais il y avait un groupe d'investisseurs qui devaient en avoir encore plus envie et les enchères ont grimpé au-delà de ce que Dan était prêt à payer.

— Il y a eu un conflit d'enchérisseurs ?

Ella n'allait certainement pas en parler à Jago. Si Dan s'était contenté de se retirer, les finances des parents d'Ella n'en seraient pas écornées à ce point, mais la jeune femme ne pouvait guère lui en vouloir. Elle savait que de nombreux habitants du cru n'avaient rien compris aux intentions de Dan. Quiconque était prêt à perdre de l'argent en essayant d'obtenir un classement aux monuments historiques devait clairement privilégier la tradition, même au détriment de bénéfices substantiels.

— Il était dégoûté. Lorsqu'il a cru que le bâtiment allait être démoli pour être remplacé par je ne sais quoi, j'ai cru qu'il s'enchaînerait à moitié nu à la grille lorsque les bulldozers se pointeraient.

— Tu penses vraiment qu'il serait allé aussi loin ?

Ella tentait désespérément de ne pas se représenter la scène. Il y avait déjà assez de femmes à Port-Agnes qui devaient imaginer de quoi Dan Ferguson avait l'air sans ses vêtements.

—Je l'ignore, mais il l'aurait sans doute envisagé pour obtenir un maximum de publicité pour sa cause. Tu sais, comme ces féministes, ou les pompiers et les fermiers qui font ça pour lever des fonds en vendant des calendriers ?

Lissy se mit à rire en expliquant :

—Voilà que je me mets à imaginer des pompiers à poil ! Niall a intérêt à être prêt quand il reviendra. Je pense que je suis un peu dépassée par les hormones de la grossesse. Je suis épuisée mais, dès qu'il passera la porte, je suis capable de lui sauter dessus !

—Si ça ne l'incite pas à passer plus de temps à la ferme, je ne vois pas ce qui pourrait le faire !

—Et toi alors ? Es-tu prête pour de nouvelles aventures ?

Lissy lui pressa le bras avant de continuer.

—Cela doit être dur après ce qui t'est arrivé avec ton fiancé, mais cela ne doit pas t'empêcher de te remettre en selle.

—Tu es au courant pour Weller ?

Le visage d'Ella s'enflamma en voyant Lissy opiner.

—Dan est-il au courant ?

—Oh, ma belle, tout le monde est au courant. Tu sais comment ça se passe à Port-Agnes, d'autant plus que la nouvelle a fait la première page du *Three Ports News*. Mais tu n'as aucune raison d'être gênée, la rassura Lissy. C'est Weller qui devrait l'être !

—J'ai horreur d'être la fille qui fait pitié, celle pour laquelle tout le monde est désolé, et j'ai horreur d'être au centre de l'attention, grimaça Ella. Comment Dan a-t-il réagi ?

—Quand je lui ai montré le journal, tout ce qu'il a dit, après avoir lu l'article, c'est que Weller était un crétin.

Lissy ajouta avec un sourire :

—Tu sais que c'est à cause de toi qu'il voulait acheter la Vieille Forge, n'est-ce pas ?

—C'est ce qu'il a dit ?

—Non, mais c'est évident. Il m'a dit que lorsque vous étiez encore au lycée, vous parliez pendant des heures du genre de maison que vous achèteriez et que tu lui avais assuré que tu pensais que la Vieille Forge pouvait être convertie en un magnifique foyer. Je crois qu'il ne l'a jamais oublié.

—Je n'y avais pas pensé depuis des années. D'ailleurs, elle serait bien trop chère à entretenir pour une seule famille. Si je m'en souviens bien, j'ai dit que je l'achèterais si je gagnais au loto ! À l'époque, nous avons évoqué des tas de choses qui ne se réaliseront jamais.

Ella avait parlé avec empressement, comme si elle luttait pour entretenir une conversation tout en courant. La vérité, c'était qu'elle luttait pour reprendre sa respiration. Dan s'était souvenu de leurs châteaux en Espagne et, en dépit de tout ce qui s'était passé entre eux, il avait réellement voulu acheter la maison de leurs rêves ? Cela n'avait peut-être rien à voir avec sa décision, se dit-elle, mais peut-être, *peut-être* que si.

—Ton retour parmi nous est une manière qu'a l'univers de vous donner à tous les deux une seconde chance, non ?

—Je pense que nous avons tous deux beaucoup trop changé depuis. La réalité nous a appris que « tout est bien qui finit bien » n'arrive jamais avec une amourette de lycée.

Après ce que Weller lui avait fait, Ella ne pouvait envisager laisser un autre homme entrer dans son cœur, et encore moins quelqu'un qui l'avait déjà brisé une fois. En tout cas, pas jusqu'à ces derniers temps. Si elle était honnête avec elle-même, il y avait eu des moments – notamment depuis que Lissy lui avait révélé les raisons de Dan de rester, et plus encore depuis leur sauvetage de Sophie – où Ella avait imaginé comment serait la vie avec Dan. Ce n'était pas délibéré, et la part rationnelle de son cerveau hurlait que l'on ne pouvait jamais revenir en arrière, jamais recréer l'intensité d'un premier amour. Sauf que son cerveau ne jouait pas toujours selon les règles quand il s'agissait d'être rationnel, particulièrement lorsqu'il était question de Dan. En revanche, elle pouvait bien dire ce qu'il fallait, donner à Lissy la réponse la plus sensée et garder le reste pour elle. Cela finirait par passer. Il le fallait.

— Oh, je n'en suis pas sûre. Le fait que vous ayez changé signifie peut-être simplement que vous ne commettrez plus les mêmes erreurs cette fois. Dan ne se montre plus aussi obstiné à résoudre toujours tout tout seul. Ella, insista Lissy avec un sourire, donne-lui une chance ! Tu sais parfaitement que tu en as envie.

— Cela ne fait que quelques mois que j'ai rompu avec Weller et, même si je croyais que Dan et moi avions une chance, je ne suis pas du tout prête.

Elle avait cependant l'impression d'essayer de se convaincre elle-même plutôt que Lissy. Les commères de Port-Agnes s'en donneraient à cœur joie : Ella Mehenick de retour avec son amoureux du lycée si vite après avoir été larguée ! Elle avait eu sa part d'attention pour le restant de ses jours et, si elle se risquait à démarrer une nouvelle relation, cela ne serait certainement pas sous les projecteurs éblouissants de Port-Agnes.

Par ailleurs, elle n'avait pas la moindre idée de ce que pensait Dan. Même si elle était prête à suivre son cœur au lieu de sa raison, serait-il partant ? Tout ce qu'elle pouvait faire, c'était continuer à se rappeler qu'on ne pouvait jamais revenir en arrière et, si cela ne marchait pas, elle gardait un atout dans sa manche : n'allait-elle pas quitter Port-Agnes à la fin de son contrat et mettre autant de distance entre elle et Dan que possible ? C'était de cette manière qu'elle résoudrait le combat qui faisait rage entre sa tête et son cœur. Point barre.

***

Ella fouilla le fond de son sac à main afin de récupérer son téléphone avant qu'il ne cesse de sonner. Elle l'y avait rangé à peine quelques minutes plus tôt en espérant avoir le temps de marcher un peu sur le sentier côtier avant d'aller travailler. Comment un objet de cette taille pouvait-il se dissimuler si vite entre les tubes entamés de chewing-gums à la menthe et les paquets de mouchoirs qui tapissaient le fond de son sac ? Cette fois, elle réussit cependant à le trouver avant la fin de la sonnerie.

— Salut, Ella, c'est Jess. Désolée, je sais que tu ne prends ton service qu'à dix heures.

Le ton las de Jess révélait à quel point les gardes de nuit pour lesquelles elle s'était engagée récemment commençaient à lui peser.

—Pas de problème. Que t'arrive-t-il ? Tu as l'air épuisée.

—Nous avons eu deux accouchements. Tout s'est bien passé mais la nuit m'a paru longue ! répondit Jess avec un bâillement sonore. Encore désolée, mais on dirait que j'ai du mal à m'adapter aux nuits. Je t'appelle parce que Sophie Brighouse s'est présentée en panique au service et elle veut savoir si elle peut te voir ce matin. Je sais bien que tu as des rendez-vous non-stop.

—Je pourrais passer à Mercer's Row pour une visite à domicile si cela l'arrange ?

—Je suis sûre qu'elle appréciera. Elle a dit qu'elle ne se sentait pas très bien. En fait, elle a utilisé le mot « bizarre », et je crois qu'elle a juste besoin d'être rassurée.

—J'ai son numéro. Je vais lui passer un coup de fil pour voir si je peux venir tout de suite.

Ella aperçut son reflet dans le miroir et sa soudaine envie de soigner son maquillage n'avait absolument rien à voir avec le fait qu'elle risquait de croiser Dan.

—Seras-tu encore là à dix heures, quand je prendrai mon service ?

—Non, je pars à neuf heures, juste à temps pour rater Dom avant qu'il ne parte au boulot ! En ce moment, c'est comme si nous étions des bateaux qui se croisent dans la nuit.

—Tu sais que je serais ravie de prendre ton tour si tu as besoin d'un peu de répit. Tu as accumulé tellement d'heures ces temps derniers !

—Merci, Ella, tu es une perle. C'est pour ça que nous sommes toutes à réclamer à Anna de trouver une idée pour te convaincre de rester après la fin de tes six mois.

Ce n'est pas que nous n'aimions pas Sadie, mais toi, on t'adore !

Jess éclata de rire et Ella ne put s'empêcher de sourire. Si elle dénichait un moyen de suivre sa formation d'enseignante à Plymouth tout en continuant à travailler à temps partiel à la maison médicale de Port-Agnes, elle envisagerait volontiers de réfléchir à la proposition, mais seulement si elle était sûre que ses parents n'avaient pas besoin de son aide pour sortir de leurs difficultés financières. Quoi qu'il en soit, c'était agréable de savoir que les autres sages-femmes souhaitaient qu'elle reste.

***

Il n'y avait pas le moindre signe de Dan lorsque Ella arriva à Mercer's Row ; il était donc tout aussi bien qu'il ne voie pas qu'elle avait appliqué une deuxième couche de mascara sur ses cils.

—Comme c'est gentil de venir jusqu'ici ! Je suis vraiment désolée d'être aussi embêtante.

C'est avec un visage blême que Sophie lui avait ouvert la porte.

—Ce n'est pas un problème et tu ne m'embêtes pas du tout. Je t'ai dit que tu pouvais m'appeler à la moindre inquiétude.

—Je sais, mais je me suis dit qu'il valait mieux que je prenne rendez-vous à la maison médicale. Sauf que, lorsqu'elles m'ont dit que vous n'aviez pas de créneau disponible aujourd'hui, j'ai commencé à me faire du souci. L'autre sage-femme a assuré qu'elle verrait ce qu'elle pouvait faire. J'ai appelé mon travail pour leur expliquer que je ne me sentais pas bien ce matin. Je ne pouvais pas faire autrement, mais ils m'ont dit que si je ne venais pas demain, je n'avais pas besoin de revenir.

Sophie se mordit la lèvre et s'effaça pour laisser entrer Ella dans la maison.

—Ils n'ont pas le droit de faire ça, ne t'en fais pas.

Ella connaissait les propriétaires du parc de mobile-homes et elle savait qu'ils avaient la réputation d'embaucher des gens suffisamment désespérés pour accepter des salaires de misère et des conditions de travail lamentables. Elle n'était peut-être pas en mesure de résoudre tous les problèmes de sa jeune patiente, mais si Sophie parvenait à rentrer chez ses parents, la première chose qu'Ella ferait serait de chercher une solution pour mettre fin à la manière dont la famille Tredinnick traitait ses employés.

—Je n'en suis pas sûre. Le directeur licencie les gens tout le temps, alors je ne le vois pas faire une exception pour moi, soupira Sophie. Au moins, j'ai un logement et ils ne peuvent pas venir frapper à ma porte pour vérifier si je suis réellement souffrante. Je ne sais pas ce que j'aurais fait sans Dan, et je n'arrive toujours pas à croire qu'il me laisse habiter la maison gratuitement.

—C'est un endroit ravissant. Je dois admettre que je pensais que ce serait pratiquement insalubre !

Dans une brochure de locations de vacances haut de gamme, le cottage aurait été à sa place, d'autant qu'il était confortablement meublé. Comme la rangée de maisons était encore en pleine rénovation, Ella s'était attendue au mieux à un fauteuil et une télé. Au contraire, elle y retrouvait la patte caractéristique de Dan, le même souci du détail qu'elle avait constaté dans l'ancien central téléphonique. Les murs étaient chaulés de blanc, et il avait retiré le plâtre à certains endroits pour faire apparaître les belles pierres typiques de la Cornouailles. La pile de vieilles moquettes qui trônait dans la cour révélait qu'il avait tout arraché pour retrouver les dalles d'origine du sol. Dans l'espace situé sous l'escalier qui s'élançait à l'étage depuis le séjour, Dan avait aménagé un coin lecture. Il avait installé des étagères sur mesure pour respecter les minuscules dimensions de l'espace et avait réussi à ajouter un petit canapé deux places confortable où Ella s'imaginait sans mal passer un après-midi à lire, les pieds sur les genoux de Dan. Elle repoussa énergiquement l'image qui s'était formée dans sa tête pour se concentrer sur Sophie.

—Je suis surprise de ce que Dan a déjà fait ici.

—Moi aussi ! s'exclama Sophie en ébauchant enfin un sourire. Il prétend que cette maison était la moins abîmée des quatre. Avec son équipe, c'est la première qu'ils ont rénovée, et il habitait ici jusqu'à ce que j'y emménage.

—Les meubles sont aussi à lui ?

—Il a affirmé qu'il ne voulait pas qu'ils s'abîment s'il les installait dans la maison qu'il occupe en ce moment au bout de la rangée. En fait, il passe beaucoup de temps à la ferme de sa sœur, alors il n'est pas souvent là.

La voix de Sophie était clairement teintée de regret.

—Asseyons-nous et explique-moi ce qui t'inquiète.

—Hier soir, j'ai dîné avec ma mère après le travail. Elle m'avait avertie qu'elle viendrait me voir à Port-Agnes en voiture et j'ai dû lui avouer que je ne vivais plus dans le parc de mobile-homes. J'ai bien cherché une excuse pour éviter de la voir, mais je n'ai rien trouvé que je n'avais pas déjà utilisé.

—Comment cela s'est-il passé ?

Le ventre de Sophie était déjà bien rond, et elle aurait eu grand mal à cacher son état.

—Dès son arrivée, elle m'a serrée dans ses bras et, deux secondes plus tard, elle m'a lâchée et a déclaré : « Tu es enceinte, n'est-ce pas ? » raconta Sophie avec un tremblement dans la voix. Et j'ai éclaté en sanglots.

—Oh, ma puce, cela a dû être vraiment dur.

Ella passa le bras autour des épaules de la jeune fille.

—Comment a réagi ta mère ?

—Au début, elle s'est mise à pleurer aussi. Je croyais qu'elle était vraiment en colère contre moi, mais elle m'a assuré que c'était parce qu'elle était triste que je n'aie pas eu confiance en elle pour le lui annoncer dès que je l'ai su.

—C'est une très bonne nouvelle ! Te sens-tu mieux à présent qu'elle est au courant ?

—Un peu, mais il faut encore qu'elle le dise à papa.

D'une voix hésitante, elle ajouta :

—J'ai toujours été sa petite princesse. Il va être tellement choqué ! Et cela va lui rendre la vie impossible avec certains de ses paroissiens.

—Ne te préoccupe pas de ce que les autres pensent. Si ta mère et ton père sont de ton côté, c'est tout ce qui compte.

Ella savait mieux que quiconque que c'était plus facile à dire qu'à faire : ne luttait-elle pas quotidiennement pour essayer de suivre ses propres conseils ?

—Je pense que c'est pour ça que je me sens si bizarre aujourd'hui. Parce que je sais que maman va le dire à papa. J'en ai l'estomac tout retourné et j'ai envie de vomir, mais je sais que tout ça, ce n'est que dans ma tête.

—Rappelle-toi à quel point tu t'inquiétais de devoir l'annoncer à ta mère alors que tout s'est bien passé.

Ella lui serra la main.

—Sais-tu quand elle compte en parler à ton père ?

—Elle a dit qu'elle attendrait le bon moment. Elle voulait que je rentre avec elle, mais Dan a dit que je pouvais rester ici jusqu'à ce que je sois prête et je ne veux pas rentrer avant que papa ait eu le temps d'assimiler tout ça. Maman a proposé de payer un loyer à Dan, mais il a dit que c'était vraiment bénéfique pour lui qu'il y ait du monde aux deux extrémités de la rangée parce que ça donne l'impression que tout Mercer's Row est occupé. Maman va quand même me verser l'argent sur mon compte, comme ça, je pourrai au moins acheter de quoi manger et mettre de l'essence dans ma voiture si je suis renvoyée du parc. Si mon père le prend bien, je rentrerai bientôt, mais pas avant que ma mère ne soit sûre de sa réaction.

—Que pense-t-elle de ton séjour ici ?

Ella se préoccupait que l'attachement de Sophie pour Dan prenne des proportions trop intenses si elle restait plus longtemps à se morfondre au sujet d'un éventuel rejet de la part de ses parents. Elle remarqua aussi que la jeune fille n'avait en outre pas fait une seule allusion à la perspective de prévenir le père du bébé.

—Elle a dit que Dan était un Bon Samaritain en chair et en os, tu sais, comme dans la parabole de la Bible ? Je la racontais aux enfants de l'école du dimanche et, regarde-moi maintenant, une ado enceinte jusqu'aux yeux ! Toutefois, c'est en faisant du bénévolat là-bas que j'ai eu envie de devenir enseignante.

—Tu n'as à avoir honte de rien, Sophie, et je suis sûre que ton père sera d'accord. Je suis pratiquement certaine que cette sensation bizarre que tu éprouves en ce moment est seulement une question de nervosité, mais je vais vérifier que le bébé se porte bien, juste par précaution.

—Merci, Ella. Je me sens déjà mieux de vous avoir parlé.

Peut-être que Sophie avait simplement besoin de prendre les choses une par une, et Ella espéra que la gentillesse de Dan ne rendrait pas les choses plus difficiles, mais elle devrait aborder le sujet avec lui pour s'en assurer. Il fallait simplement qu'elle décide s'il y avait quoi que ce soit à aborder avec lui ou si elle devait s'en tenir au vieil adage qui affirmait que « le silence est d'or ».

***

—Ella ! s'exclama Dan depuis la fenêtre de l'étage à l'extrémité de la rangée de cottages lorsqu'elle passa devant après sa consultation avec Sophie.

Heureusement, il n'y avait aucun symptôme de plus qu'une crise de nerfs.

—Attends-moi, je descends.

—D'accord. De toute façon, il faut que je te parle.

Pendant qu'elle l'attendait devant la porte d'entrée, elle passa la main dans ses cheveux.

—Est-ce que Sophie va bien ? Elle était un peu en panique hier soir après le départ de sa mère, et je lui ai conseillé de te passer un coup de fil.

—Elle va bien et il semblerait que tu aies conquis sa mère en la laissant occuper la maison sans payer de loyer.

—Veux-tu entrer ?

Si Dan ne souhaitait pas avoir cette conversation sur le seuil, il devait avoir compris ce que les passants risquaient d'en conclure.

—Je n'ai pas beaucoup de temps…

Malgré ses protestations, Ella se retrouva en train de franchir le seuil de la maison. Le moins qu'elle puisse dire, c'était que l'intérieur était d'un style minimaliste, mais elle pouvait déjà imaginer à quel point ce serait ravissant une fois terminé. Dan était en train d'arracher une couche de parquet stratifié (de la teinte dorée du bronzage artificiel de Donald Trump) pour exposer les belles dalles du dessous. Un canapé-lit ouvert trônait dans un coin de la pièce sans pratiquement rien d'autre.

—Désolé, je devais m'occuper de préparer le chantier à l'étage avant l'arrivée des plombiers et je n'ai pas eu le temps de faire mon lit.

—Du coup, tu vis comme un squatter alors qu'il y a une fille de dix-neuf ans qui occupe ton lit dans l'autre maison de la rangée ?

—Tu dis ça comme si c'était louche ! Je sais que tout n'a pas toujours été rose entre nous, mais j'espère que tu me connais un peu mieux que ça.

—Bien sûr, Dan, mais tu sais comment ça se passe ici. Il y a des gens qui seraient trop enclins à penser le pire à ton sujet.

—Comme ton père ? Si je me souciais de ce que les gens pensent, continua Dan sans attendre sa réponse, j'aurais quitté Port-Agnes il y a des années. Pour certains, je resterai toujours un étranger et la plupart des autres semblent persuadés que tout ce que je veux, c'est saccager la ville et forcer tous les gens du coin à partir.

— Si ces gens savaient que tu as déposé un dossier aux monuments historiques pour faire classer Mercer's Row et que tu aides Sophie, en préférant camper comme ça, ils comprendraient peut-être que tu n'es pas celui qu'ils croient.

— Je ne fais pas tout ça pour impressionner les autres.

Dan croisa le regard d'Ella et son ton s'adoucit :

— Par ailleurs, le cottage de ce côté a toujours eu une place à part dans mon cœur.

— Et dans le mien.

Les mots étaient sortis de sa bouche avant qu'elle puisse les arrêter, et elle dut baisser les yeux. C'était dans cette maison qu'ils avaient partagé quelque chose qu'ils n'avaient jamais pu partager avec quiconque, et le fait que cela ait autant d'importance pour lui que pour elle comptait bien plus qu'elle l'aurait jamais imaginé.

— Je suis simplement inquiète parce que Sophie est si vulnérable qu'elle risque de prendre ta gentillesse pour bien plus que tu ne l'imagines.

— Je veille à ne pas lui donner de faux espoirs, El, je te le promets, mais si tu avais vu l'état du mobile-home dans lequel elle vivait et les conditions de travail dans le parc ! Impossible de l'abandonner là-bas, pas après l'accident, soupira Dan. Maintenant qu'elle a repris contact avec sa mère, je suis sûr que tout va s'arranger avant que nous ayons besoin de commencer à nous inquiéter.

— Je sais que tu as proposé le cottage à Sophie pour d'honnêtes raisons, et c'était vraiment gentil de ta part. J'espère seulement que sa mère ne tardera pas trop à parler à son père afin que Sophie puisse rentrer.

En relevant les yeux, Ella dut soudain admettre que Sophie n'était pas la seule à risquer de concevoir un attachement trop intense pour Dan Ferguson. Inutile de continuer à essayer de se convaincre que sa raison gagnerait la bataille : il était déjà trop tard.

10

Ella était en train de choisir entre une barre de chocolat et un chocolat-menthe à la Maison de la presse de Paradise Lane, à mi-chemin entre le pôle de santé et la maison de ses parents, lorsque la une du journal attira son attention.

JED HARRIS ET PETRA ALEXIA
ATTENDENT DES JUMEAUX

Et juste en dessous, en lettres plus petites :

L'accouchement des stars de YouTube en direct !

—Peut-on imaginer plus humiliant que d'accoucher sous l'œil des caméras ? OK, ces affreux documentaires floutent les parties que même votre mari ne devrait pas voir, mais que penser de filmer toute l'opération dans les moindres détails ?

Doris Myklow, qui tenait la boutique d'aussi loin qu'Ella s'en souvienne, fit une grimace tandis que la jeune femme posait les barres et le journal sur le comptoir.

—Enfin, je suppose que quelqu'un comme toi doit être habitué à tout ce déballage !

—Pour moi, c'est toujours un miracle, sinon, je ne serais pas sage-femme. Avant de terminer mes études, je dévorais ces documentaires. Je ne dis pas forcément que j'aimerais que ça se passe en direct pour moi, ou que ça devienne viral dans le monde entier, mais il semble que certaines personnes aiment partager tous les aspects de leur vie, répondit Ella en haussant les épaules. D'ailleurs, il n'y a probablement rien de vrai là-dedans. Vous savez comment sont les journalistes !

— Toi aussi d'ailleurs !

Doris tapa les prix sur une caisse antédiluvienne qui n'aurait pas paru incongrue dans un musée sur le quotidien du siècle passé.

— J'aurais cru qu'ils te demanderaient d'être leur sage-femme à cause de ton réseau d'admirateurs.

— Nous nous sommes croisés sur les marches du bureau de l'état civil. J'ai bien peur qu'il n'y ait rien de plus.

Ella haussa de nouveau les épaules. D'après sa mère, Doris avait exposé les premières unes devant sa boutique pendant au moins trois semaines avec le gros titre :

UNE CÉLÉBRITÉ LOCALE
LARGUÉE DEVANT L'AUTEL

Elle ne fut pas du tout surprise que Doris continue de la harceler avec ça.

— Je suppose que tu vas aller au festival des Poissons d'Argent ?

Quand Ella secoua la tête, Doris fronça le nez.

— L'endroit va grouiller de touristes ! On ne risque pas de m'y trouver. Doris, tu sais combien de temps il faut habiter Port-Agnes avant qu'on considère qu'on ne fait plus partie des fourmis rouges ?

— Il faut y être né et y avoir été élevé, avec des parents qui y vivent à longueur d'année. Les enfants des nouveaux venus ne comptent pas, même s'ils sont nés dans ta maternité.

—C'est bon à savoir. Alors, cela n'aurait pas d'importance si quelqu'un s'installait ici, rejoignait bénévolement les sauveteurs en mer et sauvait un enfant du coin de la noyade ? Il resterait un étranger ?

—Une fourmi rouge est une fourmi rouge, c'est tout ce qu'il y a à savoir. Cela ne signifie pas que ces gens ne contribuent pas à l'économie locale. Certains des magazines de décoration qu'ils achètent ici coûtent jusqu'à près de cinq livres pièce ! La plupart d'entre eux ont plus d'argent que de tête.

—Bonne journée, Doris.

Elle pouvait dire tout ce qu'elle voulait, Ella savait qu'elle ne ferait pas changer d'avis la vieille femme. En réalité, elle attendait le festival avec impatience. Au fil des années, elle était rentrée rien que pour ça à plusieurs reprises, mais ce n'était pas toujours possible lorsqu'elle habitait Londres. En outre, ce n'était pas vraiment l'idée que Weller se faisait d'un bon moment et il avait souvent été plus que ravi de profiter de l'absence d'Ella en prétextant devoir assister à un concert ou un festival de musique avec Ste. Au cours des premières années après son départ de la maison, elle avait évité le festival afin de ne pas prendre le risque de tomber sur Dan.

Toutefois, les choses étaient différentes à présent. Jess, Toni et Anna avaient pris leur journée et Ella se réjouissait à la perspective de passer un peu de temps avec ses nouvelles amies avant de retourner donner un coup de main à ses parents à la boulangerie. La période du festival était toujours la plus animée de l'année, et la météo clémente qui s'annonçait rendrait l'événement encore plus populaire.

En redescendant vers le port, on pouvait voir à quel point le festival attirait les foules. Tous les bateaux de pêche avaient été décorés en prévision de l'événement, et une flottille devait partir vers l'île des Sœurs-d'Agnes qui trônait à une encablure de la côte et n'était isolée du continent qu'à marée haute. Les bateaux feraient trois fois le tour de l'île avant de revenir au port. Cette année, les équipages avaient l'air d'avoir tous envie de participer et ils arboraient des costumes plus différents les uns que les autres, depuis les pirates jusqu'aux sirènes, ce qui évoquait un véritable carnaval. La chorale traditionnelle de Port-Agnes était d'ailleurs déjà en train de chanter sur la jetée.

— Timing parfait, Ella. Tu es à l'heure pour un cocktail au champagne !

Jess déboucha la bouteille tout en l'appelant.

— Nous avons notre propre table de pique-nique et assez de champagne pour couler la flotte !

— Que célébrons-nous ? demanda Ella tandis que Jess versait le champagne dans une carafe pleine de liquide transparent, de feuilles de menthe et de glaçons.

— Les femmes puissantes !

Jess cessa de verser au moment où le champagne menaçait de déborder de la carafe.

— Et il n'y a rien de mieux pour ça que les mojitos au champagne.

— Cela me paraît plutôt risqué !

Anna fit une grimace en ajoutant :

— Je ferais mieux de m'en tenir à un seul verre. Je suis de garde demain et, à mon âge, la gueule de bois dure beaucoup plus longtemps que quand j'étais jeune !

— Eh bien moi, j'ai trois jours de congé, et je me souviendrai encore de la dispute avec Dom ce matin quand je me réveillerai demain. Je vais demander qu'on me rembourse ce champagne.

Jess était déjà en train de remplir les verres.

— Tu auras peut-être oublié ce qu'il t'a dit, mais moi non, dit Toni en serrant les dents. D'autant que tous ses potes savent que, s'il a un problème, c'est lui qui est en cause, pas toi.

— Puis-je demander pourquoi tu n'as pas envie d'en parler ?

Ella prit le verre que Jess lui tendait.

— Nous attendons le résultat des analyses pour voir pourquoi je n'arrive pas à tomber enceinte. Cela fait des putains d'années que nous essayons sans succès, depuis avant même le mariage.

La tentative de Jess pour paraître désinvolte fut gâchée par les larmes qui jaillirent de ses yeux.

— Il s'est bourré la gueule au club de rugby et a avoué à ses amis qu'il était terrifié de découvrir qu'il n'avait pas assez de spermatozoïdes. Maintenant, ils le surnomment Jaffa.

— Je n'ai toujours pas compris l'allusion ? interrogea Anna en regardant Jess.

— C'est parce que les oranges de Jaffa n'ont pas de pépins.

— Et c'est toi qu'il accuse ?

Ella avait serré les dents en apprenant le sobriquet dont les copains de rugby de Dom l'avaient affublé. Après tout ce que ses propres parents avaient traversé pour la voir naître au tout début des années 1990, lorsque le taux de succès des FIV était encore très bas, ce n'était pas un sujet qui l'amusait. Si Jess et Dom devaient en passer par les mêmes difficultés, cela risquait de leur briser le cœur.

— Il l'a traitée de « grosse vache » parce qu'elle l'avait *forcé* à demander les analyses.

Toni avait l'air de vouloir pousser Dom dans le bassin du port s'il se présentait.

— Apparemment, c'est la faute de Jess s'il a bu comme un trou et s'est mis à déblatérer son secret à une bande d'hommes de Néandertal.

— Alors, le moins que vous puissiez faire, c'est boire un verre avec moi afin que j'oublie juste pour un soir à quel point mon mari est un connard.

Jess avala cul sec son premier mojito-champagne avant de remplir son verre aussitôt. À ce rythme, le festival allait s'avérer mémorable pour de mauvaises raisons.

***

— Tu crois que Jess va bien ?

Ella longeait le quai en compagnie d'Anna en essayant de se frayer un chemin à travers la foule. Il ne lui restait plus qu'une demi-heure avant d'aller travailler à la boulangerie pendant deux ou trois heures avec Maddie afin que ses parents puissent faire une pause. Elle avait admiré la première boucle de la régate de l'île des Sœurs-d'Agnes et ses parents pourraient regarder les bateaux revenir avant le départ de la course de natation. La boulangerie serait fermée à temps pour la parade finale, lorsque les enfants des pêcheurs formeraient une procession jusqu'à Saint-Jude, et le pasteur avait prévu un discours pour remercier la générosité de la mer qui fournissait les poissons qui leur permettaient de vivre. Le prix annuel du festival serait alors offert à un héros local qui avait œuvré afin de soutenir les pêcheurs et contribué à ce que le secteur demeure actif à Port-Agnes qui restait ainsi un port animé, pas seulement pour la plaisance.

—Je l'espère, répondit Anna en fronçant les sourcils. Dom et elle passent par des moments difficiles dernièrement, c'est pour ça que Jess a accepté tant de gardes de nuit. Je pense qu'elle essaie d'éviter les conflits dans son couple.

—La pauvre. Cela ne fait pas si longtemps qu'ils sont mariés, cependant, non ?

—Non. Je crois que la maternité de Port-Agnes risque d'être maudite pour son impact sur les relations conjugales !

Le rire d'Anna sonnait creux.

—Greg a donné sa démission et il est déjà au milieu de l'Europe dans le camping-car qu'il a acheté. Il me semble que je suis encore plus loin que jamais de fonder ma famille à moi.

—As-tu essayé les sites de rencontres ?

—Je ne suis pas sûre d'être prête pour ça. Déjà, je n'ai aucune idée de ce que je pourrais écrire à mon sujet pour mon profil. Si je dis « je veux un bébé dans deux ans max », cela risque de ne pas marcher. Notamment parce que la plupart des mecs de mon âge cherchent des femmes de dix ans plus jeunes que moi et, si j'ai rendez-vous avec un type dans la quarantaine, il aura certainement déjà des enfants et ça le soûlera. Aucune chance qu'il aie envie de tout recommencer !

—Pourquoi ne pas opter pour un homme plus jeune ?

Elles étaient en train de passer devant le *fish and chips* de Brae et Ella aperçut ses cheveux roux si caractéristiques. Il avait sept ou huit ans de moins qu'Anna, mais il n'était pas du tout comme les autres hommes de son âge. C'était plutôt le genre à se poser.

—Mon Dieu, non ! Les plus jeunes veulent une cougar quand ils sortent avec des femmes plus âgées. Je suis bien trop gênée pour tout ça !

—Si tu as besoin d'aide pour les rendez-vous en ligne, je suis plus que disponible !

—Nous pourrions aussi créer un profil pour toi ! proposa Anna.

Ella secoua la tête avec une telle vigueur que ses lunettes de soleil glissèrent sur son nez.

—Je ne suis pas du tout prête à ça ! Ma réputation à Port-Agnes en tant que mariée-pas-mariée susciterait un regain d'intérêt si j'arrivais à nouer une relation ! Je t'assure que je suis plus que ravie de me passer de rendez-vous jusqu'à ce que je quitte la ville.

—J'espère que tu changeras d'avis, ne serait-ce que parce que je voudrais que tu réfléchisses à la possibilité de rester avec nous si Sadie ne revient pas après son congé.

Anna s'arrêta lorsqu'elles arrivèrent devant un étal qui vendait des tableaux, des céramiques et des ornements réalisés par des artistes locaux.

—En fait, je me demande comment tu pourrais partir d'un endroit comme ici.

—J'adore ces tableaux.

Ella regarda le tableau qu'Anna désignait. C'était le même artiste qui avait peint la fresque dans la maternité.

—Et peu importe où je me retrouve, j'adorerais avoir ce tableau sur mon mur. Il faut juste que je fasse quelques économies.

—Nous avons un plus petit tableau de Dan Ferguson pour moins de cinq cents livres, déclara la jeune femme qui tenait l'étal en souriant à Ella.

Celle-ci en resta bouche bée.

—Vous avez dit *Dan Ferguson* ?

—Oui, répondit la femme sans cesser de sourire. Nous pourrions vendre vingt fois plus de ses tableaux s'il pouvait en produire assez, mais il n'a pas beaucoup de temps, avec son entreprise ! Néanmoins, je serais ravie de lui donner un coup de main pour n'importe quoi.

—Ils sont magnifiques.

Ella réexamina le tableau de près. C'était une vue de Port-Agnes avec l'île des Sœurs-d'Agnes en arrière-plan, précisément une vue du panorama prise depuis l'endroit où, Ella s'en souvenait, elle avait passé tant d'heures avec Dan dans sa petite Coccinelle à bâtir des châteaux en Espagne. Dan se souvenait-il de ça lorsqu'il avait peint le tableau ? Quand ils avaient prévu d'aller à Londres ? Dan voulait s'inscrire aux Beaux-Arts, mais Ella avait conclu qu'il avait abandonné son rêve de devenir un artiste en décidant de rester à Port-Agnes. Sauf qu'il semblait que leur ville natale lui ait fourni toute l'inspiration dont il avait besoin et qu'il s'était avéré plus talentueux que ce qu'elle croyait. Il avait trouvé le moyen d'accomplir tout ce dont il rêvait, et plus encore, sans abandonner sa famille. Soudain, elle eut la sensation d'être celle qui avait fait un sacrifice à la fois énorme et inutile.

—N'hésitez pas à vous faire plaisir. Vous le méritez. Lorsque Dan a peint la fresque à la maternité, après la naissance de son neveu, j'ai pensé que nous devions opter pour une meilleure assurance. Je peux vous dire que cinq cents livres, c'est une affaire.

Anna donna un coup de coude encourageant à Ella, mais celle-ci secoua la tête. Elle n'avait pas les moyens de dépenser son argent tant qu'elle ne serait pas sûre que ses parents n'avaient pas besoin de son aide, même si elle adorait le travail de Dan. Le fait qu'il ait peint une fresque pour Noah n'était qu'un des aspects de l'homme qu'il était : il aimait sa famille avec le genre de dévotion qui donnait instantanément à Ella l'impression d'être encore plus proche de lui. Un jour, il ferait un père extraordinaire, parce que les liens familiaux comptaient pour lui plus que tout au monde, exactement comme c'était le cas d'Ella avec ses parents. Cela expliquait encore qu'elle ne pouvait pas risquer de les décevoir en dépensant de l'argent qui pourrait les sortir des ennuis financiers dans lesquels ils semblaient s'être embourbés.

—Nous ferions mieux de nous diriger de l'autre côté du port si nous voulons voir le départ des bateaux.

—Alors viens. Par chance, il y aura peut-être un pêcheur déguisé en pirate de *L'Île au trésor* en quête d'une femme et d'une famille, qui retiendra mon attention.

Cette fois, le rire d'Anna était franc, et si quelqu'un méritait de trouver son prince pirate au festival, c'était bien elle.

***

Comme elle n'avait pas déniché le pirate de ses rêves, Anna repartit sur ses pas pour retrouver Jess et Toni après qu'Ella fut allée prendre son poste à la boulangerie. Elle avait donné à Anna des petits pains et des beignets à la crème pour les autres dans l'espoir de compenser les mojitos que Jess avait paru avaler à toute allure.

Elle réussit à persuader ses parents d'aller voir la fin de la régate et elle avait ensuite été si occupée à servir la file incessante de clients qui s'étaient présentés à la boutique que le temps avait passé sans qu'elle s'en aperçoive.

—Nous n'avons plus un seul friand et nous sommes pratiquement à court de tout le reste, déclara-t-elle en souriant au retour de ses parents.

Ils étaient bras dessus, bras dessous, comme deux amoureux. Ils avaient connu des hauts et des bas et pouvaient parfois se chamailler pendant des heures sur un détail mais, après toutes ces années, ils s'aimaient toujours.

—Bravo, ma fille. On dirait que Maddie et toi n'avez pas eu le temps de vous ennuyer.

Ruth sourit à sa fille.

—Tu n'as pas vendu ces beignets à la crème que j'avais placés dans la boîte, n'est-ce pas ?

Jago lâcha le bras de Ruth pour passer derrière le comptoir.

—Quoi, ceux où il est marqué « NE PAS VENDRE » en capitales sur le dessus de la boîte ?

Ella croisa le regard de son père.

—Non, papa, je ne les ai pas vendus.

— C'est bien, parce que Clem et Jack vont passer pour un moment afin que nous discutions de notre projet pour la Vieille Forge et vérifier comment nous en tirerons un retour sur notre investissement.

— Génial !

Ce serait vraiment un poids en moins pour Ella si ses parents pouvaient sortir du rouge dans lequel l'investissement de Jago les avait clairement plongés.

— En parlant du loup, les voici.

— Je vais fermer la caisse maintenant que ça se calme et que tout le monde se prépare pour assister à la parade. Que ferions-nous sans ton aide, ma chérie ? dit Ruth en passant un bras autour de la taille de sa fille.

— Vous auriez probablement pu prendre votre retraite à l'heure qu'il est, répondit Ella en serrant à son tour la taille de sa mère. Je vais faire du thé pour papa et ses amis, ensuite je t'aiderai à fermer et nous irons regarder la parade ensemble.

— Tu es un ange ! Et je t'aimerai encore plus si tu fais aussi du thé pour ta vieille mère.

— Je ferais tout pour toi, maman, tu le sais bien.

Sans bien comprendre pourquoi, Ella sentit ses yeux se remplir de larmes. C'était peut-être parce que l'atmosphère du festival la gagnait – toute cette gratitude pour ce qui permettait à Port-Agnes de vivre ; pour Ella, c'était incontestablement sa mère et son père.

Ils avaient sacrifié tant pour lui offrir la vie dont elle profitait, et ils avaient toujours été de son côté, même lorsqu'elle avait fait des choix qu'ils avaient dû trouver difficiles à accepter – comme de s'éloigner de plusieurs centaines de kilomètres ou de se fiancer avec Weller, alors qu'ils savaient qu'il n'était pas l'homme qu'il lui fallait bien avant qu'elle-même ne le comprenne.

— Tiens, voilà.

Dix minutes plus tard, elle était de retour avec des tasses de thé sur un plateau. La boutique était vide – plus de clients ni de produits à vendre –, et Ruth avait déjà retourné le panneau « fermé » sur la porte. Elle finissait de nettoyer avant qu'elles ne partent à la parade.

— Merci, ma chérie, dit Ruth en prenant une tasse. Je pense que nous serons juste à l'heure. La foule commence à s'animer là-bas.

— Que fait donc Michael Tredinnick ici ?

Ella ne put retenir un pincement de lèvres. Michael avait fréquenté l'école en même temps que ses parents et, selon Jago, il avait toujours eu une certaine inclination pour Ruth. Il n'avait donc pas apprécié qu'elle préfère sortir avec Jago. Au fil des années, il avait clairement profité de toutes les occasions pour rabaisser la famille Mehenick en demandant comment marchait « leur petite affaire » et si Ella « jouait encore au docteur » à Londres. Ruth avait dit à Ella à plusieurs reprises que Michael lui donnait la chair de poule. Ella n'avait pas eu besoin de davantage d'explications.

La famille Tredinnick dirigeait le parc des mobile-homes où Sophie travaillait, ainsi que plusieurs autres entreprises en plus de leur ferme. Dreckzel Developments, leur plus grosse affaire, avait engagé toute une série de nouvelles constructions à la périphérie de Port-Tremellien, la troisième des villes côtières des Trois-Ports avec Port-Agnes et Port-Kara. C'était exactement le genre de lotissements pavillonnaires artificiels que son père détestait, c'est pourquoi Ella était stupéfaite de voir Michael Tredinnick engagé dans une discussion au sujet de l'avenir de la Vieille Forge.

—Je ne l'ai pas achetée pour la voir rasée afin d'y bâtir des cages à lapins à la place.

Jago avait haussé le ton et sa voix disait clairement ce qu'il en pensait, même si pas un seul muscle de ses mâchoires n'avait frémi.

—Nous avons étudié toutes les possibilités qui nous permettraient de récupérer nos billes sans la vendre à Dreckzel Developments, mais nous devons admettre que nous n'y arriverons pas, sans parler d'en tirer des revenus. Il faudrait faire trop de travaux et nous avons payé le prix fort parce que ce fichu Ferguson n'a pas cessé de surenchérir.

Clem Verran était le plus vieil ami de son père, et si quelqu'un pouvait le convaincre de revendre la Vieille Forge, c'était bien lui.

—En plus, ajouta-t-il, Dreckzel Developments est une entreprise locale au moins, et Port-Agnes sera gagnant si nous la vendons à Michael.

—Et qui va donc acheter ce genre d'appartements ? Seront-ils préemptés pour les habitants du coin ou vendus à de nouvelles fourmis rouges ?

Jago ne jeta pas un seul regard à Ella lorsque celle-ci posa les tasses sur la table dans le coin de la boulangerie qui était habituellement destiné aux anciens ou aux personnes handicapées qui pouvaient s'y asseoir en attendant leurs commandes. Elle ignorait que Michael serait là et elle n'avait pas prévu de tasse pour lui. D'ailleurs, même si elle l'avait su, elle n'aurait pas eu envie de lui offrir du thé, pas après la manière dont il avait forcé Sophie à vivre dans son parc et dont il avait menacé la renvoyer malgré sa grossesse parce qu'elle avait pris un jour de congé maladie.

—C'est du business, Jago. Je sais que ce n'est pas vraiment ton domaine, lâcha Michael d'un ton plus que condescendant. Ils se vendront au plus offrant. Je ne suis là que pour vous aider à vous en sortir et à obtenir plus que prévu afin que vous ne perdiez pas au change. Mais, comme l'a dit Clem, je ne peux espérer en tirer profit en la rénovant. En revanche, je peux bâtir six appartements sur ce terrain, et c'est la seule et unique manière d'avoir un retour sur investissement.

—Cela ferait-il une différence si nous réservions au moins l'un des appartements pour un des locaux ?

Jack Carew était un autre vieil ami de son père et il cherchait clairement à jouer les médiateurs, mais Michael était déjà en train de secouer la tête.

—Je ne peux pas me le permettre, et cette obsession de réserver la ville entière aux gens du cru nous conduira tous à la banqueroute. La raison pour laquelle vous devriez vous en tenir à vos petites entreprises, les gars, c'est parce que vous ne comprenez rien aux lois de l'offre et de la demande.

Michael se tourna vers l'endroit où se tenait à présent Ella. Elle essuyait le comptoir de la boulangerie en faisant mine de ne pas tendre l'oreille.

—Les gosses qui sont nés ici ne veulent plus y vivre toute leur vie. Les choses ont changé. Regardez seulement la fille de Jago : elle mourait tellement d'envie de fuir Port-Agnes qu'elle s'est précipitée vers Londres dès qu'elle l'a pu, et elle n'est revenue que parce qu'elle s'est fait jeter en direct sur Internet. Elle est revenue la queue entre les jambes et, tout ce qu'elle veut, c'est oublier la réalité. Cette occasion de fuir la réalité est la raison qui fait que les fourmis rouges adorent Port-Agnes.

— Michael, cela n'a rien à voir ! Tu ne peux pas... commença Clem en protestant, mais Jago le coupa et se leva d'un bond.

— Sors d'ici ! lança-t-il en pointant l'index en direction de Michael qui se mit à fulminer. Tout de suite !

— Tu es en train de commettre une terrible erreur, Jago. Et quand vous les gars viendrez me supplier de vous racheter la Vieille Forge, vous découvrirez que le prix vient de baisser de cinquante mille. Et vous, Clem et Jack, vous pourrez retirer ça de votre part !

— Je préfère me retrouver à la rue que de te vendre l'endroit à toi !

— Vous avez signé votre arrêt de mort ! jeta Michael en se dirigeant vers la porte qu'il claqua si fort que la vitrine en trembla.

Clem repoussa sa chaise.

— Au diable le thé, je vais boire une bière.

— Je viens avec toi, dit Jack en se levant à son tour. Je n'ose pas rentrer pour dire à Marion que l'affaire est tombée à l'eau avant d'avoir retrouvé un peu de courage dans quelques pintes.

— Je suis désolé, les gars. Je ne pouvais pas le laisser parler comme ça.

— On le sait, affirma Clem en tapotant l'épaule de son vieil ami. J'espère seulement que Tredinnick a tort quand il prétend que nous nous retrouverons à la rue si nous ne récupérons pas notre fric.

— Nous n'en arriverons pas là.

Pourtant, la voix de Jago était nettement teintée de doute, et Ella en eut la nausée. Il semblait que l'unique chance de ses parents de ne pas se retrouver les poches vides venait juste de disparaître et la pensée qu'ils risquent de perdre tout ce pour quoi ils s'étaient battus toute leur vie la terrifiait.

***

Le spectacle de la procession jusqu'à Saint-Jude était toujours émouvant. Les enfants des équipages des bateaux de pêche et des chalutiers, qui travaillaient si dur que c'en était ridicule – jusqu'à dix-huit heures par jour –, tiraient toujours pleinement parti de leur jour de commémoration et cela ne manquait jamais d'émouvoir Ella aux larmes. Il y avait toujours un moment au cours de la messe à Saint-Jude où le pasteur rendait hommage à ceux de Port-Agnes qui avaient perdu la vie en cherchant l'argent de la mer, ces fameux « poissons d'argent », parfois juste l'année précédente. C'était la raison pour laquelle Ella se sentait honteuse que ses larmes cette année ne soient pas uniquement destinées aux âmes disparues et aux équipes de pêcheurs durs à la tâche qui faisaient de Port-Agnes ce qu'elle était et qui avait tant œuvré pour leur famille. Elle versait des larmes pour ses parents et pour elle-même. Elle s'était résignée des années plus tôt à être « la fille Mehenick », à accepter que tout ce qu'elle disait et faisait éclaboussait ses parents, que le moindre de ses actes marquait sa famille tout entière. À présent, elle était la fille Mehenick qui s'était enfuie à Londres et s'était ridiculisée de la manière la plus spectaculaire possible. Pour couronner le tout, son père était une telle tête de mule qu'il était prêt à laisser tomber la seule chance de récupérer son investissement dans la Vieille Forge uniquement pour ne pas perdre la face. Il croyait peut-être qu'il agissait ainsi pour Ella, mais il n'aurait pas pu avoir plus tort. Elle n'avait pas eu d'autre choix que de continuer à vivre en dépit de son humiliation, mais elle ne supportait pas l'idée que ses parents perdent leur gagne-pain et leur demeure.

D'ailleurs, elle avait été incapable d'affronter l'office à Saint-Jude. L'église était toujours pleine à craquer à cette occasion, et la bénédiction du pasteur était retransmise par des haut-parleurs à la foule qui se pressait dehors, dans l'enclos situé à droite de l'église ou perchée sur le muret qui courait autour du cimetière. Les autres sages-femmes étaient parties chez Anna pour prendre une collation et essayer de dégriser un peu Jess avant de la renvoyer chez elle. Ella avait insisté pour que ses parents entrent dans l'église et elle s'était assise à l'extrémité du cimetière, loin de la foule, sur la souche d'un vieux chêne, où elle pouvait entendre de loin les haut-parleurs sans avoir à adresser la parole à quiconque.

— Tout va bien, Ella ?

Elle venait juste d'essuyer un nouvel accès de larmes lorsque Dan s'était matérialisé devant elle, la surprenant au point qu'elle faillit tomber de la souche.

— Désolé, je n'avais pas l'intention de te faire peur. Je voulais juste m'assurer que tu allais bien.

— Pourquoi irais-je mal ? rétorqua-t-elle.

Elle s'était mise sur la défensive, consciente que sa gentillesse lui ferait perdre tous ses moyens.

— Parce que tu te caches au fond du cimetière pour pleurer alors que tu devrais être avec ta famille en train de te joindre à la liesse générale.

Ella observa Dan pendant un long moment. Elle n'était pas sûre d'être capable de se montrer totalement honnête avec lui et de lui expliquer ce qu'elle ressentait. Toutefois, il y avait quelque chose de si familier dans la manière dont il la regardait, comme un écho du passé, quand elle était capable de partager ses rêves et ses craintes avec lui, que la vérité sortit spontanément de sa bouche.

—Je suis la risée de tout le coin et j'ai probablement repoussé d'une dizaine d'années l'heure où mes parents prendront leur retraite alors que je leur ai déjà coûté une fortune toute ma vie. Je parie qu'ils regrettent d'avoir dépensé tout l'argent en traitements de fertilité, alors que cela leur aurait permis de rembourser leur prêt.

—Tu sais bien que ce n'est pas vrai.

Dan lui prit la main, un contact léger qui suffisait pourtant à lui donner la chair de poule et à lui rendre encore plus difficile de ne pas craquer totalement.

—Raconte-moi ce qui s'est passé, veux-tu ?

—Papa a eu une offre de Michael Tredinnick pour racheter la Vieille Forge, à lui et ses amis, mais parce que Michael a fait allusion à la manière dont mon fiancé m'a abandonnée, papa l'a jeté dehors. À présent, il est englué jusqu'au cou dans les dettes avec un bâtiment dont il n'a que faire. Tout ça parce que je ne suis qu'un sujet de plaisanterie.

—Oh, El, tu n'as rien d'un sujet de plaisanterie ! Michael Tredinnick n'est qu'une crapule et tu ne devrais pas t'appesantir sur ce qu'il pense.

—Mais à Port-Agnes, je serai toujours la fille qui s'est fait larguer, non ?

—Pas pour les gens qui comptent. Pour la plupart, tu seras toujours l'adorable Ella Mehenick, la fille qui est toujours prête à donner un coup de main dans la boulangerie de ses parents et à servir les clients avec un magnifique sourire, une fille qui est aussi une sage-femme brillante. Et pour moi, tu seras toujours la première personne dont je suis tombé amoureux, et je pense que Weller n'est qu'un imbécile qui a gâché sa chance avec toi. Je sais ce que tu éprouves, tu sais.

—J'aurais aimé que tu m'expliques pourquoi tu ne pouvais pas me rejoindre à Londres.

Ella croisa son regard. À dire vrai, s'il lui avait dit à l'époque où elle était partie faire ses études la moitié de ce qu'il venait de déclarer, elle aurait tout lâché pour rester avec lui. Elle avait passé plus d'une décennie à penser qu'elle avait été aveuglée par l'illusion inhérente au premier amour mais, si c'était bien le cas, Dan avait été tout aussi aveugle. Pour l'un et l'autre, ce premier amour avait compté plus que tout.

—Tu avais tellement de talent et nous avions tant de rêves, j'étais incapable de comprendre pourquoi tu avais choisi Port-Agnes plutôt que moi. Ensuite, Lissy m'a raconté que vous aviez failli perdre la ferme des Six-Acres. Je suis si contente que tu continues à peindre et que tes tableaux représentent Port-Agnes exactement comme je le vois.

—Je pense toujours à toi quand je peins. Tout à Port-Agnes me rappelle ta présence, dit Dan en lui prenant le menton dans la main. Personne ne m'a jamais fait éprouver ce que j'éprouvais pour toi.

—Nous étions des gosses, nous ne savions rien…

Malgré ses protestations, elle savait que cela ne servait à rien. Et si Dan ne l'embrassait pas rapidement, elle allait se jeter sur lui.

— Nous ne sommes plus des enfants.

Il la tira vers lui pour qu'elle se lève et attendit qu'elle franchisse elle-même l'écart qui les séparait pour lui donner un baiser qui débordait d'émotion contenue pendant dix ans. Toute velléité à vouloir persister à croire qu'elle avait perdu l'amour de sa vie sur les marches d'un bureau d'état civil de Londres s'effaça à cet instant. Dan, cela avait toujours été Dan.

11

En redescendant vers le port, loin de la foule de Saint-Jude, Ella était submergée de pensées dont le rythme affolé coïncidait avec les battements de son cœur. Le baiser lui avait rappelé tout ce dont elle se souvenait mais, dès qu'elle s'était écartée de Dan, elle avait commencé à se demander si elle n'était pas une idiote hors compétition. Son contrat à Port-Agnes toucherait à sa fin avant qu'elle ne s'en aperçoive et elle fuirait une fois de plus. En outre, il y avait toutes les chances pour que Dan soit contraint de rester comme il l'avait été plus de dix ans plus tôt : la famille de Lissy s'agrandissait et il était clair que Dan voulait être présent.

Si elle se laissait embarquer dans une relation avec Dan, les deux pieds devant, et n'écoutait que son cœur, la souffrance referait son apparition. C'était pratiquement sûr, mais à présent qu'elle avait ouvert le coffret dans lequel elle avait enfermé à double tour ses sentiments, il lui était impossible de refermer le couvercle. Elle pouvait demander à Dan s'il y avait la moindre chance qu'il accepte de quitter la ville avec elle cette fois, mais c'était encore beaucoup trop tôt. C'était comme ces émissions de téléréalité sur les couples qu'Ella ne pouvait s'empêcher de regarder, et tout son corps frémissait d'un embarras à retardement comme lorsqu'un des couples de l'émission évoquait le sujet des enfants seulement dix minutes après avoir rencontré un éventuel partenaire. Elle ne pouvait décemment pas demander à Dan s'il était prêt à abandonner toute sa vie à Port-Agnes après un seul baiser. Elle en mourrait de honte.

— On dirait que tu es à des kilomètres d'ici, dit Dan en se tournant vers elle.

Ils étaient arrivés à l'abri en bois où ils attendaient le bus du lycée autrefois. Il se levait tôt et parcourait à vélo la distance depuis la ferme des Six-Acres, attachait son antivol au râtelier installé derrière l'abri pour la journée, uniquement dans le but de faire le trajet aller et retour en bus avec elle. Leurs initiales, qu'ils avaient gravées dans le bois de l'arrière de l'abri avec la pointe de leur compas, étaient peut-être encore visibles, comme une déclaration publique clamant que leur relation durerait toujours. Tout était si simple à l'époque.

— Je pensais simplement à nous.

— Trop penser nous plonge souvent dans les ennuis, rétorqua-t-il d'un ton doux. Ne pouvons-nous nous contenter de nous réjouir de nous être retrouvés sans ressasser ce qui nous attend ensuite ?

— Peut-être, mais une fois que tout le monde découvrira qu'il y a un *nous*, peu importe le sens qu'on donne à ce mot, nous serons bombardés de questions sur nos attentes et nos projets.

Ella inspira profondément en essayant de formuler la phrase suivante de la manière la plus juste possible :

— Ta sœur sera tellement ravie qu'elle imaginera aussitôt une fête de fiançailles dans sa tête ! Quant à mes parents, soit ils vont flipper comme des malades parce que je fréquente quelqu'un si vite après Weller, un *étranger* quand on y songe, soit ils imagineront que je vais rester ici.

— Est-ce vraiment impossible à imaginer ?

Les yeux de Dan fouillèrent les siens et Ella secoua la tête, refusant d'admettre qu'il était improbable qu'elle resterait ici une fois son contrat achevé.

— Comme tu l'as dit, nous ne savons pas ce qui va se passer, mais nous n'aurons pas la moindre chance de profiter du moment et de ne prétendre à rien de sérieux lorsque quelqu'un se rendra compte de ce qui se passe.

— Tu veux dire que nous devons garder ça pour nous ? Nous retrouver en secret, comme nous le faisions la première fois, avant que ton père ne découvre notre relation et menace de m'attacher au mât de l'un des bateaux du port ?

Face au rire de Dan, elle hocha la tête. C'était peut-être naïf : ils étaient des adultes qui pouvaient fréquenter qui ils voulaient, et les autres n'avaient qu'à s'occuper de leurs oignons. Sauf qu'il s'agissait de Port-Agnes et qu'ils savaient tous deux que ce ne serait jamais possible.

— Si tu préfères que nous revenions en arrière au moment où nous cherchions à renouer notre amitié…

En disant ces mots, au fond d'elle, Ella savait qu'elle ne pourrait jamais réellement être l'amie de Dan. Elle pourrait faire semblant, si c'était ce qu'il voulait ; elle pourrait essayer de maîtriser les réactions de son corps au moindre contact de ses mains. Mais, Dieu merci, il secouait déjà la tête.

— J'aime assez l'idée des rencontres secrètes, comme ça, je te garde juste pour moi. Si nous étions officiellement ensemble, tu as raison, Lissy voudrait nous inviter à dîner avec elle et Niall dès son retour. Si nous n'avons qu'un temps limité, si tu décides de ne pas rester, alors, je veux tirer parti de ce délai quel qu'il soit dont nous disposons.

—Moi aussi. Comme ça, nous savons tous deux où nous en sommes. Rien de très sérieux, uniquement profiter des moments tant qu'ils durent.

Ella avait cessé de tenter de convaincre Dan d'opter pour une relation temporaire puisqu'il semblait être sur cette longueur d'onde. Il fallait seulement qu'elle s'en persuade elle-même et elle avait la sensation épouvantable que ce serait bien plus difficile.

***

Dan et Ella avaient quitté le cimetière bien avant l'annonce du premier prix du festival. Cette année, il récompensait tous les donateurs anonymes du Fonds de soutien psychologique des pêcheurs de Port-Agnes, et les boutiques et les restaurants qui bordaient le port afficheraient tour à tour la sculpture de centaines de poissons d'argent dans leur vitrine. Pour le premier mois, c'était la boulangerie des Mehenick qui était mise à l'honneur, ce qui offrait aux parents d'Ella une raison de se réjouir. Ruth avait déclaré que si des gens étaient assez généreux pour contribuer suffisamment au fonds sans exiger d'être reconnus, alors elle pouvait croire que quelqu'un comprendrait finalement le potentiel de la Vieille Forge au point de souhaiter en préserver l'histoire. Ella avait pensé en parler à Dan, mais elle savait que son père n'aurait jamais accepté une offre de sa part, même s'il était en mesure de verser assez d'argent pour couvrir ses dettes.

Le temps semblait passer si vite ! Le deuxième vendredi de septembre, Ella était en visite pour les accouchements à domicile. Il n'y avait pas de date précise de terme ce jour-là, mais cela ne signifiait rien. Les bébés arrivaient quand ils étaient prêts. Anna avait été appelée la semaine précédente par une mère qui avait accouché dans une cabine téléphonique lorsqu'elle s'était aperçue qu'elle était en plein travail et que son téléphone portable avait rendu l'âme. Elle n'avait subi que cinq contractions et cela avait entraîné Liz et Trudy à considérer cet accouchement en urgence comme un événement des temps passés. Ce n'était que grâce au legging que portait la femme que le bébé n'était pas tombé directement sur le sol de la cabine téléphonique. Apparemment, Anna était arrivée à temps pour couper le cordon, aider la mère et l'enfant à tenir le coup jusqu'à l'arrivée de l'ambulance. Cela ne se passait pas toujours de manière aussi dramatique, mais la vie d'une sage-femme était tout sauf prévisible, ce qui expliquait qu'Ella ne cessait de vérifier son téléphone qui était jusqu'à présent resté silencieux.

En revanche, à dix-neuf heures trente, il se mit à sonner et elle s'en empara aussitôt.

— Ici Ella Mehenick.

— Salut Ella. C'est Dan. Est-ce que tu peux venir ?

— Oui, mais je suis de garde.

Depuis le festival, elle avait désespérément fait de son mieux pour garder son sang-froid, mais c'était uniquement parce qu'elle travaillait qu'elle n'était pas déjà à mi-chemin de chez lui. Le baiser dans le cimetière avait ranimé des sentiments qu'elle avait oubliés éprouver, mais elle s'était réveillée à trois heures du matin le jour suivant en se demandant ce que diable elle avait fait. Au fil de son insomnie, elle avait réussi à se convaincre qu'un élan passionnel – qui ne pouvait que se consumer sur place lorsqu'elle quitterait Port-Agnes à nouveau – était exactement ce dont elle avait besoin pour surmonter son abandon. Elle avait réussi à oublier Dan une fois déjà et elle le pouvait encore, elle en était presque sûre.

—Non, désolé. Je ne parlais pas de chez moi ! J'appelle parce que Lissy a commencé le travail.

Il y avait une légère note de panique dans sa voix, ce qui fit aussitôt oublier à Ella la chaleur qui l'avait envahie lorsqu'elle avait compris que l'appel de Dan ne concernait que ses compétences professionnelles.

—Niall doit prendre un vol pour Exeter ce soir et je suis censé aller le chercher à vingt-deux heures. Lissy m'a dit de ne pas t'appeler parce que les contractions sont encore très espacées, mais je ne sais pas si c'est sûr de la laisser seule. Ce n'est pas qu'elle voudra que je sois là quand elle sera en train d'accoucher, mais tu sais…

—Ne t'en fais pas. Je viens tout de suite pour vérifier comment elle va.

—Merci, El. Tu es un ange ! Elle va probablement me tuer pour t'avoir appelée avant d'être prête, mais je n'ai jamais entendu le genre de hurlement qu'elle pousse à chaque contraction, et j'ignore totalement si c'est normal.

—Pas de panique, elle a juste besoin que tu restes calme et que tu lui dises que tout va bien se passer, sans doute parce qu'elle craint que Niall n'arrive pas à temps. Je serai là dans dix minutes.

— Je vais dire à Lissy que tu es en route et, Ella…

— Oui ?

— Je suis vraiment content que ce soit toi.

Elle n'eut pas le temps de répondre qu'il avait déjà raccroché. Lorsqu'elle arriva à la ferme, Dan avait déjà gonflé la piscine que Lissy avait louée pour un accouchement dans l'eau et il était en train de la remplir.

— J'ignorais si c'était la chose à faire, mais je voulais juste m'occuper pour ne pas céder à la panique, déclara Dan tandis qu'Ella le suivit jusqu'au salon.

— Lissy est allée se changer pour être prête. Veux-tu boire quelque chose ?

— Je veux bien une tasse de thé.

Elle avait assisté à ce genre de réaction d'innombrables fois : les partenaires et les proches des femmes en travail avaient souvent besoin de s'occuper de manière à ne pas avoir à s'inquiéter outre mesure de la naissance à venir.

— Lissy et le bébé vont s'en sortir, n'est-ce pas ? Il n'était pas prévu avant deux semaines.

Dan la regardait d'un air égaré qui le rendait aussi vulnérable que le garçon de seize ans qu'elle avait rencontré, peu de temps après la perte de ses parents.

— Lissy est tout ce qui me reste de ma famille et le bébé n'était pas censé naître aussi tôt.

— Ce n'est pas si tôt. À partir de trente-sept semaines, on considère que la grossesse est à terme et Lissy en est à trente-huit semaines.

Ella lui tendit la main qu'il attrapa. Elle détestait le voir dans cet état : il avait déjà tant perdu d'êtres chers dans sa vie et elle n'ignorait pas que le pire pouvait aussi survenir. Il n'était pas étonnant qu'il ait l'air terrifié. Dan avait toujours été celui qui tenait le coup, qui lui donnait envie de croire en elle, mais cette fois, c'était elle qui savait que faire, qui était en terrain connu, et c'était à son tour de prendre les rênes.

—Je sais que je suis sans doute en train d'exagérer quand on pense aux milliers de bébés qui naissent tous les jours, mais quand on a perdu ceux qu'on aimait comme Lissy et moi, quand nous étions enfants, on ne peut pas ne pas imaginer le pire non ? Notamment après l'horreur qu'a été la naissance de Noah, et parce que Niall n'est pas là.

—Je viens et je serai là tout le temps qu'il faudra, et si je pense que Lissy a besoin d'aide, nous l'enverrons directement à l'hôpital.

Elle lui serra la main à nouveau.

—Tout va bien se passer, même si Niall n'arrive pas à temps pour la naissance ; tout sera oublié une fois que le bébé sera là et vous aurez juste un nouveau membre de la famille à aimer. Ce n'est pas Lissy et toi contre le monde entier, ne t'inquiète pas. Je te promets que je resterai là pour toi, pour tous les deux jusqu'à l'arrivée du bébé, peu importe le temps qu'il faudra.

—Je sais que je l'ai déjà dit, Ella, mais je suis si content que tu sois là. (Il frôla rapidement les lèvres d'Ella avec les siennes.) Je sais que tu feras ce qu'il faut pour Lissy, et je serais encore plus inquiet si c'était quelqu'un d'autre que toi. C'est juste que je ne voudrais pas voir les choses empirer si Lissy se rend compte à quel point je me fais du souci pour elle.

—C'est adorable de ta part de t'inquiéter autant, et Lissy en a parfaitement conscience.

Il avait cependant raison et l'énergie nerveuse qu'il dégageait était palpable. La meilleure chose à faire était de l'occuper, de les détourner, lui et Lissy aussi, de cette inquiétude qui pesait sur lui.

— Je pense que ce serait une bonne idée de commencer par nous faire le thé dont tu as parlé. Une bonne tasse de thé n'est-elle pas le remède à tout ?

— Absolument ! opina Dan, visiblement soulagé d'avoir à se concentrer sur autre chose. Tu peux juste garder un œil sur la piscine pour t'assurer qu'elle n'inonde pas toute la pièce ?

— Pas de souci.

Elle ne put s'empêcher de sourire. Dan n'avait certainement jamais été dans une telle situation s'il croyait que la piscine déborderait dans les minutes à venir. Juste après qu'elle eut vérifié que la température de l'eau convenait, Lissy pénétra dans la pièce en se tenant le bas du dos.

— Je suis désolée que Dan t'ait appelée si tôt ! Cela va encore durer des heures. La première fois, cela a pris des siècles avant que les choses commencent à mal tourner.

— C'est parce qu'il t'aime et qu'il s'inquiète, c'est tout. Et je suis contente qu'il m'ait appelée, notamment après ce que tu as enduré pour Noah.

Ella tapota les coussins du canapé et fit signe à Lissy de s'asseoir.

— Les contractions sont-elles toujours espacées de vingt minutes ?

— C'est plutôt quinze minutes maintenant.

— La douleur est-elle supportable ?

— Ben, on pourrait dire que je ne veux pas les supporter trop longtemps mais, pour l'instant, je m'en sors. Je ne veux pas accoucher avant le retour de Niall. Je n'ai pourtant pas cessé de lui dire de ne pas s'éloigner à l'approche de la date du terme !

—Dan m'a dit qu'il allait le chercher à Exeter à vingt-deux heures ?

Lissy répondit par un hochement de tête.

—Ce qui veut dire qu'il doit partir maintenant s'il veut arriver à l'heure. Je vais rester ici pendant son absence au cas où les choses s'accéléreraient.

—Et si tu as un nouvel appel pour une consultation ?

—Tout ira bien. J'ai d'autres collègues qui sont de garde si c'est le cas. Est-ce que Noah est couché ?

—Han, han…

Lissy reposa ses mains dans son dos.

—C'est une nouvelle contraction ?

—Non, mais ça m'élance constamment au niveau des reins.

—Dès que Dan sera parti, je t'ausculterai et je vérifierai à combien de centimètres de dilatation tu es, dit Ella.

Le visage de Lissy se détendit, sans doute que les élancements dans son dos se faisaient moins aigus.

—Il t'aime encore, tu sais, déclara Lissy en souriant. Si je te dis ça maintenant, c'est que vous n'oserez pas dire à une femme en plein travail de la fermer ! C'est l'occasion idéale de vous mettre un peu de plomb dans la tête à tous les deux.

—Il est sympa.

La voix d'Ella était si faible qu'elle avait l'impression qu'elle ne lui appartenait plus. C'était si difficile de garder un ton indifférent.

—En fait, je ne suis plus là pour très longtemps. D'ailleurs, j'ai déjà commencé à chercher un autre poste.

—Tout ce que je veux dire, c'est que tu peux y réfléchir. Je ne sais pas comment j'aurais pu m'en sortir sans Dan, il a fait plus pour la ferme que ce que j'aurais pu espérer pendant que Niall a enchaîné les contrats. Il nous a donné aussi assez d'argent pour que Niall puisse prendre deux mois de congé et pour payer des aides qu'il a embauchées afin de nous offrir un peu de temps en famille, avec Noah et le bébé. Nous en profiterons pour décider s'il est réaliste d'envisager que Niall travaille à plein temps à la ferme au lieu de continuer ses déplacements. Pour l'instant, j'espère seulement que le risque que nous avons pris de retarder son vol aussi près de la date du terme ne lui coûtera pas la chance de le voir naître. Et si Niall rentre pour de bon, Dan pourra arrêter de croire qu'il est obligé de prendre constamment soin de moi. En plus, peut-être que cette fois, même si tu quittes quand même Port-Agnes, cela ne signifiera pas que tout devra se terminer.

—Nous n'avons même pas…

Ella allait protester qu'il n'y avait rien entre Dan et elle, mais Lissy la connaissait depuis bien trop longtemps pour ne pas deviner qu'elle mentait. Heureusement, ce fut le moment que choisit Dan pour revenir dans la pièce, lui offrant un excellent prétexte pour ne pas terminer sa phrase.

—Voilà ! Une bonne tasse de thé pour les travailleuses !

Il posa le plateau de thé et de biscuits en ajoutant :

—Je viens de vérifier l'horaire de l'avion de Niall. Il devrait se pose à l'heure, alors il faut que j'y aille. Essaie de faire patienter le bébé jusqu'à mon retour.

Il adressa un clin d'œil à Lissy qui leva les yeux au ciel. À présent qu'il avait à faire, il était redevenu lui-même, et s'il allait chercher Niall, il n'aurait pas à contempler Lissy passer par toutes ces souffrances.

—Je ferai de mon mieux, mais ne perds pas de temps, d'accord ?

—Je ne vais pas te laisser tomber, sœurette, dit-il en l'embrassant sur la joue. Quoi qu'il en soit, d'après ce que j'ai compris, il est très facile d'empêcher un bébé d'arriver avant que ce soit pratique pour tout le monde !

—Oh, ferme-la et file !

Lissy fit mine de lui donner une claque et il obtempéra et se dirigea vers la porte.

—Maintenant, pouvons-nous voir où tu en es et estimer si ce bébé va attendre son papa ?

Ella ouvrit sa sacoche et enfila des gants pendant que Lissy s'installait sur le canapé pour l'examen.

—Parfait, on dirait que tu es à deux ou trois centimètres de dilatation.

—Est-ce que je risque d'accoucher dans les trois heures qui viennent ?

—La plupart des femmes mettent plus longtemps pour passer de trois centimètres jusqu'au moment où tu auras envie de pousser, mais les nourrissons ne suivent pas toujours les règles, plaisanta Ella. Je pense que, sauf si les contractions se rapprochent plus vite, on peut compter sur cinq ou six heures. C'est la moyenne pour un deuxième accouchement. Dans ton cas, contrairement à ce que je conseille habituellement, je voudrais que tu évites de te relever afin que la gravité n'accélère pas les choses.

—J'ai lu que l'accouchement en piscine peut aussi ralentir le travail, en tout cas au début. Crois-tu que nous pourrions essayer ça ?

—Normalement, exactement pour cette raison, je ne recommande pas d'entrer dans l'eau avant cinq centimètres, mais si tu préfères faire comme ça, je ne vais pas t'en empêcher.

—Bon, un thé et des biscuits, et un petit plongeon dans la piscine.

Lissy rajusta sa tenue.

—Es-tu sûre que tu n'auras pas besoin d'aller aider une autre femme qui serait plus avancée que moi ?

—Ce soir, tout était calme, et je peux tout à fait rester sauf urgence. Je ne vais certainement pas te laisser toute seule. J'ai prévenu Toni, ma collègue, que tu avais commencé le travail et elle a prévu de venir dès que tu approcheras du moment où il faudra pousser. Jess et Anna sont aussi de garde et je suis sûre que, à nous quatre, nous ferons face à toute urgence. Moi, je suis toute à toi.

—Je voulais vraiment accoucher à domicile mais, maintenant, j'ai l'impression d'être un boulet.

Lissy s'empara de la tasse de thé que son frère lui avait préparée.

—C'est juste que, après la manière dont ça s'est passé pour Noah, je tenais à me rassurer et à ne pas médicaliser les choses. Sauf que si les choses tournent mal, je vais vous enquiquiner encore plus.

—Essaie de te détendre. Nous avons longuement évoqué les risques et tout le monde en a conclu qu'un accouchement à domicile était envisageable.

Ella refoula les inquiétudes qui l'avaient taraudée lorsqu'elle avait appris quel était le choix de Lissy. Mais, depuis qu'elle l'avait revue, elle avait compris que c'était une battante. Et suffisamment intelligente pour prendre, au moindre signe de détresse respiratoire du bébé, ou si le travail durait trop longtemps, les décisions qui s'imposaient. Tout en espérant qu'elles n'en viendraient pas là.

—Je suis vraiment heureuse que ce soit toi ma référente. C'est vraiment chouette de t'avoir de retour en ville et aussi dans ma vie, déclara Lissy en regardant Ella dans les yeux. Et je ne suis pas la seule à le penser. Vous pouvez bien faire semblant d'être indifférents quand Dan et toi êtes ensemble, je sais ce que je dis.

—Même si je restais à Port-Agnes, après ce qui est arrivé avec Weller, je ne suis pas prête pour une relation sérieuse.

Ella n'arrivait plus à retenir la question qui lui brûlait les lèvres pratiquement depuis qu'elle avait revu Lissy.

—De plus, je suis sûre que Dan a eu sa part de relations depuis notre séparation ! Apparemment, il n'est pas non plus pressé de s'engager.

—Il a eu des copines, c'est vrai, mais rien de sérieux. Pas comme avec toi. OK, cela ne les a pas empêchées de tomber amoureuses de lui. Plus il est distant, plus elles voulaient être celle qui le ferait changer d'avis, expliqua Lissy en haussant les épaules. Soit ça ou il a le don d'attirer les plus collantes ! Il y en avait une, il y a environ trois ans, qui ne cessait de s'amener à la ferme pour me supplier d'enjoindre à Dan de la demander en mariage le jour de son anniversaire, alors que je savais que cela ne risquait pas de se produire et que mon frère ne lui avait même jamais donné l'impression qu'il en avait envie.

—La pauvre femme !

—Pauvre Dan, tu veux dire ! Elle refusait d'accepter un « non » et elle l'a bombardé d'appels et de messages après leur séparation, et puis, l'an dernier, il y a eu DeeDee.

Lissy conclut par une grimace.

—Je vois que tu ne l'aimais pas ?

—C'est une écrivaine. Ils ont fait connaissance lorsqu'on lui a passé une commande pour réaliser l'illustration de couverture de son livre. Elle a loué un appartement à Port-Agnes pour tout l'été et ils ont fini par dîner ensemble à plusieurs reprises.

—Je ne vois pas où est le problème, non ?

Ella devinait à l'expression de Lissy que l'histoire n'était pas terminée.

—Ouais, peut-être… Jusqu'à ce que je la découvre entièrement nue sur la terrasse de Dan.

—Là, tu dois me raconter toute l'histoire !

—À l'époque, il vivait encore dans l'étable transformée en appartement à la ferme des Six-Acres, mais il était parti à Redruth pour récupérer des ardoises pour un boulot et il m'avait appelée parce qu'il craignait d'avoir oublié son portefeuille dans la cuisine.

Après une gorgée de thé, Lissy poursuivit :

—Lorsque je suis arrivée chez lui, je suis passée par l'arrière. Tout ce que je peux dire, c'est que j'étais soulagée que Noah soit à la crèche.

—Elle était en tenue d'Ève dans le jardin de Dan ?

—Elle était allongée sur la terrasse, juste avec des escarpins à talons et rien d'autre. Apparemment, elle avait eu l'idée de lui faire la surprise à son retour. J'ignore qui a hurlé le plus quand nous nous sommes croisées.

—Elle s'était peut-être mise d'accord avec lui ?

Cette pensée perturbait Ella plus qu'elle n'aurait dû. Il n'y avait rien de sérieux entre elle et Dan, et ce qu'il faisait de son temps n'était pas ses oignons, pas plus que tout ce qui s'était passé au cours des dix années où ils avaient tout fait pour s'éviter.

— Il était pratiquement aussi horrifié que moi lorsque je l'ai appelé en l'engueulant parce qu'il m'avait laissée tomber sur une femme nue sur sa terrasse.

Lissy secoua la tête en balayant la pièce du regard comme si la fameuse DeeDee risquait de jaillir de derrière le canapé.

— Il lui avait déjà demandé de ne pas débarquer chez lui à l'improviste, mais je suppose qu'elle a cru qu'il changerait d'avis s'il la voyait nue. Il semble qu'elle rejouait une scène qu'elle avait écrite pour l'un de ses bouquins… Elle écrit des romans… *érotiques*.

— Genre *Cinquante nuances de Grey* ?

Ella se sentit soudain plus banale que jamais ; Dan et elle n'avaient jamais couché ensemble. Ce n'était pas tant qu'il n'en avait pas désespérément envie, mais c'était une autre limite à ne pas franchir si elle voulait continuer à croire qu'ils pouvaient conserver une certaine légèreté dans leur relation. Sauf qu'elle savait que ce n'était qu'une question de temps, et la pensée qu'il ait fréquenté des femmes comme cette DeeDee au cours des années de leur séparation l'effrayait un peu. Comment diable pourrait-elle rivaliser avec une femme qui en connaissait assez sur le sexe pour faire carrière en écrivant de tels romans ?

— J'ai lu un de ces bouquins et cela a suffi à me dégoûter du sexe – et de DeeDee – pour le restant de mes jours. Encore plus quand j'ai compris qu'elle avait des vues sur Dan. Je ne cessais d'imaginer Dan dans sa chambre rouge secrète de son appartement de vacances.

Lissy éclata de rire en éclaboussant sa poitrine de thé.

—Franchement, je ne pense pas que Dan ait eu la moindre attirance pour elle, ou pour les trucs qu'elle écrit. En tout cas, j'espère que non. C'est mon petit frère et… beurk quoi !

—On ne sait jamais ce qui se passe quand la porte se referme. Avec le boulot que je fais, rien ne me surprend plus.

La perspective de Dan en sujet d'inspiration de DeeDee amusait peut-être sa sœur, mais cela n'eut aucun effet pour calmer la nervosité d'Ella. Il était largement temps de changer de sujet.

—Bon, je vais vérifier la piscine. Elle doit être remplie à présent et alors, tu pourras essayer de te détendre un peu.

—Je vais essayer mais, là, j'ai une nouvelle contraction.

Lissy ne riait plus et sa bouche s'arrondit tandis qu'elle tentait d'inspirer et d'expirer pour chasser la douleur.

—Dis-moi quand elle s'arrête et je mettrai le minuteur en route. Comme ça, nous verrons si elles se rapprochent.

—D'acc. Je pense que ça y est.

Lissy se laissa retomber sur les coussins et Ella démarra le minuteur. Tout ce qu'elle espérait, c'était que le travail continue ainsi : lent et régulier. Mais elles ne pouvaient qu'attendre en espérant que Dan ramènerait Niall à la maison à temps.

***

Trois heures plus tard, les contractions de Lissy étaient intenses et rapides, et la jeune femme commençait à avoir une envie irrépressible de pousser. Hélas, il n'y avait toujours aucun signe de l'arrivée imminente des deux hommes, même si Niall avait appelé vingt minutes plus tôt pour les prévenir qu'ils n'étaient qu'à dix minutes de la ferme.

—Mais qu'est-ce qu'ils fichent ? Ils devraient déjà être là, s'écria Lissy en donnant un coup de poing contre le bord de la piscine.

—Je suis sûre qu'ils arriveront d'une minute à l'autre.

En croisant les doigts, Ella tourna les yeux vers Toni qui les avait rejointes une demi-heure plus tôt. Cela ne pourrait pas durer plus longtemps maintenant, même si Lissy faisait tout pour se retenir.

—Tu as déjà dit ça il y a dix minutes ! grommela Lissy alors qu'une nouvelle contraction la gagnait.

Quelques secondes plus tard, le corps plus détendu, elle déclara :

—Je suis désolée. Je sais que ce n'est pas votre faute mais j'ai tellement envie qu'il soit là !

—Ne t'en fais pas, nous en avons encaissé d'autres ! Je vais juste vérifier encore une fois le rythme cardiaque du bébé.

Ella attrapa la sonde étanche qu'elle avait utilisée toutes les cinq minutes pour s'assurer que le fœtus ne tombait pas en détresse respiratoire.

—Est-ce que c'est bon ?

Lissy se mordit la lèvre avec l'apparition d'une nouvelle douleur. Jusqu'à présent, elle avait refusé le protoxyde d'azote, le seul analgésique dont elle pouvait bénéficier pour un accouchement dans l'eau à domicile.

—C'est parfait. Es-tu sûre de ne rien vouloir pour atténuer la douleur ?

— J'ai tenu jusqu'ici, alors je vais essayer de m'en passer encore, répondit Lissy avec une grimace. Bon sang, mon corps a tellement envie de pousser !

— Si ce n'est pas intolérable, essaie de faire le petit chien, mais si tu es vraiment prête à pousser, rien n'arrêtera le bébé.

Ella posa la main sur le bras de Lissy. Elle avait fait de son mieux pour ralentir le processus en attendant Niall, mais il y avait des choses qu'on ne pouvait pas contrôler.

— Je vois les phares de la voiture ! s'exclama Toni en se précipitant vers la fenêtre. Je pense que ce sont eux.

— S'il vous plaît, dépêchez-vous ! hurla Lissy. Je ne peux plus attendre !

— Ne te retiens pas dans ce cas.

Ella caressa les cheveux de Lissy.

— Quand tu sentiras venir la prochaine contraction, inspire profondément et pousse vers l'arrière.

— Ça vient !

Lissy s'exécuta et Ella vérifia la progression à l'aide d'un miroir.

— Stop ! Arrête de pousser pendant une minute maintenant.

Toni se plaça à l'extrémité de la piscine pendant qu'Ella continuait à guider Lissy.

— Oh ma puce, je suis tellement désolé ! s'écria Niall en pénétrant dans la pièce.

Il jeta sa valise sur une chaise et s'agenouilla en un temps record à côté de sa femme.

— J'ai cru que j'allais tout rater !

— Moi aussi, dit Lissy en souriant pour la première fois depuis une heure. Je crois que cela ne sera plus très long.

—Absolument, confirma Ella.

Il fallait que Lissy se concentre sur la prochaine contraction.

—Je commence à voir la tête, Lissy. Quand je te le dirai, tu devras pousser de toutes tes forces.

—Où est Dan ? s'enquit Lissy en tournant la tête vers la porte. Je ne veux pas qu'il me voie comme ça.

—Ne t'en fais pas, il est allé voir si Noah dormait toujours et il va rester avec lui jusqu'à l'arrivée du bébé. Tu auras tout le temps de te refaire une beauté, dit Niall en riant.

Quelques secondes de plus et son rire fut noyé dans le hurlement de Lissy qui se concentrait sur une nouvelle poussée. En dépit de la panique qui traversa son regard, il fallut dix minutes de plus pour qu'elle donne la dernière poussée avant la délivrance. Quand Ella déposa délicatement le bébé sur sa poitrine, elle se laissa retomber en arrière sous l'effet de l'épuisement.

—Tu veux voir ton bébé, papa ?

Ella se tourna vers Niall pendant que Toni examinait le cordon pour s'assurer qu'il n'y avait pas de risque à repousser le moment de le couper.

—Waouh ! Une petite fille ! Regarde-la, elle est si belle, aussi belle que toi.

Niall était submergé par l'émotion, mais Lissy semblait presque indifférente. Ella lui toucha l'épaule.

—Lissy, tu te sens bien ?

—Je suis juste très fatiguée.

Elle était devenue blême, sans doute à cause des efforts qu'elle venait de fournir, mais Ella n'en devait pas moins vérifier que tout allait bien.

— Bon, nous allons vous sortir de l'eau toutes les deux afin de vous examiner.

Ella croisa le regard de Toni qui plaça les clamps et coupa le cordon en un seul geste qui révélait des années de pratique. Elle souleva la toute petite fille tandis qu'Ella et Niall aidaient Lissy à gagner le lit qu'ils avaient fait dans un coin de la pièce. Avec un soupir de soulagement, Ella constata qu'il n'y avait aucun signe d'hémorragie et que la tension de la jeune maman restait dans la norme. Elle brancha le moniteur afin de surveiller ses constantes jusqu'à la fin de la troisième et dernière étape, l'éjection du placenta.

— Voilà votre petite fille. Je l'ai examinée et elle va tout à fait bien.

Toni tendit le bébé à sa mère et Niall enlaça sa femme et son enfant.

— Je suis impatiente que Noah fasse sa connaissance demain matin. Notre petite famille est enfin complète.

— C'est sûr.

Lissy, qui retrouvait un peu de couleurs, lui adressa un sourire.

— Je ne sais pas trop ce que Noah va en penser, mais je pense qu'il est temps que son oncle Dan se présente.

— Je vais le chercher.

Niall ne put s'empêcher de regarder sa femme et sa fille au moins à trois reprises avant de quitter la pièce. Moins de trente secondes plus tard, il était de retour avec son beau-frère.

— Vous allez bien toutes les deux ?

Les yeux de Dan s'arrondirent devant sa toute nouvelle nièce.

—Elle te ressemble trait pour trait, Lis, ce qui n'est pas plus mal quand on connaît la tête de cochon de son père !

La plaisanterie de Dan fit rire Niall aux éclats.

—Absolument d'accord. Elle est belle, non ? commenta Niall les yeux brillants.

—Oui, c'est sûr, mon pote. Avez-vous choisi un prénom ?

—On avait pensé à Tegen. En cornouaillais, ça signifie « jolie », annonça Lissy en observant son frère.

—Cela me paraît très adapté. J'ai mis du champagne au frais un peu plus tôt pour que nous puissions en poser quelques gouttes sur la tête du bébé et trinquer aux extraordinaires sages-femmes.

—En fait, nous ferions mieux de refuser au cas où nous aurions un appel d'urgence. De plus, nous devons prendre le volant toutes les deux. Peut-être pourrions-nous trinquer avec une nouvelle tasse de thé ? dit Ella en cherchant le regard de Toni.

—Parfait ! Et maintenant, je prendrai volontiers un biscuit aussi.

—Puis-je t'aider, Dan ?

Ella se dit qu'elle n'offrait son aide que pour laisser aux jeunes parents un peu de temps à eux avec leur fille, pendant que Toni gardait un œil sur Lissy et sur le bébé. En réalité, elle avait envie de passer un moment seule avec Dan, même seulement cinq minutes.

—Oui, merci.

—Y avait-il beaucoup de circulation sur la route de l'aéroport ?

Elle mit les sachets de thé dans la théière pendant que Dan sortait la bouteille de champagne du réfrigérateur.

Elle faisait de son mieux pour ne pas penser au nombre de femmes qu'il avait rencontrées au cours de ces dix dernières années. Dans l'espace confiné de la cuisine, si proche de lui, elle comprenait sans mal que certaines, comme DeeDee ou la femme qui l'avait poursuivi de ses assiduités au point de rêver de mariage, avaient été accros à ce point.

—Il y avait une voiture en panne sur la route entre Port-Agnes et ici, et nous avons dû aider pour l'écarter de la chaussée. Je me sentais un peu coupable de laisser le conducteur seul à attendre les secours de l'assurance, mais la priorité, c'était Lissy.

Dan se tourna vers elle, les yeux soudain voilés.

—Je suis simplement si content qu'elle aille bien. Quand j'ai récupéré Niall, il s'est mis à me raconter comment ça avait été terrible à la naissance de Noah. J'ai fait de mon mieux pour ne pas me mettre à croire que nous allions tomber sur une catastrophe en arrivant ici, et qu'il faudrait foncer jusqu'à l'hôpital. Je sais que je me serais mis à pleurer comme un crétin mais, grâce à toi, il ne s'agit que de larmes de bonheur.

—Quand je vous vois, Lissy et toi, cela me rappelle que je regrette de ne pas avoir un frère ou une sœur. Vous êtes si proches ! Vos parents seraient vraiment fiers de vous et de la manière dont vous vous soutenez. Même aujourd'hui.

—Après la mort de mes parents, je n'avais plus que Lissy au monde, et c'était facile d'en faire ma priorité parce qu'elle faisait de même pour moi. La seule fois où j'ai éprouvé de la détresse, c'est lorsque je t'ai perdue.

—Tu as fait ce qu'il fallait. Je regrette juste de n'avoir pas su pourquoi.

— Crois-tu que les choses auraient été différentes si je t'en avais parlé ?

Il la regardait avec une intensité nouvelle et elle hocha machinalement la tête avant de se reprendre.

— Je l'ignore. Nous étions si jeunes… Cela n'aurait probablement pas marché entre nous.

— Probablement pas mais… possible ?

— Tout est toujours possible.

— C'est vraiment ce que tu penses ? Y a-t-il la moindre chance que tu changes d'avis et que tu ne quittes pas Port-Agnes ? insista Dan.

Pour une raison qu'elle ne s'expliquait pas, Ella conserva une attitude figée.

— Je ne me vois pas rester ici, mais puisque Lissy n'a cessé de tenter de me persuader du contraire, je n'en sais plus trop rien. Lorsqu'elle a une idée en tête, rien ne l'en détourne, non ? Je ne pensais pas qu'elle serait capable d'attendre le retour de Niall pour laisser le bébé venir au monde, mais elle était tellement déterminée.

— Je te l'avais dit. Quand elle a décidé quelque chose, rien ne l'arrête. Un peu comme une autre de mes connaissances, commenta Dan en croisant à nouveau son regard.

— Je prends la comparaison avec Lissy comme un compliment.

— Toutes les femmes qui ont compté dans ma vie ont été des battantes et, grâce à toi, j'ai désormais une nièce qui sera, j'en suis sûr, tout aussi déterminée.

— C'est Lissy qui a fait tout le boulot, crois-moi.

— Ta modestie est le seul aspect de ta personnalité que j'aurais voulu changer et je voudrais vraiment que tu te voies comme les autres te voient.

— Quoi ? La fille dont le fiancé…

Elle allait recommencer à s'apitoyer sur elle-même quand Dan l'interrompit par un baiser. À la vérité, lorsqu'elle était avec lui, elle oubliait tout ce que l'on pensait d'elle. Cela ne lui faciliterait certainement pas les choses quand viendrait le temps de dire adieu à tout ça.

12

— Ouch, ça commence à souffler fort.

Ella referma la porte de la maison de ses parents et pénétra dans la cuisine. On était presque en octobre et les feuilles bruissaient de tous côtés lorsqu'elle avait sorti Daisy. Le samedi après-midi, la boulangerie fermait à quinze heures. Sa mère était assise à la table, les pieds dans une bassine d'eau, un sandwich fromage-cornichons devant elle : Ruth Mehenick avait la ferme intention de se reposer.

— Je sais. Morag Taylor est venue chercher du pain et elle m'a dit que l'un des panneaux de sa clôture s'était envolé dans le bassin de carpes koï de son mari. Apparemment, c'était la fin du monde !

— Est-ce que les poissons vont bien ? demanda Ella en riant.

À Port-Agnes, le moindre événement se transformait en drame de portée internationale ! Il n'était pas surprenant que la ville ait tiré pleinement parti du quart d'heure de gloire d'Ella.

— Je crois qu'ils ont été mis à l'abri dans la baignoire pendant que John répare les dégâts. Si Morag veut prendre une douche, il faudra qu'elle aille chez leurs voisins.

— Alors, nous avons beaucoup de chance, sourit Ella. Où est papa ?

— Il est à côté, en train de discuter avec Brae.

Après une pause que Ruth mit à profit pour étudier le visage d'Ella, elle ajouta :

— Et avec Weller.

— Quoi ?

Soudain abattue au point de craindre que ses jambes se dérobent sous elle, Ella tira une chaise pour s'asseoir à son tour. La présence de Weller à Port-Agnes était déjà un choc en soi, mais le fait qu'il soit avec son père – et apparemment toujours en vie – était encore plus étonnant.

— Il est arrivé au moment où nous fermions la boutique. Sur le moment, j'ai cru que ton père allait avoir une attaque, avec son hypertension et tout. Ton père est sorti à sa rencontre et je m'attendais à ce qu'il bourre Weller de coups de poing jusqu'à ce que mort s'ensuive. Mais non ! Il a fini par réapparaître sur le seuil de la porte, Weller sur ses talons, pour me prévenir qu'ils allaient voir Brae tous les deux.

— Pourquoi diable papa emmènerait-il Weller voir Brae ?

Elle n'aurait pas été plus éberluée si le sandwich de sa mère s'était transformé en génoise fourrée à la crème.

— Il veut probablement montrer à Weller que tu es passée à autre chose en lui présentant ton nouveau copain. Cela devrait le décourager de chercher à te récupérer.

— Je suis vraiment passée à autre chose, maman, mais pas avec Brae. Combien de fois faudra-t-il te répéter que nous ne sommes que des amis ? C'est parfait pour Brae alors pourquoi ça ne le serait-il pas pour toi ?

—Au début, quand nous étions au lycée, ton père et moi étions simplement amis. C'est tout ce que je dis.

Ruth éclata de rire devant l'expression qui avait dû traverser le visage d'Ella.

—D'ailleurs, ce n'est pas le sujet. Ton père veut que Weller *croie* que c'est ton nouveau copain, histoire de lui mettre les points sur les « i » en lui montrant à quel point il s'est trompé. Le fait que vous ne soyez pas vraiment ensemble, Brae et toi, n'a rien à voir !

—Je vais filer voir ce qu'ils mijotent avant que papa n'aggrave la situation, dit Ella en se levant d'un bond.

Son esprit tournait à plein régime. Que voulait donc Weller ? Même quand ils étaient ensemble, il avait horreur de venir à Port-Agnes.

Contrairement à sa mère, Ella était au moins certaine d'une chose : Weller n'était pas venu avouer qu'il s'était trompé. Sur le parvis du bureau d'état civil, elle avait vu dans ses yeux qu'il pensait chaque mot de ce qu'il disait.

—Pourquoi n'attends-tu pas simplement leur retour ? Je te ferai un sandwich.

—Je n'ai pas faim, maman.

Ella était déjà à mi-chemin de la porte et ses pieds la démangeaient, même si la perspective de voir Weller lui retournait l'estomac.

—Papa ! appela-t-elle en entrant dans le *fish and chips*.

Son père était assis à une table en face de Weller et de Brae pendant que les deux jeunes filles qui travaillaient le week-end s'occupaient des clients. Comme on était au milieu de l'après-midi, entre le déjeuner et le dîner, les lieux étaient relativement calmes.

— Bonjour, ma chérie ? Que fais-tu là ?

Jago Mehenick souriait à sa fille comme si c'était la chose la plus naturelle au monde de se retrouver à partager une assiette de frites avec son ex-fiancé.

— Je pourrais te retourner la question.

— Salut, Ella, tu as l'air en forme ! lança Weller avant que son père ait le temps de répondre.

Ella croisa machinalement les bras.

— Weller ! C'est… gentil d'être venu.

— Vraiment ? rétorqua-t-il en plissant les yeux.

Ella haussa les épaules en espérant que personne ne devinerait à quel point elle trouvait la situation embarrassante.

— Eh bien, je dois avouer que je suis surprise de te voir ici.

— Weller voulait te parler de quelque chose, déclara Jago en lançant à sa fille un regard d'avertissement. Mais avant que tu écoutes ce qu'il a à te dire et que tu prennes des décisions hâtives, je tenais à lui présenter Brae… pour qu'il voie à quel point tu es heureuse désormais.

— Je ne suis pas venu chercher la bagarre ou remuer le couteau dans la plaie, Jago, je l'ai déjà dit plusieurs fois.

Weller parlait d'une voix raisonnable mais Jago n'était clairement pas dupe.

— Raconte-lui combien Brae et toi vous êtes rapprochés, ajouta Jago.

Le regard d'Ella se posa sur Brae qui avait l'air aussi mal à l'aise qu'elle. Que diable son père avait-il pu le forcer à raconter à Weller ? Elle refusait à tout prix de mettre son ami dans l'embarras.

—Nous passons beaucoup de temps ensemble et j'adore sa compagnie.

Même si c'était la vérité pure et simple, cela risquait de donner de faux espoirs à Jago, mais son père l'avait mise dans une position délicate et elle lui en voulait.

—Tu vois, c'est comme je l'ai dit : ils sont tout le temps fourrés ensemble.

Jago avait l'air horriblement content de lui, mais si c'était la seule solution pour éviter qu'il cogne sur Weller, cela en valait sans doute la peine.

—Et toi Brae, tu adores Ysella, n'est-ce pas ?

—Comme je l'ai dit, elle est vraiment sympa et c'est la plus jolie fille de Port-Agnes.

Brae adressa à Ella un sourire contrit : il était aussi acculé qu'elle. D'ailleurs, dans son cas, c'était aussi vrai au sens figuré qu'au sens propre : il était littéralement coincé entre le mur et Weller, sans aucune chance de prendre la fuite.

—Je suis heureux de l'entendre. J'ai toujours trouvé Ella très belle et je suis content qu'elle ait trouvé quelqu'un qui l'apprécie à sa juste valeur, mais ce n'est pas la raison de ma visite.

—Si tout le monde cessait de parler de moi comme si je n'étais pas là, nous pourrions peut-être aller discuter ailleurs.

Ella se tourna vers son ex-fiancé :

—À moins que tu ne préfères terminer tes frites ?

—Je suis tout disposé à discuter.

Weller paraissait différent, mais Ella n'arrivait pas à mettre le doigt sur ce qui avait changé. En dépit de son envie de prendre ses distances, elle n'avait pas réussi à se retenir de fouiner sur les réseaux sociaux pour avoir des nouvelles de son label. Avec le nouveau contrat des Undermods, la maison de production semblait progresser à la vitesse de l'éclair.

—Ne crois-tu pas que tu devrais d'abord demander à Brae s'il est d'accord ? intervint Jago d'un ton si sérieux qu'il en était ridicule. Tous les hommes n'ont pas forcément envie de voir leur petite amie s'en aller pour un tête-à-tête avec son ex. Si c'était ta mère, je ne le tolérerais pas.

—Pour l'amour du ciel, papa, nous ne sommes plus dans les années 1950 !

—J'ai été content de vous revoir, monsieur Mehenick, et ravi de te rencontrer Brae, dit Weller avec un petit signe de tête aux deux hommes.

En dépit des années passées avec Ella, il n'avait jamais réussi à appeler son père autrement que « monsieur Mehenick », ce qui en disait beaucoup sur leur relation.

—Content aussi, Weller.

Brae était trop poli pour ne pas lui rendre la pareille, et ce, malgré le regard meurtrier que Jago lui jeta.

—Je t'appelle plus tard, Brae. Et, continua Ella en se tournant vers son père, n'essaie pas de nous suivre, même pas en rêve ! J'ai presque trente ans et je n'ai pas besoin de nounou.

—Si tu n'es pas de retour dans une demi-heure, je partirai à ta recherche.

Vu sa réaction, elle aurait pu tout aussi bien économiser sa salive. Lorsqu'elle referma la porte du *fish and chips* et sortit derrière Weller, elle s'attendait presque à voir le visage de son père collé contre la vitrine.

—Alors, où allons-nous ? demanda Weller en s'arrêtant lorsqu'ils arrivèrent au port. J'étais soulagé de m'en sortir aussi bien avec ton père, mais si je dois me préparer à me défendre parce que tu as envie de me précipiter dans la flotte…

—Ne t'en fais pas, je ne vais pas te faire de mal.

—Tu en aurais le droit après ce que je t'ai fait.

—Allons dans le café de la grande rue. Il y a trop de vent pour rester dehors.

Ella n'allait certainement pas se lancer dans une discussion en public.

—Cela me va. Je suis juste content que tu veuilles bien me parler.

—As-tu perdu du poids ?

En le regardant réellement pour la première fois tandis qu'ils patientaient pour obtenir une table au café, elle remarqua ses joues creuses et son jean apparemment devenu trop grand pour lui.

—Peut-être, mais ce n'est pas la seule chose que j'ai perdue.

Weller s'interrompit tandis que la serveuse leur apportait les menus.

—Voulez-vous vous installer près de la vitrine ? Je viens juste de débarrasser une table.

La serveuse fit un signe vers la table en pin immaculée qui était ornée d'un lumignon en forme de cœur au centre. L'endroit parfait pour les amoureux qui voulaient se tenir les mains et rêver de châteaux en Espagne. Il faudrait qu'ils s'en contentent.

—C'est parfait, merci.

Une fois qu'ils furent installés, Weller demanda :

— Veux-tu manger quelque chose ?

— Non, et toi ?

— Pas après toutes ces frites. Une tasse de thé peut-être ?

— Ouais, faisons des folies.

— Je suis sérieux, Ella, tu as vraiment l'air en forme.

Il tendit la main vers la sienne, mais elle la retira vivement.

— Arrête !

— C'est bon, je ne vais pas te demander de revenir avec moi. Je ne crois pas que tu en aies envie. Pas plus que moi, non ?

— Non, mais ce n'est pas très agréable pour moi, en tant que femme, d'entendre que tu n'es pas venu pour me dire à quel point je te manque.

— Tu me manques, c'est vrai.

Weller s'interrompit quand la serveuse revint à leur table.

— Une théière pour deux, pour l'instant, merci.

— C'est tout ?

La jeune femme ne leur aurait sans doute pas proposé la meilleure table du café si elle avait su qu'ils n'étaient là que pour une tasse de thé, mais elle se borna à hausser les épaules quand Weller acquiesça et elle disparut sans se soucier de noter leur commande.

— Tu disais que je t'avais manqué ?

Ella tripota le lumignon. Elle trouvait étrange de se sentir aussi mal à l'aise avec quelqu'un qui avait été si proche d'elle. Ils avaient habité ensemble, partagé une vie, mais c'était comme si tout ça était arrivé à quelqu'un d'autre.

— C'est vrai, notre amitié me manque.

— C'est ce que nous aurions dû rester, des amis, non ? Tu en as conscience, n'est-ce pas ? insista Weller en cherchant son regard.

Elle secoua la tête.

— Pas vraiment, mais j'ai deviné qu'il y avait quelqu'un d'autre et que c'était pour ça que tu annulais le mariage. À ce moment-là, j'avais quasiment autant envie que mon père de te taper dessus mais, une fois la colère passée, j'ai dû être honnête avec moi-même. Depuis quelque temps, j'avais des doutes moi aussi, et je sais que tu ne m'aurais pas délibérément blessée. Je me suis plongée dans le travail pour oublier ces doutes et toi, tu ne te souciais que de ton label et de la préparation du mariage, alors que nous tentions tous deux d'ignorer le principal point noir de notre relation.

— Comment sais-tu que je n'avais pas simplement des doutes moi aussi ? Comment as-tu deviné qu'il y avait quelqu'un d'autre ?

— Parce que, sinon, tu aurais continué comme avant, exactement comme j'y étais prête. Je pense que nous avons cessé de nous aimer longtemps avant le mariage, voire que nous n'avons jamais été amoureux. Lorsque tu annonces que tu vas te marier, c'est comme si plus rien ne pouvait arrêter le processus, non ?

Elle lui adressa un petit sourire qu'il accueillit par un hochement de tête.

— Je ne voulais pas que mon père me rappelle qu'il m'avait prévenue si j'annulais le mariage, et je me suis persuadée que c'étaient juste les nerfs. En revanche, je reconnais que tu as eu assez de courage pour nous empêcher de commettre une bêtise, même si c'était un peu tard et malgré les retombées. Par ailleurs, je crois que c'était plus facile pour moi de penser qu'il y avait une raison précise à ta décision et que tu étais tombé amoureux de quelqu'un d'autre.

—C'est vrai, mais j'ai essayé de lutter. *Pendant des années*, soupira Weller si fort qu'elle l'entendit parfaitement. En fait, il s'agit de Ste. Je refusais d'éprouver ça pour lui et c'était pareil pour lui. Je croyais que ces sentiments passeraient. Je n'ai jamais été attiré par un homme avant, bon sang ! Pourtant, le matin du mariage, il m'a déclaré son amour et m'a demandé si j'étais sûr de vouloir me marier et d'écarter toute possibilité d'une vie à ses côtés. C'est là que j'ai compris que non. Je savais cependant, même si j'allais te blesser, que c'était la seule manière d'être honnête avec toi. Je t'aimais Ella, mais pas comme ça.

Pendant une seconde ou deux, Ella en eut le souffle coupé, mais alors que son cerveau s'efforçait d'assimiler l'information, elle s'apercevait que Weller et Ste avaient toujours été faits l'un pour l'autre. Ils avaient été des amis trop proches et Ste avait toujours soutenu Weller. Bien sûr, elle n'avait pas imaginé qu'ils éprouvaient un attachement plus tendre mais, en y repensant, il était évident que c'était le cas depuis des lustres.

—Tu me détestes, n'est-ce pas ?

—Non ! Pourquoi ça ?

Ella posa la main sur la sienne et, cette fois, contrairement à elle, il ne la retira pas. Lorsqu'elle avait embrassé Dan dans le cimetière, la dernière miette de ressentiment qu'elle aurait pu nourrir à l'égard de Weller s'était évanouie. Le baiser avait forcé Ella à admettre qu'elle n'avait jamais éprouvé la même chose avec Weller. Le mariage n'était qu'une étape pour offrir à ses parents les petits-enfants dont ils rêvaient. Elle craignait d'attendre trop longtemps à cause de leurs problèmes de fertilité ; si elle n'avait pas d'enfant à l'âge de trente-cinq ans, elle n'en aurait peut-être jamais croyait-elle, et briserait un autre de leurs rêves. Tout bien considéré, c'était elle qui aurait dû s'excuser auprès de Weller.

—Parce que mes propres parents me détestent, voilà pourquoi ! Lorsque j'ai enfin rassemblé assez de courage pour faire mon coming out, ils m'ont dit de quitter leur maison et de ne jamais revenir. Ma mère est allée jusqu'à déclarer que j'avais tout gâché. Elle aurait pu vivre avec l'idée que j'étais « comme ça », mais le fait de choisir *délibérément* d'aimer un homme, ça, elle était incapable de l'accepter.

—Votre thé, interrompit la serveuse tandis qu'Ella cherchait désespérément que dire.

Weller marmonna un « merci » en dépit de l'émotion qui menaçait de le submerger. Ella savait que, même si elle craignait constamment de les décevoir tant ils avaient placé d'espoirs en elle, ses parents ne lui tourneraient jamais le dos comme ça. Weller en méritait autant de la part des siens, et ce rejet lui brisait le cœur.

—Je suis vraiment désolée, Weller. Cela a dû être vraiment douloureux. Franchement, je ne comprends pas qu'il y ait encore des gens qui pensent ça.

—Après ce que je t'ai fait, certains parleraient de karma.

—Je préfère largement que tu aies annulé le mariage, même à la dernière minute, plutôt que de devoir passer par un divorce qui aurait fini par être inévitable. Tu sais, je pense que je suis tout aussi coupable que toi : nous n'aurions jamais dû nous fiancer, et je te suis réellement reconnaissante d'avoir rompu à temps.

Malgré son sérieux, elle ajouta en plaisantant comme si elle voulait alléger l'atmosphère :

— Même si je me serais volontiers passée d'une vidéo virale sur Internet !

— Je suis désolé que les choses en soient arrivées là. Je voulais te parler de Ste et moi depuis longtemps, et te prier de m'excuser pour tout ce que je t'ai fait subir, mais je n'ai trouvé le courage de le faire que lorsque je me suis rendu compte que nous allions franchir un pas de trop. Que tu comprendrais tôt ou tard et que ce serait encore moins juste pour toi.

— Comment aurais-je pu comprendre ?

— Parce que depuis que le label a décollé avec les Undermods, Ste et moi avons cessé de nous cacher. Il n'a guère fallu de temps aux journalistes de la presse spécialisée qui suivent le groupe pour découvrir que nous formions un couple et, lorsque l'un d'eux a exhumé la vidéo de toi et moi avant le mariage de Petra et Jed, je suppose qu'ils y ont trouvé matière à sortir un scoop. Après tout, il fallait bien un argument puissant pour que quelqu'un rate la chance d'épouser une femme aussi merveilleuse que toi. J'ignore comment mes parents vont le supporter quand la nouvelle sera de notoriété publique.

— Je suis navrée qu'ils aient réagi comme ça. Si vous vous aimez, Ste et toi, et il est clair que c'est le cas, ce que les autres pensent importe peu.

— Merci d'être aussi compréhensive. Je te promets d'y penser, mais uniquement si toi tu réfléchis aussi de ton côté.

— Que veux-tu dire ?

Ella tenta de déchiffrer l'expression de Weller, mais elle n'avait pas la moindre idée de ce dont il parlait.

— Ton retour à Port-Agnes t'a fait beaucoup de bien, mais…

— Mais quoi ?

— Laisse tomber ! Je n'ai aucunement le droit de te donner des conseils.

Il baissa les yeux sur la tasse et la soucoupe posées devant lui.

— Dis-le moi, s'il te plaît.

— Après tout ce que je t'ai fait subir, je serais furieux de te voir opter pour une roue de secours. Tu mérites mieux. Brae a l'air d'être un type sympa, mais il n'est pas celui qu'il te faut, Ella.

— Qu'est-ce qui te fait dire une chose pareille ?

— Je vois bien la manière dont tu le regardes, expliqua Weller en secouant la tête. Tu peux m'envoyer au diable, mais je veux que tu aies ce que j'ai moi avec Ste. Quand je suis avec lui, tous les autres disparaissent. C'est ce que tu mérites, Ella. Plus que n'importe qui.

— J'éprouve peut-être la même chose que toi, sauf que ce n'est pas pour Brae.

Elle se mordit la lèvre. Elle aurait probablement dû rétorquer à son ex-fiancé de se mêler de ses oignons, mais elle était soulagée d'admettre enfin ce qu'elle éprouvait.

— Y a-t-il quelqu'un d'autre ? interrogea Weller d'un ton plus animé. Brae est-il au courant ?

— Ce n'est rien de sérieux, juste l'idée de ce qui aurait pu être si les dix dernières années n'avaient pas existé, je suppose. Pour toi, c'est le premier amour, n'est-ce pas ? Ce genre d'amour ne résiste pas souvent à la réalité de l'existence… Quant à Brae, nous sommes amis, et il le sait aussi bien que moi. Ce sont mes parents qui rechignent à l'admettre, et Brae est bien trop gentil pour que je leur dise la vérité.

— Ne sois pas si dure avec eux, Ella. Ils t'aiment.

Le visage de Weller était redevenu sombre.

— Ils ne te rejetteraient jamais comme mes parents l'ont fait. Tu peux au moins leur reconnaître ça, même quand ils te rendent dingue.

— C'est le cas, et je leur suis reconnaissante plus qu'ils ne le sauront jamais pour tout ce qu'ils ont fait pour moi, même si ma façon de le leur montrer m'entraîne à prendre des décisions qu'ils ne comprennent pas.

Ella serra à nouveau la main de Weller avant de poursuivre :

— Je suis sûre que tes parents finiront par se rendre à l'évidence et s'apercevront à quel point ils ont été ridicules.

— Je ne suis pas très sûr de le vouloir encore. Cela m'a terrassé et Ste aussi. Quand mon père m'a jeté dehors, je n'ai pas dormi ni mangé pendant des semaines, soupira-t-il. En revanche, toi tu peux obtenir tout ce que tu mérites, Ella : la carrière dont tu rêves, une famille qui t'adore et la personne qui illuminera ta vie. C'est ce que je te souhaite. Vraiment. Alors, promets-moi que, quoi qu'il arrive avec cet autre homme, tu ne te contenteras pas d'un second choix.

— C'est promis.

Elle leva les yeux vers Weller et éprouva une bouffée d'affection qu'elle aurait crue morte et enterrée. Il lui avait rendu sa liberté alors qu'il aurait pu l'utiliser pour dissimuler son secret. À présent, elle se dit qu'elle leur devait à tous les deux d'en tirer le meilleur parti.

13

Si Ella avait envisagé de demeurer à Port-Agnes, le cottage qu'Anna avait habité avec son ex-petit ami était exactement le genre de maison qu'elle aurait achetée. Elle était bâtie en épais murs de pierre et avait supporté plus de quatre cents ans de rafales qui s'étaient abattues sur tout le littoral Atlantique jusqu'à Port-Agnes. L'intérieur était douillet, avec un tapis de laine devant une cheminée à foyer ouvert et deux canapés moelleux situés de part et d'autre. Sur le mur d'en face, une grande bibliothèque était garnie de photos et de livres qu'Anna assurait avoir tous lus.

— Tu as une si jolie maison, dit Ella pendant qu'Anna était en train de leur resservir du vin.

Elles avaient commandé des plats de curry au seul endroit qui en livrait à Port-Agnes, et elle était ravie d'avoir l'occasion de mieux connaître Anna. Ella s'entendait bien avec tous les membres de l'équipe mais, depuis le début, c'était d'Anna qu'elle s'était sentie plus proche. Même si elles n'avaient pas travaillé ensemble, Ella était certaine qu'elles auraient été amies.

— Merci. C'est un peu bizarre de vivre ici sans Greg. Quand je lui ai racheté sa part, j'ai aussi récupéré la majeure partie des meubles. Toutefois, je commence à me demander si c'était une si bonne idée de garder tous ces souvenirs. J'ai perdu mes deux parents avant même notre rencontre, alors c'était important pour moi de garder les objets qu'ils m'avaient laissés. En revanche, j'aurais dû m'obliger à me débarrasser des trucs qui me rappellent Greg.

— Vous êtes restés ensemble pendant longtemps, non ? Je sais ce qu'on ressent quand ça se termine comme ça. Aussi banal que ça en l'air, tu dois redécouvrir qui tu es.

Voilà qu'elle remettait ça ! Donner le genre de conseils qu'elle trouvait toujours difficiles à suivre. Mais c'était toujours plus facile à dire qu'à faire. Elle se rendait compte que la plupart des décisions qu'elle avait prises dans sa vie n'avaient pour objectif que de satisfaire les attentes des autres.

— Je sais mais, pour être franche, je n'ai pas envie de rester seule. Je n'ai plus de famille et parfois, j'ai l'impression de ne plus pouvoir m'appuyer sur quiconque sans Greg.

Anna but une gorgée de vin avant de continuer :

— Donnerais-tu une nouvelle chance à Weller s'il te le demandait ?

— Non, et je suis sincère quand je dis que je suis contente que ça se soit passé ainsi. Il a trouvé quelqu'un d'autre et je suis vraiment ravie pour lui.

— Tu es bien meilleure que moi dans ce cas. Il semble que Greg a déjà rencontré quelqu'un. Il revient à Port-Agnes dans une quinzaine de jours pour le mariage de sa sœur et sera accompagné de sa nouvelle compagne. J'avais été invitée moi aussi.

— Tu vas y aller quand même ?

—Je ne sais pas. Une part de moi voudrait se pointer dans la tenue la plus classe possible pour lui montrer ce qu'il rate, mais une part plus importante préférerait rester ici, me soûler à mort et pleurer comme une fontaine pour maculer de mascara tous ces coussins ivoire que nous avons achetés ensemble.

—Serais-tu prête à le reprendre ?

—C'est moi qui ai mis fin à notre relation et mes raisons n'ont pas changé. Je veux fonder une famille et pas lui. Sauf que je ne vais pas mentir et prétendre que je ne souffre pas comme une damnée qu'il ait tourné la page si vite.

—Et comment se passent les rencontres sur Internet ?

Ella regarda son amie juste à temps pour déceler sa grimace. La dernière fois qu'elles avaient passé une soirée ensemble, Anna avait fini par accepter de sauter le pas et avait publié le profil qu'Ella et les autres sages-femmes lui avaient rédigé sur un site de rencontres. D'après son expression, cela ne donnait pas les résultats espérés.

—Disons que ceux qui recherchent une relation sérieuse ne sont pas nombreux, mais il y a quand même un bon côté : je pourrais faire une exposition chez Pottery and Paper avec toutes les photos de quéquettes que j'ai reçues ! J'ignorais qu'il y avait tant de formes et de tailles différentes, sans parler des couleurs qui pourraient rivaliser avec un nuancier de chez Dulux.

—Oh, Anna ! Je suis désolée, mais c'est quand même hilarant.

Elles se mirent à glousser et, lorsque Anna lui montra certaines des photos en question, Ella pleurait de rire.

— Pourquoi les hommes croient-ils que nous avons envie de regarder ce genre de trucs ? D'autant que je passe déjà la majeure partie de mes journées à examiner des sexes de femme ! Je n'ai pas envie de rentrer chez moi pour voir ça !

Anna but une nouvelle gorgée de vin.

— Après l'année que nous avons passée, toi, Jess et moi, je devrais peut-être revoir mes priorités et admettre que je suis mieux toute seule.

— Comment va Jess ? Je croyais qu'elle viendrait ce soir.

— Je pense que les choses sont encore vraiment difficiles entre elle et Dom, soupira Anna. La dernière fois qu'elle est sortie, il n'était pas à la maison à son retour et il n'est rentré que le jour suivant. Il se serait pris une cuite avec ses potes et aurait fini par s'endormir sur un canapé, mais elle m'a dit que sortir lui donnait l'impression de s'ajouter une pression inutile. C'est comme si la lumière s'était éteinte. Autrefois, elle était toujours partante pour faire la fête.

— Je me demande parfois pourquoi les gens restent ensemble. Toi, tu voudrais avoir un bébé avec quelqu'un comme Dom ?

Ella fit de son mieux pour ne pas se rappeler qu'elle avait souhaité fonder une famille avec Weller. Elle savait alors qu'elle faisait beaucoup de compromis en se casant avec quelqu'un qu'elle n'aimait pas vraiment. Pourtant, elle avait envisagé d'avoir des enfants avec lui. Cela ne lui donnait guère le droit de se poser en juge.

— D'après ce que j'ai compris, Jess est très proche des parents de Dom. Elle a été élevée dans une famille d'accueil et je pense qu'elle désire plus que tout fonder sa propre famille. Elle et moi n'avons pas eu cette chance, même si c'est pour des raisons très différentes.

— Moi, je pense que je préférerais suivre la suggestion de Gwen et m'adresser à une banque de sperme plutôt que de rester avec quelqu'un qui me le fait payer chaque fois que je sors, déclara Ella d'un air sévère. Non, oublie ce que je viens de dire ! Je suis la moins qualifiée pour distribuer des conseils.

— Je devrais peut-être appeler la radio des Trois-Ports. C'est leur soirée « courrier du cœur » non ?

— J'avais presque oublié qu'ils faisaient encore ça. D'autant que je ne comprends pas comment n'importe quel habitant des Trois-Ports aurait envie d'exposer ses problèmes au docteur Jenny. Je te parie mon dernier sou qu'elle n'est pas plus docteur que moi et qu'ils n'essaient même pas de déguiser la voix des auditeurs. Ah, ça me va bien de me moquer ! Après ma vidéo virale, ils ont apparemment fait une émission où les gens appelaient pour raconter comment ils avaient été largués !

— Allez, écoutons l'émission ! Qui sait, cela pourrait nous remonter le moral. Il y a peut-être quelque part quelqu'un dont l'histoire d'amour est encore plus catastrophique que les nôtres ? plaisanta Anna.

— J'en doute, mais on peut toujours voir qui appelle. Nous reconnaîtrons peut-être un des auditeurs !

— Alexa, mets-nous sur la radio des Trois-Ports, lança Anna.

Au départ, la fin d'une chanson de Tina Turner faillit gâcher leur bonne humeur, mais l'animateur se fit très vite entendre.

— C'était Tina Turner et *Nutbush City Limits*, et maintenant, c'est l'heure de notre émission du cœur avec notre docteur Jenny et ses précieux conseils pour guérir les cœurs brisés.

— Merci, Robbie.

Docteur Jenny parlait d'une voix exagérément snob et haut perchée.

— Cela est surtout une question d'état d'esprit, n'est-ce pas ? Et la seule voie vers le bonheur, c'est l'amour de soi.

— J'hallucine ! s'écria Ella en prenant son verre.

Elle aurait voulu ordonner à Alexa de passer n'importe quelle station de radio sauf celle des Trois-Ports.

— Le problème, Robbie, est que les personnes qui pratiquent l'amour de soi sont rares. Beaucoup trouvent cela difficile.

Il n'y avait pas une seule pointe d'ironie dans la voix de docteur Jenny, et c'était peut-être uniquement Ella qui pensait que « l'amour de soi » sonnait comme un euphémisme, au point qu'elle devait lutter pour ne pas glousser comme une écolière.

— Cela peut-il être dangereux ? dit l'animateur avant de faire une pause dramatique. Si vous n'apprenez pas l'art de l'amour de soi ?

— Trop d'amour de soi risque de vous rendre aveugle ! ne put s'empêcher de commenter Ella.

Anna faillit s'étouffer avec sa gorgée de vin tant elle riait. Tout ça eut pour résultat de leur faire manquer le conseil révolutionnaire de docteur Jenny.

— Et vous, *docteur* Jenny, avez-vous jamais rencontré de difficultés à faire marcher vos relations ?

L'animateur avait baissé la voix, comme s'ils avaient une conversation privée au lieu de diffuser l'émission en direct.

— Une seule fois, Robbie, et ce fut justement ma relation avec moi-même. J'ai dû accepter de me séparer de toutes mes fragilités et de toutes ces certitudes erronées sur lesquelles j'avais bâti ma personnalité, ce qui a exigé une profonde thérapie. Ce travail est beaucoup plus exigeant que ce que l'on croit, et c'est la chose la plus difficile que j'aie jamais faite.

— Comment Robbie arrive-t-il à ne pas éclater de rire quand elle sort ce genre de trucs ? demanda Ella à Anna.

Celle-ci n'eut pas le temps de répondre que Robbie annonçait que les lignes étaient ouvertes et qu'ils allaient prendre quelques appels.

— D'après le nombre de messages et de tweets qui nous parviennent, de nombreux auditeurs ont besoin des conseils avisés de docteur Jenny.

Le ton de Robbie était bien trop enjoué à la perspective d'entendre autant de cœurs brisés.

— Si nous prenions un premier appel ?

— Absolument !

Docteur Jenny semblait aussi enthousiaste que lui, mais elle paraissait aussi soudain plus naturelle.

— Allô, merci d'appeler le Robbie Tremain Show sur la radio des Trois-Ports ! Pouvez-vous vous présenter ?

— Heu, c'est… Brian.

— Salut Brian. Racontez-nous donc pourquoi vous nous appelez ce soir dans notre émission consacrée aux relations catastrophiques et à la solitude dans la région des Trois-Ports ?

— Ils pourraient aussi bien appeler ça la « hotline des *losers* » !

Cette fois, c'était Anna qui avait hurlé en direction de la radio. Ella fit une grimace. Elle espérait que la douteuse docteur Jenny et son animateur local n'allaient pas rendre leurs auditeurs encore plus malheureux, notamment s'il s'agissait de personnes qui semblaient destinées à ne pas atteindre le graal de « l'amour de soi ».

— J'appelle parce que je veux savoir s'il y a quelqu'un qui pense comme moi.

Docteur Jenny n'était pas la seule à jouer les aristocrates : Brian parlait comme s'il passait un casting pour jouer le rôle du prince Charles, sans pour autant réussir à masquer un fort accent cornouaillais.

— Que voulez-vous dire, Brian ? demanda docteur Jenny.

Pendant une minute, seul le silence lui répondit, suivi d'un long soupir.

— On dit qu'il existe pour chacun une âme sœur quelque part, mais je ne crois pas que ce soit vrai pour moi.

— Vous n'avez jamais eu de relation sérieuse ? intervint Robbie à son tour.

— Si, une fois, quand j'étais à l'armée. Nous avions prévu de nous marier lorsque je serais démobilisé. Mais quand nous avons commencé à vivre ensemble, elle a décidé qu'elle ne voulait plus de moi.

— Et depuis ? insista Robbie.

— J'ai eu quelques rendez-vous, mais c'est chaque fois la même histoire. Elles m'aiment bien, mais comme ami.

— Pouvez-vous nous dire ce que *vous*, vous ressentez ? questionna docteur Jenny d'une voix tout droit sortie de la page 1 du manuel du parfait psychologue.

— Déprimé. J'ai retrouvé récemment une fille que je connaissais au lycée et nous nous sommes si bien entendus que j'ai cru que cela pourrait déboucher sur quelque chose… d'autant que je m'entends aussi vraiment bien avec ses parents – mais, j'ai été refoulé dans la *friend zone*.

— Malheur ! marmonna Ella.

Anna l'interrogea du regard mais elle secoua la tête. Dès la deuxième phrase, elle avait pensé à Brae et, à présent, elle était certaine que c'était lui. En revanche, elle refusait de le dire à Anna. Si Brae se présentait sous un nom différent et déguisait son accent, ce n'était pas elle qui le trahirait.

— Avez-vous pensé au *speed dating*, Brian ?

Docteur Jenny l'évoquait comme s'il s'agissait d'un concept révolutionnaire.

— C'est une excellente manière de découvrir si vous avez une connexion instantanée avec quelqu'un. À votre manière d'en parler, je dirais que vous cherchez à nouer des relations avec des femmes alors qu'il n'y a aucune alchimie entre vous.

— C'est peut-être moi. Peut-être que je suis incapable de donner à une femme ce sentiment de… connexion.

— Bien sûr que non !

Ella ne s'était pas aperçue qu'elle avait parlé à voix haute, jusqu'à ce qu'elle voie Anna relever les sourcils.

— Il suffit peut-être que vous modifiiez légèrement votre image ? dit Robbie d'une voix à nouveau très enjouée. Nous pourrions organiser un relooking !

—Je ne suis pas sûr d'être pour. J'ai horreur qu'on me prenne en photo, même quand je suis au mieux de ma forme.

Dans sa panique, Brae avait oublié de déguiser sa voix et Ella n'avait plus aucun doute. C'était bien lui !

—Ce serait génial d'organiser un *speed dating* et une soirée célibataires à la radio. Nous pourrions diffuser l'événement en direct !

Robbie avait de nouveau adopté un ton euphorique, comme s'il était déjà en train d'essayer de se faire entendre dans le bruit ambiant d'une soirée au lieu du silence d'un studio insonorisé.

—Quelle idée extraordinaire !

La réaction de docteur Jenny fut aussi retentissante, comme s'ils avaient tous deux oublié la présence de Brae à l'autre bout du fil. Pourquoi se barber à prêcher « l'amour de soi » quand ils sentaient venir un taux d'audience vertigineux ?

—Est-ce une proposition qui vous attirerait, Brian ?

Robbie s'était enfin souvenu qu'ils avaient un auditeur en ligne.

—Je pense que je ferais mieux d'admettre que je resterai toujours célibataire et de me concentrer sur mon entreprise et sur mes amis.

—Il y a pire dans la vie, Brian.

Au moins, docteur Jenny disait enfin quelque chose d'intelligent, même si ce n'était pas ce que Brian-Brae voulait entendre.

—Alors, c'est tout ce que je peux espérer ?

La voix de Brae s'était soudain voilée de tristesse, au point qu'Ella eut envie de se précipiter chez lui pour le réconforter. Docteur Jenny avait été aussi inutile que ce qu'Ella l'avait supposé.

—N'oubliez pas ce que je vous ai expliqué au début de l'émission de ce soir. Le plus important est d'apprendre à vous aimer vous-même et, une fois que vous y parviendrez, le reste suivra.

La manière dont Brae y parviendrait concrètement demeurait un mystère : Robbie avait clairement décrété que le premier appel avait désormais perdu tout intérêt.

—Merci de votre intervention, Brian. Nous vous souhaitons bonne chance ! Ah, nous avons un autre interlocuteur en ligne ! Merci d'appeler le Robbie Tremain Show, pouvez-vous vous présenter ?

Dès que l'auditeur se mit à parler, le téléphone d'Anna sonna.

—Alexa, stop.

Anna s'empara de son appareil dès que la radio fut coupée, mais Ella n'entendit que son côté de la conversation.

—Allô ? Oui, c'est exact. Désolée, mais ça arrive. Tant qu'il va bien, c'est tout ce qui compte. Oui, je vérifie auprès de la banque dès demain et je reviens vers vous s'il y a un problème.

—Tout va bien ? demanda Ella dès qu'Anna eut achevé son coup de fil.

—C'était L'Étoile du Bengale. Le fils du propriétaire, qui se charge des livraisons, a eu un petit accident de la route. C'était l'un des serveurs qui m'annonçait qu'ils fermaient le restaurant et la cuisine pour la soirée et que nous ne serions pas livrées.

—Comme tu le lui as dit, tant qu'il va bien, peu importe.

Malgré ses paroles, Ella sentit son estomac protester en gargouillant.

—Tout à fait, et je peux nous concocter une omelette. Ou je dois avoir une pizza dans le congélo.

—Non, ne prépare rien, je sais où nous pourrons trouver un truc à manger.

Ella était déjà debout et attrapait son manteau.

—S'il est question de terminer les invendus de la boulangerie de tes parents, je crois que je te vouerai un amour éternel.

—Il y a une petite chance pour que ce soit encore mieux que ça.

Ella sourit en croisant intérieurement les doigts. *Du balai, docteur Jenny, on va te montrer comment faire !*

***

—Est-ce que Brae est dans le coin, Pete ?

La lumière éblouissante de l'intérieur du *fish and chips* piquait les yeux d'Ella. Anna était déjà installée à la seule table libre de la petite partie restauration. Si elle était déçue de l'endroit où Ella l'avait amenée, elle n'en montrait rien.

—Il est resté à l'arrière presque toute la soirée, mais je vais aller le chercher dans une minute.

Pete était le cousin de Brae et venait parfois lui donner un coup de main.

—Je ne veux pas le déranger s'il est occupé.

— La dernière fois que je suis allé voir, il faisait semblant d'examiner la compta ! sourit Pete. Mais je sais qu'il sera ravi de savoir que tu es là.

— Génial, merci. En attendant, puis-je te commander un haddock-frites, une crevettes-frites et deux Coca Light, s'il te plaît ?

— Pas de souci. Je t'envoie une des serveuses dès que c'est prêt.

— Merci, Pete.

Anna et Ella se mirent à parler d'une de leurs patientes qui attendait des triplés. Avec une naissance multiple, pas question d'un accouchement à domicile ou au pôle de santé, mais elle était suivie par les sages-femmes de Port-Agnes. Trois bébés d'un coup, c'était toujours un événement excitant.

— J'espère que je ne vous interromps pas.

Brae arrivait avec leurs boissons et Ella se glissa sur le siège proche de la vitrine pour lui céder sa place.

— Pas du tout. As-tu le temps de t'asseoir cinq minutes avec nous ?

Ella l'observa pendant qu'il opinait.

— Tu connais Anna, n'est-ce pas ?

— Oui, bien sûr. Je suppose que tu ne te souviens pas de moi, mais je suis Brae, le frère de Morwenna Ayre. Tu l'as suivie pour sa grossesse à l'époque où je sortais de la marine. Je vivais chez elle pendant que je rénovais la boutique, alors on s'est croisés deux ou trois fois.

— Je me rappelle bien de toi au contraire. Je t'ai vu là-bas plusieurs fois. Je voulais te dire bonjour mais tu étais toujours si occupé !

Anna lui rendit son sourire. Ella ignorait si quelqu'un d'autre aurait pu déceler l'alchimie entre deux personnes mais, là, elle sentait de véritables vibrations. Elle dut coller ses bras contre ses hanches pour ne pas céder à l'envie qui lui prenait d'entamer une petite ola en solo.

— J'aurais pris le temps de bavarder un peu.

Brae prit place à côté d'Ella.

— Alors, qu'est-ce que vous avez fabriqué ce soir toutes les deux ?

— On a bu du vin, bavardé et attendu une commande de curry qui n'est jamais venue.

Ella s'était empressée de répondre avant qu'Anna ait le temps d'évoquer l'émission de radio.

— C'est la preuve qu'il vaut mieux s'en tenir à la cuisine locale ! déclara Brae avec un clin d'œil dont Ella ne l'aurait jamais cru capable.

— C'est ce que je ferai désormais.

Anna avait rougi, mais cela n'avait rien à voir avec la chaleur des friteuses. Si elle avait su que ce serait aussi facile, Ella aurait planifié la rencontre des semaines plus tôt. Bien, il était grand temps de sceller la transaction.

— Que fais-tu samedi prochain ? Anna et moi, nous allons aux fiançailles de notre amie Penny. Tu t'en souviens, tu l'as rencontrée à la Casa Cantare le soir où son copain l'a demandée en mariage ? Elle organise une fête avant qu'ils ne déménagent à Aberdeen et nous avons été invitées toutes les deux avec le cavalier de notre choix.

— Je pense que Pete pourra me remplacer. Alors, qui sera la malheureuse élue ? demanda Brae en relevant un sourcil.

— Anna ! s'écria Ella en remarquant aussitôt le sourire qui éclaira le visage de chacun de ses amis.

— Génial ! s'exclama Brae sans se départir de sa gaieté. Et toi alors ?

— Tout sera dévoilé en temps utile.

Elle se tapota le nez d'un air entendu. Elle expliqua ensuite à Brae de quoi Weller avait voulu lui parler afin qu'il comprenne qu'elle n'allait certainement pas amener son ex. En l'état actuel des choses, elle se rendrait certainement à la soirée seule, et cela ne la dérangeait pas. Lorsqu'elle quitterait Port-Agnes, la situation serait plus gênante si elle révélait à qui que ce soit qu'elle voyait Dan. Tous les deux, ils profitaient du temps qui leur était alloué, rien de plus. En revanche, en voyant Brae et Anna s'entendre sur-le-champ comme deux larrons en foire, elle éprouva une telle joie qu'elle aurait aimé en parler à quelqu'un. Quelqu'un qui était Dan et personne d'autre.

14

Une semaine après les fiançailles de Penny, Brae et Anna étaient officiellement en couple. Les seuls qui n'étaient pas ravis pour eux étaient l'ex d'Anna et Ruth et Jago Mehenick. Ella s'en voulait de décevoir ses parents mais, pour une fois, cela en valait la peine parce que ses adorables amis avaient l'air parfaitement heureux. Lorsqu'elle avait retrouvé Dan pour un autre pique-nique après le soir où elle avait présenté Brae à Anna, il avait été presque aussi enthousiaste qu'elle que leur vieux copain déniche enfin quelqu'un qui pourrait lui convenir.

Son moral continua à grimper le jeudi de la semaine suivante, lorsqu'elle reçut un message de Weller qui annonçait de bonnes nouvelles.

> J'espère que tu continues de t'épanouir à Port-Agnes ! Eu un coup de fil de ma mère la semaine dernière et mes parents me tendent un brin d'olivier. Ils ne sont peut-être pas prêts pour la Pride, mais elle a dit qu'ils ne voulaient pas me perdre. Nous prenons notre temps, un pas à la fois, mais ils viennent à Londres déjeuner avec Ste et moi. J'avais écrit à ma mère pour lui dire que tu avais si bien pris la nouvelle que ça a dû les faire réfléchir. Si tu peux l'accepter, peut-être qu'eux aussi. Je te

souhaite le meilleur et tu sais que tu seras toujours bienvenue chez Ste et moi. Je t'embrasse.

Super contente pour vous ! Bonne chance avec tes parents et dis bonjour à Ste pour moi. Tiens-moi au courant. Bises.

C'était bizarre d'échanger de tels messages avec un ex-fiancé, mais c'était une bénédiction qu'Ella était déterminée à embrasser. Elle avait vécu avec Weller pendant longtemps et elle aurait trouvé dommage de tout effacer. À présent qu'ils construisaient une amitié, il lui était plus facile de s'accrocher aux bons moments et de ne pas considérer toutes ces années comme un gâchis.

Elle avait à peine rangé le téléphone dans son sac qu'il sonna à nouveau. Comme elle n'était pas de garde, elle crut que c'était sa mère, mais c'était Anna.

—Allô ?

—Oh, Ella, quel soulagement ! Où es-tu ?

—Je suis dans Paradise Lane et je retourne vers le port. Que se passe-t-il ?

—Une femme vient d'entamer le travail pour son premier-né sur l'île des Sœurs-d'Agnes, dans l'ancien couvent.

—Oh, non ! L'un des bateaux de l'hôtel ne peut-il pas l'amener jusqu'à la maison médicale ?

Ella voyait à peine le port, mais la mer paraissait calme pour un mois d'octobre. Quoique courte, la traversée depuis l'île en pleines contractions n'était pas idéale, mais c'était franchement mieux que de prendre le risque d'accoucher à un endroit où il n'y avait aucune assistance. Même si tout se passait bien, cela signifiait qu'il faudrait effectuer la traversée avec un nouveau-né ou risquer de passer à pied à marée basse. L'île des Sœurs-d'Agnes n'était qu'un gros rocher isolé du continent la plupart du temps, mais c'était aussi une attraction touristique – il y avait un merveilleux restaurant de fruits de mer qui occupait la majeure partie du rez-de-chaussée de l'hôtel installé dans l'ancien couvent, avec des vues panoramiques sur la mer de tous les côtés.

—Ils ont essayé de la convaincre de faire la traversée mais elle a refusé de monter dans la navette. Pour être honnête, je n'en aurais pas eu envie non plus. Elle est à peine plus grosse qu'une coque de noix. L'équipage de sauveteurs en mer a tenté de la persuader de faire le trajet avec eux, mais elle est au bord de l'hystérie et refuse absolument de bouger. Ensuite, les sauveteurs ont été appelés ailleurs. Ce qui signifie que l'une de nous doit faire la traversée jusqu'à l'île pour la persuader qu'elle a intérêt à prendre un bateau plutôt que de rester là-bas.

—Pourquoi ai-je l'impression que tu vas me dire que je suis l'heureuse élue ?

Ella était déjà en train de récapituler tout ce dont elle avait besoin et de réfléchir à la question de savoir si elle devait d'abord passer par la maison de santé.

—Je sais que tu es en congé, mais tout le monde est pris. J'ai une femme dans la salle de travail n° 2 en ce moment. La seule personne qui aurait pu s'en occuper, c'est Toni, mais elle est partie en visites à domicile et elle doit être dans un coin où il n'y a pas de réseau parce que je n'arrive pas à la joindre. Quand elle sera dispo, je ferai tout pour qu'elle vienne t'aider si tu n'as pas réussi à convaincre la jeune maman de venir de son plein gré. Même si elle ne comprend pas que c'est la meilleure solution.

—D'accord, mais il y a quand même un problème ! Comment suis-je censée aller sur l'île ?

—Quand nous avons répondu à l'appel, Niall, le mari de Lissy, était là pour déposer des cadeaux de remerciement pour toi depuis que la petite Tegen est suivie par la puéricultrice. Il a proposé son bateau et affirmé qu'il te retrouvait au port dans un quart d'heure. Tu peux y être ? La femme qui va accoucher s'appelle Natalie Macdonald et elle n'est enceinte que de trente-quatre semaines.

—OK, ma sacoche est chez mes parents et je pense que j'ai tout ce dont j'ai besoin si je n'arrive pas à la faire retraverser avec moi. Cependant, je vais envoyer un texto à Toni dans le cas contraire pour lui dire si j'ai besoin d'autre chose.

—Tu es une perle, Ella. Je ne sais pas ce que nous ferions sans toi.

Anna s'éclaircit la gorge avant de continuer.

—En fait, je voudrais t'en parler la prochaine fois qu'on se verra. J'ai reçu un e-mail de Sadie Turner qui a décidé de ne pas reprendre son poste.

—Oh, je ne crois pas…

Anna l'interrompit avant qu'Ella puisse trouver une raison pour expliquer pourquoi elle ne pouvait pas accepter le poste de manière permanente.

—Je n'ai pas besoin d'une réponse tout de suite et je ne te mets pas la pression, mais je serais ravie que tu décides de rester. Je sais que je ne suis pas censée favoriser qui que ce soit mais, même si ce n'était pas grâce à toi que j'ai rencontré Brae, tu as déjà ma préférence.

—Je suis si contente que cela se passe bien. Brae est un mec adorable.

—C'est pas moi qui dirais le contraire, mais nous en parlerons une autre fois, sinon nos deux patientes auront accouché avant ! rit Anna. Je garde mon téléphone à portée. Appelle-moi dès que tu en sauras un peu plus.

—Pas de problème.

Après l'appel d'Anna, Ella passa en mode accéléré. Elle devait retourner chez ses parents, se changer et retrouver Niall au port en moins de quinze minutes. C'était dans de tels moments qu'elle regrettait de ne pas être Superman qui était capable de se changer dans une cabine téléphonique. Sauf qu'on pouvait se faire arrêter pour ce genre de chose à Port-Agnes, et elle avait eu son compte de gros titres.

***

Lorsqu'elle arriva au port avec ses affaires, Ella était à bout de souffle. Depuis son retour à Port-Agnes, elle n'avait pas fait de sport parce qu'elle croyait qu'entre son boulot et les balades avec Daisy, elle resterait en pleine forme. Sauf que ça ne suffisait pas.

—Où es-tu Niall ? marmonna-t-elle en balayant le port du regard.

À cette époque de l'année, les touristes avaient disparu, et il semblait qu'il y avait aussi moins de bateaux. Il n'aurait pas dû être difficile de repérer Niall, mais elle ne le voyait nulle part et commençait à se dire qu'elle perdait un temps précieux.

— Ella !

Elle baissa les yeux dans la direction de la voix qui la hélait, mais ce n'était pas Niall. Dan était debout sur le pont d'un petit bateau et lui faisait signe de s'approcher.

— Niall est avec toi ? demanda Ella en s'approchant du bateau.

— Non, il a filé à la ferme pour rentrer les vaches afin que Lissy n'ait pas à le faire et il a eu un problème avec son dos. C'est déjà arrivé. C'est un truc en rapport avec un disque décalé de sa colonne vertébrale. Bref, il est arrivé tant bien que mal chez lui et m'a demandé de t'emmener sur l'île à sa place. Je n'ai jamais conduit aussi vite de ma vie, sauf peut-être quand nous sommes revenus de l'aéroport à la naissance de Tegen !

— Tu sais conduire ce truc ?

Elle descendit de la jetée et attrapa la main qu'il lui tendait tandis que tout son corps réagissait à sa caresse légère. Pourquoi continuer à se dire que Dan et elle n'entretenaient qu'une relation sans conséquence alors que son corps était déterminé à lui prouver le contraire ?

— Je sais *piloter* un bateau ! dit-il en riant devant l'expression qui avait dû lui traverser le visage. Bon, d'accord, je sais que je n'ai pas l'air d'un expert mais, ne t'en fais pas, tu es entre de bonnes mains.

— Tu as déjà *piloté* ce bateau-là ?

Elle fit de son mieux pour ne pas remarquer l'allure patinée du pont en bois. Le charme rustique ne la gênait pas, mais là, le bois paraissait plutôt pourri qu'autre chose, et la seule embarcation qu'elle avait vu Dan utiliser était le canot pneumatique qu'ils avaient emprunté jusqu'à la Ocean Cove lorsqu'ils étaient en terminale. Ce jour-là, ils avaient réussi à dériver bien trop loin pour revenir avant la nuit parce qu'ils avaient été distraits par leurs baisers d'adolescents. Ils avaient dû sauter pour nager jusqu'à la crique la plus proche, en abandonnant leur esquif à son sort. Celui-ci avait dû se perdre vers Wexford, voire à Terre-Neuve, et cela ne suffisait pas à la rassurer quant à la capacité de Dan de ramener Ella et Nathalie sur le continent.

—Lissy a acheté le bateau pour l'offrir à Niall en cadeau de mariage. Lorsqu'ils ont compris qu'elle était enceinte de Noah, j'en ai racheté la moitié pour les soulager un peu financièrement. J'ai pris deux ou trois leçons pour obtenir mon permis. Désormais, je m'en sers plus souvent que Niall, puisqu'il est si souvent en déplacement. Il fait trop froid pour rester sur le pont et le bateau est un peu vieux, mais il nous emmènera là-bas et retour sans problème.

—Il faudra que je te prenne au mot.

De toute manière, ils n'avaient plus le temps de chercher une autre solution. Elle n'avait d'autre choix que de le suivre dans la cabine de pilotage en espérant que ses talents de pilote s'étaient améliorés depuis le jour du canot.

—Le moteur est un peu bruyant ! Inutile de gaspiller ta salive pour parler.

Lorsque Dan démarra, Ella comprit qu'il ne plaisantait pas. Si elle avait dû décrire le son, elle l'aurait comparé à une tondeuse qui avait connu des jours meilleurs, mais avec un volume multiplié par dix. Son seul espoir restait que le moteur aurait davantage de puissance qu'une vieille tondeuse.

Ils sortirent du chenal et Ella, suivant le conseil de Dan, n'essaya pas d'entretenir la conversation. L'eau était un peu plus agitée mais le ciel arborait toujours un bleu soutenu et les vagues avaient l'air faussement accueillantes. Tous ceux qui avaient pris un bain dans le port de Port-Agnes savaient précisément que la comparaison avec une plage tropicale n'était que pure fiction. L'île des Sœurs-d'Agnes s'élevait devant eux au-dessus de la mer. Elle formait presque une couronne au centre de laquelle le couvent, désormais aménagé en hôtel de luxe, dominait les lieux face à la petite cité à laquelle elle devait son nom.

Quand Ella était enfant, et qu'il y avait encore quelques religieuses qui vivaient au couvent, elle avait consacré des heures à l'observer depuis Port-Agnes, à imaginer des histoires sur ce qui se passait réellement sur l'île. C'était beaucoup plus amusant de penser qu'il abritait des pirates et leurs butins précieux, ou des tunnels secrets qui conduisaient à la cachette des sirènes, que d'accepter la réalité. Dans son école, des rumeurs couraient sur un bandit de grand chemin qui avait été exécuté sur l'île sous la hache de son bourreau. L'histoire racontait qu'il arpentait la lande du continent sans relâche, toutes les nuits, dans la quête désespérée de retrouver sa tête. Le récit l'avait terrifiée et fascinée en même temps et, quand elle était petite, elle avait cru que ce fantôme existait.

— Je pense que c'est un bon endroit pour amarrer, hurla Dan pour couvrir le grondement du moteur tandis qu'il manœuvrait l'embarcation dans un petit espace de la jetée qui conduisait jusqu'à terre.

Chaque jour, l'hôtel proposait des navettes à heures régulières, et il était toujours possible de louer un bateau-taxi si l'un d'eux était disponible – ce qui n'était pas fréquent en octobre. Lorsque la marée était au plus bas, seulement à certaines époques de l'année, on pouvait même rejoindre l'île à pied. Hélas, comment savoir ce qui serait possible lorsque le bébé déciderait de pointer son nez, même si Natalie réussissait à tenir jusque-là ?

— J'espère seulement que nous arriverons à la convaincre qu'il vaut mieux traverser en bateau que de prendre le risque d'un accouchement délicat ici.

Le bandit sans tête était parfait dans les contes pour enfants, mais Natalie et son bébé risquaient de se retrouver vraiment en danger si la maman insistait pour rester sur l'île. Il était impossible de prévoir comment se déroulerait le travail, d'autant plus chez une primipare prise de contractions avant terme.

— Veux-tu que je t'attende ici ?

Dan posait la question comme s'il espérait un oui, mais Ella secoua la tête.

— Non, je pourrais avoir besoin de toi.

— Pourquoi donc ? Je ne suis pas très sûr de vouloir me mêler de… Tu sais, j'ai aidé Lissy à mettre bas un veau et l'apparition d'une nouvelle âme dans le monde ne fut pas, disons, l'expérience censée forger un homme !

— Ne t'inquiète pas. Je ne vais pas te demander de délivrer le bébé, rit Ella, mais je pourrais avoir besoin de tes pouvoirs de persuasion et, si Natalie n'arrive pas à marcher, j'aurai besoin d'aide pour la descendre jusqu'au bateau. Enfin, même si je commence à ne plus te considérer comme si viril depuis que je t'imagine assis sur une botte de foin, la tête entre les genoux parce que tu viens de voir une vache mettre bas !

— Je te ferai savoir que je suis resté debout, la tête haute, jusqu'au bout, dit-il d'un ton enjoué. Par contre, ne demande pas à Lissy par quelles nuances de vert je suis passé ou elle ne pourra pas s'arrêter de rire de la semaine.

— Tu sais que je dois lui poser la question maintenant ?

Ella releva un sourcil et se tourna vers l'allée qui montait vers le vieux couvent. Elle paraissait décontractée mais, comme Dan, elle espérait contre toute probabilité qu'ils ne seraient pas obligés de pratiquer l'accouchement *in situ.* Pas tant qu'ils ne seraient pas de retour sains et saufs sur le continent.

15

L'écho des sanglots de Natalie Macdonald se répercutait dans le couloir, bien avant qu'Ella et Dan atteignent le jardin d'hiver où la future maman était en train de patienter en compagnie de son mari et d'un directeur de l'hôtel plus agacé qu'autre chose. D'après son badge, qui affichait son titre, il s'appelait Peiter.

— Bonjour Natalie. Je m'appelle Ella et je suis une des sages-femmes de Port-Agnes. Voici Dan. C'est lui qui m'a amenée ici. Notre réceptionniste nous a dit que vous nous attendiez.

Ella parlait d'une voix douce, mais elle dut hausser le ton pour se faire entendre par-dessus les pleurs de Natalie qui semblaient intarissables.

— Tout va bien se passer, je vous assure.

— Je ne pars pas ! Ne m'obligez pas à partir !

Natalie repoussa la main que son mari avait posée sur son bras.

— Cela ne devait pas se passer comme ça. J'avais prévu d'accoucher à Portland, mais Liam a insisté pour que nous partions un peu, pour une sorte de lune de bébé, et il a assuré qu'il n'y avait aucun risque que le bébé se présente plus tôt. C'est sa faute à ce crétin !

— Je croyais que les premiers mettaient toujours un temps fou à venir au monde, dit Liam qui avait l'air tout aussi proche des larmes. Je n'aurais pas dû prendre le risque, je le sais, notamment avec la tocophobie de Nat et tout.

— C'est un diagnostic qui a été posé par un médecin ?

Ella vit Natalie hocher la tête. Si Anna avait été au courant, elle l'aurait mentionné à Ella, car cela rendait le défi qui les attendait plus grand encore.

— J'ai toujours eu des crises de panique et je souffre d'anxiété, mais plus mon ventre grossit, plus je suis terrifiée à l'idée d'accoucher.

Natalie n'avait pas cessé de pleurer, mais ses sanglots n'entrecoupaient plus ses paroles, ce qui était plutôt bon signe.

— Qu'est-ce que la tocophobie ?

Peiter avait l'air de plus en plus anxieux. Il s'agrippait à un grand flacon de gel hydroalcoolique comme si sa vie en dépendait.

— La tocophobie est la peur pathologique de l'accouchement. Certes, il est parfaitement normal d'être inquiète à propos du travail et de la délivrance, mais la tocophobie peut finir par impacter la vie quotidienne d'une femme, ce qui lui rend impossible de penser à autre chose.

Ella s'accroupit à côté de la chaise de Natalie :

— C'est ce que vous éprouvez, ma belle ?

— Ou… ouiii, j'ai de plus en plus de crises de panique et ce n'est que grâce à la TCC que je tiens le coup. En ce moment, je ne travaille pas parce que je suis mannequin et, bien sûr, il n'y a pas beaucoup de castings pour quelqu'un dans mon état !

— Tu es plus belle que jamais, chérie, je ne cesse de te le répéter.

Liam reposa la main sur l'épaule de Natalie et, cette fois, elle ne le repoussa pas.

—Ma psychologue m'a dit que je méritais un break et j'ai utilisé toutes les techniques qu'elle m'a montrées pour affronter le voyage. Mais il ne suffit pas de se dire que rien de mal ne va arriver et que je ne vais pas commencer le travail si tôt, n'est-ce pas ?

—Vous vous en sortez très bien. Bien des femmes qui souffrent de tocophobie seraient déjà en pleine crise en ce moment, et je pense que la thérapie vous aide plus que vous n'en avez conscience.

Ella était soulagée de constater que Natalie avait repris le contrôle de sa respiration. Si elle avait une crise pendant le travail, sans aucun des recours habituels de l'hôpital, les choses pouvaient vraiment mal tourner.

Sans parler du fait qu'elle n'en était qu'à trente-quatre semaines et que le bébé allait avoir besoin d'un peu d'aide lui aussi.

—Ma psychologue était censée m'accompagner à l'hôpital pour m'aider tout au long de l'accouchement, et ils m'ont dit que je pourrais avoir une césarienne si je décidais de ne pas choisir une naissance naturelle. Mais je voulais essayer.

—Avez-vous déjà des contractions ?

—C'est plus comme des crampes que ce que je craignais, et elles sont très espacées, mais je ne suis pas sûre de ce que je suis censée sentir.

—Je pense que la première chose à faire est de vous examiner, Natalie, d'accord ? Nous verrons ensuite.

—J'attends dehors.

Dan était déjà à mi-chemin de l'autre extrémité du jardin d'hiver, Peiter sur les talons.

—Vous n'avez pas besoin de sortir, parce que nous n'allons pas procéder à l'examen ici.

Ella apercevait des gens qui se promenaient dans le parc, à l'extérieur, ce qui voulait sans doute dire qu'eux les voyaient aussi.

—Pensez-vous être capable de monter jusqu'à une chambre, Natalie ?

—Oui, je crois.

—Elle a perdu les eaux dans le restaurant et j'ai pratiquement dû la porter jusqu'ici. À ce moment-là, elle se débattait comme une furie.

Liam remonta sa manche de chemise pour dévoiler une série de mauvaises griffures sur son bras.

—Je sais que c'est seulement parce qu'elle était terrifiée, mais…

—Je suis désolée, chéri.

Natalie n'avait plus l'air de vouloir étrangler son mari et elle avait même cessé de pleurer, mais sa voix restait tendue.

—J'étais terrifiée et je le suis toujours, mais je ne me montrerai pas aussi hystérique à présent qu'il y a une sage-femme avec moi. Cela ne veut pas dire que j'accepte de monter dans un bateau, alors ce n'est pas la peine d'essayer de me convaincre de le faire. J'ai dit aux sauveteurs en mer que je ne bougerais pas d'ici et je pense que j'ai même donné un coup de pied à l'un d'entre eux.

—Plus d'un, marmonna Peiter.

Pas étonnant qu'il se tienne aussi loin de Natalie que possible.

—On m'a déjà frappée et je crois que je suis capable d'encaisser.

Ella serra la main de Natalie.

—Pouvez-vous vous lever ?

—Han han.

—Super. Laissez Liam vous soutenir.

Ella se releva et fit un pas en arrière tandis que Natalie se levait.

—Où se trouve la chambre libre la plus proche, Peiter ?

—La 122, au premier étage, est libre. Je vais aller l'ouvrir pour vous.

Enfin heureux d'avoir un prétexte pour prendre la fuite, Peiter sortit presque en courant du jardin d'hiver.

—Je ne veux pas de Liam dans les parages pendant que vous me regardez *en bas*, lança Natalie avec un léger sourire. Il m'a promis de rester à mes côtés pendant l'accouchement, mais juste à côté de ma tête.

—Et si Liam et moi allions prendre un verre ? Tu m'envoies un texto quand vous êtes prêtes, dit Dan en regardant Ella.

—Excellente idée. Si vous pouviez juste m'aider d'abord à amener Natalie jusqu'à la chambre, ce serait parfait.

Certaines femmes continuaient à s'occuper tout au long du travail comme si de rien n'était, mais Natalie paraissait statufiée par la douleur. Le seuil de tolérance de chaque femme était différent et, n'ayant pas encore eu à accoucher, Ella était la dernière personne à vouloir juger la manière dont les autres supportaient les contractions. De toute évidence, Natalie allait avoir besoin de beaucoup de soutien. Le plus urgent était de l'installer dans une chambre.

L'ascenseur de l'hôtel était une antiquité avec des portes grillagées, qui avait dû être déjà installée quand le bâtiment était encore un couvent. À l'intérieur, il y avait à peine assez de place pour quatre personnes, notamment si l'une d'entre elles était enceinte jusqu'aux yeux. Natalie se retourna, le dos à la cloison, appuyée sur l'épaule de Liam et, à eux deux, ils occupaient déjà les deux tiers de l'espace. Ce qui ne laissait à Dan et Ella d'autre choix que de se serrer dans un coin. Lorsque l'ascenseur stoppa en faisant une petite embardée, leurs mains se frôlèrent. Le souvenir de la première fois où ils s'étaient pris la main, dans le bus de retour du lycée des Trois-Ports, jaillit soudain dans la tête d'Ella. Tout était si facile à l'époque ! Ils n'avaient qu'à suivre leur instinct, confiants que l'avenir ferait le reste.

—OK, nous y sommes !

Le grincement des portes qui s'ouvraient ramena Ella au présent. Elle se faufila hors de l'ascenseur la première et repéra Peiter debout devant la porte d'une chambre à mi-chemin du couloir. Natalie, qui devait faire près d'un mètre quatre-vingts, s'avança entre Liam et Dan qui la soutenaient de part et d'autre. Si elle avait autant de mal à marcher avant le début du vrai travail, n'importe quel antalgique qu'Ella avait à sa disposition ne serait pas assez fort pour l'aider à supporter la douleur ou à diminuer sa tocophobie. Il faudrait faire avec puisque la jeune femme refusait de quitter l'île. Ella se borna à espérer que Toni arriverait à temps. C'était un accouchement qu'elle n'avait guère envie de pratiquer en solo.

—Avez-vous besoin d'autre chose ? demanda Peiter en tendant la clé à Ella.

Pas de badges en plastique dans cet hôtel : l'énorme clé en fer ressemblait plus à ce qu'un geôlier du Moyen Âge aurait utilisé pour enfermer un traître au royaume.

—Merci, nous allons nous débrouiller maintenant, Peiter. Dan et Liam vont redescendre prendre un verre dès que nous aurons installé Natalie sur le lit.

Ella pénétra dans la chambre. Un énorme lit à baldaquin trônait au milieu de la pièce et les fenêtres à vitraux cernés de plomb ne révélaient pratiquement rien de la vue sur la mer au-delà du parc. Ella comprit à cet instant l'attrait d'une vie solitaire que le couvent des Sœurs-d'Agnes avait offert aux novices qui rejoignaient l'ordre. D'une manière paradoxale, elle avait pratiquement opté pour le même quotidien en se réfugiant à Port-Agnes après sa rupture avec Weller. En revanche, elle ne se sentait pas du tout comme une religieuse lorsque Dan posa la main sur son bras après avoir aidé Liam à allonger Natalie sur le lit.

—Tu m'envoies un texto ou tu m'appelles dès que tu as besoin de quoi que ce soit.

Les yeux de Dan semblaient fouiller son âme, un nouvel écho du passé. Il lui avait dit la même chose le jour de son départ pour Londres, lorsqu'ils avaient définitivement rompu quand elle avait compris qu'il ne quitterait jamais Port-Agnes pour la rejoindre. Elle lui avait déclaré qu'elle ne le contacterait plus, mais qu'il savait où elle était s'il changeait d'avis. La première année, elle avait failli prendre son téléphone des milliers de fois malgré sa promesse de ne plus chercher à l'appeler.

—Ne t'en fais pas, je te tiens au courant.

Ella sourit à Dan pendant que Liam se penchait pour déposer un baiser sur le crâne de sa femme. Quelques secondes plus tard, les deux hommes se dirigeaient déjà vers la sécurité du bar.

— Avez-vous senti le bébé bouger depuis que vous avez perdu les eaux ?

Ella avait posé la question aussi doucement que possible tout en priant intérieurement pour que la réponse soit celle qu'elle espérait.

— Oui, il n'a pas cessé de bouger de la journée, mais tous les livres que j'ai lus affirment que les mouvements ralentissent juste avant les contractions.

— La plupart du temps mais pas toujours. Là, les mouvements prouvent que le bébé va bien. Je vais vous examiner maintenant, Natalie, d'accord ?

Ella sortit des gants chirurgicaux de sa sacoche tandis que Natalie hochait la tête.

— Essayez simplement de vous détendre.

Pendant un moment, elles ne dirent mot.

— Sentez-vous la tête du bébé ? s'enquit Natalie.

— Non, je vois que vous avez effectivement perdu les eaux, mais le travail en tant que tel n'a pas vraiment commencé et, pour autant que je le voie, la dilatation non plus.

— Qu'est-ce que ça veut dire ? interrogea Natalie en écarquillant les yeux.

— Habituellement, les femmes entrent en travail dès qu'elles perdent les eaux, mais il faut parfois patienter vingt-quatre heures. Si le travail n'a pas commencé à ce stade, il est préférable de le déclencher parce que le bébé est plus vulnérable lorsque le liquide amniotique ne le protège plus.

Ella afficha un sourire qu'elle espérait plus confiant que ce qu'elle pressentait.

— Connaissez-vous le sexe du bébé ?

— C'est une fille. Elle n'aura pas de problème, si ? Elle a six semaines d'avance ! C'est trop tôt !

La panique étincelait à nouveau dans les yeux de Natalie.

— En théorie, les nourrissons nés avec trois semaines d'avance sont considérés comme des prématurés, mais à partir de trente-trois semaines, ils n'ont besoin de soins que pendant un très bref laps de temps. Dans ce cas, continua Ella en inspirant profondément, il serait préférable que nous puissions vous ramener, vous et votre petite fille, sur le continent.

— Impossible. L'idée d'accoucher sur un bateau, voire dans un hélicoptère, me donne littéralement envie de vomir.

Toute couleur avait quitté le visage de Natalie.

— Mon anxiété empire chaque fois que je perds le contrôle et, là, j'ai l'impression de ne plus rien maîtriser du tout.

— Ce n'est pas étonnant, ma belle, mais le cadeau qui vous attend au bout le vaut largement. Toutes les femmes que j'ai accouchées disent la même chose.

Elles auraient d'ailleurs du mal à dénicher un hélicoptère pour faire la traversée, même si Natalie avait envisagé cette solution et s'il existait sur l'île un endroit où atterrir.

— Je vous examinerai à nouveau dans une demi-heure, et si la dilatation et les contractions n'ont pas commencé, je vous promets que vous n'accoucherez pas entre ici et le continent. Une ambulance nous attend au port pour vous emmener, Liam et vous, directement à l'hôpital où vous recevrez tous les soins nécessaires. Qu'en pensez-vous ?

— Y a-t-il des maternités privées en Cornouailles ?

— Je ne crois pas, mais le Royal Cornwall Hospital de Truro est excellent et, avec un diagnostic de tocophobie, vous pourrez envisager la césarienne que vous avez évoquée avec votre obstétricienne.

— Comment pouvez-vous être si sûre que le bébé ne va pas naître pendant le trajet ?

Natalie se rongeait les ongles. Pourtant, ils paraissaient artificiels. Ella n'avait jamais vu d'ongles si longs.

— Parce que vous n'avez pas encore ce qui ressemble de près ou de loin à des contractions, et la dilatation n'est pas amorcée. Il n'y a aucun risque que les choses s'accélèrent, même si le travail commence dès que nous poserons un pied sur le bateau. J'ai suivi des femmes dont le travail était incroyablement court, mais cela ne se présentait pas du tout comme pour vous.

— Et nous prendrions le bateau de votre mari ?

— Mon mari ?

Pendant une minute, Ella demeura perplexe.

— Vous voulez parler de Dan ? Nous sommes juste amis.

— J'aurais juré à sa manière de vous regarder que vous étiez ensemble.

— Non, pas du tout.

Ce n'était pas vraiment un mensonge ni la vérité vraie, mais ce n'était pas important pour l'instant.

— Liam a l'air vraiment dévoué.

— C'est le cas. Nous nous sommes rencontrés quand j'ai commencé à faire des shootings. C'était le photographe. Il affirme que, pour lui, ça a été un coup de foudre. Moi, il me faut du temps avant de faire confiance aux gens, et je n'ai pas utilisé le mot « amour » tout de suite, mais je sais que j'ai de la chance. Tous les hommes ne pourraient pas supporter mon niveau d'anxiété.

—Beaucoup de gens penseraient que c'est lui qui a de la chance.

Cette fois, le sourire d'Ella était vraiment sincère. Natalie avait la beauté qu'on attendait d'un mannequin. Ses longs cheveux d'un noir brillant lui retombaient sur les épaules et ses yeux étaient d'un vert spectaculaire. Pas étonnant que Liam soit tombé amoureux sur-le-champ. D'ailleurs, Ella était surprise que Dan ait continué à lui jeter le moindre coup d'œil à elle avec une femme comme Natalie dans les parages.

—Dan n'a aucune envie d'être votre ami, vous savez.

Natalie rajusta ses vêtements et se redressa pour s'asseoir sur le lit.

—Les hommes ne regardent pas comme ça les femmes avec lesquelles ils ont seulement envie d'être amis.

—Comment avez-vous eu le temps d'imaginer tout ça avec ce que vous traversez ? demanda Ella d'un air surpris.

—Depuis que j'ai quatorze ans, j'ai passé chaque jour à perfectionner ce genre de regard amoureux pour la caméra. Je suis capable de le reconnaître au premier coup d'œil.

—C'est compliqué. Nous sommes sortis ensemble il y a des années, mais on ne peut pas toujours remonter le temps, même si j'en avais envie.

En temps normal, Ella ne se serait pas confiée ainsi à une inconnue, encore moins à une patiente, mais cela semblait distraire les craintes de Natalie par rapport à l'accouchement.

—Moi, j'ai l'impression qu'il ferait tout pour remonter le temps. (Natalie se tapota la tempe.) Je suis prête à parier toutes mes économies là-dessus. Vous devriez lui poser la question.

—Je ne saurais que dire. De plus, même si vous avez raison, je pars bientôt de la région, alors nous n'avons aucun avenir ensemble.

—On peut ne pas chercher l'amour mais, parfois, l'amour vous tombe dessus, déclara Natalie en souriant. Dieu sait que je n'étais pas prête à me caser quand j'ai rencontré Liam, et un bébé était le cadet de mes soucis. Et regardez-moi !

—Il y a quelques mois, j'étais en pleins préparatifs pour épouser quelqu'un d'autre.

—Et vous avez décidé qu'il n'était pas l'homme qu'il vous fallait ?

—Quelque chose comme ça.

Instinctivement, Ella avait baissé la tête comme elle le faisait toujours quand elle pensait que quelqu'un risquait de la reconnaître comme la fiancée abandonnée dont la vidéo était devenue virale.

—Alors, maintenant, vous avez une peur épouvantable que Dan vous rejette, non ? C'est bien ça ? Tous les prétextes du genre ne pas vouloir entamer une nouvelle relation, que ce n'est pas le moment, tout ça disparaît quand on rencontre la bonne personne.

—Ce n'est pas…

Pendant une ou deux secondes, Ella fut sur le point de nier, mais cette inconnue l'obligeait à admettre la vérité. Elle n'avait aucune envie d'avouer à qui que ce soit à quel point Dan comptait au cas où il n'éprouverait pas la même chose. Elle avait besoin de garder la tête froide cette fois, et la seule manière d'y parvenir était de rester celle qui déciderait quand s'éloigner de lui. Elle ne l'aurait en tout cas jamais avoué à un proche, mais avec Natalie, c'était différent parce qu'elle ne la reverrait jamais après ce jour. Quel mal y avait-il à lui dire la vérité ?

—La perspective d'un rejet n'est pas vraiment agréable, n'est-ce pas ?

—Pour ma part, je m'y suis faite après toutes ces années de castings qui ne débouchent sur rien, et je ne le prends plus personnellement.

—J'ai du mal à imaginer que vous ayez été rejetée quand vous avez avoué vos sentiments à un homme.

—Peut-être pas, mais tout le monde a ses propres craintes. Moi, je suis terrifiée à l'idée d'avoir ce bébé. (Natalie passa la main sur son ventre rebondi avant de continuer.) Juste aussi terrifiée que vous l'êtes de vous ouvrir à Dan. J'ai une idée ! Si nous passions un accord ?

—Quel genre d'accord ?

—Si je suis capable de monter sur ce bateau, vous demanderez à Dan s'il souhaite davantage qu'une amitié, ou ce que vous êtes pour lui en ce moment. Dès que nous débarquerons sur le continent, promis ?

—Quoi ? *Si vite ?*

Ella fronça les sourcils mais Natalie hochait la tête, et elle sentait déjà les papillons dans son ventre à cette perspective.

—Oui, mais je ne suis pas en train de vous promettre de monter sur le bateau, sans parler de traverser la mer.

Je vais faire mes exercices de TCC et, si j'y arrive, vous devrez exécuter votre part du marché.

— Voulez-vous me montrer ces exercices pendant que nous attendons le prochain examen ? Je crois que je vais en avoir grand besoin !

Natalie lui répondit par un sourire. Ella devrait convoquer toute la visualisation positive dont elle était capable pour regarder Dan droit dans les yeux et lui expliquer ce qu'elle éprouvait vraiment alors qu'elle venait à peine de l'assimiler intérieurement. Cette idée la terrifiait, mais elle devait admettre que Natalie avait raison : il était temps de découvrir si Dan avait ou non mieux réussi qu'elle à conserver les sentiments d'autrefois. Rien que réfléchir à la manière dont elle formulerait ses pensées lui faisait battre le cœur à tout rompre, d'autant qu'elle risquait d'avoir un public qui n'en perdrait pas une miette. Elle n'avait pas la moindre idée de ce qui l'avait fait accepter la suggestion de Natalie, mais elle y penserait en temps voulu. Pour Natalie, l'obstacle à franchir était bien plus haut avant qu'elles ne retrouvent la terre ferme. Si elles n'y parvenaient pas, elle n'aurait plus à exécuter sa part du marché et à dire quoi que ce soit à Dan. Soudain, la perspective que Natalie accouche sur l'île ne lui parut plus si mauvaise.

***

— Je n'arrive toujours pas à croire que j'aie accepté votre solution !

Natalie agrippa le bastingage du bateau tandis que Liam tenait son téléphone mobile en face d'elle. Dan avait proposé de s'assurer que la psychologue de la jeune femme était disponible pour un FaceTime afin de l'aider en direct à monter sur le bateau. Comme l'avait prévu Ella, il n'y avait aucun signe que le travail avait commencé la deuxième fois qu'elle avait examiné sa patiente, et le meilleur endroit pour l'accouchement était assurément un hôpital où l'on pourrait prendre correctement soin du nouveau-né. Elle avait passé un coup de fil pour prendre les dispositions afin qu'une sage-femme du Royal Cornwall Hospital accompagne l'ambulance qui devait les retrouver de l'autre côté, juste au cas où le travail se serait déclenché au moment où elles partiraient en direction de Truro.

— Vous vous débrouillez à merveille.

Ella n'était pas sûre que Natalie l'ait entendue. La psychologue donnait des instructions qu'Ella ne comprenait pas, et Natalie tapotait un point au niveau de sa clavicule tout en inspirant et expirant lentement, un peu comme Ella lui aurait conseillé de le faire si elle avait démarré le travail. Liam avait offert de payer la course d'un Uber pour amener la psychologue depuis Londres jusqu'à l'hôpital quel qu'il soit où on conduirait Natalie et cela avait semblé soulager son épouse. Les femmes qui souffraient de tocophobie avaient besoin de savoir en détail comment se passeraient le travail et la délivrance, et le moindre changement de plan risquait de provoquer une crise. La promesse de Liam de s'y conformer était la meilleure chose à faire après avoir opté pour le plan B. Il suffisait à présent de faire traverser Natalie. Quant à savoir si elle en serait capable, c'était une autre affaire ! Ils se retrouvèrent serrés comme des sardines dans la minuscule cabine de pilotage, Dan aux commandes et Natalie et

Liam assis sur le petit banc situé derrière lui. Ella était debout sur le côté dans le seul recoin disponible.

—Prêts pour le départ ?

Dan tourna la tête vers Ella et, pendant un instant, celle-ci demeura figée sur place. Était-elle prête ? Pas si elle devait tenir la promesse faite à Natalie. Néanmoins, cela n'avait guère d'importance. Quand ils toucheraient terre, Liam et Natalie auraient d'autres préoccupations en tête, et ils oublieraient la présence d'Ella.

—Je pense que nous pouvons y aller. D'ailleurs, il vaut sans doute mieux partir le plus vite possible, juste au cas où Natalie changerait d'avis.

En disant cela, Ella jeta un regard à la jeune femme avant de revenir vers Dan pour ajouter :

—Riche idée d'appeler la psychologue sur FaceTime au fait.

—C'est toi qui as réussi à calmer Natalie. Liam était sûr qu'elle n'accepterait jamais de monter sur le bateau, mais elle a confiance en toi.

—Dans ce cas, nous ferions mieux de nous dépêcher de regagner Port-Agnes, avant que le bébé décide d'accélérer les choses et de me faire passer pour une menteuse.

—Aucun problème.

Avec un sourire, Dan fit démarrer le bateau et le grondement du moteur couvrit les paroles de la psychologue. Que Natalie entende ou non les conseils, elle n'en gardait pas moins les yeux rivés sur l'écran du téléphone.

Pendant quelques minutes, Ella ne put rien faire d'autre que d'observer Natalie et de lancer des sourires qu'elle espérait rassurants en direction de Liam mais, soudain, un hurlement digne d'étouffer le bruit de plusieurs moteurs résonna.

— Que se passe-t-il ? s'enquit Ella en s'accroupissant dans la seconde à côté de Natalie.

— La communication s'est coupée et il n'y a plus de réseau. Je ne pense pas y arriver sans Therese !

Natalie essaya de se relever mais Ella lui prit la main.

— Vous pouvez y arriver, ma belle. C'est vous qui avez fait tout le boulot depuis le début.

Ella se tourna vers Liam en cherchant son soutien, mais il avait l'air presque aussi terrifié que sa femme.

— J'ai besoin qu'elle me dise quoi faire !

La voix de Natalie, qui était montée dans les aigus, trahissait sa panique croissante.

— Je veux que vous vous imaginiez avec votre petite fille dans les bras.

Ella ne savait rien des thérapies cognitives, mais elle avait visionné deux ou trois vidéos sur YouTube lorsque sa propre vidéo était devenue virale afin de maîtriser sa propre panique à l'idée d'être reconnue partout où elle irait. Elle n'avait pas été conquise par les techniques de tapotement thérapeutiques, mais elle avait déjà utilisé la visualisation positive pour aider les femmes à surmonter l'épreuve du travail.

— Non, je n'y arrive pas. Tout ce qui me vient à l'esprit, c'est ce que je vais devoir faire pour qu'elle sorte !

— Avez-vous déjà pensé à un prénom ?

— Nous l'appellerons Lola May, répondit Liam alors que la respiration de Natalie s'accélérait.

— C'est très joli. OK, Natalie. Je veux que vous imaginiez que vous tenez Lola dans vos bras. Vous êtes assise dans la chambre que vous avez préparée chez vous.

Elle misait sur le fait que les Macdonald étaient le genre de couple qui aurait déjà une ravissante chambre d'enfant prête à accueillir leur nourrisson.

— Que voyez-vous ? Décrivez-moi la chambre avec autant de détails que possible.

Ella tendit la main vers celle de Natalie.

— Bon, je suis assise dans la chaise à bascule que nous avons achetée pour l'allaitement. Elle a un revêtement gris tourterelle et blanc, et les coussins sont vraiment moelleux.

— Quoi d'autre ?

Ella veillait à garder un ton calme et posé, mais il lui fallait crier pour couvrir le bruit du moteur.

— Lola fait des petits bruits de succion et je la sens peser dans mes bras. La pluie bat contre les carreaux, mais elle est calme. Et moi aussi.

— C'est super, vous vous débrouillez très bien. Voyez-vous autre chose ?

— Toutes ses grenouillères et tous ses langes sont lavés de frais, séchés et pliés en piles nettes. Je sens l'odeur de l'assouplissant, et les parfums des plats qui mijotent montent de la cuisine. Liam est en train de préparer le dîner et nous sommes tous les trois en sécurité à la maison.

— C'est exactement ce qui va se passer, Natalie. Il suffit de garder cette image en tête.

Ella se demandait ce qu'elle allait bien pouvoir faire à présent qu'elle avait commencé à parler, et elle manquait déjà d'idées. Elle regarda Natalie qui gardait les yeux fermés et elle sentit ses épaules se détendre un peu. En tournant la tête vers la vitre de la cabine, elle vit que

Dan engageait déjà le bateau dans le chenal du port et que l'ambulance était garée sur le quai.

—Sommes-nous arrivés ?

Natalie avait ouvert brusquement les yeux mais sa voix restait posée. En comprenant qu'elle avait survécu à la traversée en bateau, elle retrouvait un peu de sérénité.

—Oui, et il y a une ambulance qui vous attend avec une sage-femme du Royal Cornwall Hospital. Là-bas, ils vous examineront ainsi que Lola pour décider de la meilleure option.

Ella sourit. Elle mériterait un grand gin tonic après pareille journée ! Sauf qu'elle était encore soucieuse de devoir tenir la promesse faite à Natalie.

—Je ne monte pas dans l'ambulance.

Natalie avait un air déterminé et Ella sentit son cœur dégringoler jusqu'au pont et au-delà, dans la mer. Ils avaient réussi la traversée tant redoutée, et elle ne comprenait pas pourquoi Natalie refusait d'avancer d'un pas en dépit de son sourire.

—C'est la manière la plus rapide de vous amener à l'hôpital, et vous serez en train de prendre Lola dans les bras avant de vous en rendre compte. Exactement comme vous l'avez imaginé.

Ella se tint un moment à la rambarde pendant que Dan amarrait le bateau contre le quai.

—Je le sais. Je monterai dans l'ambulance uniquement quand vous aurez exécuté votre part du marché.

—Vous ne parlez pas sérieusement, si ?

Ella n'arrivait pas à croire que Natalie la mettait au défi de s'exécuter.

— Absolument. Il faut que tout ça débouche sur quelque chose de positif, non ?

— Je ne peux pas, dit Ella en secouant la tête pour que Natalie comprenne, mais elle n'avait pas vu que Dan se tenait juste derrière elle.

— Qu'est-ce que tu ne peux pas faire ?

Sa voix la fit sursauter.

— Ella veut vous demander quelque chose, mais elle ne sait pas comment vous le dire, expliqua Natalie d'un air entendu. Sauf, qu'elle n'a pas le choix : si elle ne le fait pas, je vais avoir une nouvelle crise de panique.

— Ella, tu peux me demander ce que tu veux.

Il lui avait dit ça d'un ton si sérieux qu'elle se retrouva à croire qu'elle pouvait tout lui dire, même si elle aurait préféré ne pas faire ça en public.

— Eh bien, commença Ella, trop consciente de la présence de Natalie et de Liam, c'est à propos de ce qui s'est passé entre nous depuis le festival des Poissons d'Argent… Heu, ce que tu ferais si je restais à Port-Agnes…

— Tu aurais envie de rester ?

Dan n'avait pas réellement répondu à sa question, mais son sourire révélait qu'il serait le plus heureux des hommes si telle était sa décision. Elle ne put retenir un sourire à son tour.

— Anna m'a demandé d'y réfléchir, mais j'ignorais si tu voulais que notre relation aille plus loin.

— Je ne veux pas continuer comme ça.

Dan hésita et Ella se prit soudain à regretter que le pont du bateau ne soit pas encore plus pourri parce qu'elle mourait d'envie de disparaître à travers le sol.

—Je ne veux pas que les choses continuent ainsi, en cachant que nous nous voyons encore. Chaque fois que je vois Lissy, j'ouvre la bouche pour tout lui raconter et je dois me forcer à la fermer. J'ai toujours tout dit à ma sœur, et je ne crois pas que je pourrai tenir encore longtemps.

—Alors, allez-vous faire enfin quelque chose et arrêter de prétendre que vous n'avez pas passé tout votre temps libre ensemble ?

Natalie laissa Liam l'aider à se relever.

—Je ne sais pas pour Ella, mais je ne vais certainement pas me disputer avec une femme enceinte, dit Dan en éclatant de rire.

—Je suppose que, si vous insistez, je peux faire un effort.

Malgré le ton indifférent que Natalie avait adopté pour ne pas se trahir, son visage rayonnait.

—Vous m'en voyez très soulagée. Maintenant, si nous allions dans l'hôpital où on me droguera jusqu'aux yeux afin que je puisse affronter cet accouchement ?

Cinq minutes plus tard, Natalie et Liam étaient enfin confortablement installés dans l'ambulance et faisaient leurs adieux. Liam avait enregistré le numéro d'Ella et promit d'envoyer un message dès l'arrivée du bébé. Après avoir regardé l'ambulance disparaître au loin, elle se tourna vers Dan et se mit à rougir dès qu'elle croisa son regard. À présent qu'ils se retrouvaient en tête à tête, toute la vulnérabilité qu'elle avait éprouvée à avouer ses sentiments revenait en flèche.

—Je ne vais pas t'obliger à donner une seconde chance à notre relation uniquement parce que tu l'as fait pour rendre une femme enceinte heureuse, tu sais.

Il n'avait pas terminé qu'Ella secouait déjà la tête.

—Je n'ai pas eu besoin qu'on me menace !

—Moi non plus, dit-il d'une voix rauque en s'approchant d'un pas. Aujourd'hui, tu as été extraordinaire. Liam était persuadé que, sans ton intervention, ils seraient encore coincés sur l'île.

—C'est toi qui as eu l'idée géniale d'appeler la psychologue.

—Cela fait-il de nous une bonne équipe ?

Il était si près d'elle à présent qu'il n'eut qu'à tendre la main et elle y glissa ses doigts presque instinctivement – comme elle l'avait fait de si nombreuses fois par le passé – sans se soucier le moins du monde si on les voyait et devinait qu'ils s'étaient remis ensemble.

—On dirait que nous avons déjà réussi la poignée de main complice dont toute bonne équipe a besoin.

—OK, mec, claque-lui un baiser et qu'on en finisse, non ?

C'était un homme qui avait émergé d'un pub sur le port qui venait de crier, d'une voix ralentie par quelques pintes de bière en trop.

—Je pense que nous nous sommes suffisamment donnés en spectacle pour la journée, même si nous ne tenons plus à garder le secret.

Elle s'efforça de faire un pas en arrière alors que tout son corps rêvait de ce baiser.

—Moi aussi, mais on pourrait peut-être déposer ta sacoche à la maison et aller faire un tour jusqu'au panorama, comme au bon vieux temps. À moins que tu n'aies d'autres obligations ?

—Rien qui ne puisse attendre.

Ella ne pouvait s'empêcher de s'évertuer à paraître désinvolte. Elle n'allait pas tout à coup s'abandonner à quiconque en toute confiance, même si elle y avait soigneusement réfléchi. Pour l'heure, son souci principal était d'échafauder un plan pour se faufiler chez ses parents et déposer sa sacoche sans qu'ils la voient et lui posent des centaines de questions auxquelles elle n'était pas encore prête à répondre.

Elle était redevenue une adolescente qui faisait le mur.

16

— En sommes-nous déjà arrivés à cette étape de notre relation ? grimaça Dan pendant qu'Ella retouchait le rouge sur les lèvres qu'il venait d'embrasser.

— Quelle étape ?

Elle observa son reflet dans le miroir. Dan se tenait derrière elle, un sourire jouant sur ses lèvres. Elle avait presque oublié les premières étapes d'une relation ; quand tout ce à quoi vous pensiez était l'autre personne et quand vous alliez la revoir. Cela n'avait jamais été aussi intense avec Weller que ce l'était avec Dan.

— L'étape où nous dînons avec un autre couple.

Dan lui jeta un magnifique clin d'œil pour lui faire comprendre que cela ne le gênait pas.

— C'est si sympa de voir Brae et Anna tellement heureux, et si elle ne m'avait pas envoyée pour la visite sur l'île des Sœurs d'Agnes, j'aurais pu ne jamais t'avouer ce que je ressentais.

— Il a juste fallu qu'une femme enceinte jusqu'aux yeux te fasse du chantage !

— Es-tu convaincu que je t'aime toujours ?

Ella se détourna du miroir pour regarder Dan en face. Elle portait une robe-chemise couleur rouille qui, elle le savait, mettait sa silhouette en valeur. Dan ne cessait de lui dire qu'elle était belle, avec autant d'admiration que lorsqu'ils étaient au lycée, et elle continuait à avoir du mal à accepter les compliments comme à l'époque. Cependant, pour une fois, elle devait admettre qu'elle n'était pas mal. Peut-être même mieux que « pas mal ».

—Je risque d'avoir besoin d'une preuve plus tangible de tes sentiments.

Dan sourit à nouveau et glissa les bras autour d'Ella.

—Pas question que je retouche encore une fois mon rouge à lèvres.

—Dans ce cas, tu devras y aller en mode « nude ».

Lorsque Dan plaqua ses lèvres sur les siennes, elle frissonna. S'ils n'avaient pas eu rendez-vous pour dîner dix minutes plus tard, elle aurait été plus que ravie d'obtempérer. Cependant, elle recula quelques secondes plus tard, mais pas avant qu'il n'ait eu tout loisir de maculer son rouge qu'elle dut étaler une troisième fois. Parfois, elle avait l'impression que les dix années entre leur dernier baiser et celui du festival s'étaient évaporées.

—Il faut qu'on y aille.

Elle lui prit la main pour l'entraîner vers la porte de la chambre. Jago et Ruth étaient partis chez des amis à Padstow avant même l'arrivée de Dan. Lorsque Ella était enfin revenue avec lui chez ses parents, elle s'était attendue à ce que son père se montre distant au mieux et marmonne une fois de plus quelque chose au sujet de son attirance pour les fourmis rouges. Au contraire, il avait accueilli Dan avec une chaleur qu'elle n'aurait jamais imaginée ; en fait, Jago avait entendu dire au conseil de la paroisse que Dan avait déposé une demande de classement aux bâtiments historiques pour Mercer's Row.

L'intervention de Brae qui avait déclaré qu'il trouvait Dan parfait avait certainement aussi joué en sa faveur, comme si son opinion comptait plus pour Jago que celle d'Ella. Elle aurait dû en être agacée, mais elle était si contente que, pour une fois, tout le monde avait l'air content. Brae s'assura aussi que Ruth et Jago soient au courant que Dan laissait Sophie occuper l'un des cottages gratuitement et que c'était l'attitude inacceptable de Michael Tredinnick qui l'avait poussée à refuser de retourner travailler pour lui. Cerise sur le gâteau, Brae leur avait expliqué que Dan ne vivait pas dans l'étable convertie en logement de la ferme des Six-Acres parce qu'il l'avait louée à une famille de la région dont la maison était en pleine réparation après un dégât des eaux, et ce, pour un loyer nominal.

Ella avait espéré que son père envisage également de vendre la Vieille Forge à Dan, mais sa fierté ne l'aurait jamais permis, même si Dan avait été en mesure de payer la somme dont ils avaient besoin pour récupérer leur investissement. De ce côté, le pire était que Michael Tredinnick avait rapporté au conseil municipal et aux services sanitaires que la Vieille Forge était un bâtiment dangereux. S'il parvenait à les persuader de la démolir, le site ne vaudrait plus rien du tout. D'ailleurs, la position de son père au conseil de la paroisse ne pèserait pas assez lourd pour faire obstacle aux autorisations nécessaires pour un petit immeuble d'appartements au cas où lui et ses amis se verraient contraints de vendre quand même à perte à Tredinnick. Il était clair que c'était ce que celui-ci avait en tête, mais il n'avait pas tenu compte de l'obstination pure et dure de Jago, et Ella craignait plus que tout que cela finisse par leur coûter jusqu'à leur dernier sou. Son père avait été prévenu que sa tension faisait à nouveau des bonds et, si on démolissait la

Vieille Forge, il ne servirait à rien d'accepter l'offre de Dan, quel qu'en soit le prix, parce que celui-ci ne donnait pas dans les constructions neuves. Lorsque Clem et Jack avaient supplié Jago d'y réfléchir, Jago avait répondu qu'il l'aurait peut-être fait si Michael Tredinnick n'avait pas insulté Ella comme il l'avait fait, ce qui culpabilisait encore plus la jeune femme par rapport au malheur qui les menaçait.

— Tu vas bien ? Tu avais l'air d'être à des kilomètres.

La voix de Dan ramena Ella à la réalité et elle s'efforça de sourire.

— J'étais juste en train de me demander si Anna aurait pu être au courant du genre de contrat que la direction du pôle médical pourrait me proposer.

Ce n'était pas un mensonge, le rôle qu'elle occuperait au pôle pourrait faire une grande différence si ses parents acceptaient enfin son aide financière. En tant qu'assistante en titre d'Anna, le salaire plus élevé qu'elle percevrait pourrait vraiment les aider, et ce ne serait pas vraiment un pas en arrière dans sa carrière.

— Sauf que si nous n'arrivons pas à l'heure ce soir, Anna risque de décider de retirer son offre !

— Je suppose qu'il faut y aller alors.

Le ton de Dan était aussi réticent que la manière dont il la lâcha, mais il la suivit au rez-de-chaussée.

— Je n'aime pas que tu marches derrière moi comme ça. Ne serais-tu pas en train de me mater les fesses ? Je sais qu'elles sont trop grosses.

— Tu es superbe. Comme toujours.

Dan reprit sa main alors qu'ils émergeaient dans la rue obscure.

— Mais je mentirais si j'affirmais que je n'en ai pas profité pour jeter un œil !

— C'est bon. Après ce qui s'est passé avec Weller, cela ne me déplaît pas.

— Cela te préoccupe encore ?

Dan exerça une petite pression sur sa main et elle comprit qu'elle devait rester honnête avec lui.

— Non, je suis soulagée. Sans ça, je ne serais jamais rentrée.

La lueur du réverbère illuminait le trottoir devant eux tandis qu'ils marchaient en évitant les flaques laissées par l'averse tombée plus tôt, avec une férocité qui avait fait trembler les fenêtres de sa chambre.

— Et je n'aurais jamais eu la chance de réapprendre à te connaître, ajouta-t-elle.

— Il faudra que je remercie Weller si j'ai l'occasion de le croiser.

— Je crois qu'il serait content.

Ella sourit intérieurement. La vie était vraiment bizarre. Quelques semaines plus tôt, elle n'aurait jamais cru qu'elle allait signer un contrat pour demeurer à Port-Agnes pour une durée indéterminée.

— As-tu reçu le texto de Brae qui dit qu'il a quelque chose d'important à nous annoncer ?

Il se tourna vers elle au moment où ils arrivaient à la porte du nouveau restaurant qui dominait le port.

— Non, mais je suis impatiente de savoir de quoi il s'agit.

— Nous ferions mieux d'entrer alors.

Dan lui tint la porte et Ella repéra sur-le-champ leurs amis assis à une table proche de la vitrine qui donnait directement sur l'eau.

Une fois que le serveur eut pris leurs manteaux, Ella s'éclaircit bruyamment la gorge en approchant d'Anna et de Brae. Le jeune couple avait visiblement trouvé de quoi s'occuper en les attendant. Ella n'aurait jamais classé Anna comme le genre de personne qui offrait le spectacle de son affection pour un homme dans un restaurant bondé, mais à en juger par le sourire qui rayonnait sur son visage lorsqu'elle s'aperçut enfin que Dan et Ella étaient arrivés, elle s'en tirait très bien.

—Désolée, nous étions juste…

Anna termina sa phrase par un éclat de rire et Ella ne put s'empêcher de sourire à son tour. Si elle décidait un jour de changer totalement de carrière, elle pourrait peut-être se lancer dans un boulot de marieuse à plein temps.

—J'ai commandé du champagne.

Brae se leva en attendant qu'Ella prenne place. Il restait le gentleman qu'il avait toujours été, même s'il avait du mal à quitter Anna des yeux.

—Que fêtons-nous ? demanda Dan en s'installant en face de Brae.

—Anna accepte de s'installer chez moi.

—*Si vite ?*

Ella n'avait pas voulu réagir à voix haute, mais les mots avaient dépassé sa pensée.

—Désolée, je ne voulais pas dire que je doute, c'est juste que…

—C'est trop tôt ? insista Anna en haussant les épaules. Normalement, je serais la première à le dire, mais pendant toutes ces années avec Greg, j'avais l'impression de tâtonner dans la mélasse en essayant d'atteindre un objectif impossible. Avec Brae, tout est arrivé très vite, c'est vrai, mais cela me paraît tellement évident.

— Tu as raison, et je devrais être la première à savoir que le temps dans un couple ne révèle en rien si le couple va fonctionner ou pas. Je suis si heureuse pour vous deux !

— Moi aussi, et c'est moi qui offre la prochaine bouteille de champagne.

Dan s'interrompit lorsque le serveur apporta un seau en argent avec une bouteille de Veuve Clicquot nichée sur un lit de glace, remplit leurs coupes et disparut.

— Il y a beaucoup de choses à fêter ce soir ?

— Ne nous dis pas que vous nous coiffez au poteau et que vous avez aussi une grande nouvelle à annoncer ? demanda Brae, clairement déçu lorsque Dan secoua la tête.

— Nous sommes encore loin derrière vous, dit Dan en croisant le regard d'Ella, mais le fait qu'Ella ait accepté un CDI au pôle de santé est une excellente raison de fêter ça. Je n'aurais jamais cru voir le jour où elle comprendrait que Port-Agnes lui suffisait.

— Tu dis ça comme si je m'engageais pour la vie.

Elle sentit soudain sa gorge se nouer sous l'effet de la nervosité. Ce n'était pas parce qu'elle avait accepté un boulot que tout était dit ; qu'elle n'évoluerait jamais plus dans sa carrière. Certes, ce n'était probablement pas ce que Dan avait voulu dire, mais elle ne pouvait pas s'empêcher de se demander si les gens comme Michael Tredinnick considéreraient sa décision comme un nouvel échec qu'ils jetteraient à la tête de Jago. Cela aurait été plus facile si ses parents n'avaient pas clamé à qui voulait l'entendre à quel point son poste à Londres était prestigieux, mais il était trop tard. Tout ce qui comptait, c'était qu'elle était heureuse. D'ailleurs, c'était ce que Dan, Brae et toutes les sages-femmes lui avaient dit quand elle en était encore à peser le pour et le contre, mais elle ne pouvait repousser la sensation irritante que l'argent que ses parents avaient dépensé pour qu'elle s'installe à Londres n'était qu'un vaste gaspillage.

—Je suis assez malin pour ne pas essayer de t'enfermer dans un engagement à vie pour quoi que ce soit, même pour Port-Agnes.

Malgré son sourire, Dan avait laissé transparaître un regret dans sa voix, mais il lui serra la main. Elle se dit qu'elle dramatisait. Depuis trois nuits, elle se réveillait en se rongeant les sangs à cause de la querelle qui l'avait opposée à Michael Tredinnick lorsqu'il avait menacé Sophie d'un procès et exigé qu'elle rembourse ses gages parce qu'elle n'avait pas honoré son préavis – mais il lui était impossible d'y retourner. Lorsque Tredinnick était venu frapper à la porte de Sophie, Ella était là, et elle n'avait pu se retenir de lui exposer ce qu'elle pensait de lui. Elle ne se souvenait pas précisément de ses paroles, mais elle avait utilisé le mot « tyran » et elle avait certainement dû l'envoyer au diable quand Sophie avait éclaté en sanglots. Non, elle ne se souvenait pas de tout, mais sa pique finale était gravée dans son esprit : « Tu es exactement comme ta mère qui croit que vous êtes tous trop bien pour nous autres, mais les Mehenick n'auront que ce qu'ils méritent cette fois. Quand la boulangerie de tes parents, ensevelis sous les dettes, mettra la clé sous la porte, il ne te restera qu'à espérer que ces grands chevaux sur lesquels tu aimes monter pourront emporter toutes vos affaires loin de Port-Agnes. Parce que tes parents n'oseront plus montrer le nez nulle part, sans parler de se permettre de vivre ici. Et tout sera entièrement ta faute. »

— As-tu entendu ce que je viens de dire, Ella ?

La voix d'Anna la tira de ses pensées. Elle secoua la tête. Inutile de prétendre qu'elle avait la moindre idée de ce que son amie venait de dire.

— Elle n'arrête pas aujourd'hui, de laisser son esprit dériver.

Cette fois, la voix de Dan était sincère. Il avait surtout l'air inquiet.

— Tu es sûre que tout va bien ? demanda-t-il à Ella.

— Oui, ça va, franchement.

Ella sourit, déterminée qu'elle était à ne pas laisser Michael Tredinnick gâcher encore une soirée.

— Bon, passez-moi une coupe de champagne et place aux toasts !

— J'étais seulement en train de dire que la malédiction qui poursuit le service des sages-femmes est définitivement brisée, répéta Anna en remplissant la coupe d'Ella. Jess pense qu'elle va pouvoir réparer la situation avec Dom. Il a accepté de voir un conseiller conjugal avec elle avant qu'ils n'aient les résultats des analyses. Ils pourront ainsi se soutenir quoi qu'il arrive.

— C'est génial. Il ne reste plus que Toni et Bobby et tout ira comme sur des roulettes.

C'était peut-être un peu hypocrite de la part d'Ella de tenir à ce que Toni et Bobby affichent leur relation, mais c'était avec la meilleure des intentions. Elle savait mieux que personne que cela risquait d'ajouter un certain stress à leur relation, d'autant plus dans un endroit comme Port-Agnes et pour deux personnes qui travaillaient ensemble. Mais il était aussi évident que Bobby n'avait plus envie de garder le secret, ce qui expliquait probablement pourquoi ils avaient eu tant de mal à continuer en cachette. Lorsqu'elle n'avait plus eu besoin de cacher qu'elle revoyait Dan, cela lui avait ôté un souci, et Ella était pratiquement certaine que Toni éprouverait la même chose si elle arrivait à surmonter ce qui la retenait. Bien sûr, Toni n'était pas du genre à partager ses sentiments les plus profonds avec les autres sages-femmes, mais son attitude légèrement défensive dissimulait un cœur d'or.

—D'accord, je vais le dire avant que la commande arrive et que je vous coupe l'appétit, sourit Brae en trinquant avec Anna. Mon amour, je te remercie de venir habiter avec moi ! Quant à toi, Ella, merci de m'avoir déniché une compagne bien supérieure à moi et de l'avoir persuadée de faire un essai.

—Je n'ai pas eu besoin d'user de beaucoup de persuasion.

Anna souriait, mais elle posa son verre sur la table.

—Ce ne seraient pas Toni et Bobby qui arrivent ensemble ? Ils doivent avoir les oreilles qui sifflent !

—Quoi, *ensemble* ?

Ella se retint à contrecœur de ne pas se retourner pour vérifier. Anna avait dit vrai : Toni et Bobby pénétraient dans le restaurant main dans la main. Quelle que soit la raison qui les empêchait de se montrer ensemble, ils avaient échoué à garder le secret.

Toujours prête à colporter les rumeurs, Gwen avait dit aux autres sages-femmes que Toni était censée épouser le fils de l'associé de son père, mais quelque chose avait mal tourné et personne, pas même Gwen, ne savait quoi.

Dans tous les cas, c'était pour cela que Toni et Bobby préféraient se montrer discrets. Ils avaient pris leurs congés annuels plus ou moins en même temps, avec juste assez de jours d'écart pour lancer le reste du personnel sur une fausse piste. Lorsque Anna lui en avait donné la raison, Ella avait accepté de bon cœur de remplacer les gardes de Toni, mais cela l'attristait que Toni et Bobby supposent qu'ils devaient se cacher des autres employés du pôle de santé. Après tout, cela ne la regardait pas. Tout ce qu'Ella souhaitait, c'était qu'ils soient heureux et elle savait qu'Anna pensait la même chose.

— Oh non ! Je me sens trop mal : ils se sont lâché la main dès qu'ils m'ont vue.

Anna plissa les yeux pour regarder par-dessus l'épaule d'Ella qui était assise dos à la salle et s'était retournée vers Anna pour ne pas trahir sa curiosité.

— Et voilà qu'ils s'en vont. J'espère que nous n'avons pas gâché leur soirée !

— Es-tu sûre qu'ils t'ont vue ?

Ella pivota à nouveau, mais il n'y avait plus le moindre signe de Toni et Bobby.

— Absolument, même s'ils se sont débrouillés pour faire semblant que non.

— Zut, je m'en veux aussi, maintenant, soupira Ella. J'aurais dû insister pour réserver une table au Joyeux marin.

— Tu es consciente que tu n'es pas responsable du bonheur de tout le monde, n'est-ce pas ? dit Dan en passant le bras sur ses épaules.

Elle acquiesça.

— Au fond de moi, je le sais, et ce n'est que l'un de mes défauts.

—Pas du tout, c'est aussi pour ça que tout le monde t'aime ! s'exclama Anna en riant. C'est vrai, non, Dan ?

—Absolument.

Dan croisa le regard d'Ella. Ils n'avaient jamais parlé d'amour mais Ella avait dû se retenir à plusieurs reprises. Si elle lui disait qu'elle l'aimait, elle ne pourrait pas revenir en arrière parce que cela signifiait que l'un d'eux devrait accepter de voir sa vie bouleversée pour rester avec l'autre. C'était peut-être aussi pour ça que Dan n'avait encore rien dit, ou peut-être parce qu'il ne l'aimait pas. Sauf que, lorsqu'il la regardait, ses yeux racontaient une tout autre histoire.

—Dan a raison, ce n'est pas du tout ta faute. Ils n'ont probablement pas envie de dîner sous le regard de leur patronne !

Brae sourit à Anna et elle répondit par un petit coup dans ses côtes.

—Attention, je suis une patronne adorable, n'est-ce pas Ella ?

—Je ne dirais jamais le contraire.

Ella souriait, mais elle ne pouvait s'empêcher de s'inquiéter d'avoir involontairement gâché la soirée de Toni et de Bobby et, en dépit de ce qu'elle avait assuré à Dan, elle savait déjà que cela s'ajouterait à sa liste de préoccupations.

—Nous devrions nous contenter de nous réjouir qu'Anna et Ella soient prêtes à se montrer avec nous en public, je suppose, déclara Dan en resservant Brae de champagne.

—Crois-moi, je mesure ma chance tous les jours.

Brae reprit la main d'Anna et les vestiges de doute qu'Ella avait pu entretenir sur la rapidité avec laquelle ses amis progressaient dans leur relation disparurent. Si elle avait appris quelque chose au cours des derniers mois, c'était que personne ne comprenait vraiment ce qui se passait dans la vie des autres. De plus, elle avait bien assez à faire avec l'évolution de sa propre relation avec Dan.

***

Ella était sur le point d'entamer son déjeuner dans la salle du personnel après avoir terminé son service du matin à la maternité quand son téléphone sonna.

—Ici Ella Mehenick.

—Oh, Ella, merci ! C'est Sophie.

—Est-ce que tout va bien ?

Ella sentit la panique dans la voix de la jeune fille. La dernière fois qu'elles s'étaient vues, elle avait fini par se disputer avec Michael Tredinnick qui menaçait Sophie pour l'obliger à rembourser le salaire minable de son préavis. S'il était retourné chez Sophie pour l'intimider à nouveau, Ella ne pourrait plus être tenue pour responsable de ses actes.

—Le bébé ne bouge plus.

Un sanglot bloqua la gorge de Sophie.

—Je ne sens plus rien depuis hier alors que, d'habitude, elle ne fait que gigoter toute la journée.

—OK, ma puce, dis-moi où tu es.

—Dans le parking, devant l'immeuble, renifla Sophie. Je ne savais pas où aller et je ne pouvais pas attendre à la maison. Je savais que vous seule sauriez comment arranger ça.

—Viens tout de suite, je te rejoins à la réception.

Ella avait parlé d'une voix calme. Elle ne voulait pas promettre que tout irait bien, mais quoi qu'il arrive, c'était sa patiente et c'était à elle de s'en occuper. Le fait qu'elle prenne soudain conscience du rythme de son cœur devrait passer après.

— Es-tu seule ? ajouta-t-elle.

— Oui, répondit Sophie dans un souffle haché. Maman et papa vont arriver en voiture, mais je ne supportais pas d'attendre.

— Je suis là dans une minute.

En se précipitant dans le couloir, Ella chercha une salle de consultation libre avant de pousser les portes de la réception où elle vit Sophie franchir le seuil de l'entrée. Son visage était blême, et la joyeuse fresque murale que Dan avait peinte sur tout un mur parut brusquement déplacée.

— Je ne sais pas ce que je ferais si quelque chose était arrivé à mon bébé, s'écria Sophie en se mordant la lèvre, les yeux débordant de larmes. Je pensais que tout irait bien à présent que papa est au courant et qu'il l'a accepté, mais s'il n'y a plus de bébé… !

— Suis-moi dans la salle d'examen et nous vérifierons tranquillement ce qui se passe. Ne t'inquiète pas.

Ella regrettait de ne pas pouvoir suivre ses propres conseils. Neuf fois sur dix, l'absence de mouvements n'augurait rien de grave. Parfois, c'était parce que la maman était plus occupée que d'habitude ou que le bébé avait adopté une position bizarre. Il était rare que ce soit mauvais signe mais, même si cela n'arrivait qu'une fois sur cent, c'était toujours trop pour Ella. Elle avait eu à affronter le pire à plusieurs reprises dans sa carrière, et elle espérait de tout cœur ne pas ajouter Sophie à sa liste.

— J'ai essayé d'avaler une tartine de confiture. Quand je fais ça, elle fait des petites cabrioles juste après, mais là, elle ne bouge plus du tout.

— Il y a toutes sortes de raisons qui pourraient expliquer que tu n'aies rien senti.

Ella la conduisit jusqu'à la salle et l'aida à s'installer sur la table d'examen. Sophie approchait des trente-cinq semaines et, à ce stade, les mouvements du fœtus étaient généralement très nets. Sophie aurait dû sentir son bébé bouger tous les jours.

— Si elle meurt, ce sera ma faute.

Sophie s'allongea, et les larmes coulaient à présent non-stop sur ses joues et dans ses cheveux.

— Quelle que soit la raison qui l'empêche de bouger, ce n'est pas du tout ta faute.

— Si, parce que quand j'ai compris que j'étais enceinte, j'ai souhaité qu'elle disparaisse. Je voulais me réveiller le lendemain en me disant que tout ça n'était qu'un rêve. Jusqu'à ce que vous et Dan m'aidiez à l'annoncer à mes parents. Ce n'est que depuis ce moment que j'ai commencé à l'aimer. Et voilà qu'elle n'est plus là ! J'aurais dû rentrer à la maison dès que papa a été mis au courant, mais je voulais rester ici, avec vous comme sage-femme.

Les pleurs de Sophie se firent plus aigus et Ella fit de son mieux pour la calmer afin d'être en mesure d'écouter le rythme cardiaque du bébé.

— D'accord, ma belle, prenons le temps de voir ce qui se passe.

Ella s'empara d'un tube de gel pendant que Sophie relevait son haut. Elle en déposa une noix sur son ventre et posa la sonde. Aussi tard dans la grossesse, le doppler n'aurait aucun mal à repérer les battements de cœur.

—Vous n'entendez rien, c'est ça ? interrogea Sophie en faisant mine de se relever.

—Je pense que ton bébé est allé s'installer dans un coin ou c'est peut-être la position du placenta. Nous avions vu qu'il était antérieur, n'est-ce pas ?

—Oui, mais ça n'a pas changé. Alors pourquoi je ne la sens plus bouger ?

—Le placenta grossit en même temps que le fœtus, et il prend de plus en plus de place.

En retenant son souffle, Ella fit glisser la sonde du doppler sur toute la circonférence du ventre de Sophie en cherchant désespérément le son qu'elles attendaient toutes deux. Le silence devenait assourdissant.

—Elle est morte, c'est ça ?

Le visage de Sophie se froissa à nouveau et elle releva les jambes si haut qu'elle se retrouva pratiquement en position fœtale elle aussi.

—Le doppler n'est pas un outil parfait, ma puce. Je pense que l'échographie nous donnera une image plus précise.

Ella faisait de son mieux pour que sa voix ne trahisse aucune émotion, mais elle avait du mal à regarder Sophie en face. Soudain, quelque chose de stupéfiant se produisit : le chuchotis miraculeux du rythme cardiaque du bébé à travers le doppler.

—C'est elle ?

Devant le hochement de tête d'Ella, Sophie arrondit les yeux.

—Oh, merci, merci mon Dieu !

—Le rythme est puissant et, maintenant, nous savons où elle se cache. J'aimerais brancher le moniteur pendant une vingtaine de minutes juste pour m'assurer qu'il n'y a aucun autre problème. Je vais également aller demander qu'on te fasse une autre échographie parce que je pense que ta petite doit être en position transversale.

—Qu'est-ce que ça veut dire ?

—Cela veut dire qu'elle est placée à l'horizontale plutôt que la tête en bas.

—Mais elle va bien ?

La peur faisait encore trembler le visage de Sophie.

—Tout a l'air parfait, dit Ella en serrant l'épaule de la jeune fille. Veux-tu que j'appelle ta mère pendant que tu es branchée sur le moniteur afin de lui expliquer ce qui se passe ?

—Oh oui, s'il vous plaît. Son numéro est dans le dossier en tant que membre de la famille. Je pense que nous aurons quand même besoin de vous comme personne de confiance.

—S'est-il passé quelque chose ? Je croyais que tes parents avaient donné leur assentiment.

Tout en parlant, Ella fixa le câble du moniteur sur le ventre de Sophie.

—C'est pas ça. Maman et papa ont été merveilleux depuis que je leur ai annoncé la nouvelle, mais ils ne sont pas d'accord pour prévenir ou non Euan. Au début, maman a dit qu'elle me soutiendrait quelle que soit ma décision et papa pensait que je devais le lui dire, mais maman a fini par avouer qu'ils s'étaient disputés à ce sujet. C'est pour ça que je ne suis toujours pas rentrée, même si je sais qu'il serait temps de le faire et que ce serait probablement mieux aussi pour le bébé.

—Sais-tu pourquoi ta mère s'inquiète que tu en parles à Euan ?

—Quand elle était petite, son père biologique n'était pas souvent là. Il a fini par aller et venir dans sa vie et, lorsque son beau-père est arrivé, il a disparu pendant deux ou trois ans. Ensuite, il a commencé à revenir à la maison pour chercher la bagarre. Maman a toujours dit qu'elle aurait préféré qu'il l'abandonne dès le début, que ç'aurait été plus facile. Pour elle, sauf si Euan est prêt à se marier et tout, le bébé sera bien mieux sans lui.

—Et toi, qu'en penses-tu ?

Ella se sentit soudain incroyablement naïve : elle avait toujours été protégée par l'amour de ses parents qui l'avaient sans cesse soutenue. Jess aurait su que dire puisqu'elle avait été abandonnée par son père mais, en fin de compte, c'était à Sophie de choisir.

—Je ne sais pas quoi faire. Je pense juste que si c'était l'inverse, je voudrais être au courant.

Sophie leva les yeux vers Ella et ajouta :

—Que feriez-vous à ma place ?

—Je ne peux pas répondre à cette question parce que je n'ai jamais été dans ta situation. En revanche, tu es la mère de l'enfant et tu dois faire ce que tu penses bon pour elle.

—Je suis si contente que vous soyez ma sage-femme. Je veux accoucher ici, avec vous.

—Tu es décidée à ne pas aller à l'hôpital alors ?

Un premier accouchement dans le service du pôle de santé n'était pas sans risque. Sans parler qu'elle aurait plus que besoin du soutien de ses parents après la naissance. Ainsi, la meilleure solution semblait être qu'elle retourne dans le Somerset. Il n'y avait aucun moyen de savoir à l'avance si Sophie aurait à faire face à des difficultés ou si elle serait capable de se débrouiller avec les antalgiques peu puissants qu'ils avaient le droit d'utiliser sans anesthésiste, mais elle paraissait déterminée. En outre, si le fœtus conservait sa position transverse et ne se retournait pas tête en bas avant le travail, il était inutile d'envisager un accouchement ici. À trente-cinq semaines, il était un peu tard pour que le renversement ait lieu. Elle pouvait utiliser certaines techniques, mais il serait temps d'y penser le moment voulu.

—Ici, je me sens en sécurité, dit Sophie en fermant les yeux.

Ella baissa la voix.

—D'accord, nous allons nous concentrer sur le présent et je vais appeler ta mère pour lui expliquer ce qui se passe. Il vaudrait mieux que tes parents ne s'inquiètent pas au point de rouler trop vite parce qu'ils paniquent. Après ça, je vérifierai si l'hôpital peut te donner un rendez-vous pour une écho aujourd'hui même. Comme ça, tes parents verront le bébé avec toi.

—Ça alors ! Regardez !

Les yeux de Sophie s'étaient ouverts d'un coup et elle montrait le côté de son ventre. Il était impossible de dire si c'était un pied, la tête ou autre chose qui appuyait contre sa peau, mais le bébé semblait tout faire pour montrer qu'il était bien là.

—C'est fantastique. Elle était peut-être juste un peu paresseuse, sourit Ella.

—Je n'arrive toujours pas à croire que j'ai réussi à faire un petit être humain ! J'étais tellement sûre que j'allais tout gâcher.

Le visage rayonnant, Sophia passa la main sur l'endroit où les mouvements de sa fille s'étaient manifestés.

— Tu assures ! Voilà pourquoi j'adore mon travail : la grossesse et la naissance ne cessent de m'émerveiller.

— Voulez-vous avoir des enfants ?

— Oh, oui.

Ella sourit à cette perspective. Il était encore trop tôt pour savoir si Dan ferait partie de l'aventure, mais elle le voyait tout à fait devenir père. Lorsqu'elle avait envisagé d'avoir des enfants avec Weller, l'image qui avait surgi dans sa tête était plutôt celle de Jago et Ruth en grands-parents. À présent, elle visualisait une famille rien qu'à elle. Pendant un temps, son retour lui avait donné l'impression de fuir, de prendre conscience qu'elle avait échoué à Londres, mais il lui était de plus en plus difficile d'imaginer repartir un jour.

17

Ella avait toujours adoré l'automne à Port-Agnes. Le soleil se couchait tôt et n'en semblait que plus spectaculaire.

— As-tu envie de venir dans mon squat ? Si j'allume des chandelles à la place des lampes, l'endroit aura plus de charme.

Dan lui prit la taille et la rapprocha de lui tandis qu'ils marchaient le long du sentier étroit du littoral vers le port. Daisy courait devant eux, reniflant chaque touffe d'herbe comme si sa vie en dépendait en repérant la moindre odeur présente.

— Comment refuser pareille offre ?

Ella aurait été ravie d'aller partout avec Dan, même s'il n'avait pas exagéré autant sur l'état de son cottage. Toutes les maisons de Mercer's Row avaient été rénovées avec goût et, même si celle de Dan avait été la dernière, elle commençait vraiment à prendre forme. Il avait peint la chambre, où ils avaient tous deux dormi ensemble pour la première fois, dans la nuance de jaune primevère dont elle se souvenait. Ce n'était peut-être qu'une coïncidence mais, au fond d'elle, Ella savait que non, et cela signifiait largement que les souvenirs de ces années passées lui importaient tout autant.

— Je pourrais te préparer mes célèbres *pasta pesto* ? Tout le monde ne sait pas ouvrir un bocal avec le style et le raffinement dont je suis capable !

— N'y a-t-il pas de fin aux talents de Dan Ferguson ?

En stoppant devant le portail dit « des baisers », où la partie la plus étroite du sentier côtier s'interrompait pour déboucher sur la descente finale vers la ville, il la prit dans ses bras.

— Je l'ignore. Comme je suis un peu rouillé, je pensais qu'il me faudrait peut-être un peu plus d'entraînement question baisers. Ce serait une honte de ne pas t'embrasser comme il le faut au portail des baisers, non ?

— Eh bien, je ne voudrais pas enfreindre les lois de Port-Agnes.

Ella se pencha vers lui. Il n'avait jamais eu besoin d'améliorer sa technique, y compris quand ils avaient seize ans, mais elle n'allait certainement pas le repousser. Leurs visages n'étaient séparés que par quelques centimètres lorsque son téléphone se mit à sonner.

— Je pourrais l'ignorer, murmura Ella alors qu'elle tendait déjà machinalement la main vers sa poche.

— Tu ne te le pardonnerais pas si c'était une patiente qui avait besoin de toi.

— Merci, Dan.

C'était ce qui l'attirait aussi chez lui. Dan comprenait l'importance de son travail sans qu'elle ait besoin de s'expliquer. En reculant, elle répondit au coup de fil.

— Je voudrais parler à Ella Mehenick.

— C'est moi.

— Oh, super ! je suis Margo Kelly. Je suis journaliste aux *Three Ports News*.

—Ouais, répondit Ella en fronçant les sourcils et en se demandant ce que diable le *Three Ports News* voulait d'elle.

—Je ne sais pas si vous avez lu l'article d'un tabloïd à propos des Undermods qui célèbrent leur album numéro un avec leur nouveau label.

—Je ne pense pas.

Ella envisageait déjà de couper la communication.

—Je sais que ça risque d'être difficile pour vous, mais votre ex-fiancé a été pris en photo main dans la main avec son nouveau compagnon, Ste Jenkins, dit Margo en s'éclaircissant la voix, et la presse a ressorti la vidéo, celle de vous que les fans de Jed Harris ont postée.

—Pourtant, ces nouvelles devraient être dépassées, non ?

Ella regarda Dan en secouant la tête.

—Exact, mais le journaliste qui a écrit l'un des articles des tabloïds a fini par dévoiler à quel point la mariée de Weller a dû se sentir humiliée d'avoir été abandonnée. En tant que journal local, nous tenions à vous donner un droit de réponse en priorité.

—Je n'ai rien à dire.

—Saviez-vous qu'il était gay ?

—Cela ne concerne personne.

—Pas même son ex-fiancée ? insista Margo comme un chien qui découvrait un os à ronger. Lui avez-vous pardonné pour ce qu'il vous a fait ? Cela a dû être vraiment humiliant !

—Je ne suis pas prête à faire des commentaires à propos de ma vie ou de celle de Weller et je vais bloquer votre numéro.

Sans chercher à comprendre la réponse de Margo, Ella cliqua sur quelques icônes pour couper la communication et bloquer le numéro comme elle l'avait affirmé.

— C'était quoi ça ? Est-ce que tout va bien ? demanda Dan en lui prenant la main.

— C'était juste une journaliste du canard local qui me demandait si j'avais des commentaires à faire sur la nouvelle relation de Weller. Apparemment, le succès de son dernier contrat a ravivé l'intérêt pour la mariée-pas-mariée et, maintenant, ils veulent savoir ce que j'éprouve face à Weller et Ste.

— Certains journalistes ne sont que des vautours. À la mort de mes parents, quelques photographes ont fouiné partout autour de la ferme dans l'espoir de prendre des photos de Lissy et de moi, histoire de montrer, je suppose, ce qu'était un cœur brisé en chair et en os ! Certains se sont même pointés aux funérailles.

— Cela a dû être épouvantable dans cette période où vous aviez tant à faire. Je n'arrive pas à comprendre comment on peut gagner sa vie sur le malheur d'autrui.

— C'est plus courant que tu ne le penses, hélas. Bref, cela ne doit pas gâcher notre soirée, El. Tu n'as pas oublié que tu dois goûter mes succulentes *pasta pesto* dans mon petit squat douillet ?

— Dire que Weller pense que c'est lui qui mène une vie glamour uniquement parce qu'il a produit un album numéro un au hit-parade !

Ella n'arrivait pas à avouer à quel point l'appel l'avait troublée – pas quand Dan avait dû endurer bien pire étant enfant – même si elle voyait avec horreur le moment où la vidéo reprendrait sa place en tête des sujets de conversation de Port-Agnes. Elle n'avait plus qu'à prendre sur elle en attendant que les choses se tassent. D'ailleurs, tout finissait par passer, non ?

***

— Tegen grossit si vite !

Ella berçait doucement le bébé qu'elle avait aidé à mettre au monde.

— Comment Noah prend-il son nouveau rôle de grand frère ?

— Il aime assez ça, répondit Lissy en souriant, mais il lui arrive de lui donner un petit coup en douce ou de la pincer quand il croit que nous ne le regardons pas. Je pense qu'il apprécie les jours comme aujourd'hui, lorsqu'il reste à la crèche pendant une bonne partie de la journée et qu'il a le droit de courir partout et de faire des bêtises sans qu'on lui rappelle de ne pas faire de bruit à cause du bébé.

— J'aurais adoré avoir un frère ou une sœur, même avec les pincements et les petits coups.

Ella se souvenait avoir supplié ses parents de lui donner un frère ou une sœur à l'époque où elle n'avait pas la moindre idée de ce qui les en empêchait. Ils avaient dû en souffrir. Lorsqu'elle imaginait sa famille à elle, elle visualisait au moins trois enfants, mais avec deux de ses amies confrontées au risque d'infertilité, elle n'allait pas prendre son rêve pour acquis.

— J'adorais avoir Dan comme petit frère. OK, il pouvait être agaçant quand il était avec ses copains, avant la mort de nos parents. Les garçons se livraient à toutes sortes de jeux grossiers, comme se défier à déclamer l'alphabet en rotant ou en se tirant le pantalon sur les chevilles !

—Sympa ! Aimait-il tes amies ou les embêtait-il aussi ?

—Je pense qu'une grande sœur était très pratique pour lui. Des tas de filles plus âgées traînaient à la maison. En revanche, il n'aimait pas mes copains, pas avant que je rencontre Niall. C'est lui qui m'a persuadée que c'était le bon, et je ne sais pas ce que je ferais sans Dan maintenant. La disparition de nos parents nous a probablement rapprochés plus que d'autres fratries. Même si j'ai carrément perdu la première place dans sa liste de chouchous, termina Lissy en souriant.

—J'ai tellement apprécié de renouer notre amitié.

—*Apprécié* ? s'exclama Lissy en relevant un sourcil soupçonneux.

—Je veux dire…

La vérité, c'était qu'Ella n'était pas sûre de ce qu'elle voulait dire. Elle avait beaucoup d'excellentes raisons de rester à Port-Agnes et Dan était tout en haut de la liste, mais elle avait encore passé une heure la veille à chercher les offres d'emploi de consultante en maïeutique, ce qui correspondait à l'étape suivante logique de son plan de carrière. Presque toutes étaient basées à Londres, une ville où personne ne se souciait qu'elle ait été larguée le jour de son mariage et où elle redeviendrait une anonyme.

—Je veux seulement éviter de croire que notre histoire a un avenir alors que rien n'est sûr. Dan et moi, nous prenons les choses au jour le jour.

—Il ne cesse de parler de toi, et je peux t'assurer que ce n'est pas son style.

Lissy posa un plat de pâtes sur la table avant de continuer :

— Veux-tu que je reprenne le bébé pendant que nous mangeons ? Je pensais qu'elle s'endormirait avant le déjeuner, mais c'est pas de chance.

— Les sages-femmes passent beaucoup moins de temps à câliner les bébés que ce qu'on croit.

Ella avait eu un accouchement à domicile qui s'était terminé à quatre heures du matin et elle aurait bien fait une sieste elle aussi.

— Alors, je suis ravie de la garder dans mes bras pendant que tu peux manger en utilisant ton couteau et ta fourchette en même temps pour une fois ! ajouta-t-elle.

— Pas étonnant que Dan t'adore ! s'exclama Lissy avant de plaquer la main sur sa bouche.

— C'est ce qu'il a dit ?

— Merde ! S'il te plaît, ne lui dis pas que je te l'ai dit, lança Lissy en faisant la grimace. Ou c'est moi qui vais avoir droit à une mise au coin !

— Je ne dirai rien, promis.

Ella ne put s'arrêter de sourire, même si elle ne savait pas vraiment ce qu'elle éprouvait. Elle se sentait bien en compagnie de Dan, mais elle n'avait aucune idée de la manière dont elle réagirait s'il lui disait qu'il l'aimait, ou si elle était prête à lui répondre la même chose, tout en sachant déjà que c'était le cas. Les mots étaient sortis si facilement quand ils avaient seize ans, mais ils avaient fini par se briser mutuellement le cœur. En avouant leur amour maintenant, la pression sur leur avenir ensemble serait trop forte, et elle n'était toujours pas certaine qu'ils partageaient les mêmes aspirations. Ses paroles avaient peut-être dépassé sa pensée, comme pour Ella qui disait qu'elle adorait le fromage de la Cornouailles, ou la paire de bottines en daim dans la vitrine de Sole Mates de la grande rue.

—Laissons tomber mon frère. Raconte-moi comment tu vas ?

Lissy se servit de pâtes.

—J'aime toujours mon travail ici, et ce retour à Port-Agnes s'est grosso modo mieux passé que je ne m'y attendais.

—Grosso modo ?

Ella allait répondre quand le claquement de la boîte aux lettres fit aboyer le chien de Lissy et réveilla le bébé qui s'agita dans les bras d'Ella en fronçant le visage pendant une seconde avant de se détendre et de continuer à somnoler.

—Désolée, je vais juste voir de quoi il s'agit. Nous attendons un courrier du conseil municipal au sujet du changement de statut que nous avons sollicité. Niall a eu la brillante idée d'installer plusieurs cabanes de berger à louer aux vacanciers afin que, si ça marche, nous puissions travailler tous deux à plein temps à la ferme, soupira Lissy. En attendant, ce sera juste un surcroît de travail pour moi. Et pour Dan quand il pourra se libérer. Je me sens un peu culottée de le lui demander mais il a assuré qu'il était tout à fait prêt, surtout si cela signifie que Niall sera de retour à la maison pour de bon.

Lissy sortit chercher le courrier et Ella continua à bercer doucement le bébé en luttant contre l'envie de bâiller.

—Il n'y a rien du conseil, mais je ne suis pas sûre d'être soulagée ou déçue ! Ce n'était que le journal local.

Lissy laissa tomber l'exemplaire du *Three Ports News* sur la table et Ella ne résista pas à son impulsion de jeter un coup d'œil à la première page afin de s'assurer que Margo Kelly n'avait pas publié un article débile qui ferait ressortir la vidéo.

— Dis-moi, Ella, as-tu enfin décidé de signer ton contrat permanent au pôle de santé ?

— Je le ferai d'ici la fin de la semaine.

— Qu'est-ce qui te retient ? Je sens qu'il y a quelque chose et que c'est la même chose qui te retient de t'engager avec Dan, déclara Lissy avec un regard appuyé. La situation n'est pas la même qu'il y a dix ans, et si tu le lui demandais, il te suivrait n'importe où. Tu sais que tu l'aimes aussi, n'est-ce pas ?

Ella tenta d'adopter un air détaché. Si elle acquiesçait, cela changerait tout. La lutte qui se livrait entre son cœur et sa raison serait définitivement terminée ; or, elle ne savait toujours pas si elle était prête à accueillir la vérité.

— J'ignore quels sont ses sentiments.

— Eh bien, moi, je le sais et tout ce qui te reste à faire, c'est de lui poser la question. Enfin, comme si c'était nécessaire ! Cela se voit clairement sur son visage chaque fois qu'il regarde dans ta direction. Et quand je vous vois tous les deux, je ne peux croire que tu n'éprouves pas la même chose.

— C'est vrai. Depuis toujours.

Ella ne pouvait plus prétendre que c'était cette incertitude sur les sentiments de Dan qui la retenait encore, pas même à elle-même. Son cœur avait gagné.

— C'est juste que mes parents ont financé mes études à Londres afin que je puisse me former dans les hôpitaux de la capitale et avoir la possibilité de choisir la carrière qui récompenserait toutes ces dépenses.

—Ne crois-tu pas qu'ils souhaitent seulement ton bonheur en faisant ce que, *toi*, tu veux faire ?

—Oui, tu as raison.

Ella opina. Si c'était aussi simple ! Le problème était qu'elle n'avait jamais vraiment mis le doigt sur ce qu'elle voulait elle, parce qu'elle était sans cesse en train d'essayer de franchir une nouvelle étape. Peut-être que la prochaine étape, celle qu'elle cherchait depuis toujours, serait Port-Agnes.

***

Lorsque Ella promenait Daisy le soir, la température était de plus en plus fraîche. Les vitrines de certaines boutiques de la grande rue avaient affiché leurs décorations d'Halloween et la boulangerie Mehenick arborait une énorme miche de pain en forme de chapeau de sorcière. Ce serait étrange de vivre cette année la course qui précédait Noël à Port-Agnes, et de participer à l'office de la veillée aux chandelles de Saint-Jude. Après son déjeuner avec Lissy, Ella avait enfin signé le contrat proposé par Anna. Tout ce qui lui restait à faire était de le déposer au pôle de santé lors de sa prochaine garde. Alors, ce serait officiel : Ella Mehenick serait de retour pour de bon. Quoi qu'elle ait envisagé pendant toutes ces années, cela ne signifiait plus rien face à la perspective de se retrouver entourée de sa famille et de ses amis, sans parler de Dan. Dans la vitrine de Paper and Pottery, elle repéra au passage un panneau en bois orné de la devise populaire : « Le foyer est là où le cœur se trouve. » Ce n'était peut-être pas la phrase la plus originale, mais cela ne la rendait pas moins vraie.

Arrivée au niveau du port, Ella accéléra le pas pour suivre Daisy. L'heure du dîner de la chienne était passée et l'animal était clairement pressé de rentrer.

— D'accord, ma fille, je ne vais pas te retarder davantage.

Ella faillit trébucher lorsque la chienne fila entre ses jambes pour rejoindre la cuisine dès que la jeune femme ouvrit la porte de derrière de la maison de ses parents. La gamelle de Daisy était habituellement placée dans le garde-manger, mais elle était pratiquement vide. Ella s'était accroupie pour tendre la main vers l'étagère du bas quand elle entendit la voix de sa mère. Ruth était en train de parler à quelqu'un, mais il fallut à Ella un moment pour comprendre que ce n'était pas son père.

— Si quelqu'un parvient à le persuader de vendre, c'est bien toi, Ruthie.

— J'ai essayé. Nous avons liquidé toutes nos économies pour acheter notre part de la Vieille Forge, mais je n'ai pas compris jusqu'à ce que les rappels de paiement finissent par arriver parce que Jago avait aussi utilisé le crédit de toutes nos cartes. Si nous ne vendons pas vite, nous risquons de nous retrouver dans la panade.

— Michael Tredinnick m'a fait une offre pour les terres où je laisse paître la moitié de mon troupeau. Si son offre aboutit et que nous refusons toujours de lui vendre la Vieille Forge, je peux dire adieu à mon élevage parce qu'il n'acceptera jamais de me louer ces terres. Je ne vois pas comment je serais en mesure de louer une autre parcelle aussi proche de ma ferme.

—Je suis désolée, Clem. J'aimerais t'aider.

Le ton de Ruth trahissait son désespoir et Ella n'osa pas bouger de crainte de faire tomber une boîte de conserve de l'étagère et que sa mère s'aperçoive qu'elle était dans le garde-manger en train d'écouter la conversation.

Ruth confiait à Clem des choses qu'elle n'avait probablement jamais dites à Jago, et encore moins à sa fille.

—Pourquoi refuse-t-il si obstinément de vendre la forge à Michael ? D'accord, je sais qu'il ne l'a jamais aimé, et ce, depuis que nous étions à l'école ensemble. Personne ne l'aime, mais nous avons fait un mauvais investissement. La bâtisse devra peut-être être démolie, et Michael est le seul qui puisse nous sortir de là. Il est des moments où l'on n'a pas d'autre choix que de ravaler sa fierté !

—Je pense que Jago aurait pu oublier tout le reste, y compris la transformation de la Vieille Forge en immeuble d'appartements, si Michael n'avait pas insulté Ella, expliqua Ruth avec un soupir. Maintenant qu'elle est de retour, il ne pourrait plus la regarder en face s'il savait que l'homme qui s'était réjoui de son chagrin va pouvoir bâtir des cages à lapins, brique après brique, sur une terre que Jago lui aurait vendue.

—Si je comprends bien, Ruth, tu prétends que nous ne pouvons pas vendre le bâtiment à Michael tant qu'Ella demeurera à Port-Agnes ? Même si cela nous conduit tous à la ruine ?

— Je sais que cela paraît fou, mais Jago est un homme fier. Tu le sais mieux que quiconque.

— La fierté n'a jamais payé les factures, si ?

Les paroles de Clem paraissaient tout droit sortir de la bouche de Michael Tredinnick. Quoi qu'il en soit, il avait raison, et Ruth savait qu'Ella ne laisserait personne se ruiner à cause d'elle.

18

Ella n'arrivait pas à dormir. L'une des autres sages-femmes, qui travaillait habituellement de nuit, était en congé maladie depuis des semaines, ce qui signifiait qu'Ella avait encore passé une nuit entière sur un accouchement à domicile et n'était rentrée qu'à près de six heures du matin. C'était le moment où le port reprenait vie, où les pêcheurs débarquaient leur butin dans l'obscurité du quai. Lorsqu'elle monta enfin dans sa chambre, la pluie battait contre les carreaux. Des tas de gens étaient prêts à payer le prix fort pour s'abonner à des applications qui leur permettaient d'écouter ce genre de musique pour trouver le sommeil, mais cela n'avait aucun effet sur Ella. Elle avait trop de choses en tête.

—Bonjour, ma chérie, je ne m'attendais pas à te voir debout si tôt.

Le père d'Ella l'accueillit en souriant dans la cuisine à peine une heure et demie après qu'elle était rentrée discrètement par la porte de derrière après sa garde. Pour finir, elle avait abandonné toute tentative de s'endormir.

—Je t'ai entendue rentrer pendant que je lançais la première cuisson dans le four de la boulangerie. Si j'étais toi, je n'échangerais pas mon travail de sage-femme pour les cambriolages : plus tu essaies d'être discrète, plus tu fais du bruit ! Cela me rappelle le temps où, adolescente, tu croyais te faufiler sans bruit dans ta chambre après une soirée tardive.

— J'aimerais bien avoir assez d'énergie pour faire la fête en ce moment !

Ella se nicha dans les bras de son père qui l'étreignit avec bonheur. L'arôme du pain frais s'accrochait à ses vêtements, l'arôme de la maison. Si elle retournait à Londres et mettait assez de distance entre eux pour le laisser vendre la Vieille Forge à Michael Tredinnick sans donner à son père l'impression de la décevoir, tout cela lui manquerait. En revanche, si elle ne partait pas et que son père refusait de vendre la Vieille Forge, ils perdraient tout.

— Pourquoi ne te reposes-tu pas un peu, mon Ysella ?

— Mon esprit n'arrive pas à se mettre en pause.

Contre son torse, la voix d'Ella lui parut étouffée et Jago recula pour scruter son visage.

— Tu dois penser à toi. Tu as l'air épuisée et tu es bien trop maigre.

— Je pèse près de soixante-dix kilos, papa. Je ne risque pas de disparaître ! Et je suis fatiguée parce que j'ai accumulé les gardes de nuit alors que je n'en ai pas l'habitude. Dans la journée, je n'arrive pas bien à dormir. Je te promets qu'il n'y a rien d'autre.

Elle n'allait pas ajouter aux soucis de son père. Il en avait déjà suffisamment à gérer.

— Ta mère et moi, nous sommes là si tu as besoin de nous, tu le sais, n'est-ce pas ?

Jago avait adopté une expression grave et Ella acquiesça.

—C'est bon aussi de savoir que tu as quelqu'un comme Dan à tes côtés.

—Je croyais qu'il n'était qu'une fourmi rouge ? dit Ella en riant.

Son père secoua la tête.

—Peut-être au début, mais un homme qui travaille aussi dur que lui pour préserver un pan de l'histoire de la Cornouailles mérite le titre d'autochtone. De plus, s'il est prêt à se battre pour protéger un vieux bâtiment, je sais qu'il mettra autant d'énergie à protéger ma fille.

—Je n'ai pas besoin d'un chevalier servant, papa !

—Je sais que tu es une femme moderne, mais je reste ton papa et j'ai le droit de te couver un peu, non ?

—Je ne pourrais pas t'en empêcher même si je le voulais.

Ella reposa la tête contre la poitrine de son père. En dépit de ses protestations, elle était extrêmement reconnaissante de bénéficier du soutien inconditionnel de ses parents.

—Toutefois, j'aimerais que toi aussi tu penses un peu à toi, notamment après ce qu'a dit le médecin à propos de ton hypertension. Je sais que tu n'aimes pas non plus Michael Tredinnick, mais je pense sincèrement que la vente pourrait être la meilleure solution.

—Il faudra me passer sur le corps avant que j'accepte l'offre de ce salaud. Pas question que ma propre fille croise dans sa ville natale l'homme qui lui a manqué de respect mais tire parti d'un marché conclu avec son père. Je préférerais manger mon chapeau.

—C'est un peu radical, papa !

—On trouvera une solution. Dan s'y est déjà attelé. Il pense qu'il connaît quelqu'un qui pourrait faire une offre, même s'il faut reconstruire toute la forge.

—C'est une excellente nouvelle !

En apprenant que Dan était sur l'affaire, la tension qui lui crispait les épaules s'allégea un peu. Si quelqu'un était capable de trouver une solution, c'était bien lui, et le fait qu'il accepte d'aider son père malgré leurs dissensions au fil des années ne faisait qu'accentuer son amour pour lui. Il était si généreux ! Tout comme il l'avait été depuis toujours, même lorsqu'il avait décidé de ne pas la suivre à Londres. À présent que Port-Agnes abritait un ennemi en son sein, il semblait également que son père avait oublié toutes ses récriminations au sujet des « étrangers ». Ella se fichait de savoir qui finirait par acheter la Vieille Forge tant que son père, Clem et Jack s'en sortaient. Autrement, elle ne pourrait jamais vivre avec le poids de la culpabilité.

—C'est un bon gars. Et je ne laisserai personne dire le contraire. Bref, si je ne retourne pas bosser tout de suite, je n'aurai rien à servir à mes clients ! Je suis déjà en retard pour l'ouverture et tous ces lève-tôt qui réclament leur petit déjeuner.

Jago l'embrassa sur le haut du crâne avant d'ajouter :

—Toi, tu vas retourner dans ton lit et dormir un peu. Pour une fois, obéis à ton père !

—Je ferai de mon mieux.

—Regarde ce que Dan a laissé sur le pas de la porte pour toi !

Ruth entra par la porte de derrière, la laisse de Daisy dans une main et un énorme bouquet de fleurs dans l'autre au moment où Jago retournait à la boulangerie et où Ella remplissait la bouilloire.

— Y a-t-il un message ?

En prenant les fleurs, elle tira la petite carte blanche glissée au centre du bouquet.

Londres t'attend. Pars et tu tomberas de moins haut que tes grands chevaux.

Les fleurs ne venaient pas de Dan ! Ella frissonna en relisant le message. Il n'était pas signé, mais elle savait que c'était Tredinnick, même si rien ne le prouvait. Lorsque leur querelle avait atteint son apogée, Sophie s'était déjà réfugiée à l'intérieur de son cottage, et il n'y avait pas d'autre témoin de leur scène.

— Qu'est-ce qui ne va pas, ma puce ? Tu es blanche comme un linge ! Que dit le message sur la carte ?

La voix de sa mère était pleine d'inquiétude, mais elle n'y pouvait pas grand-chose et il ne servait à rien d'ajouter à ses préoccupations déjà suffisamment lourdes.

— C'est juste la fatigue. Je suis éreintée, c'est tout.

Ella posa les fleurs dans l'évier et fourra la carte dans la poche de sa robe de chambre.

— Je remonte me coucher un moment.

— D'accord, ma chérie. Je te préparerai à déjeuner quand tu redescendras, mais dors autant que tu le peux. Tu as vraiment l'air d'en avoir besoin.

— Merci, maman.

Ella l'enlaça en se demandant si sa mère percevrait le martèlement de son cœur.

Une fois dans sa chambre, elle posa son téléphone sur la table de chevet. Une fraction de seconde plus tard, elle faillit tomber du lit en entendant un craquement aigu qui fit trembler toute la maison. Cela venait du rez-de-chaussée. Elle descendit l'escalier quatre à quatre et fila vers la cuisine. Elle était vide mais on entendait des hurlements depuis la boulangerie. Oubliant qu'elle était encore pieds nus et en pyjama, Ella s'élança vers la boutique en tremblant à l'idée que l'hypertension de Jago ait fini par avoir raison de lui et qu'il se soit écroulé à terre. Quand elle vit son père debout, le soulagement la submergea, même s'il y avait des éclats de verre partout et un trou colossal dans la vitrine.

—C'est fou ! Lorsque cette brique a traversé la vitrine, elle n'a raté ma tête que d'un centimètre.

Une femme, qui avait l'air d'avoir près de soixante-dix ans, se raccrochait au bras d'une autre femme beaucoup plus jeune, et le sol était couvert d'éclats de verre.

—Je suis sûre qu'il y a un dingue en liberté à Port-Agnes, vous verrez !

Une autre femme qui patientait derrière elle parut plutôt excitée par la perspective.

—La bonne nouvelle, c'est que personne n'a été blessé.

Le père d'Ella croisa son regard. Il avait dû avoir la même idée qu'elle : c'était l'œuvre de Michael Tredinnick.

—Pour en arriver là, tu as dû tromper un de tes clients sur la marchandise, Jago.

La vieille femme éclata de rire, mais Ella n'était pas d'humeur et sa mère semblait au bord des larmes. Michael Tredinnick était peut-être derrière tout ça pour se venger parce que Jago refusait de lui vendre la Vieille Forge, mais Ella était sûre d'avoir aggravé les choses en le défiant lorsqu'il avait menacé Sophie.

Le message de la carte du bouquet était clair : si Ella partait, cela serait une victoire suffisante pour que Tredinnick relâche la pression sur les trois amis, même si sa mère et Clem ne parvenaient pas à convaincre Jago de lui vendre quand même la forge. Elle n'avait plus le choix. La question était de savoir si Dan accepterait de la suivre cette fois. L'idée qu'il refuse la rendait malade. C'était déjà assez douloureux de quitter Ruth et Jago ainsi que ses nouveaux amis de la maison médicale, mais elle pouvait se consoler en se disant qu'elle le faisait justement pour ses parents. En revanche, la perspective de perdre Dan une fois encore lui donnait l'impression que la terre s'ouvrait sous ses pieds. Comment pouvait-elle envisager de lui demander de partir avec elle ? C'était trop énorme : il avait une famille qu'il aimait autant qu'Ella aimait ses parents. Toutefois, s'ils devaient rester ensemble, l'un d'eux serait contraint de faire souffrir les personnes qui lui étaient chères.

***

Il y avait toujours des patientes auxquelles Ella s'attachait plus qu'aux autres et c'était tout à fait le cas de Sophie. Ella tenait à annoncer à la jeune femme en personne qu'elle ne serait plus là à l'arrivée du bébé. Cependant, lorsque Sophie ouvrit la porte de la maison, elle portait un long manteau et un sac sur le dos, comme si elle était sur le point de partir.

—Salut, Ella, vous voulez entrer une minute ?

—Non, je voulais juste te parler un peu mais tu as sans doute rendez-vous quelque part.

—Je vais à Truro. J'ai réfléchi à ce que vous m'avez dit. Vous savez, faire ce que je crois le mieux pour le bébé. Je veux qu'elle ait la possibilité de connaître son père. Alors, j'ai appelé Euan pour lui annoncer la nouvelle.

—Comment l'a-t-il prise ?

—Vraiment bien, en fait. Il m'a même assuré que je lui manquais, répondit Sophie en rougissant. Il était un peu inquiet d'en parler à ses parents mais ils ont réagi mieux qu'il s'y attendait. C'est pour ça que je vais à Truro. Ils sont venus tous les trois y passer une semaine et ils séjournent dans un hôtel de la ville. Je dois les retrouver pour le petit déjeuner et nous passerons toute la journée ensemble pour faire connaissance. Nous sommes convenus que c'était mieux que ce soit dans la région, avec la date de la naissance qui approche et tout.

—C'est une merveilleuse nouvelle !

—J'ignore comment ça va se passer mais, quoi qu'il arrive, je n'aurai pas à mentir à ma fille quand elle sera assez grande pour comprendre. Je pourrai lui parler de son père et de sa famille, et s'ils veulent garder le contact avec elle, ce sera super. Dans le cas contraire, je n'aurai qu'à faire de mon mieux pour la préserver. Le point positif, c'est que je n'aurai rien à cacher et pas besoin de surveiller mes arrières en me rongeant les sangs à l'idée que quelqu'un découvre mon secret. J'en ai parlé d'abord avec maman et elle aussi a compris que vous aviez raison. On ne peut pas faire l'autruche indéfiniment : il faut affronter ses problèmes.

—Ai-je vraiment dit cela ?

Ella rougit. Elle semblait offrir toutes sortes de conseils avisés ces temps-ci ; pourquoi ne les suivait-elle pas elle-même ?

— D'une manière détournée, vous m'avez fait comprendre que je devais d'abord penser au bien-être de mon bébé.

Sophie se passa la main sur le ventre avant d'ajouter :

— Vous êtes sûre que vous ne voulez pas entrer un moment ? Je peux envoyer un texto à Euan pour le prévenir que je serai un peu en retard.

— Non, je voulais juste passer te dire que je retournais à Londres pendant quelque temps pour voir mes vieux amis.

Ella avait horreur de mentir mais Sophie était si heureuse qu'elle refusait de jouer les trouble-fêtes. Sophie serait peut-être déçue pendant un temps lorsqu'elle comprendrait qu'Ella n'assisterait pas à la naissance du bébé, mais elle s'en remettrait et n'importe quelle autre sage-femme ferait parfaitement l'affaire. Cela la convaincrait peut-être même de rentrer dans le Somerset à temps pour accoucher.

— D'accord, mais pas trop longtemps ! J'ai besoin que vous soyez revenue quand le bébé se décidera. Vous êtes la seule sage-femme que je veuille avoir à mes côtés à ce moment-là.

— Comment te sens-tu depuis notre dernière consultation ?

Ella n'avait pas trouvé d'autre idée que de changer de sujet afin de ne pas faire à Sophie des promesses qu'elle ne pourrait pas tenir.

— Tout va bien. Elle a recommencé ses cabrioles, pendant toute la nuit et me donne des coups de pied dans la vessie chaque fois que je suis sur le point de m'endormir enfin. Lors de la dernière écho, elle avait retrouvé la position tête en bas. Je suis tellement soulagée !

— Ah, les joies de la maternité !

Pour la première fois depuis qu'elle avait pris la décision de partir, Ella parvint à ébaucher un vrai sourire. En revanche, elle n'allait pas pouvoir non plus faire l'autruche plus longtemps : il était temps de décider si elle retournait à Londres seule ou non.

19

Ella entendit les éclats de rire dès qu'elle pénétra dans le couloir qui partait de la réception du pôle de santé.

—Vous allez vraiment camper par ce temps ? Vous avez pensé à faire votre testament ?

Quand Ella entra dans la salle du personnel, elle découvrit Toni en train de bavarder avec Jess.

—Dom s'est mis en tête que si nous campons sur le géant de Cerne Abbas, je tomberai enfin enceinte.

Jess n'avait pas l'air beaucoup plus convaincue que Toni.

—Le géant de Cerne Abbas est une énorme silhouette de craie taillée dans le versant herbeux du Dorset. Il symboliserait la fertilité. Apparemment, si vous passez la nuit sur la colline, vous êtes quasiment sûrs d'avoir un enfant !

—Je suppose qu'il faut faire intervenir un élément sexuel ? dit Frankie en relevant un sourcil.

—Tu sais ce qu'on dit ? commenta Gwen en se mettant à nouveau à rire. « Si la tente tremble, passez votre chemin. »

—Dom doit être plutôt confiant ! As-tu vu la taille des différentes *parties* du géant ? ricana Anna.

—Cela devrait me faire pleurer de rire !

Gwen semblait être en grande forme, mais tout ce qu'Ella pensait à cet instant. C'était que c'était peut-être la dernière fois qu'elle les voyait toutes ensemble. Elle était censée remettre son contrat le jour même, mais elle se préoccupait surtout de trouver le bon moment pour annoncer aux autres sages-femmes que finalement, elle ne resterait pas.

Pour finir, elle ne rassembla assez de courage qu'en fin de matinée.

— Tu vas bien, Ella ? Tu as eu l'air bizarre depuis ton arrivée.

Anna posa la main sur le bras d'Ella qui répondit en secouant la tête.

— Je suis vraiment désolée, mais j'ai décidé de retourner à Londres.

— Mais tu ne peux pas partir ! s'exclama Anna en écarquillant les yeux. Je croyais que tu adorais être ici, et toute l'équipe et les patientes t'adorent aussi.

— Oh ! Anna. J'ai tellement l'impression de décevoir mes parents ! Ils se sont tellement sacrifiés pour que je m'installe à Londres ! Si je reste ici, j'aurais pu tout aussi bien aller à l'école à Plymouth dès le départ et leur faire économiser des dizaines de milliers de livres.

Elle ne pouvait pas parler de Michael Tredinnick à Anna. Si Jago apprenait par hasard que c'était en partie à cause de ce type qu'elle partait, cela ne ferait qu'aggraver la situation. La vérité, c'était qu'il y avait autre chose : en réalité, Tredinnick avait eu raison sur un point parce que, si elle restait à Port-Agnes, elle tiendrait cela comme un échec et ne réussirait jamais à accomplir ce qui lui prouverait qu'elle n'était pas une petite usurpatrice.

—As-tu demandé à tes parents ce qu'ils en pensent ? J'ai vu comment ils étaient quand tu es avec eux et je n'arrive franchement pas à croire qu'ils préféreraient que tu retournes à Londres.

—Ils ont des problèmes financiers et, si je gagne un salaire plus élevé, je pourrai les aider.

C'était aussi près de la vérité que ce qu'elle pouvait dire à tout le monde, sauf à Dan auquel elle devrait expliquer à quel point ses parents étaient endettés. Si Tredinnick ne renonçait pas à sa croisade, même après le départ d'Ella, elle aurait besoin du moindre sou supplémentaire.

—Et Dan alors ? Tu vas le laisser tomber lui aussi ? Il voudra certainement partir avec toi si tu t'obstines. J'en suis sûre.

—Je vais lui demander de m'accompagner. Je ne suis sûre de rien, mais c'est un risque que je dois prendre.

Ella enfonça ses ongles dans la paume de sa main. Lissy avait paru si certaine qu'il serait prêt à suivre Ella cette fois. Mais sa vie se trouvait à Port-Agnes et Ella ne pourrait pas vraiment le blâmer s'il lui opposait un refus, même si, à cette perspective, elle sentait ses yeux la piquer.

—Je n'arrive pas le croire ! s'écria Anna les yeux brillants. Depuis que j'ai rencontré Brae, et que nous passons du temps tous les quatre avec toi et Dan, je suis plus heureuse que jamais. Tu as conscience que tu vas démolir notre groupe ?

—Je t'en prie, ne sois pas en colère contre moi.

—Je ne suis pas en colère contre toi. Je ne le serai jamais. Je suis juste triste de ne plus travailler avec toi. Tu vas tellement me manquer !

— À moi aussi, Anna.

La boule qui menaçait d'étouffer Ella ne lui facilitait pas les choses.

— Je t'appellerai dès que je serai installée à Londres et, toi et Brae, vous viendrez me voir quand vous voudrez.

— Ça va aussi manquer à Brae de ne plus traîner avec Dan, autant que tu vas me manquer.

Anna lui serra la main et Ella parvint seulement à hocher la tête. Il était fort probable que Dan ne manque pas à Brae et qu'elle se retrouve la seule à regretter les trois autres.

***

Lorsque Ella vint lui rendre visite après le travail, Dan était en train de transporter des solives en bois dans le dernier cottage de Mercer's Row. Une part d'elle aurait voulu repousser encore un peu le moment de vérité, mais elle ne pouvait pas risquer qu'Anna parle de son départ à Brae qui à son tour en parlerait à Dan avant qu'elle n'ait l'occasion de le faire.

— Salut ma belle, je ne m'attendais pas à te voir si tôt.

Après avoir déposé les solives, Dan se tourna vers elle qui l'avait suivi dans la maison.

— Je sais, mais je voulais te parler.

— Ça a l'air grave.

Il esquissa un sourire, mais quand il vit qu'elle se souriait pas du tout, il fronça les sourcils.

— Que se passe-t-il, Ella ? C'est encore Michael Tredinnick ?

— Il m'a envoyé des fleurs.

—Dois-je comprendre qu'elles ne remplaçaient pas le légendaire rameau d'olivier ?

Dan lui prit la main, mais elle avait du mal à le regarder en face.

—Il insinuait plus ou moins que si je quittais la ville, il ficherait la paix à papa.

—Tu l'as cru ?

Le ton de Dan s'était fait plutôt sec.

—Tu ne peux pas laisser quelqu'un d'autre te dicter ta vie !

—Il a déjà balancé une brique dans la vitrine de la boulangerie, ce qui fait que je m'inquiète vraiment de ce qu'il pourrait faire ensuite si je ne lui donne pas ce qu'il veut.

—El, pourquoi ton départ de Port-Agnes ferait-il une différence pour Tredinnick ?

—Parce que je l'ai traité de tous les noms quant à la manière dont il exploite ses employés, et parce qu'il sait à quel point je manquerai à mes parents.

—Et toi alors ? Personne ne te manquera si tu pars ?

—Bien sûr, mais ce ne serait pas pour toujours… Il me faut juste assez de temps pour me tirer de tous les ennuis dans lesquels je me suis fourrée cette année.

—Et si je trouvais un acheteur pour la Vieille Forge ? Quelqu'un qui la prendrait telle quelle, même s'il faut la démolir ensuite ?

Dan l'embrassa délicatement sur le front.

—Je sais que tu te fais un mouron de tous les diables à propos de tes parents, El, mais je suis tout près de faire affaire. Il suffit que tu leur dises de tenir encore un peu et tout s'arrangera, je te le promets.

— Je ne crois pas que ce soit possible, Dan, mais tu pourrais partir avec moi et nous vivrions ensemble à Londres comme nous l'avons prévu depuis le début.

Le souffle de la jeune femme était plus rapide, mais la panique n'avait rien à voir avec ce que Michael Tredinnick risquait de faire. Si Dan résolvait le problème de la Vieille Forge, elle n'aurait plus de raison de quitter Port-Agnes. Aucune raison sauf la terreur absolue de ce qu'entraînerait le prolongement de son séjour.

— Tu n'aurais pas à me rejoindre tout de suite. Je sais que tu as des trucs à régler ici, mais puisque Niall va rentrer définitivement, Lissy n'aura plus autant besoin de toi et tu pourrais te consacrer enfin à ta peinture.

— Ella, je t'aime, mais je ne veux pas vivre à Londres.

— Cela pourrait être ailleurs. Je pensais déposer une candidature pour une université, peut-être à Plymouth, et suivre une formation d'enseignante en maïeutique. Comme ça, nous ne serions pas loin de Lissy et des enfants. Je sais que ce n'est plus aussi simple que quand nous avions dix-huit ans, qu'il ne suffit pas de le dire pour partir.

— Ella, j'ai une entreprise que j'ai mis plus d'une décennie à monter, expliqua Dan en ramenant une mèche de cheveux d'Ella en arrière. Je sais que ça a été dur pour toi de rentrer et de voir tes parents se débattre avec leurs problèmes mais, quand tout ça sera derrière toi, tu te demanderas pourquoi tu voulais à toute force fuir la ville. Même si j'avais envie de partir, je ne pourrais pas me borner à déménager ma boîte pour recommencer ailleurs.

— Pourquoi pas ? Il y a des propriétés à rénover partout ! Plymouth n'est pas si loin et tu pourrais continuer à utiliser tes contacts locaux.

Ella avait l'impression d'enfoncer des portes ouvertes, mais Dan n'avait pas lâché sa main : il restait peut-être une toute petite chance qu'il change d'avis.

— C'est vraiment ce que tu veux faire, enseigner le métier de sage-femme ?

Il s'interrompit et elle n'eut d'autre choix que de lever les yeux vers lui.

— Est-ce ce que tu veux vraiment faire si tu retournes à Londres ? insista-t-il.

— J'ai déjà postulé pour plusieurs emplois de consultante en maïeutique là-bas.

— C'est-à-dire ? Que veux-tu vraiment, *toi*, Ella ?

Soudain, Dan eut l'air las plus qu'autre chose. Il fronçait les sourcils comme s'il n'arrivait pas à comprendre ce qu'elle disait. Le problème, c'était qu'il n'était pas le seul à ne pas être sûr de ce qu'elle voulait dire.

— Je ne sais pas. J'ai juste l'impression que j'ai besoin d'aller plus loin, de faire quelque chose de plus que tout ça.

— Quand cela s'arrêtera-t-il ? Quand cesseras-tu d'avoir besoin de plus ? soupira Dan. Si je pensais qu'un retour à Londres ou un diplôme d'enseignante te rendrait vraiment heureuse, je te soutiendrais de tout mon cœur.

— Sauf que tu ne viendrais pas avec moi, n'est-ce pas ? Je ne compte toujours pas assez pour toi pour que tu quittes Port-Agnes.

Malgré ses larmes, elle vit que Dan secouait la tête.

— Cela n'a rien à voir et tu le sais parfaitement. Je ne peux pas passer ma vie comme ça, El. À chercher quelque chose que nous n'obtiendrons jamais.

Il lui lâcha finalement la main avant de continuer :

—J'ai déjà vécu tout ça avec mon père, comme toute ma famille. Il a quitté son job de courtier parce qu'il voulait travailler dans l'enseignement ; ensuite, une fois directeur de lycée, il a décidé qu'il préférait s'occuper d'une ferme en Cornouailles. Quand cela ne l'a pas satisfait comme il le croyait, il a passé son brevet de pilote dans l'espoir de diriger une compagnie privée de charters. Il voulait que nous fassions nos cartons pour emménager dans les Highlands afin qu'il propose des vols vers les îles. Il a dépensé jusqu'à notre dernier sou pour acheter l'avion dans lequel ma mère et lui ont fini par trouver la mort. C'est pour ça que nous avons eu tant de difficultés avec la ferme après, parce que leur assurance-vie ne couvrait même pas les dettes.

—Cela n'a rien à voir.

Malgré ses protestations, Ella fut envahie par la sensation affreuse que Dan la connaissait mieux qu'elle ne se connaissait elle-même. En revanche, si elle acceptait son point de vue, il lui faudrait cesser de viser plus loin, toujours plus loin, et elle n'avait pas la moindre idée de l'Ella qu'elle deviendrait alors.

—C'est ce que je ressens, Ella. Maman a passé toute sa vie à suivre papa de rêve en rêve et elle a fini par le payer de sa vie, parce que chaque fois qu'il obtenait ce qu'il croyait vouloir, il s'avérait que ce n'était pas du tout ce qu'il voulait. Ella, je ferais tout pour te rendre heureuse, mais jusqu'à ce que tu saches de quoi dépend ton bonheur, tu ne peux pas me demander d'abandonner tout le reste.

—Si je ne fais rien de plus de ma vie, j'aurais l'impression de laisser tomber mes parents.

— Arrête de te servir de ce prétexte pour ne pas réfléchir à ce que tu veux toi ! Tu as passé toute ta vie à essayer de satisfaire des attentes impossibles, mais la seule qui mette la barre si haut, c'est *toi* !

Dan serrait les dents à présent.

— Crois-tu honnêtement que tes parents se sont battus si fort pour avoir un enfant uniquement pour se vanter du boulot que tu fais ou de ton salaire ? Ils t'aiment pour ce que tu es, Ella, pas pour ce que tu représentes, qui tu es ou ce que tu es ! C'est pareil pour moi, mais rien de tout cela n'a d'importance si tu te dévalorises sans cesse.

— Je ne peux pas, je ne peux pas rester ici.

Il ne comprenait pas, personne ne comprenait. Ses parents ne seraient peut-être pas déçus si elle échouait, mais elle était incapable de les laisser tomber. Elle devait remplacer tous les autres enfants qu'ils avaient si fort essayé d'avoir – elle avait oublié comment faire autrement – même si cela signifiait qu'elle devait dire adieu à Dan.

— Reste et parle-moi. Nous pouvons trouver une solution. Je vais appeler mon ami pour voir s'il est prêt à faire une offre pour la Vieille Forge.

Il tendit la main mais elle recula.

— Si tu ne viens pas avec moi, nous nous retrouvons au stade où nous en étions à dix-huit ans.

— Ella, je t'en prie, ne fais pas ça.

— C'est trop tard.

Elle pivota et sortit du cottage en courant avant d'écouter ce qu'il avait à dire. Elle était terrifiée à l'idée qu'il puisse avoir raison, qu'elle ne serait jamais capable de cesser d'aspirer à ce qui la persuaderait enfin qu'elle valait quelque chose. Elle refusait d'être cette personne mais elle ignorait totalement comment être autrement.

Dan l'appelait encore et, quand elle regarda par-dessus son épaule, elle vit qu'il la suivait. Il fallait qu'elle atteigne la boulangerie avant qu'il ne la rattrape et la force à admettre qu'il avait raison. C'était plus facile de continuer à fuir, comme ça l'avait toujours été. En s'élançant à l'aveugle dans la rue, elle n'aperçut le van blanc qu'une fraction de seconde avant qu'il ne la renverse. Elle comprit qu'elle ne pourrait pas l'éviter et, lorsque la douleur du choc l'enveloppa, tout devint noir dans sa tête.

20

Si c'était là le paradis, Ella se plaindrait à l'agence pour publicité mensongère. Cela sentait la cantine scolaire et les nuages n'étaient pas aussi cotonneux que prévu. Elle voulut ouvrir les yeux, mais ses paupières devaient être collées, et son mal de tête était le pire de tous les temps. Pire encore qu'à l'âge de seize ans, le soir où elle s'était enivrée à l'anniversaire d'un copain avec la vodka que quelqu'un avait apportée en douce. Elle s'était réveillée dans l'abri de jardin, la tête coincée entre une tondeuse et un transat replié. Amy, sa meilleure amie du lycée, était recroquevillée à côté de la débroussailleuse. Cela avait suffi à la dégoûter de la vodka pour le restant de ses jours, mais la migraine de ce matin-là n'avait rien à voir avec ce qu'elle éprouvait à cet instant.

Un gémissement s'échappa de ses lèvres tandis qu'elle s'évertuait à nouveau de décoller ses paupières. Lorsqu'elle finit par y réussir, le visage d'une personne penchée sur elle flotta devant ses yeux, des formes floues qu'elle n'identifia pas.

— Anna ? coassa-t-elle.

— Oh ! quel bonheur ! Je suis si contente que tu ailles bien. Quel dommage que tes parents aient manqué ce moment ! Ils sont restés près de toi pendant deux jours entiers à attendre que tu te réveilles.

— Est-ce qu'ils vont bien ?

Elle avait du mal à parler mais elle n'arrivait pas à décider si elle avait bafouillé ou non.

— Très bien. En tout cas, ils seront ravis à présent. J'ai littéralement dû les forcer à partir se chercher un café pendant que je te veillais. Ils vont être au septième ciel quand ils sauront que tu es de retour parmi nous.

Anna lui pressa la main et il fallut à Ella rassembler toute son énergie pour lui rendre la pareille.

— Que s'est-il passé ?

— Tu as été renversée par un van qui venait de la criée. Par chance, il n'avait pas encore pris beaucoup de vitesse, sinon…

— Je serais morte ?

— Possible. (Anna lui serra de nouveau la main.) Mais Dan était tout près et il t'a traînée jusqu'au trottoir juste à temps pour que la voiture qui arrivait dans la direction opposée ne te heurte pas elle aussi.

— Est-ce qu'il a été renversé ?

La nausée remonta dans sa gorge : si Dan était blessé, ce serait entièrement sa faute.

— Il vous a éloignés de la chaussée à temps, mais il était horrifié à la perspective que tes blessures soient plus graves parce qu'il t'avait déplacée.

— Où est-il ?

Elle n'avait plus d'énergie et chaque mot lui coûtait. C'était déjà assez difficile d'assimiler les explications d'Anna.

— Je n'en sais rien. Il est resté ici toute la première nuit, dans la salle d'attente, jusqu'à ce que les médecins l'assurent que tu t'en sortirais, mais je n'ai pas pu le joindre depuis. Brae est allé jusqu'à la ferme des

Six-Acres au cas où il se serait réfugié là-bas parce que Lissy n'avait pas de nouvelles non plus.

—Il faut que je lui parle si ce n'est pas trop tard. Pour lui dire qu'il avait raison.

Ella avait dû s'arracher les mots, et elle n'était même pas sûre qu'Anna l'ait entendue par-dessus le claquement de la porte qui s'ouvrit à la volée.

—Ysella, ma chérie ! Tu vas bien !

Jago traversa la pièce en deux enjambées, Ruth sur ses talons, et embrassa sa fille sur le front avec une douceur dont elle n'avait pas le souvenir.

—Je suis désolée. Je vous aime tant…

L'émotion lui brûlait la gorge. Elle avait failli les quitter pour toujours, sans même leur dire adieu. D'emblée, elle sut qu'elle ne pouvait pas partir, quel qu'en soit le prix. Il lui fallait trouver un autre chemin.

—Ma chérie, nous t'aimons tant nous aussi.

Ruth s'arrêta à son chevet, à côté d'Anna, mais lorsque Ella voulut tourner la tête, elle grimaça.

—Ne bouge pas, ma puce. Tu souffres d'une commotion grave et il te faudra du temps.

—Est-ce que je vais rester comme ça ?

Elle arrivait à remuer les orteils et les doigts, ce qui devait être bon signe, mais elle commençait à se demander si elle serait de nouveau capable d'aligner plusieurs mots à la suite.

—Bien sûr que non, ma chérie, mais il te faut être patiente.

Sa mère lui caressa la main et Ella referma les yeux. Elle avait encore des millions de questions à poser mais les mots ne venaient pas. Tout ce qu'elle souhaitait, c'était la présence de Dan afin qu'elle puisse lui dire qu'elle comprenait enfin ce qu'il avait dit, mais ses yeux ne voulaient pas rester ouverts.

***

Il s'écoula encore quatre jours avant qu'Ella commence à avoir l'impression de redevenir normale. L'hôpital l'avait enfin autorisée à sortir, en lui conseillant cependant de ne pas en faire trop et de se reposer le plus possible. À la maison, sa mère s'était transformée en infirmière-chef d'une série dramatique qui se déroulerait dans un hôpital au cours des années 1950. Elle était aussi intransigeante au sujet de l'extinction des lumières qu'en ce qui concernait l'obligation pour sa fille d'avaler jusqu'à la dernière gorgée de son bouillon de poule maison. Il y avait assez de fleurs dans sa chambre pour rivaliser avec un fleuriste de la grande rue : un bouquet de l'équipe du pôle de santé, un autre d'Anna et Brae, des roses de la part de Lissy, une orchidée géante de Weller et Ste, si grande qu'elle avait l'air capable d'avaler un chiot en une seule bouchée, et un poinsettia rouge vif de la part de Sophie.

Dans la forêt de bouquets et le déluge de cartes de vœux et de textos pour lui souhaiter une bonne convalescence, une seule personne manquait à l'appel. Dan. Comment aurait-elle pu lui en vouloir ? Ne lui avait-elle pas demandé, *à deux reprises*, de choisir entre elle et sa famille ? La vérité, c'était qu'elle ne tenait pas plus que lui à s'éloigner de Port-Agnes. Dire qu'il lui avait fallu frôler la mort pour comprendre que tout ce qu'elle désirait se trouvait déjà ici !

— Qu'aimerais-tu manger ce soir ?

La mère d'Ella tira le drap et borda la couette sous le matelas en serrant tant que la jeune femme devrait avoir recours au talent d'Houdini pour s'évader.

— Ai-je le droit de descendre ?

— Je pense que tu devrais te reposer encore une journée.

Le ton de Ruth coupa court à toute discussion.

— D'autant que papa a failli se faire une hernie discale en montant ce machin et qu'il serait bon que tu en profites encore un peu pour la peine.

Ella montrait le poste de télé Hitachi qui mesurait près de trente centimètres de profondeur, avec son cintre en fer en guise d'antenne. Ses parents ne paraissaient pas avoir eu l'idée qu'elle pouvait regarder Netflix en streaming sur son téléphone, mais l'intention était bonne et elle l'appréciait plus que jamais.

— Que penses-tu de mes célèbres kebabs de poulet ?

Sa mère sourit. C'était un grand pas en avant par rapport au bouillon de poule si sa mère estimait qu'elle était déjà un peu remise au point de lui autoriser des aliments solides. Pour autant qu'elle le sache, Ella n'avait pas perdu de dent dans l'accident, mais sa mère jouait la prudence.

— Ça donne envie, maman. Et merci.

— Merci pour quoi ?

— Pour tout, dit Ella en levant les yeux vers sa mère. Tu n'es pas déçue, hein ?

— Qu'est-ce qui te fait dire une chose pareille ? Déçue de toi ?

Ruth s'assit au bord du lit et lissa les cheveux de sa fille en arrière comme elle le faisait chaque fois qu'elle était malade quand elle était petite.

— Parce que j'ai tout gâché. J'ai aggravé la situation de papa avec la Vieille Forge en me disputant avec Michael Tredinnick. J'ai donné ma démission du pôle de santé et dit à Dan que je partais alors que je ne le voulais pas. Je sais que j'aurais dû profiter de toutes les opportunités que vous m'avez offertes alors que vous n'avez jamais eu ma chance, alors que vous vous êtes sacrifiés pour moi. Papa et toi, vous avez travaillé comme des esclaves pour y arriver, et papa a même failli y laisser sa peau avec son hypertension. Moi, j'ai l'impression de ne rien vous avoir donné d'autre en retour que des soucis.

— Ma chérie, l'hypertension de ton père a surtout à voir avec son mauvais caractère et sa passion pour les sucreries – dont il dispose à volonté. Tu n'en es en aucun cas responsable ! Te voir grandir et devenir cette extraordinaire jeune femme que tu es à présent sont les meilleures choses qui nous soient arrivées. Tu ne sais pas à quel point, pendant toutes ces années, nous espérions ton retour à Port-Agnes, mais nous nous étions promis de ne pas montrer combien tu nous manquais. Peut-être n'avons-nous que trop bien réussi à cacher nos sentiments.

— Je voulais juste que vous soyez fiers de moi ! Et maintenant, je n'ai même plus de travail.

— Nous avons toujours été fiers de toi, ma chérie, et Anna m'a dit qu'elle ne se sentait pas encore le courage de te chercher une remplaçante. Ton travail t'attend si tu as envie d'accepter le poste.

— Oh oui, j'en ai vraiment envie !

— Sincèrement, c'est la meilleure nouvelle depuis des lustres, ma puce. Promets-moi quand même de ne pas te lever pour t'agiter dans tous les sens avant d'être tout à fait remise. Tu nous as fait une sacrée frayeur !

— Je n'irai nulle part, et pas parce que tu m'as bordée si serré que je ne sens pratiquement plus mes jambes, sourit Ella. Je suis vraiment heureuse d'être revenue à la maison, maman.

— Pas autant que moi, ma chérie.

Ruth lui envoya un baiser depuis le seuil.

— Je t'apporte les brochettes dans une demi-heure. En attendant, repose-toi.

Ella opina mais son cerveau n'était pas d'accord. Chaque fois qu'elle fermait les yeux, les pensées tournicotaient dans sa tête. De savoir que le poste de sage-femme l'attendait lui ôtait un souci, mais même sa mère n'avait pas pu la rassurer par rapport aux ennuis que Michael Tredinnick risquait de leur causer. Quant à Dan, elle n'avait toujours pas de nouvelles et elle avait décidé d'arrêter d'essayer de le joindre. Elle lui avait déjà envoyé un texto, un message sur WhatsApp et sur sa boîte vocale, en vain. Elle n'allait pas se transformer en harceleuse dont Lissy pourrait parler avec sa prochaine copine. Pour la seconde fois, elle avait tout gâché et certaines choses ne pouvaient tout simplement pas être réparées.

***

Puisque le sommeil la fuyait, Ella lança un nouvel épisode de *Friends*. Elle avait déjà vu la moitié des dix saisons sur Netflix alors qu'elle n'était sortie de l'hôpital que depuis deux jours. C'était son doudou. Si *Friends* (et les fameux kebabs de poulet de Ruth Mehenick) n'arrangeait pas tout, rien ne le pourrait.

L'un des avantages de revoir une série que vous avez vue si souvent est que cela n'exige aucun effort de concentration, ce qui signifiait hélas qu'Ella pouvait scroller sur son téléphone en même temps.

Salut toi !
Suis content que tu sois bientôt guérie. Je ne pensais pas que tes parents m'adresseraient à nouveau la parole, mais ils ont été adorables et m'ont tenu au courant de tes progrès. Ste t'adresse ses amitiés. Nous voulions que tu sois la première à le savoir : nous sommes fiancés ! Heureusement, les choses s'améliorent de jour en jour avec mes parents, même si je ne suis pas sûr qu'ils soient prêts à l'idée d'un mariage. Je ne voulais pas que ça ressemble trop à ce que nous avions prévu, alors nous cherchons une plage isolée où nous pourrons faire la fête en slips de bain moulants !
Suis trop content et je veux que tu sois aussi heureuse, Ella. Personne ne le mérite plus que toi. Tu peux y arriver ! Faut juste que t'arrêtes de te retenir tout le temps. J'ai bien trouvé mon prince charmant, moi ! Alors toi aussi.
Plein de bisous.
Weller et Ste

Ella ne savait pas trop comment elle était censée réagir à l'annonce des fiançailles de son ex-fiancé avec un autre, mais lorsqu'elle termina sa lecture de l'e-mail, elle s'aperçut qu'elle souriait de toutes ses dents. Avec

Weller, ils avaient passé des années ensemble, chacun prétendant être quelqu'un qu'il n'était pas. Il avait fallu à Weller beaucoup plus de courage pour accepter la vérité ; Ella avait eu besoin d'un coup sur la tête, littéralement, pour reprendre ses esprits. Elle n'aurait pas dû avoir à frôler la mort pour comprendre ce qui comptait vraiment, mais même les élèves aussi lents qu'elle finissaient parfois par rattraper les autres.

Une demi-heure plus tard, toujours en train de regarder *Friends* d'un œil, elle sursauta en entendant un coup frappé à la porte. D'habitude, ses parents entraient sans prévenir. D'ailleurs, elle se souvenait d'avoir été surprise par son père quand elle avait dix-sept ans, le jour où, vêtus de pied en cap, Dan et elle avaient échangé des baisers sur son lit, et elle en avait encore la chair de poule. Son père avait pourchassé Dan presque jusqu'à la route de Port-Kara et lui avait interdit de franchir le seuil de sa maison, au moins jusqu'à récemment. Elle se demanda quelle mouche avait piqué sa mère pour que celle-ci se mette à frapper avant d'entrer.

—Entre.

—Votre commande, madame.

Dan se tenait sur le seuil, un plateau dans les mains, un torchon sur le bras, dans une imitation parfaite d'un serveur de room service. Au point que, pendant une minute, Ella en demeura bouche bée. Lorsqu'elle réussit à articuler un mot, sa voix adopta un ton aigu des plus saugrenus.

—Que fais-tu ici ?

—Je m'attendais à un autre accueil ! dit Dan en souriant. Puis-je poser le plateau quelque part avant que ton dîner finisse à terre ? grimaça Dan. Tu devines la raison pour laquelle j'ai été renvoyé de chez Pizza Express, TGI Friday's et Zizzi quand nous étions en terminale. Il est logique que je finisse par bosser dans le bâtiment… Je suis né pour tout démolir !

— Là, merci.

Ella se redressa contre les oreillers en essayant discrètement de lisser ses cheveux pendant que Dan lui tournait le dos. Voilà qu'il était dans sa chambre, à se comporter comme si rien n'était arrivé, alors que la dernière fois qu'elle l'avait vu, il lui assénait ses quatre vérités de manière si douloureuse qu'elle en avait pris la fuite.

— Je voulais venir plus tôt mais, quand tu étais à l'hôpital, les visites étaient réservées à la famille. Anna a réussi à se faufiler parce qu'elle a affirmé qu'elle était ta sœur. Et puis…

Dan se tourna vers elle.

— … et puis j'ignorais si tu avais envie de me revoir, Ella. Si tu savais comme je suis désolé !

— Pourquoi ? D'après ce que tout le monde m'a raconté, je ne serais plus là sans toi.

— Tu ne serais surtout pas partie en courant si je ne t'avais pas dit tous ces trucs affreux.

Dan se rapprocha du lit et Ella plaqua instinctivement les mains sur ses hanches.

— Tout ce que tu as dit était vrai.

— Non, c'était à cause de ce qui s'était passé avec mon père que…

Ella le coupa avant qu'il renouvelle ses excuses. Elle devait le convaincre qu'il n'avait rien à se reprocher.

— Tu avais raison. J'ai passé toute ma vie ou presque à essayer d'être parfaite. En tout cas, depuis l'âge de huit ans, quand j'ai découvert la boîte de souvenirs que ma mère avait gardée de son traitement pour la fertilité et qu'elle m'a confié combien de fois ils avaient essayé d'avoir un bébé et à quel point j'étais une petite fille spéciale, grimaça Ella. Mais je ne me suis jamais sentie assez spéciale et je pensais qu'ils méritaient le meilleur. C'est pour ça que j'ai travaillé dur à l'école et que j'ai choisi une carrière qui les rendrait fiers, même si cela me demandait beaucoup d'efforts. Sauf que dans le processus, j'ai oublié la seule chose qu'ils souhaitaient pour moi, et c'était d'être heureuse.

Elle se relâcha un peu et tendit enfin une main vers lui.

—C'est à Port-Agnes, avec toi, que je suis réellement heureuse.

—À l'instant où j'ai vu ce van se précipiter sur toi, j'ai compris que je n'arriverais jamais à temps pour l'arrêter. Soudain, j'ai eu la certitude que rien d'autre n'avait autant d'importance que toi, et je me suis promis de tout faire pour que nous ne soyons jamais plus séparés.

Dan caressa sa paume du bout des doigts.

—J'ai passé ces derniers jours à échafauder des plans pour te suivre si tu voulais toujours quitter Port-Agnes. Je suis prêt. Je peux sous-traiter les finitions de Mercer's Row et j'ai pris des contacts pour trouver de l'aide à la ferme au cas où Lissy et Niall en auraient besoin. J'ai même été rappelé par le service de médiation de l'inspection du travail à propos d'un certain propriétaire de parc de mobile-homes qui ne traiterait pas ses employés correctement.

—Non, tu n'as pas fait ça ?

—Bien sûr que si. Or, il s'avère que le cas de Sophie était loin d'être isolé. L'investigation a prouvé qu'il y avait trente salariés non déclarés qui travaillaient pour l'entreprise de bâtiment de Tredinnick et qu'aucun n'était payé au salaire minimum. En outre, les conditions de sécurité y sont déplorables et les logements prévus ne cochent aucune des cases de l'inspection sanitaire. Michael ne finira peut-être pas par aller en prison, mais il va se voir infliger tellement d'amendes qu'il n'aura jamais assez d'argent pour acheter la Vieille Forge.

— Tu es extraordinaire, mais j'espère que tu ne finiras pas par payer le prix fort en te faisant un ennemi des Tredinnick.

— Je ne crois pas qu'il leur reste beaucoup d'amis en ville. Ne t'en fais pas, cela ne m'empêchera pas de dormir.

— Crois-tu que quelqu'un d'autre pourrait faire une offre pour la Vieille Forge ?

C'était plutôt ingrat de la part d'Ella d'en réclamer plus, mais elle, elle ne pourrait pas dormir tant que ses parents n'auraient pas épongé toutes leurs dettes.

— Plusieurs personnes se sont montrées intéressées, et je m'en occupe. Il faut juste que tu gardes la foi pendant encore un tout petit moment.

— Si tu dis que ça va s'arranger, je suis prête à te faire confiance parce que tu as déjà fait des miracles. Mais je ne sais pas comment je pourrais te rendre la pareille.

— Et si tu me promettais que tu ne partiras pas en courant la prochaine fois que nous tombons sur un hic et que, quel que soit le problème, nous y ferons face ensemble ? Je me suis autorisé à tomber amoureux de toi une fois encore, Ysella Mehenick, et je ne veux pas risquer de me réveiller un matin pour constater que tu as filé sans tambour ni trompette. Alors, si tu décides quand même de quitter Port-Agnes, nous trouverons un moyen pour que ça marche. *Ensemble*.

— En réalité, je n'ai jamais voulu partir. J'aime Port-Agnes et toutes les personnes qui comptent le plus dans ma vie sont ici.

— Concrètement, le bâtiment de l'étable à la ferme de Six-Acres est à la frontière de Port-Agnes et de Port-Tremellien. C'est là que je m'installerai quand les dégâts des eaux de la maison des Carmichael seront réparés, alors, je me demande si je fais partie des habitants de Port-Agnes.

Mais Dan souriait et le cœur d'Ella fit un bond, comme à chaque fois qu'il lui souriait comme ça.

— Mouais, ce sera limite mais je crois que ça passera.

— Sinon, je pourrais rejoindre ce groupe d'élus quand même, déclara-t-il en croisant son regard. J'ai envisagé d'emménager de manière permanente dans le dernier cottage de Mercer's Row. Nous serions presque voisins, et tu sais pourquoi cet endroit a autant d'importance pour moi…

— Je n'arrive pas à croire que tu vivras à quelques pas de chez moi ! C'est plutôt rassurant que papa ne te considère plus comme une fourmi, ou tu aurais eu droit toi aussi à une brique dans ta fenêtre.

— Quand je le lui ai annoncé, il y a une minute, il m'a paru plutôt content. Il m'a même proposé d'aller boire une bière avec lui plus tard au Joyeux marin pour fêter la nouvelle. Il me semble donc, continua Dan avec un sourire encore plus large, que j'ai fait la conquête de Jago Mehenick. La question est : vais-je aussi faire la conquête de sa fille ?

— Je connais pire comme voisins. Pour commencer, il y a Michael Tredinnick par exemple !

Ce fut au tour d'Ella de sourire quand elle le vit faire mine d'être offensé.

— C'est un début, mais j'espérais que nous ne resterions pas voisins trop longtemps.

Elle plongea les yeux dans les siens et elle le trouva soudain très nerveux.

— Hem ! J'espérais te convaincre de te décaler de quelques maisons… par la suite.

— Je ne m'y attendais pas.

Ella n'arrivait pas à retenir son sourire malgré son envie d'avoir l'air détachée. C'était tout ce dont elle rêvait depuis qu'elle était l'adolescente qui griffonnait le nom de Dan au dos de ses cahiers. Ce qui n'empêchait pas qu'une toute partie d'elle-même craignait que son rêve s'écroule une fois de plus. Elle avait besoin d'un peu de temps pour assimiler tout ça.

— D'accord. Je n'ai pas besoin d'une réponse immédiate, mais je dois préciser que je me suis senti chez moi à Port-Agnes dès que je m'y suis installé, et à Mercer's Row plus qu'ailleurs. Je n'imagine pas avoir envie de partir un jour. Sauf, poursuivit Dan d'une voix plus basse, si c'est avec toi.

— Ne crois-tu pas qu'il est encore un peu tôt pour en être aussi sûr ?

Ils ne s'étaient retrouvés que depuis quelques mois après tant d'années, mais malgré ses protestations, elle savait qu'elle se montrait injuste. Elle était plus certaine que jamais qu'elle voulait vivre avec Dan, et elle en avait assez de pourchasser une succession de projets qui ne la rendraient pas aussi heureuse que lui. Il lui suffisait de dire « oui ».

—Ce n'est pas trop tôt pour moi, Ysella Mehenick. Je t'aime. Je t'aime depuis que j'ai seize ans.

—Je t'aime aussi, Dan.

Pour finir, les mots coulaient avant qu'elle ait le temps de réfléchir à ce que cela entraînerait. Si cela lui paraissait aussi naturel, comme de respirer, cela devait être vrai. En le regardant sourire devant sa déclaration, elle éprouva une bouffée de joie pure. La joie que l'on ressent uniquement lorsque tout, dans la vie, trouve exactement sa place.

—Dans ce cas, je suis encore plus chanceux que je ne le croyais.

Dan se pencha vers Ella et elle leva la tête de l'oreiller pour l'embrasser. Le destin l'avait ramenée à Port-Agnes lorsqu'elle avait eu besoin de se réfugier à la maison, mais elle n'aurait jamais imaginé retomber amoureuse de Dan Ferguson. Toutefois, ce n'était pas seulement Dan : elle était retombée amoureuse de sa ville natale et de la vie qu'elle y avait bâtie. Cette fois, quand Dan l'embrassa de nouveau, rien n'aurait pu gâcher le moment, pas même la crainte de voir débarquer Ruth ou Jago, comme quand ils avaient dix-sept ans.

Elle était arrivée exactement là où elle voulait être.

21

Un an plus tard

L'homme vert, dont le visage était enveloppé de bandages au point que seuls ses yeux et sa bouche restaient visibles, ouvrit les bras en imitant plutôt bien un zombie. Quand il menaça Ella, celle-ci agita sa baguette magique pour le clouer sur place.

— Dan Ferguson, vous pouvez bien croire que votre association bizarre de momie et de monstre de Frankenstein m'effraie, mais si vous maculez ce costume de sorcière de taches vertes, je vous montrerai ce que c'est vraiment d'avoir la trouille.

Ella éclata de rire alors qu'il essayait de l'attraper.

— D'ailleurs, il m'a fallu près d'une heure pour réussir ces bandages, alors je ne vais pas recommencer.

— Devons-nous vraiment aller à cette soirée d'Halloween ? Je n'aurais jamais cru être attiré à ce point par une sorcière, enfin pas depuis mon crush pour Sabrina l'apprentie sorcière quand j'avais à peu près dix ans, mais ces filets de pêcheur…

— Je te transformerai en crapaud.

Elle lui envoya un baiser avant d'ajouter :

— En dépit de mon envie de rester à la maison, j'ai promis à Anna et à Brae que nous viendrons à leur soirée et je ne les laisserai jamais tomber.

—Moi non plus, mais tu pourrais au moins porter un faux nez et te noircir une ou deux dents, non ? Histoire que j'aie une chance de te résister. Quoi que ce que ton costume suggère, avoue que je ne suis qu'un être humain.

Dan lui prit la main et Ella oublia toutes ses préoccupations quant à se retrouver couverte de maquillage vert.

Pour finir, ils furent obligés de courir main dans la main depuis leur maison de Mercer's Row une bonne demi-heure après le début de la soirée. Il y avait deux autres sorcières dans le jardin d'Anna et de Brae, l'une en train de vapoter tandis que l'autre buvait de la bière à la bouteille.

À l'intérieur, il y avait des fantômes, des bonnes sœurs, plusieurs comtes Dracula et même une version zombie des Beatles. Il leur fallut plusieurs minutes pour retrouver Anna et Brae, qui étaient dans le salon déguisés en Superman et Wonder Woman. Ils dansaient sur la musique techno du festival Time Warp, avec d'autres, dont Jess et Dom qui paraissaient en forme en dépit de la pression que leurs problèmes de fertilité avaient fait peser sur leur mariage. C'était si agréable de voir que tous avaient l'air heureux.

—Super ! Merci d'être venus.

Anna s'interrompit pour enlacer Ella.

—Désolée d'être en retard.

Ses excuses furent noyées dans le refrain de Time Warp repris en chœur par le groupe qui continuait à danser comme si Ella et Dan n'étaient pas là.

—Maintenant que vous êtes arrivés, j'ai quelque chose à vous dire, dit Brae en jetant un regard à Anna qui opina.

—Pas ici, c'est trop bruyant, déclara celle-ci en souriant. Allons dans la véranda. Je pense qu'il n'y a personne là-bas.

Dan reprit la main d'Ella et ils suivirent leurs amis de l'autre côté de la maison, loin de l'agitation de la fête.

—Nous l'annoncerons plus tard dans la soirée, mais nous voulions que vous soyez les premiers au courant, dit Anna dès qu'ils pénétrèrent dans la véranda.

Brae passa les bras autour de sa taille et leurs costumes en polyester craquèrent comme sous le coup d'un choc électrique.

—Vous n'allez pas déménager, si ?

C'était égoïste de la part d'Ella de s'inquiéter d'abord pour ça, mais tout était si parfait à présent qu'elle ne supportait pas le moindre changement. Anna était sa supérieure et sa meilleure amie, et le couple qu'elle formait avec Brae rendait Ella presque aussi heureuse que le sien avec Dan. Elle adorait son travail, passait beaucoup de temps avec ses parents ainsi qu'avec tous les amis qu'elle s'était faits depuis son retour à Port-Agnes. Elle était même devenue la marraine de la petite Robyn de Sophie et Euan, qu'elle avait aidée à mettre au monde naturellement avant que Sophie ne retourne finalement chez ses parents. Sophie et Euan avaient décidé de tenter l'aventure de la vie à deux et partageaient leur temps entre le Somerset et l'Écosse, et Sophie venait en visite à Port-Agnes aussi souvent que possible.

Ella et Dan avaient emménagé dans le dernier cottage de Mercer's Row un mois environ après l'accident. Lorsque Sophie avait libéré le sien, Dan l'avait loué à un couple de la région pour une somme bien inférieure au marché, à la grande satisfaction de Jago. Les deux autres étaient des locations de vacances, mais le père d'Ella n'avait guère de quoi se plaindre puisqu'il avait lui-même utilisé l'argent qu'il avait récupéré de la vente de la Vieille Forge pour en acheter un afin de s'assurer un revenu régulier qui serait plus que bienvenu quand Ruth et lui prendraient leur retraite. L'ami de Dan qui était intéressé par la Forge était en fait le pasteur de Saint-Jude en personne, et Dan l'avait aidé à faire classer le bâtiment « monument historique » ; ensuite, une cagnotte qui réunissait des fonds de l'Église, des dons de paroissiens et quelques revenus tirés des soirées loto avait permis de l'acheter. L'endroit servait à présent de centre socioculturel, avec toutes sortes d'activités, depuis les cours d'informatique pour les seniors à une salle de jeux conçue pour les tout-petits.

Lorsque Dan avait demandé à Ella si elle n'était pas déçue de ne pas s'installer à la Vieille Forge, elle avait pu répondre sans mentir qu'elle avait tout ce qu'elle voulait. Michael Tredinnick s'en était tiré avec du sursis et une série d'amendes écrasantes. Quelques mois plus tard, la ferme et le parc de mobile-homes avaient été mis en vente et la rumeur courait que Michael partait pour la Costa del Sol – là où vont tous les criminels comme l'avait si éloquemment assuré Jago.

— Comme si Brae était prêt à lâcher son *fish and chips* adoré, sans parler de Port-Agnes ! dit Anna en tirant Ella de sa rêverie.

Elle donna un petit coup de coude à son compagnon qui répondit :

— Si tu me le demandais, je le ferais.

— Tu as de la chance que je ne le fasse pas alors !

Pendant un moment, on aurait dit qu'Anna avait oublié la présence d'Ella et de Dan.

— Désolée, nous aimons nous chamailler, mais ce que nous voulons vous annoncer, c'est que nous nous marions en juillet. Je sais que nous ne sommes pas ensemble depuis très longtemps, mais cela fait des mois que nous en parlons.

— C'est vrai ? Mais c'est génial !

Ella souriait en espérant de tout son cœur que ce mariage marquerait un nouveau départ pour ses amis. Anna lui avait confié qu'ils essayaient d'avoir un bébé depuis le jour où ils s'étaient installés ensemble. Avec un mariage à préparer, ils évacueraient peut-être tout le stress lié à la conception et les choses suivraient naturellement.

— Félicitations ! s'écria Dan en serrant la main de Brae. Avez-vous fixé une date ?

— Le 6 juillet, le jour anniversaire des noces de mes parents s'ils étaient encore là, soupira Anna en gonflant les joues. Je me mets à hyperventiler chaque fois que je me vois en train d'organiser mon mariage sans ma mère, mais je suis sûre que ça se passera bien.

— Tant que j'épouse Anna, je me fiche pas mal des détails, grommela Brae.

Ella ne put s'empêcher de sourire de nouveau. Ils étaient vraiment bien assortis tous les deux !

— Si nous pouvons vous aider, n'hésitez pas à demander, déclara Dan en échangeant un regard complice avec Ella.

— J'allais le dire. J'ai déjà eu l'occasion d'organiser un mariage, vous savez ! Je suis tout à fait au point… tant que vous ne pensez pas que je porte la poisse !

— C'est justement pour ça qu'on devait vous l'annoncer à vous d'abord, parce que je voudrais demander à Ella d'être mon témoin et Brae a une question à poser à Dan.

— Volontiers, Anna ! s'exclama Ella avant que Brae n'ait le temps d'en placer une. Désolée, mais je suis si contente que tu me le demandes.

— À qui d'autre aurais-je pu m'adresser ? Sans toi, nous ne serions pas ensemble, non ? dit Anna en étreignant son amie.

— Ma question risque de paraître moins logique, commença Brae en se balançant d'un pied sur l'autre, mais je voulais te demander d'être mon témoin à moi, Dan. Je sais que nous nous sommes à peine vus depuis le lycée, jusqu'à ce que nous nous retrouvions l'an dernier, mais avec le boulot, je n'ai pas beaucoup le temps de sortir et de me faire des amis. Et mon cousin Pete a déjà réservé son billet pour fêter son anniversaire à Las Vegas en juillet.

— Je suis honoré, Brae.

Dan tendit la main mais Brae l'étreignit avec une telle force qu'ils se mirent tous à rire.

— Je pense qu'on devrait dîner ensemble la semaine prochaine pour commencer les préparatifs.

Dans sa tête, Ella était déjà en train de dresser la liste des choses à faire. Anna n'avait peut-être plus de famille, mais elle avait avec Ella et Dan ce qui s'en rapprochait le plus.

— C'est une excellente idée. Maintenant, nous devrions retourner avec les autres avant qu'ils se demandent où nous sommes passés. Je suis si contente que vous soyez de la partie. Comme ça, je n'aurai pas l'impression d'avoir à me débrouiller toute seule.

Anna passa le bras sous celui d'Ella quand, soudain, une des lampes à détecteur de mouvement se déclencha et un couple de pirates s'écarta vivement.

— C'était Toni, non ?

Ella plissa les yeux mais le couple avait filé comme l'éclair.

— Je crois que oui et, si je ne me trompe pas, elle était plus qu'amicale avec Bobby quand ils ont déclenché la lumière. Peu importent les efforts qu'ils font pour prétendre qu'ils ne sont qu'amis ou la raison pour laquelle nous avons fait mine de rien pendant si longtemps, mais on devine leur attirance dès qu'ils sont dans la même pièce, même à des mètres l'un de l'autre, soupira Anna. Je ne comprends pas pourquoi ils sont tellement décidés à le cacher. Tout le monde serait content pour eux, non ?

— J'espère qu'ils trouveront une solution.

Ella croisa le regard de Dan qui lui tendit la main.

— S'ils essaient de garder le secret jusqu'à ce qu'ils trouvent le bon moment, ils risquent de découvrir que celui-ci est passé depuis longtemps.

— Ils s'en sortiront. Ça a bien marché pour nous quatre, non ? Même si j'ai dû attendre quatorze ans pour qu'Ella emménage enfin avec moi alors que je l'aime depuis toujours !

— Dan a raison ! Si j'ai réussi à trouver ma bouée de secours, tout le monde le peut, rit Brae.

Anna lui donna un nouveau petit coup de coude taquin.

— C'est comme ça que tu me vois ? Une *bouée* ?

— Tu es ma vie et je suis prêt à le déclarer publiquement. Même si je risque fort de m'étouffer de timidité.

Brae reprit Anna dans ses bras et Ella s'appuya contre Dan. Les choses à Port-Agnes avaient une manière de se décanter, comme si la ville prenait soin des siens. En une année, la vie avait changé du tout au tout pour deux des sages-femmes, et il y aurait d'autres bébés et d'autres sages-femmes dont l'histoire ne faisait que commencer. Pour ce soir, Ella se contenterait de faire la fête en sachant que Port-Agnes veillerait à ce que les lendemains se passent bien.

Remerciements

Merci à tous les lecteurs et lectrices qui choisissent de passer leur temps à lire mes romans, et notamment à ceux et celles qui font l'effort de me laisser des commentaires. Cela a plus d'importance pour moi que vous ne le saurez jamais et je me sens d'autant plus privilégiée d'avoir un métier que j'adore.

J'espère que ce premier tome des romans des sages-femmes de la Cornouailles vous a donné envie d'en savoir plus. Je ne suis hélas pas sage-femme, mais j'ai veillé à ce que tous les détails médicaux soient aussi exacts que possible. J'ai la chance d'avoir pour amie Beverley Hills, une époustouflante sage-femme, et je lui consacrerai l'un des prochains romans de cette série. Si vous êtes vous-même une de ces femmes qui apportent tant de soutien aux futures mamans, j'espère que vous me pardonnerez les erreurs que j'ai introduites pour étoffer mon texte en m'appuyant sur une certaine licence poétique.

Je remercie également l'équipe de Boldwood Books pour son aide, notamment ma stupéfiante éditrice, Emily Ruston, qui a réussi à donner forme à ce livre ! Emily, tu m'as déjà appris tant de choses. Merci aussi à ma préparatrice de copie Cari et à ma correctrice Shirley : vous avez toutes deux travaillé dur sur ce premier opus.

Je n'oublie bien sûr pas ma tribu d'écrivaines, les Write Romantics, et tous les auteurs et autrices que je compte parmi mes amis.

Enfin, comme toujours, ma gratitude profonde va à ma famille, Lloyd, Anna et Harry, pour leur soutien, leur patience, leur amour et leur confiance.

Retrouvez Jo Bartlett sur Internet

Si vous avez aimé *La Sage-femme des cœurs solitaires*, n'hésitez pas à laisser un commentaire sur les réseaux sociaux.

Ce livre est également disponible en e-book, chargement audio et CD audio.

Pour être informé des nouvelles, des prix et des prochains romans de Jo Bartlett, inscrivez-vous à l'adresse : http://bit.ly/JoBartlettNewsletter

www.jobartlettauthor.com
twitter.com/J_B_Writer
facebook.com/JoBartlettAuthor
instagram.com/jo_bartlett123

Achevé d'imprimer en décembre 2025
sur les presses de la Nouvelle Imprimerie Laballery
58500 Clamecy
Numéro d'impression : 510752

Imprimé en France

La Nouvelle Imprimerie Laballery est titulaire de la marque Imprim'Vert®